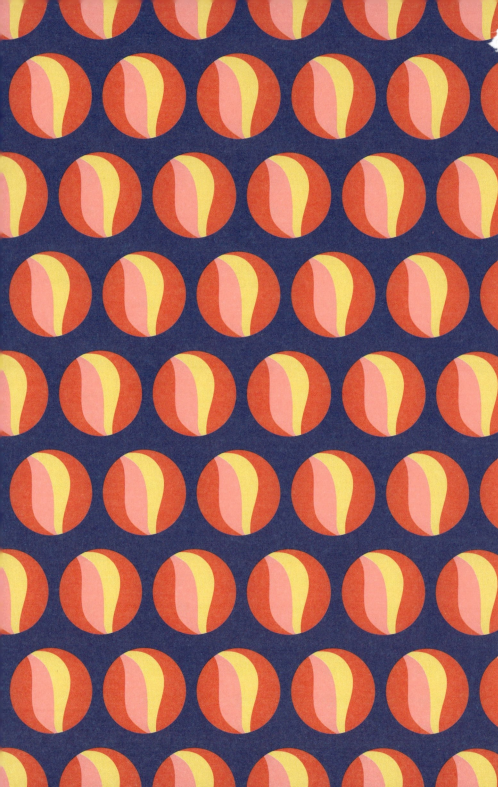

读客彩条外国文学文库

熊猫君激发个人成长

阿特伍德作品

猫眼

[加] 玛格丽特·阿特伍德　著

黄协安　译

河南文艺出版社
·郑州·

图书在版编目（CIP）数据

猫眼 /(加) 玛格丽特·阿特伍德著；黄协安译
— 郑州 : 河南文艺出版社, 2022.4
ISBN 978-7-5559-1218-7

Ⅰ.①猫… Ⅱ.①玛… ②黄… Ⅲ.①长篇小说 – 加
拿大 – 现代 Ⅳ.①I711.45

中国版本图书馆CIP数据核字（2021）第191363号

猫眼

著　　者	〔加〕玛格丽特·阿特伍德	
译　　者	黄协安	
责任编辑	王　宁	
责任校对	李亚楠	
特邀编辑	张靖雯　夏文彦　王　品	
策　　划	读客文化	
版　　权	读客文化	
封面设计	陈艳丽	
出版发行	河南文艺出版社	
印　　刷	河北中科印刷科技发展有限公司	
开　　本	880mm × 1230mm 1/32	
印　　张	14.25	
字　　数	325千	
版　　次	2022年4月第1版　2022年4月第1次印刷	
定　　价	88.00元	

如有印刷、装订质量问题，请致电010-87681002（免费更换，邮寄到付）

CAT'S EYE

MARGARET ATWOOD

献给 S

被图卡纳人砍头之后，老妇人双手捧起流淌在地上的她自己的鲜血，然后把血吹向太阳。"我的灵魂也进入了你的身体。"她喊道。

从此，任何杀了人的人，不管是否愿意，不管是否知情，他们的身体里都装着受害者的灵魂。

——《火的记忆：创世纪》，爱德华多·加莱亚诺

为何我们能记住过去而不是将来？

——《时间简史》，斯蒂芬·霍金

目 录

一

铁　肺

IRON LUNG

1

时间不是一条直线，而是一个维度，和空间的维度一样。如果空间可以弯曲，那么时间也可以弯曲。如果你知道的足够多，移动速度比光还快，那么，你就可以使时间倒流，同时处于两个空间。

这是哥哥斯蒂芬告诉我的。学习的时候，他总喜欢穿着一件旧到脱了线的紫红色毛衣。他经常倒立，他说这样可以让血液回流大脑，给大脑补充营养。当时，我不明白那是什么意思，可能是他没有解释清楚吧。他已经觉得语言无法准确表达自己的思想了。

可是，从那时候起，我就觉得时间是有形状的、是看得见的，就像一串透明的水珠一样，一颗叠着一颗。你不能顺着时间的轨迹往回看，只能往前看，就像往水下看一样。有时候会有这个东西冒出来，有时候是那个冒出来，有时候什么动静也没有。但是，没有什么东西是会无端消失的。

2

我说："斯蒂芬说，时间不是一条直线。"科迪莉亚翻了个白眼，我知道她肯定会这么做。

她问我："那又怎么样呢？"她的这个反问让我们都很满意。先是肯定了时间的本质，然后也针对了斯蒂芬。他总是叫我们"小屁孩"，好像他自己不是一样。

我和科迪莉亚坐有轨电车去市区，冬天的时候，每到周六我们都会坐电车去市中心。电车上闷得很，充斥着人们呼出的空气的味道，还有羊毛的味道。科迪莉亚若无其事地坐着，不时用胳膊肘碰我一下，灰绿色的眼睛则冷漠地盯着其他人，闪着金属的光芒。她目光锐利，总是盯得人家不敢和她对视，我也差不多。我们无所畏惧，我们光芒四射，我们十三岁啦！

我们穿着长款羊毛外套，系着腰带，衣领竖直，像电影明星一样，脚下穿着橡胶靴，靴子口向下翻，里面穿着男式工人袜。我们的口袋里塞着妈妈让我们戴的头巾。一旦脱离了她们的视线，我们就把头巾摘掉。我们不屑于戴头巾。我们的嘴巴都涂了厚厚的一层，像用红色的蜡笔画过，跟指甲一样闪闪发光。我们认为我们是好朋友。

电车上总有一些老太太，也许不是很老，但在我们看来，她们就是老太太。她们也不能简单归成一类人。有些人穿着很体面，上身是裁缝手工定制的哈里斯粗花呢外套，手上戴着手套，头上戴着简约整洁的帽子，帽子的一边插着几根羽毛，显得很神气。有些人比较寒酸，而且一看就不像是本地人，头上和肩上裹着深色的披肩。还有些人矮矮胖胖、沉默寡言，一副清高的样子，手臂上挎着乱七八糟的购物袋，估计是去抢购大甩卖商品的，平时居住在廉价的地下室里。廉价的布料，科迪莉亚一眼就看得出来。"华达呢，"她说，"地摊货。"

还有一些人显然还不死心，瞧她们的打扮，她们还想着咸鱼翻身呢。这种人虽然不多，但很显眼。她们穿着猩红色或者紫色的衣服，戴着耳环，耳环不停地晃荡，头上的帽子看样子就像戏装。她们的衬裙露了出来，颜色很怪异，令人浮想联翩。其实，除了白色以外，任何颜色都会让人产生联想。她们的头发有的染成了稻草色，有的染成了淡蓝色，有的甚至染得像毫无光泽的黑色皮毛外套，加上她们干燥如纸、没有弹性的皮肤，样子很吓人。口红涂到了嘴唇外边，眼影也画得一塌糊涂。这些人最有可能自言自语。有一个人像唱歌一样，一遍又一遍地说"羊肉，羊肉"，另一个人用雨伞戳着我们的大腿说"穿得太少了"。

这是我们最喜欢的那种人。她们自带喜剧光环，都是很有想象力的天才，根本不在乎别人的看法。她们因此获得了解放，尽管我们不清楚她们到底战胜了什么。我们认为，她们怪异的着装、嘴里念念叨叨的口头禅，都是经过深思熟虑、精心选择的。有机会的话，我们也会像她们一样精心选择。

科迪莉亚说："以后，我就想变成这个样子。但我要养一只会叫的京巴犬，把那些小屁孩赶走，不让他们糟蹋我的草坪。我还想要一根牧羊棍。"

"我要养一只蜥蜴当宠物，"我说，"而且只穿樱红色的衣服。"樱红色是我最近才认识的一种颜色。

我在想，如果说她们看不见自己的样子，那会是什么情况呢？也许很简单：她们的眼睛有问题。此时，我自己也有这个问题：离镜子太近，只能看到模模糊糊的一团；离得太远，又看不到细微之处。谁知道我在做什么鬼脸？谁知道我在搞什么现代艺术？即使我调整好了距离，看得清楚了，我的样子还是变幻无常。有些时候，我看上去像个三十五岁的人，沧桑憔悴；有些时候，我看上去像已经五十岁了，但精神焕发。关键在于光线，也在于眯不眯眼凝视。

我喜欢去粉色的餐馆吃饭，这会让你的气色变好。去黄色的餐馆吃饭，你的皮肤会变暗，气色会变差。我考虑过这个问题，真的。虚荣心是挺令人讨厌的，我终于明白女人为什么会最终摒弃虚荣心。但是，我还没准备好放弃虚荣呢。

最近，我会不由自主地大声哼哼，走在街上的时候，嘴巴会张着，偶尔还会滴口水。只有偶尔，不过，这可能是某种前兆。墙壁上可能先有小裂缝，然后会渐渐扩大，最终会怎么样呢？从这条缝看出去，以后会是怎样显眼的古怪和癫狂呢？

除了科迪莉亚，我不会跟其他任何人说这样的话。但是，我会跟哪个科迪莉亚说呢？是靴子口外翻、衣领竖直的那个，还是之前的那个，或者是之后的那个？不管是谁，都是多面性的。

如果我再见到科迪莉亚，关于我本人，我会和她说些什么呢？真实的面目，还是经过美化的？

大概是后者吧。我仍然有这种需求。

我好久没见到她了。我没想到会再见到她。但是，我回到这里以后，每走过一条街，拐过一个路口，走进一扇门，几乎都能看见她的身影。毋庸置疑，关于她的记忆碎片，像她的肩膀，她的米黄色头发，她的驼毛大衣，她的侧脸，她的大腿，总会在任何女人身上闪过，但看全了，又不是科迪莉亚。

我不知道她现在成了什么样子。她胖吗？乳房下垂吗？嘴角有灰白色的细毛吗？可能性不大，因为灰白色的细毛一长出来，她就会把它们拔掉。她还戴那种时髦的眼镜吗？她割过眼皮吗？她染发吗？这些都是有可能的：我们都到了临界年龄，这是个缓冲区，如果能避开阳光直射，这些小伎俩还是管用的。

我仿佛可以看到，科迪莉亚的眼袋渐渐增大。再仔细看，她脸上的皮肤很松弛，还有像肘部肌肤一样的皱纹。她叹着气往脸上抹护肤霜，那是精心挑选的乳霜。科迪莉亚知道哪种护肤霜最好。她看了看她自己的双手，和我的手一样，她的手有点萎缩，有点变形。变形已经无法逆转，嘴唇已经开始萎缩，脖子上的赘肉已经显现，在地铁黑乎乎的窗户玻璃上也看得见。要不是看得很仔细，别人都不会注意到这些东西，但是，我和科迪莉亚都会看得很仔细，已经养成了这种习惯。

她放下绿色的浴巾，那是哑光的海绿色，和她眼睛的颜色基本一致。然后，她转过头，从镜子里看到她腰部以上皱巴巴的皮肤，就像狗脖子上的褶皱，臀部下垂，像火鸡的红色肉垂。接着，她转过身来，看见头发像一堆干草。我想起她曾经穿着运动服，那也是海绿色的，在健身房锻炼，大汗淋漓。我知道她会说什么，对于这一切她会怎么说。她的姐姐们曾经在腿上涂蜡。后来，我们发现一个小罐子，罐子里凝结着她们用过的蜡，蜡上面粘满了一根根竖着的腿毛。我们看到之后感到一阵恶心，然后又会心地咯咯笑起来。对于身体方面的诡异现象，她总是很感兴趣。

我想象和她不期而遇的场景。也许，她就穿着破旧的外套，戴着一顶针织帽子，样子像茶壶套，坐在路沿上，身边放着两个塑料袋，里面装着她仅有的"财产"，一直在喃喃自语。科迪莉亚！你没认出我吗？我问。她认出了我，但假装不认识我。她站起来，拖着肿胀的双脚走开，时不时地转过来瞥我一眼。她的橡胶靴上有好几个破洞，破旧的袜子一览无遗。

我因此获得了一些满足感，她的情况越糟糕，我越满足。我从窗户或阳台上看得更清楚，我看到一个男子在下面的人行道上追赶科迪莉亚，追上了她，狠狠打了一下她的肋部，把她打翻在地，我记不清她的脸是什么样子的。但是，我不敢往细处想了。

还是换个场景吧，去看看她在氧气帐里的样子。科迪莉亚昏迷了。我被叫去医院，来到她的病床前，但已经太晚了。花瓶里的花散发着恶心的气味，枯萎了。有管子插进了她的胳膊和鼻子里，还有她奄奄一息的声音。我握着她的手。她的脸浮肿、苍白，像还没有烘烤的饼干，眼睛闭着，下面有浅黄色的圆圈。她的眼皮一动不动，但她的手指有微弱的抽搐，也许，这只是我的想象？我坐着，一边想着要不要把她身上的管子拔掉，要不要把插头从墙上拔下来。医生说，脑死亡。我哭了吗？是谁叫我来的呢？

铁肺可能比氧气帐更管用。我从未见过铁肺，但报纸上登过孩子躺在铁肺里的照片，那时还有人会得小儿麻痹症。我看过那些照片，铁肺是一个圆筒，像一根巨大的金属香肠，人头露在外面，都是女孩子的头，头发散落在枕头上，眼睛大大的，像夜行动物的眼睛。我对这些照片很有兴趣，比起孩子在薄冰上玩耍掉进窟窿淹死或者跑到铁轨上被火车轧断手脚的报道，这些照片更让我着迷。你可能莫名其妙地就得了小儿麻痹症，也可能莫名其妙地就躺到铁肺里去。可能是因为你呼吸的空气、吃下去的食物，也可能是碰到别人碰过的脏钱。谁知道呢。

大人会拿铁肺来吓唬我们，阻止我们干那些我们所喜欢的事情。夏天不能去公共泳池游泳，不能去人多的地方凑热闹。你想一辈子待在铁肺里吗？他们会这样说。这是个愚蠢的问题。对我而言，我倒是觉得这种一动不动、可怜兮兮的生活很有吸引力。

用铁肺帮助科迪莉亚呼吸，就像在拉手风琴。一阵阵呼哧呼哧的声音从她身边传出。她的脑子十分清醒，但是身体动弹不得，也说不出话来。我走进房间，在里面走动着，说着话。我们的目光相遇了。

科迪莉亚一定就在附近。她可能离我不到一英里，可能就在隔壁的街区。但是，我也不知道，如果偶尔碰到她，我会跟她说什么。比如，在地铁上和她面对面坐，或者一起在站台上等车，我们会肩并肩站在一起，看着广告上一张巨大的红色嘴巴啃着巧克力。然后，我会转过身去对她说：科迪莉亚。是我，伊莱恩。她会转过身来夸张地尖叫一声吗？她会不理我吗？

我呢？如果有机会，我也会冷落她吗？还是说我会一声不吭地走到她面前，一把搂住她？或者抓住她的肩膀拼命摇？

我似乎走了好几个小时，下坡，走向市中心，那里已经没有电车了。此时已经入夜，天空中呈现灰色的水洗水彩效果，像蒙着液态的灰尘，这座城市一到秋天就这样。不过，这里的天气还是我熟悉的样子。

我走到了我们以前下车的地方。以前，我们刚下了电车，脚就踩进路边正在融化的雪堆里，迎面刮来一股刺骨的寒风，风是从湖面上穿过平顶的旧楼房刮过来的。那时，我们觉得这些楼房就是城市化的象征。如今，在这一片城区，破旧的平顶楼房已经不见了。翻新的红砖外立面都装了龙飞凤舞的霓虹灯牌，很多地方都用了黄铜装饰件，房地产行业很红火，看样子大家都很有钱。前方有一排庞大的长方形大楼，全是玻璃幕墙，楼里灯火通明，像一块块巨大的墓碑，发着寒光。冰冷的资产。

不过，我不怎么看这些大楼。对于从我身边经过的人，就算他们穿着时髦的服装，我也不屑于多看一眼。他们的身上全是进口货，手工皮革或者麂皮，等等。相反，我更乐于低头看着路面，像是在追踪猎物。

我感到喉咙发紧，下巴有点疼痛。我又开始咬手指了。咬出血了，这种味道很熟悉，尝起来就像橘子味的冰棍，是一分钱一个的口香糖，是红甘草味的糖果，是被咬过的头发，是肮脏的冰。

二

锡　纸

SILVER PAPER

3

地板上铺着一张日式床垫，我正躺在上面，盖着一条羽绒被。日式床垫、羽绒被，都是新鲜事物。斯蒂芬是否知道日式床垫和羽绒被是什么？他很可能不知道。你跟他说起日式床垫，他可能就傻乎乎地看着你，要么是他听不明白，要么是他觉得你的脑子有问题。在他的世界里，不存在所谓的"日式床垫"。

日式床垫和羽绒被尚未出现的时候，一个冰激凌甜筒的价格是五分钱。如今，如果运气好的话，你用一加元就可以买到一个，但也没有以前那么大。九十五分钱的差别，就是时代变迁的结果。

这就是我的前半生。我就像走到了一条河的中间或者一座桥的中间，过了一半，还有一半。到了这个年龄，财产、责任、成就、经验和智慧等，都该有一些积累了。我应该是有些"资产"的人了。

可是，自从回到这里，我一直没有觉得自己更有分量了。我反而感觉更轻了，好像身上在掉东西，分子在流失，骨骼的钙在流失，血液细胞也在流失。我仿佛正在萎缩，仿佛我这个皮囊里面装的是冷空气，或是空中飘飘扬扬的雪花。

然而，我并没有升空，反而在下沉。我感觉有人把我往下拽，把我按在地上，让我陷进泥泞里面。

我讨厌这座城市。我始终都讨厌它，我不记得对它有过什么别的感受。

曾几何时，大家都在说这座城市很无趣。有一种说法，说要是得了一等奖，可以去多伦多待一周，二等奖就待两周。多伦多是个好地方，天空总是蔚蓝的，只不过星期天连酒都买不到。本地人却都说多伦多狭隘、自满、无聊。说这种话的人通常觉得周围的人哪样都不好，而自己样样都好。

如今，你必须承认，这座城市发生了巨大的变化。这段时间，杂志上都说多伦多是"世界级城市"，几乎众口一词。街上有各种民族特色餐馆，剧场和精品专卖店随处可见。大家都说多伦多是没有垃圾和拦路抢劫的纽约。过去，多伦多的市民常去布法罗度周末，男人会去看色情表演、去喝酒，女人则去购物。回来的时候，有些人还醉醺醺的，上蹿下跳，像跳梁小丑；有些人过海关的时候身上套了好几层衣服，想逃避关税。如今的周末，人员往来的情况正好颠倒过来。

说多伦多"无聊"也好，说它是"世界级"也罢，那都是别人的说法，我从来都不认可。对我来说，多伦多从来都不无聊。多伦多的苦闷和魅力，绝非"无聊"二字可以概括的。

我也不敢相信这座城市居然变了。昨天，我从机场乘出租车进城，一路上都是整整齐齐的工厂和仓库。那里曾经是整整齐齐的农场，如今一英里又一英里，接连盖起了小心翼翼和功利主义的建筑，然后穿过城市中心，市中心的样子倒看不出有多大变化，沿街还搭着浮华的欧式遮阳篷，路面上铺着石头。浮华之后，老城里一条又一条的街道上红砖房子依旧，门廊的柱子像毒蘑菇的灰白色茎干，窗户就像一双双犀利的眼睛盯着行人，充满了恶意，仇深似海。

每次梦到这座城市，我总是迷失方向。

不过，这是我生活过的城市。有时，我很难相信我能在这里生活，我感觉我不配。由此，我又有另一个奇怪的想法，我这个年龄的人都是成年人，而我只是长得像成年人。

我家在不列颠哥伦比亚省，有窗帘，也有草坪。那里距离多伦多够远了，再远我就掉进海里淹死了。那里的自然风景美轮美奂，山峦壮美得只有贺卡上才能看到，日落的霞光变幻莫测，那里的别墅看起来像是七个小矮人在二十世纪三十年代建造的，只比巨型蛞蝓大。即便是下雨天也美不胜收，我都不敢当真。不过，我想这肯定是真实的，在那里土生土长的人和我这个外来人一样，都感受得到令人窒息的美。天好的时候，住在那里就像在度假；天不好的时候，我也不会觉得有什么不好。

我有一个丈夫，不是首任丈夫，他的名字叫本。他不是艺术家，哪种都不算，我对此感到十分庆幸。他经营一家旅行社，专做墨西哥线路。他的杰出贡献之一，就是能搞到去尤卡坦半岛的打折票。但是，正因为要管理这家旅行社，他才没有和我一起来，圣诞节前的几个月是旅游旺季。

我有两个女儿，都已经长大成人，分别叫莎拉和安妮，这两个名字都中规中矩。一个学医，另一个学会计，都是合乎情理的选择。我喜欢合乎情理的选择，但我自己的许多选择都不大合理。我之所以倾向于给孩子取中规中矩的名字，看看科迪莉亚的遭遇就明白了。

我的生活是真实的，而我的职业可能就不那么真实。我是一个画家。我斗胆在护照的职业一栏里填写"画家"，否则我只能填"家庭主妇"。我不太像会画画的人，有时候我都觉得难为情。体面的人当不好画家，只有浮夸、自命不凡、装腔作势的人才会成为画家。要是有人叫我"艺术家"，我会觉得很尴尬，相比之下，我宁愿人们叫我"画家"，因为这更像是正当的工作。本国的大多数人都说，"艺术家"是下流、懒惰的代名词。如果你说你是个画家，大家都会用异样的眼光看着你。当然，那些画野生动物的和赚了大钱的画家除外。但是，我赚的钱只够让其他画家嫉妒，还不足以让大家都闭嘴。

大多数时候，我都觉得很庆幸，我想我算是安全着陆了。

我之所以来到这里，躺在日式床垫上，盖着羽绒被，都是拜我的职业所赐。我要办一场回顾展，这是我首次举办回顾展。画廊的名字叫"魅影"，这个名字有好几重意思，我早就喜欢这种双关的名字，后来，这渐渐成了潮流。能够举办这次回顾展，我应该感到高兴，但我的心情很复杂，我不想承认自己老了，只有资格够老的人才会办这种展览，不过，那是个由一群女人经营的另类画廊。我也觉得这件事不很靠谱，也不吉利，首先是回顾展，然后是停尸房。但是，安大略美术馆不愿意承办。他们偏爱已经过世的外国人。

羽绒被放在我的首任丈夫乔恩的工作室里。我感到好奇，他住在别的地方，但他的工作室里居然有羽绒被。我没有去翻他的药柜找发夹和女性除臭剂，要是在以前，我就会去找。这再也不关我的事了，发夹就留给他那个母老虎去找吧。

住在这里可能挺傻的，太容易想起从前的事情了。但我们一直保持着联系，因为莎拉也是他的女儿，在我们大吵大闹砸了玻璃之后，我们成了一般的朋友，相互距离也很远，但这样比每天待在一起更容易相处。听说我要来办回顾展，他主动提议让我住在那里。他说，多伦多的酒店，即使是二流的旅馆，都贵得让人望而却步。"魅影"画廊说过我可以住在里面，但我没有跟他提起。旅馆太整洁，浴缸洁白无瑕，我不喜欢。我不喜欢听到自己的声音在里面回荡，尤其是在晚上。我更喜欢杂乱一点的地方，有点污垢更好。我自己留下的污垢也好，乔恩的也好。过客和游牧民啊。

乔恩的工作室在国王街，距离码头不远。过去，人们都对国王街退避三舍。那里到处是灰不溜丢的仓库和轰隆隆的卡车，周围的巷道都让人缺乏安全感。如今，这个地方算是出名了，艺术家蜂拥而至。事实上，第一拨艺术家差不多都走了，如今沿街挂了铜字招牌，暖气管道漆成和消防车一样的红色，还出现了几家律师事务所。乔恩的工作室位于一个仓库的五楼和顶层，按现在的状态，恐怕维持不了多久。天花板上改装了轨道射灯，地板上的旧油毡片清理掉了，散发着派素万能消毒清洁剂的气味，但仍然可以闻到呕吐物和小便的陈旧气息，地板正在做喷砂打磨。我之所以什么都知道，是因为我是从一楼走上五楼的，他们还没顾得上装电梯。

乔恩把钥匙装在信封里放在垫子下面，信封里还有一张字条，上面写着：祝福你。这表明他比从前温柔、成熟多了。以前，他是不会说出"祝福"这种话的。他目前在洛杉矶，在拍一部电锯杀人狂电影，但他会在回顾展开幕之前赶回来。

我上次见到他，是四年前莎拉大学毕业的时候，我们都去参加毕业典礼。他是坐飞机去的，幸好他老婆没有一起去，他那个老婆不喜欢我。我们没有见过面，但我知道她不喜欢我。在冗长的典礼和之后的茶会期间，我们表现得很像有责任、有担当的父母。我们带两个女儿去饭店吃晚饭，大家都表现得中规中矩。就连穿着都考虑到莎拉的期望。我穿着套装，和鞋子很配；乔恩穿着西装，难得地系上了一条领带。我跟他说他的样子像个送葬者。

但是，第二天，我们就偷偷摸摸地去吃午饭，还喝得酩酊大醉。所谓"酩酊大醉"，这个说法有点老套，可是，通过这个成语，我们感觉又回到了过去。这也是一种回顾。我至今还觉得那次有点偷偷摸摸的，不过，本当然都知道。他不会和自己的首任妻子去吃午饭。

"你总是念念叨叨，好像出了什么大事似的。"本大惑不解。

"没错，"我说，"很可怕。"

"那么，你为什么要和他一起去吃午饭？"

"说不清楚。"我说。可是，我觉得还是说得清楚的。我和乔恩似乎是在聊一起交通事故，该聊就聊吧。我们互为受害者，也都是幸存者。我们曾经互相残杀，也拯救了彼此。这个说法很深刻。

过去，乔恩喜欢拼装碎片。他在人们丢掉的垃圾堆里翻木头和皮革碎片，然后拼起来，要么就把好好的东西砸碎，包括小提琴和玻璃器皿，将碎片粘起来，他称之为"碎片的艺术"。有一次，他拿了几段彩色胶带缠在树干上，并拍下照片。还有一次，他弄了一条"发霉"的面包，面包上下长满"霉菌"，他用一个小电动机，搞得像一个人在吹胡子。霉菌是用他自己和朋友的头发做的。我想，那块面包上可能也有我的头发。他从我的梳子上撸头发，被我抓了现行。

如今，他在给电影做特效，以此支撑他的艺术兴趣。工作室里，到处都是半成品。工作台上放着颜料、胶水、刀子和钳子，还有一只手连着胳膊，那是用塑料树脂做的，切口的动脉栩栩如生，胳膊用绷带缠着。地板上站着几个腿脚的中空石膏模子，看起来像象脚形伞架一样，有一个里面果真插着一把雨伞。还有半张脸，可能放久了，皮肤变黑了，也有点萎缩了，那是要戴在演员脸上的。有一只怪物，像是挨了欺负，一心想着报仇。

乔恩告诉我，他有点彷徨，做这种残肢断腿，不知道是不是他该干的事情。太暴力了，不利于传播人性的善良。上了年纪之后，他开始相信人性是善良的，这当然是一种改变；我甚至在橱柜里发现了一些香草茶。他说他宁愿制作一些可爱的动物，供儿童表演时用。但是，就像他说的，你得吃饭，这活儿总得有人干。

我真希望他在这里，本在也行，只要有个我认识的男人在就行。我对陌生人失去了兴趣。我曾经追求刺激，觉得有危险就有刺激，如今的我却害怕麻烦，不喜欢那种乱七八糟的东西。优雅地脱掉衣服始终是很难的，想到后面要说的话，脑子就嗡嗡作响。更糟糕的是，还要面对脚指甲、耳洞、鼻毛等，这些小东西也让人难堪。也许，到了这个年纪，我们会像小时候那样胆小。

我掀开羽绒被，起床后感觉好像没有睡过。我翻遍了小厨房里的茶袋，有柠檬雾和晨雷两个品牌的。最后，我没有拿茶，而是冲了一杯味道像毒药的浓咖啡。等我回过神来，我发现自己站在主卧的中央，但记不起来自己是怎么从小厨房进来的。有点恍惚，爱发呆，可能是时差的原因，晚上睡得太晚，早上起来就像吸过毒。这是老年痴呆症的早期表现。

我坐在窗前，喝着咖啡，咬着手指，看着楼下。从这个角度看，行人像是被砸扁了，像是畸形的孩子。到处都是四平八稳的火柴盒似的老仓库，再后面是平地，那里有铁路，以前常有火车跑来跑去。那时，那里是我们星期天唯一的娱乐场所。再过去是波澜不惊的安大略湖，湖水是石板灰色的，像毒液。湖水蒸发后下的雨可能会致癌。

乔恩的那个浴室狭小、油腻，我在里面洗漱，尽量不去想药箱里的东西。浴室的墙上沾了很多手印，漆是灰白色的，不是那种好看的白色。如果没有这些污渍，乔恩就无法觉得自己是一个艺术家。我一边斜着看镜子，一边涂着脸。我戴上隐形眼镜就嫌离镜子太近，不戴隐形眼镜又嫌离镜子太远。如今，在看镜子的时候，我总在嘴里含着一片隐形眼镜，感觉像薄薄的软玻璃，味道像柠檬汁的余味。如果不小心，我可能会被它呛死，如果就这么死了，那也太不值得了。我应该买一副双光眼镜。但是，那样我看起来就像个老太婆。

我穿上粉蓝色的运动服，看不出是个艺术家，然后走下四层楼，装成手脚敏捷、意志坚强的样子。我可能是一名出来跑步的女商人，也可能是一名正在休假的银行经理。我向北走，然后沿着女王大街向东走，那也是我们从前没有去过的地方。据说，那里是酒鬼常去的地方，我们称他们为"垃圾"，因为他们常喝消毒酒精，睡在电话亭里。在电车上，他们会往你的鞋子上吐痰。如今，那里有很多画廊和书店，满街的精品店摆满了黑色服装和奇形怪状的鞋子，时尚得很。

我决定去画廊看看，我从未见过那个画廊，迄今为止都是通过电话和邮件安排的。我不想进去，暂时不想跟那些人认识。我只想站在外面看看。我会走过去，假装漫不经心地看一眼，像一个家庭主妇、一个游客，反正就是一个随便逛的人。画廊是令人害怕的地方，很考验你的评价和判断能力。我信心不大足。

但是，走到画廊之前，我碰到了一堵胶合板围墙，里面是一个拆迁工地。围墙上面喷着涂鸦，跟整洁得变态的多伦多形成鲜明的对比。上一句写着：要么是培根，要么是我，宝贝。下面一句是：什么是培根，哪里有？旁边贴着一张海报。那也许不是海报，更像是一张传单，浓烈的紫色底，搭配强调色绿色，字是黑色的。海报上写着：里斯利回顾展。这里只写了姓，像个小男孩。这个姓是我的，那张脸也像我。那是我发给画廊的照片，只不过现在多了一道胡子。

画胡子的人，无论是谁，他肯定知道自己在干什么。或者是她，这个可能性不能排除。那道胡子向上卷，像骑士的胡子，下面还有一把山羊胡子，很优雅，珠联璧合，和我的头发也很配。

我想，这道胡子值得我担心。这只是涂鸦，还是政治评论，抑或是侵犯行为？是类似于"基莱到此一游"，还是在叫人家"滚蛋"？我还记得我自己也画过这样的胡子，画胡子的时候，心里充满怨恨、嘲笑和打击人家的欲望、拥有权力的快感。这是抹黑、损人的行为。如果我年轻一点，我会愤愤不平。

此时此刻，我却研究起了这道胡子，我心里想：这样子看起来还不错。加了这道胡子就像穿上了戏服。我从几个角度看了又看，仿佛我正在考虑给自己买一件。胡子散发出不一样的光芒。我想到了男人和他们的胡须，他们随时可以把胡子刮掉，那是伪装和隐藏的机会。我想，对于留着大胡子的男人，如果剃掉胡子，他们会产生赤身裸体的幻觉，会感到特别渺小。很多人留着胡子更帅。

刹那间，我产生了一种奇妙的感觉。我终于拥有一张可以画胡子的脸。这是一张公众人物的脸，一张值得抹黑的脸。这是一件成就感满满的事。总之，我终于有所成就，不管是什么成就。

不知道科迪莉亚会不会看到这张海报，不知道她会不会认出留着胡子的我。也许她会来参加开幕式。她会走进大门，然后我会转身。我会穿上画家该穿的黑色衣服，像模像样，感觉是个成功人士，手里端着一杯还不错的葡萄酒。酒一滴也不会洒落。

4

在我们搬到多伦多之前，我一直都很开心。

从前，我们都没有固定住在什么地方，或者说我们住过的地方太多，已经记不清了。我们经常在路上开车，开着一辆斯蒂庞克车。这车和小船大小差不多，车身低矮。我们喜欢穿过小路，或沿着北部的双车道公路，经过一个又一个湖，越过一座又一座山，路中间的白色分道线无限延伸，路两边的电线杆高高低低，也绵延不绝，电线就像上下起伏的波浪。

我一个人坐在后座上，两边是手提箱和装着食品和衣服的纸箱子，座位套散发着很浓的清洗剂气味。我哥哥斯蒂芬坐在前排，窗户半敞着。他那边有薄荷糖的味道，再仔细闻，可以闻到雪松铅笔和湿沙子的气味。有时，他会往纸袋里吐，如果我父亲能及时停车，他会出去吐在路边。他晕车，我不晕车，这就是他要坐在前排的原因。据我所知，这是他唯一的弱点。

坐在后排，我可以清楚地看到我家人的耳朵。我父亲戴着旧毡帽，帽檐外伸，不让树枝、树液和毛毛虫碰到他的头发，帽檐下的耳朵又大又软，耳垂很长，就像小矮人的耳朵，也和米老鼠漫画书里的两条狗很像。我妈妈用发夹把两鬓的头发扎在耳朵后面，人们从背后很远的地方就能看到她的耳朵。她的耳朵比较窄，上边看样子很脆，似乎一不小心就会破，像瓷杯的把手，但她的身材并不那么娇嫩。我哥哥的耳朵是圆的，像干杏子。他经常用彩色铅笔画浅绿色的椭圆形外星人，那些外星人的耳朵跟他的很像。在他圆圆的耳朵周围和上方，以及脖子的背后，披着浓密的暗金色头发。他对理发很排斥。

在车里的时候，要凑着哥哥的圆耳朵说悄悄话很困难。这也无所谓，反正他不能回头搭话，因为他要直视前方的地平线，或者盯着道路中间的白线缓慢起伏，一波又一波。

路上很空，因为是战争时期，只是偶尔会碰到装载着刚切开的木料或刚砍伐的新鲜木材的卡车。卡车过后，我们就能闻到木屑的香气。到了吃午饭的时候，我们会靠边停车，拿出防潮布铺在白色的蜡菊和紫色的柳兰上面，一起吃妈妈做的午餐：要么是面包加沙丁鱼，要么是面包加奶酪，要么是面包涂糖蜜，要么是面包涂果酱，有时还有一点别的东西。肉和奶酪是定量供应的，极少吃得到，就像配给票证簿里面的彩色邮票。

父亲会生一把火，用带盖的金属罐烧水，准备泡茶。饭后，我们一个接一个地跑到灌木丛里，口袋里都装着卫生纸。有时，灌木丛里已经有了别人的卫生纸，融化在蕨丛和枯叶之中，但大多数时候是没有的。我蹲着，一直注意在听背后有没有熊的声音，紫菀叶刷着我的大腿，粗糙得很。然后，我把卫生纸埋到树枝、树皮和干枯的蕨草下面。父亲说，你应该尽量不留下痕迹。

父亲拿着一把斧头，背上一个包，挎了一个系皮革肩带的大木箱，走进树林。他一棵树一棵树地往上看。选中一棵树后，他就在树下的地上铺开防水布，绕着树干扎好。他打开木箱子，里面装满了一排排的小瓶子。他用斧背击打树干。树不停摇晃，树叶、枯枝和毛虫啪嗒啪嗒地落下，有些先掉到他灰色的毡帽上再落地，有些直接砸到防水布上。斯蒂芬和我蹲下，捡起毛虫，虫子长着蓝色条纹，身体柔软而凉爽，手感就像摸狗鼻子。我们把虫子放进装满了酒精的瓶子里，它们扭动着身体慢慢下沉。

我父亲看着这些毛虫，好像是他自己养的一样。他仔细检查被啃过的树叶。他说，这是一场美丽的虫害。他兴高采烈，像个顽童，比我还小。

我的手指上沾了酒精，除了闻到一股气味，还感觉到一丝冰冷，像一根钢针扎了进去。在洁白搪瓷洗脸盆上，我能闻到那种气味。我抬头看着夜空中的星星，冰冷、洁白、锐利。我想这些星星肯定也有那种气味。

天黑了，我们就会停下来搭帐篷，用木杆撑起沉重的帆布。我们的睡袋是卡其色的，很厚，但疙疙瘩瘩，总是有点湿。我们先在地上铺防潮布，再放充气床垫，要把床垫吹起来，你会吹到眩晕，鼻子和嘴巴里全是类似旧雨靴或堆积在车库里的备用车胎的味道。我们围着火堆吃饭，火越烧越旺，而地上树枝的阴影也越来越大，看起来就像颜色更深的树枝一样。然后，我们爬进帐篷，钻进睡袋里，脱下衣服，打开手电筒。手电筒的光在帆布上"画"了一个圈，这一圈光很亮，圈里面则比较昏暗，活像一个靶子。帐篷散发着焦油、木棉和牛皮纸的气味，好像涂过奶酪油脂，也可以闻到草末的气味。早晨，外面的杂草上沾满了露珠，晶莹剔透。

有时太晚了，找不到地方搭帐篷，我们会住在汽车旅馆里。汽车旅馆总是孤零零的，远处是黑乎乎的森林，灯光整齐，整个旅馆就像海上的船只或沙漠上的绿洲。旅馆外面有加油站，加油机和人体一样大小，上面有个圆盘，亮起来就像苍白的月亮，或者去除头像的光环。每个圆盘上都有一个贝壳或一颗星星，一片橘红色的枫叶和一朵白色的玫瑰。汽车旅馆和加油站通常都是空荡荡的，没有什么人来，汽油是定量供应的，所以除非迫不得已，人们不会远行。

我们有时也住在别人或政府的小木屋里，废弃的伐木营地也住过，我们有时会搭两个帐篷，一个用来睡觉，一个用来存放物资。冬天，我们会待在北边的小镇或城市，比如苏镇或者北湾或者萨德伯里，住在公寓里面。其实，那所谓的"公寓"，就是人家房子的顶层，所以我们必须非常小心，不让我们的鞋子在木地板上擦出响声。我们的家具平时都付费交给人家保管，用的时候再去拿。家具都一样，但每次看到都觉得陌生。

这种地方有抽水马桶，白色的，令人害怕，一冲水，轰隆隆的一响，里面的东西就都没了。我们第一次进城的时候，我和哥哥经常去洗手间，也会把东西扔到马桶里去，比如通心粉，看着它们在眼前消失。有时会响起空袭警报，我们就拉下窗帘，关上灯，尽管妈妈说仗不会打到这里来。战争的声音通过收音机渗透进来，很遥远，吱吱啦啦的。随着静电的干扰，来自伦敦的声音渐渐消失了。我们的父母听着，一脸狐疑，嘴巴紧闭，可能是我们在吃败仗。

我哥哥可不这么想，他认为战事进展对我方有利。他喜欢收集上面印有飞机图片的香烟卡，知道所有飞机的名称。

他有一把锤子和一些木头，还有一把折叠小刀。他用小刀削木头，用锤子敲敲打打，他要做枪。他用钉子把两块木头钉成直角，再用一根钉子做扳机。他有几把这样的木头枪，还有匕首和剑，他用红铅笔在刀刃上涂了红色，当成是血。红色用完了就用橘黄色，橘黄色的血。他还喜欢唱这首歌：

> 孤翼与祈祷，托起雄鹰。
> 孤翼与祈祷，托起雄鹰。
> 失去一只引擎，
> 我们还将继续前进，
> 孤翼与祈祷，托起雄鹰。

唱这首歌的时候，他总是兴高采烈，但我认为这是一首悲伤的歌。我见过香烟卡上的飞机图片，但我不知道它们是如何飞行的。我觉得就像鸟儿一样，而折了翼的鸟儿是不会飞的。冬天吃晚饭前，父亲会端起杯子，对餐桌上的其他人说："只有一只翅膀，你是飞不起来的。"所以，事实上，祈祷是没有用的。

斯蒂芬给了我一把枪和一把刀，我们玩起了战争游戏。这是他最喜欢的游戏。父母在搭帐篷的时候，生火或者做饭的时候，我们就溜到树林或者灌木丛里，躲在树叶后面。我是小步兵，必须听从他的命令。他挥手示意我前进，示意我后退，叫我不要抬头，别让敌人的枪打到。

"你死了。"他说。

"不，我没死。"

"死了。他们打中你了。躺下。"

我无法和他争论，因为他看得见敌人，我看不见。我只好躺在潮湿的地上。为了不让身上弄得太湿，我会找一个树墩子撑住身体，等待复活。

有时候，我们不"打仗"，而是在树林里"打猎"，把木头和石头翻开，看看下面有什么。有蚂蚁、甲虫、青蛙、蟾蜍、小蛇，如果幸运的话，甚至可以找到蝾螈。我们不会把找到的东西怎么样。我们知道，如果把它们放进瓶子里面，不小心把它们落在汽车后座，让阳光曝晒，它们就会死去，这种事情以前发生过。因此，我们只是盯着它们看，蚂蚁会赶紧把药片形状的卵藏起来，现场一片忙乱，小蛇则急忙逃窜，一会儿就不见了。然后，我们把木头放回原处，除非我们需要用这些东西来钓鱼。

我们偶尔会打架，我总是输给他。斯蒂芬个头儿比我大，比我狠，我想和他玩，他却不那么想和我玩。我们悄悄地打，或者跑到很远的地方去打，如果被大人抓了现行，我们都会受到惩罚。正因如此，我们不会相互告发。通过惨痛的教训，我们知道，背叛所带来的快感，相比惩罚而言是微不足道的。

因为打架要偷偷摸摸地打，所以更多了一些诱惑。就像我们不能说脏话，比如"屁股"，所以忍不住想说。同理，一起搞点事情，或者相互弄点恶作剧，也是我们渴望的事情。我们会踩着对方的脚，掐着对方的胳膊，就算很痛也忍着，再大的怒火也得压着。

在这个远离战争的国度，我们像游牧民族一样的日子到底过了多久呢？

今天，我们开了很长时间的车，等到要搭帐篷的时候，天已经很晚了。我们的帐篷搭在路边，旁边有一个湖，但我不知道叫什么名字。湖边的树倒映在水中。秋天来了，杨树叶正在泛黄。太阳下山慢悠悠的，空气很凉，天空变成粉红色，像火烈鸟的羽毛，然后慢慢变成浅橙色，最后变成红色，像红药水。粉红色的霞光洒在湖面上，闪烁摇曳，然后逐渐褪色，直到消失。这是一个晴朗的夜晚，没有月亮，满天都是星星。银河系看得很清楚，这表明天气要变坏。

我们不会在意这种事情，斯蒂芬正在教我在黑暗中看东西，像突击队员那样。他说，你永远不知道这个本领什么时候用得到。在黑暗中不能用手电筒，还必须保持静止，直到眼睛适应了黑暗。然后，东西的形状开始显现，灰色的、闪烁的、虚幻的，仿佛是从空气中凝结而成的。斯蒂芬叫我慢慢移动脚步，一次出一只脚，站稳再出另一只脚，不要踩到树枝。他还说呼吸要轻。"如果被他们听到，你就完蛋了。"他细声说。

他蹲在我身边，身影映在湖上，黑乎乎的一团。我看到有只眼睛一闪，他人就不见了。这是他的一个诡计。

我知道他偷偷溜到火边，回到父母身边去了。他们的身影忽明忽暗，面目模糊。我独自一人待在湖边，能听到自己的心跳和呼吸声。但他说得没错，现在，我在黑暗中也能看见东西了。

这些都是我已故的亲人。

5

我的八岁生日是在汽车旅馆中度过的。我收到的生日礼物是一台布朗尼盒式相机，一台黑色的长方形照相机，上面有一个把手，后面有一个取景用的圆孔。

这个照相机拍的第一张照片是我自己。我靠在汽车旅馆客房的门框上。我背后的门是白色的，关着，上面贴着一个金属数字：9。我穿着裤子，膝盖以下很宽松，上身穿着夹克，夹克的袖子太短了。夹克里面是一件哥哥穿过然后传给我的黄褐色相间的条纹针织套头衫。我自己知道，但照片上看不到。我的许多衣服都是他穿过的。由于照片曝光过度，我的皮肤十分苍白，我的头歪向一边，我没戴手套，手腕露在外面，垂着。我的样子就像老照片上的移民。我好像是被人摆在那里的，很听话，一动不动地站在门口。

那时，我是个什么样的人？有什么愿望呢？记不得了。我真的希望生日礼物是一台照相机吗？也许不是，虽然收到这个礼物的时候我也很开心。

我还想要纳贝斯克麦片盒里的卡片。灰色的卡片上面有图片，可以涂颜色，然后剪下来，折叠起来，做成镇上的那种房子。我还想要一些烟斗通条。我们有一本叫《雨天消遣指南》的书，讲到如何用两个罐子和一根绳子做对讲机；讲到如何做一艘船，船上留一个洞，往洞里滴润滑油，船就会滑行；还讲到如何用微型火柴盒制作玩偶的五斗柜，如何用烟斗通条做各种动物，像狗、羊、骆驼，等等。我对船和抽屉柜不感兴趣，只对烟斗通条感兴趣。我还没见过烟斗通条呢。

我想要香烟内包装的锡纸。我已经有一些锡纸了，但我想要更多。我的父母不抽烟，所以，我只能到处去捡。在加油站的外围和汽车旅馆附近杂乱的草地上，都捡到过。我经常从地上捡锡纸。捡到锡纸以后，我会清理干净，抹平，然后夹在课本里面。我不知道锡纸攒够了以后我会用来做什么，但是，做出来的东西肯定很有意思。

我想要一个气球。战争结束了，气球又回到了人们的视野之中。有一年冬天，我得了腮腺炎，妈妈在她的皮箱底找到了一个气球。一定是她在战前就藏在里面的，她也许预测到了气球要消失一段时间。她帮我把气球吹起来。气球是蓝色半透明的圆形，像一个幽静的月亮。橡胶很陈旧，腐朽了，刚吹满气就爆了，我很伤心。我还想要一个气球，一个不会爆的气球。

我想要几个朋友，女的，女朋友。我知道女朋友是存在的，在书上看到过，但我从来都没有过女朋友，因为我在每一个地方待的时间都不够长，交不到女朋友。

大部分时间天气都不好，要么是阴天，天空灰蒙蒙的；要么就下雨，我们只好待在旅馆里面。这家汽车旅馆是我们习以为常的那种，一排小屋，看样子不是很结实，黄色、蓝色、绿色的圣诞灯把它们串联在一起。这些小屋叫作"居家小屋"，里面有个炉子、一两只锅和一只烧水壶，还有一张铺着油布的桌子。我们这间居家小屋的地板上铺着油毡，上面的印花图案已经褪了色。毛巾很薄，床单的中间都有磨损，被别人的身体磨薄了。有一幅冬天树林的画，是镶框的印刷品，还有一幅画了飞行的鸭子。一些汽车旅馆的厕所在室外，但我们这家有室内厕所，有冲水马桶，臭归臭，还有一个浴缸。

我们已经在这家汽车旅馆待好几个星期了，这很难得。通常，我们在汽车旅馆一次只住一个晚上。我们吃了不少"老农"牌的豌豆浓汤罐头，汤要倒进一个有凹坑的锅里面，放在一个双头炉子上加热。面包涂糖蜜，奶酪都是大块的。如今战争结束了，奶酪也多了。我们在室内也穿户外服装，晚上不脱袜子，这些小屋的墙壁是单层的，原先是只在夏季接客的。热水一直都不怎么热，我妈妈用水壶烧水，烧开后倒进浴缸里让我们洗澡。"把脏东西搓掉就行了。"她说。

吃早餐的时候，我们会用毯子盖住肩膀。有时，在小屋里，我们也可以看到自己呼出来的气。情况有点不寻常，有点像在过节的样子。首先是我们不去上学。我们每到一个学校上学，都不会超过三四个月。我已经有八个月没去学校上学，学校是什么样子的我已经记不得了。

早上，我们会做练习册上的作业。妈妈会告诉我们要做哪几页。然后，我们读学校发的读物。我的那本读物里有一个故事的主角是两个孩子，他们住在一栋白色房子里，挂着褶皱窗帘，房子前有块草坪，围着尖桩篱栅。孩子的爸爸去上班，妈妈穿着连衣裙，系着围裙，孩子们带着他们的狗和猫在草坪上玩球。这些故事和我自己的生活简直风马牛不相及。没有帐篷，没有公路，没有到灌木丛里撒尿的事情，没有湖泊，没有汽车旅馆，也没有战争。那些孩子的身上总是干干净净的，有个叫简的小女孩穿着漂亮的连衣裙，脚上穿的是系带的黑漆皮鞋。

这些书对我有特别的吸引力，我觉得很新奇。斯蒂芬和我用彩色铅笔画画的时候，他画的是战争场面，普通战争和太空大战。为了呈现爆炸的场面，红黄和橘色的铅笔被他用到只剩下一个笔头了，金色和银色也快要用完了，他用这两种颜色涂宇宙飞船的金属外壳、钢盔和枪炮。我跟他不一样，我画的是女孩子。我给她们穿老式的衣服，长裙、围襟和泡泡袖，或者像简穿的那种衣服，头上系着很大的蝴蝶结。我心目中的女生，都是这么优雅漂亮。如果真的碰到了这样的女生，我还没想过要跟她们说什么话。我没想到那么远。

晚上，我们要洗碗。妈妈会说："赶紧收拾好！"然后，我们会小声用单音节词争辩该由谁洗，用湿茶巾擦干不如用水洗，用水洗可以暖手。我们把盘子和杯子扔到大盆里，然后再把勺子和刀子扔进去，小声叫着"炸弹来了！"我们尽量瞄得准一点，不要砸到盘子和杯子。这些碗碟不是我们家的。这让我们的母亲很生气。她真生气了，就自己去洗，这就算是在斥责我们。

深夜，我们睡在易拉床上，床松松垮垮的，人整个都陷进去，从头到脚蒙起来，这样本应比较容易睡着。但是，我和哥哥会在被窝里对踢，要么就争着把穿着袜子的脚弄到对方的睡裤里面。偶尔，路过的汽车的灯光会从窗户照进来，光线先是从一面墙移动到另一面墙，然后逐渐消失。我们可以听到引擎声，接着听到轮胎在湿滑路面上跑的声音，然后就安静了。

6

我不知道那张照片是谁给我拍的。一定是我哥哥，因为妈妈在房间里面，被白色的房门关在里面，穿着灰色的休闲裤和深蓝色的格子衬衫，正忙着把我们的食物放进纸箱，把我们的衣服装进手提箱里。她有一套整理的方法，一边做一边自言自语，提醒自己注意细节。她不喜欢我们在旁边碍事。

照片刚拍完，就开始下雪了，北方十一月的天空阴沉沉的，小雪花一片一片地飘落下来。在下第一场雪之前，整个世界鸦雀无声，空气非常压抑，天空逐渐阴暗下来，最后一片枫叶挂在树枝上，像飘摇的海藻一样。我们昏昏欲睡。突然间就开始下雪了，我们一下子兴奋了起来。

我们在汽车旅馆外面跑来跑去，脚下穿着破旧的夏季鞋，伸手去接飘落的雪花，头向后仰，嘴巴张开，吃着雪。如果雪积得厚，我们会在地上翻滚，跟小狗在泥土里打滚儿一样。我们的心情跟小狗一样，欣喜若狂。但是，妈妈朝窗外看，看到我们在雪里玩，就叫我们赶紧进屋，拿毛巾把脚擦干。我们没有合脚的冬靴。进屋后，雪变成了雨夹雪。

爸爸在屋里走来走去，钥匙在口袋里叮当作响。他是个急性子，想马上离开，但妈妈叫他不能操之过急。我们出去帮他把结在车窗上的冰刮掉，然后去搬箱子，挤进车里，车朝南方开去。我知道前方就是南方，因为阳光是从那边照过来的。此时，阳光微弱地穿过云层，照在结着冰的树上，闪闪发光。道路两旁的冰块也反射着光线，有点刺眼。爸爸妈妈说我们要去我们的新房子。那是我们自己的房子，不是租的，在城里，那个城市叫多伦多。这个名字对我来说毫无意义。我想到了学校读物里的那幢白色房子，有尖桩篱栅，有草坪，还有窗帘。我很想看看我的卧室是什么样子的。

抵达新房子的时候已经是傍晚时分了。起初我以为是搞错了，但这就是我们的房子，没搞错，因为我父亲已经拿出钥匙来开门了。这房子不像是建在街上的，更像是在野外。那是方方正正的黄砖平房，四周被泥土包围。在房子的一边，地上有一个大洞，周围堆着好几大堆泥。房子前面的路也很泥泞，坑坑洼洼。下面埋了一些水泥块，我们得踩着这些水泥块才能走到门口。

房子里面的情形更让人丧气。不过，房子里有门窗，有隔墙，取暖的炉子也管用。客厅里有落地窗，尽管窗外放眼望去是一大片泥泞。马桶的确可以冲水，但里面沾着一圈棕黄色的污渍，水上还漂浮着几个烟头。我打开热水龙头，水龙头里会流出略带红色的温水。但是，地板上没有铺抛光的木头，甚至没有铺油毡。地上铺着粗木板，板与板之间有缝，缝里面塞着灰色的石膏粉末，板上有白色的斑点，看起来像鸟屎。只有少数几个房间装了灯，在其他房间里面，电线都从天花板的中间垂着。厨房里没有橱柜，只有一个光秃秃的水槽，也没有炉子。墙壁都没有刷过漆。在窗户、窗台、各种设备和地板上，到处布满了灰尘。地上还有很多死苍蝇。

"我们自力更生，动手解决！"妈妈的意思是叫我们都别抱怨了。她说我们要尽力而为。这个房子就靠我们自己了，因为承包商已经破产了。"跑路了。"妈妈是这么跟我们说的。相比之下，爸爸的兴致就没那么高。他在房子里走来走去，这里瞧瞧，那里戳戳，自言自语，有时像在吹口哨。"王八蛋，王八蛋。"他说。

妈妈从车里翻出来一个便携式煤气炉，搬进房子，放在厨房的地板上，厨房里暂时没有桌子。她开始热豌豆汤。哥哥出去了。我知道他要去爬隔壁的土堆，或者去评估钻进那个大洞的可能性，但我不敢和他一起去。

我走进浴室里，用略带红色的水洗手。水槽上有一道裂缝，此时此刻，我感觉这比其他任何问题都更严重。我照着那面布满灰尘的镜子。灯没有灯罩，只有一个光秃秃的灯泡，我的脸色看起来很苍白，像病人，居然还有黑眼圈。我揉了揉眼睛。我知道被人看见在哭可不好。虽然房子很简陋，但很热，可能是我还穿着户外衣服的缘故吧。我感觉很不自在。我想回汽车旅馆，继续上路，接着过那种漂泊不定的生活。以前的生活虽然动荡，我却很有安全感。

头几天晚上我们睡在地板上，睡在睡袋里面，下面铺了充气床垫。后来弄来了几张行军床，那床用金属架子绑着帆布。金属架子上宽下窄，如果晚上翻身，就会掉到地上，床会倒过来压在身上。我每天晚上都掉下来，醒来的时候会发现自己躺在地板上，但想不起来是怎么回事，或者自己是在哪里，幸好哥哥不会嘲笑我，也不会命令我闭嘴，因为我一个人住一个房间，他在另一个房间。起初，我想到自己一人住一个房间就兴奋，可以按照自己的意愿安排这个空荡荡的空间，不用考虑斯蒂芬和他到处扔的衣服和木头枪支，可是，现在我感到很孤独。以前，我没有单独在一个房间里过过夜。

每天我们去上学的时候，家里都会添置一些新的东西，一个炉子、一个冰箱、一张折叠小桌、四把椅子。这样，我们就可以围坐在桌子旁边吃饭，跟正常人一样，而不用盘腿坐在壁炉前的地垫上吃。壁炉很好用，是房子里唯一完善的部分。我们把建房子剩下的碎木片扔进去烧。

每逢空闲的时候，爸爸就搞房子的内部装修。地板开始铺东西，客厅里铺窄硬木板，卧室里铺沥青地砖，一排排向前推进。房子看起来渐渐像那么回事了。可是，这个过程比我想象的要长得多。眼下，我们还身处这片战后的烂泥里，距离拥有尖桩篱栅和白色窗帘还远着呢。

7

以前，爸爸总是穿着冲锋衣，戴着破旧的灰色毡帽；穿着法兰绒衬衫，把袖口扣得紧紧的，防止黑蝇爬上他的胳膊；穿着厚重的裤子，裤脚塞进羊毛工作袜里面。除了毡帽，妈妈的穿着和爸爸没有多少不同。

如今，爸爸穿上了夹克衫，戴上了领带，里面穿着白色衬衫，外面套上粗花呢大衣，还围上了围巾。他以前穿靠涂油脂防水的皮靴，现在则穿着皮鞋，外面再套橡胶套靴。妈妈穿上了后面有竖线的长筒尼龙袜，大胆地把腿露了出来。她出门时还会涂口红。她有一件有灰色毛皮领子的外套，还买了一顶插着一根羽毛的帽子。一戴上这顶帽子，她的鼻子就显得过于修长。因此，每当她戴上这顶帽子，她都会对着镜子说："我长得像女巫恩多吗？"

发生这些变化的原委，是爸爸换了新工作。如今，他不再是森林昆虫野外调查员，而是一名大学教授。曾几何时，收集昆虫的瓶瓶罐罐摆得到处都是，气味呛人，但很多都已经不见了。现在，家里到处都是他的学生用彩色铅笔画的草图。他们画的都是昆虫，蚱蜢、云杉蚜虫、天幕毛虫、蛀木虫等。一只要画满整整一页纸，每个身体部位都做了整齐的标记，包括下颌骨、触须、触角、胸部、腹部等。有些画的是横切面，也就是把昆虫解剖开来，这样就可以看到内部器官，比如管道、肠子、腺体、神经线等。我最喜欢这种。

晚上，爸爸坐在扶手椅上，在两边扶手间搭一块木板，上面放着标本草图，拿一支红色铅笔一张张批改。有时，他会一边批改一边笑起来，或者摇摇头，或者发出啧啧声；有时，他还会骂"白痴"或者"笨蛋"。我站在扶手椅的后面，看着那些图纸，他会指出这个人把嘴巴画错边了，那个人没有画心脏，还有一个人连雌雄都不分。对于这些标本图，我有自己的看法。对我来说，画得好坏关键在于颜色。

星期六，爸爸会开车带我们全家去他工作的地方。那幢楼叫"动物学大楼"，但我们不这么叫它，我们就说是"那幢楼"。

那幢楼很大。我们每次去，楼里几乎是空的，因为是星期六，这样看起来就更大了。大楼外墙砖是深棕色的，风化得厉害，看样子应该是有塔楼的，但其实没有。墙上长满了常春藤，但因为是冬天，没有叶子，只有光秃秃的枝条。楼里面的走廊很长，铺着硬木地板，一代又一代的学生曾经穿着湿漉漉的雪地靴走过。地板已经显得老旧，颜色斑驳，但仍然很光滑。楼梯也是木头的，走上去会嘎吱作响。爸爸不允许我们从扶手上滑下来，铸铁暖气片在砰砰作响，暖气片不用的时候冰冷，开起来就滚烫。

到了二楼，走廊连着走廊。走廊两边的架子上摆满了装着死蜥蜴或防腐处理过的牛眼球的罐子。其中一个房间里有几个玻璃箱，里面装着蛇。我们没见过这么大的蛇。有一条是温驯的大蟒蛇，要是管理员刚好在，他就会把它弄出来，缠绕在他的胳膊上，这样，我们就可以看明白蟒蛇是怎么把猎物绞死然后吃掉的。我们可以抚摸它，蛇皮凉凉的、干干的。别的箱子里装着响尾蛇，管理员向我们演示怎么从它们的尖牙里挤出毒液。为此，他戴了一只皮手套。毒牙是弯曲的、空心的，滴下来的毒液是黄色的。

这个房间里还有一个水泥池子，里面灌满了看起来很稠密的淡绿色的水。水里面有几只大海龟，有的趴着，眨着眼睛，有的笨拙地爬到一边的岩石上。如果我们靠得太近，它们就会发出咝咝的声音。这个房间比其他房间更热、更潮湿，这是为里面的蛇和乌龟特设的。房间里有麝香的气味。另一个房间里有一只笼子，里面装着巨型非洲蟑螂，这些蟑螂是白色的，而且有毒，每次打开笼子给它们喂食或把它们取出来时，管理员都要先给它们吹一种气体，让它们失去知觉。

地下室里有一排排架子，养着白老鼠和黑老鼠，不是野生的，但很特别。它们吃通过漏斗送进笼子的颗粒饲料，要喝水的时候，水瓶上有滴管，可以滴下来。它们用嚼碎的报纸屑做窝，里面有一窝粉色的小老鼠，还光溜溜的，没长毛。老鼠上下乱蹿，相互踩踏，睡觉时扎堆在一起，还会用颤抖的鼻子嗅嗅对方。老鼠饲养员告诉我们，如果把一只陌生的老鼠放进去，笼子里的老鼠闻到陌生的气味，会把这只外来的老鼠活活咬死。

地下室有一股很强烈的老鼠屎的臭味，往上弥散，弥漫了一整栋楼。不过越往上面越淡，最后和地板去污剂的气味混杂在一起，也和地板上光剂、家具蜡、福尔马林和蛇的气息混为一体。

对于大楼里的所有东西，我们都不觉得讨厌。虽然有些小细节不太一样，但大楼的总体布局对我们来说可谓轻车熟路，当然，以前，我们从未在某一个地方见过这么多老鼠，它们的恶臭也令我们生畏。我们想把海龟从池子里捞出来玩，但是，因为它们有攻击性，脾气又不好，一不小心，可能让它们咬断手指。我们识趣，不玩为妙。我哥哥想从罐子里拿出一只牛眼球，对于这种事情，男孩都会觉得很刺激。

楼上有几个房间是实验室。实验室的天花板特别宽阔，前面竖着黑板。实验室里有一排排深色的大桌子，更像是餐桌，旁边有高脚凳子。每张桌子都有两盏绿色玻璃灯罩的灯和两台显微镜，那是老式的显微镜，配沉重的管镜和黄铜件。

我们以前也见过显微镜，但没有这么长时间地用过。我们可以在这里随便玩，直到玩厌。有时，我们会用显微镜看玻璃片上的东西，比如蝴蝶的翅膀、切开的蠕虫、染了粉色和紫色的涡虫，经过染色，就可以看清楚它们的不同部位。有时，我们会把手指放在显微镜下面，看我们自己的指甲。指甲上的月牙就像暗粉色天空下的丘陵，四周的皮肤很粗糙，皱巴巴的，像沙漠的边缘一样。我们还会从头上拔下头发来观察，头发坚硬有光泽，就像昆虫甲壳上的刚毛，发根像微缩的洋葱头。

我们喜欢看伤口上结的痂。我们把痂揭下来，放到显微镜下看，总不能把整条手臂或腿伸过去吧。我们把放大倍数调到最大，结痂看起来像岩石，凹凸不平，但有光泽，不过看着也像某种真菌。如果我们能把手指上的痂揭下来，就把手指伸到显微镜下面，观察血液渗出来的样子，那个地方颜色鲜红，凸起一块，外形像浆果一样。我们看完之后会舔掉血迹。我们还看过耳垢、鼻涕、乃至从脚趾上刮下来的污垢。但是，我们要先看看周围是否有人，问都不用问，大人肯定不让我们干这种事。在他们的眼里，我们的好奇心应该是有限度的，尽管他们从来没有具体规定过界限在哪里。

这些都是周六早上干的事，在那个时间点，爸爸正好在办公室里忙着，妈妈要去买日常生活用品。她说这样也好，省了不少心。

从楼上可以俯瞰大学街，那里有草坪，摆放了几座骑兵雕像，雕像生了铜锈，变成了绿色。大学街的对面是安大略省议会大厦，看起来又旧又脏。我想，那幢楼一定和这幢楼一样，里面的走廊一条接着一条，走廊的两边摆满了架子，架子上放满了防腐处理过的蜥蜴和牛眼球。

就在这幢楼上，我们第一次看到圣诞老人游行。我们以前从未见过什么游行。你可以在收音机里收听圣诞老人游行的实况转播，但是，如果想去亲眼看看，就得穿上厚厚的冬装，站在人行道上，要一边跺脚一边搓手，不然就冻僵了。为了看得更清楚，一些人爬到骑兵雕像上面去。我们就不必跑到大街上去，因为我们可以坐在大楼里某一间实验室的窗台上看。布满灰尘的玻璃窗将严寒隔绝在外面，而铸铁暖气片的热气一阵阵地往上冒，吹到我们的腿上。

我们可以看到游行队伍慢慢走过去，有的人穿得像雪花，有的像精灵，有的像兔子，有的像糖梅仙子。奇怪的是，大家都好像矮掉了一大截，因为我们是从楼上往下看的。我们看到了穿着苏格兰短裙的风笛手乐队，还有几个大"蛋糕"，下面装着轮子，缓缓移动，上面还站着人，朝街上的围观人群挥手。开始淅淅沥沥地下雨了，街上的每个人好像都冻得直哆嗦。

圣诞老人在队伍的最后，身形比我们预想的小。他讲话的声音和扩音器播放的《铃儿响叮当》也被布满灰尘的玻璃窗隔在外面。他坐在机械驯鹿上，来回摇摆，看起来浑身湿漉漉的，不停地向围观人群撒着飞吻。

我知道他不是所谓的圣诞老人，只是某个俗人装扮成他的样子。尽管如此，我对圣诞老人的看法发生了改变，有了新的认识。从此，想起圣诞老人，我就很难不联想到蛇、乌龟、防腐处理过的牛眼球、漂浮在黄色罐子里的蜥蜴。我还会联想到旧木头、家具上光剂、福尔马林和老鼠，联想到四处弥漫的刺鼻、古老但又让人安心的气息。

三

帝国灯笼裤

EMPIRE BLOOMERS

8

有几天我几乎无法下床，我觉得说话都挺费劲。我数着能走几步，多走一步，就算进步了。后来，我能走到浴室，这是巨大的进步。我尽力取下牙膏的盖子，拿起牙刷，凑到嘴边。我甚至觉得举起手来做这件事都有些困难。我觉得我失去了价值，我做得到的一切都没有价值，尤其是对我自己而言。

你有什么要为自己辩护的吗？过去，科迪莉亚经常问我。没有。我总是说。我会把"没有"这个词和自己联系在一起，仿佛我什么也不是，仿佛根本不存在。

昨晚，我感觉到了虚无。虚无离我还不算很近，但正在到来的途中，仿佛鸟儿扇动了翅膀，仿佛有一丝凉风迎面吹来，又仿佛海水刚刚退潮，脚下被轻轻拽了一下。我想和本谈谈。我给家里打了电话，但他不在家，录音电话开着。我听到了自己的声音，欢快而平静。你好。我和本现在不能接电话，请您留言，我们会尽快回复。然后是嘟嘟声。

那是一个虚无缥缈、像天使的声音，就在空气中飘荡。如果我此刻就死了，这个声音会一直飘荡下去，平和而积极，仿佛生命通过电子形式得以延续。听着听着，我很想哭。

"来个热烈的拥抱吧。"我对着空空如也的房间说。我闭上眼睛，想起了海边的山。那里是你的家，我告诉自己，那里是你真正享受过生活的地方。风景太美了，像舞台布景，像摄影棚的背景。感觉很不真实，因为不够无聊，不够单调，不够肮脏。不过，他们正在"努力"。从这里走出去几英里，不管往哪边走，你都会看到满地的树桩。

温哥华是加拿大的自杀之都。一直向西走，走到边缘，然后就掉下去了。我从羽绒被里面爬出来。按理说，我是个大忙人。要做的事情很多，虽然没有一件是我真心想做的。我翻了翻厨房里的冰箱，翻出来一个鸡蛋，煮了一会儿，剥了，丢入茶杯，搅匀。我看都没看一眼香草茶，去接了一杯真实的苦咖啡，晃了晃杯子里的咖啡。想到等会儿会很紧张，我一下子就兴奋起来。

我在断臂和空心腿脚之间来回踱步，在黑暗中喝着咖啡。我喜欢这间工作室，我可以在这里画画。对我而言，这里脏乱得恰到好处。这些残肢激励着我，不管怎样，我的境遇比残肢要好。

我们今天就要展出。"展出"[1]这个词不算很吉利。

我穿上衣服，伸伸胳膊，伸伸腿，身体好像都是别人的，是个身材不太壮实或者身体不太好的人。今天，我又穿了粉蓝色的运动服，我没带太多衣服来。我不喜欢托运行李，我喜欢把东西都塞在飞机座位下面。我想，如果在半空中出了什么事，我可以从座位下面抓起包，然后

---

1 原文为"hang"，有"绞死"的意思。——编者注（本书中注释，如无特别说明，均为编者注。）

优雅地跳出窗外，不留下任何遗物。

我走了出去，沿着街道，走得很快，嘴巴微微张开，心里惦记着时间。和快乐的人们在一起，就务必要快乐。我过去喜欢跑步，但跑步对膝盖不好。β－胡萝卜素吃太多皮肤会变黄，钙片吃多了会导致肾结石。想要健康，反而要命。

从前空荡荡的多伦多已经不见了，现在的多伦多十分拥挤，眼看着就要炸裂了。堵车情况十分恶劣，喇叭声此起彼伏，汽车刚冲出路口的停车线，绿灯就可能变成红灯，然后就得趴在那里等着。幸亏我是步行的。我经过仓库区，似乎每一栋仓库都在喊着："快来改造我！快来改造我！"我第一次在房地产版块看到"改造"这个词的时候，几乎一头雾水。语言发展太快，我落后了。

我向北走，走到了国王街和斯巴蒂纳街的路口。这里曾经是批发服装的地方，现在还是；原先犹太人开的熟食店几乎见不到了，取而代之的是大型华人商店，卖柳编家具、雕绣桌布和竹风铃。有些路标配了中文，文化多元化如火如荼，有些路名的下面还写着"时尚区"。如今，商业区都要分区，以前什么区都不存在。

我突然觉得，我需要买一件新衣服，我要穿新衣服去参加开幕式。当然，我自己带来了一件，也已经用随身熨斗烫好了。我在乔恩的工作台上清理出一个角落，在上面铺了一条毛巾，当作熨衣板。那件衣服是黑色的，因为出席这种场合，黑色的衣服是最适合的，尤其是简单朴素的黑色衣服，和交响乐团的女大提琴手一样。不能穿得比客户更漂亮。

但是，现在，一想到这件衣服，我就感觉沮丧。黑色衣服会粘毛，我忘了带刷子。我记得四十年代的透明胶带广告：把透明胶带反过来缠在手上，像木乃伊那样，就可以粘掉衣服上的毛。我的脑海中浮现这样一幅场景：我站在画廊里，周围的人们都穿着限量版的时装，戴着货真价实的珍珠，而我则跟寡妇一样穿着黑衣服，透明胶带没有粘到的地方还有毛。可以考虑穿其他颜色的衣服，比如粉色的，人们公认粉色可以削弱敌人的意志，如果你穿了粉红的衣服，在你的面前，敌人会变得更温柔，正因如此，小女孩都爱穿粉红的衣服。奇怪的是，军方居然没有认识到这一点，没有去深入研究。可以让士兵头戴浅粉色的头盔，佩戴玫瑰花饰，组成粉红色的部队。我该变换颜色了，我想弄点粉色的。

　　我浏览着打折商店的橱窗。每个橱窗都像一个神龛，里面很亮，摆着女神。女神的手搭在臀部上，大腿露出来，脸都是米黄色的，很冷漠。派对礼服又流行起来了，有蝴蝶结和弗拉门戈褶边，没有肩带，里面撑着裙衬，袖子十分宽大，像棉花糖一样。我以为这些东西都已经被时代淘汰了。超短裙也回来了，但我不可能穿超短裙。我以前就不喜欢穿，穿超短裙，就要穿好几件内裤。我不能穿有褶边的，我不想看起来像一棵卷心菜。我也不能穿无肩带的，因为我的锁骨太高，光秃秃的不好看。我的胳膊肘像鸡脚一样，也不能凸在外面。我需要长一点的，披着、裹着都行。

　　一个"大甩卖"标志吸引了我的注意。这家商店号称"精品时装店"，但绝对算不上精品店，里面堆满了尾货，价格都很便宜。店里面人满为患，不过我很高兴。店里的销售小姐让我很惶恐，因为我不喜欢有人看到我买东西。我像个贼似的，偷偷摸摸地在货架上翻找，对于亮片、玫瑰色、金丝线、脏兮兮的白色皮革等，我全都不予理会。我想改头换面，但这比从前更难了，年轻的时候打扮起来更容易一些。

　　我拿了三件衣服去试衣间，一件是浅橙色的，上面有一加币大小的白色圆点；一件是深蓝色的，缎子内衬；还有，为保险起见，我也拿了一件黑色的，以防另两种颜色都不行。我很喜欢那件浅橙色的，但是，这些圆点合适吗？我把这件衣服穿上，拉上拉链，扣好，在镜子前转过来转过去，一遍遍地看。不过，试衣间一如既往地昏暗。要是我经营一家像这样的商店，我会把所有隔间都漆成粉红色，花点钱添置一些镜子。女人不就是想看镜子吗？灯光太暗也不行。

我伸长脖子，扭头想看看背后。也许应该搭配不同的鞋子试试，耳环搭配也应该考虑考虑。标价牌在屁股上晃荡着。圆点有一大片。从背后看，人的体形好像要大得多，这很让人费解。也许是因为背后分散注意力的东西比较少，没有凹凸起伏，而像是一大片丘陵平原。

我回头时看到了我的钱包，钱包放在地板上。这么多年了，我一直这样随意。钱包敞开着。试衣间隔板的下边是空的，距离地板有一英尺的空隙，一只手臂正悄悄地往回缩，手里抓着我的钱包，指甲上涂着绿色荧光的指甲油。

我脱掉鞋子的那只脚狠狠地踩在她的手腕上。我听到一声尖叫，然后好几个人咯咯地笑起来，像寻求刺激的年轻人，像叫春的女学生。钱包掉到地上，那只手像触角一样缩了回去。

我猛地推开门。该死的科迪莉亚！我心里暗骂。

但是，科迪莉亚早就不在了。

9

我们上学的学校离家有一段距离，要经过一片墓地，穿过一个溪谷，然后再沿着一条宽阔弯曲的街道走一段，街道两旁的房子比我们的旧。学校的名字叫玛丽女王公立学校。早上，我们穿着崭新的冬季橡胶套鞋，拿着装午餐的纸袋，踩过冰冷的泥地，再穿过一片废弃的果园，来到一条最近的公路上。我们一群人就在那里等校车。校车爬上山坡，因为路上坑坑洼洼，蹦蹦跳跳地朝我们开过来。我穿着崭新的防雪服，裙子裹住腿，塞进防雪裤鼓鼓囊囊的裤管里，一路上，裙子和裤子不停摩擦。上学不能穿裤子，要穿裙子。我不习惯穿裙子，也不习惯笔直地坐在书桌前面。

午餐是在学校寒冷昏暗的地下室里吃的。我们坐在一排排伤痕累累的木头长凳上，供热管道就悬在头顶，吃饭的时候有老师监督。大多数孩子回家吃午饭，只有乘校车的孩子才留下来。学校发给我们小瓶装的牛奶，我们在瓶盖上戳一个洞，插上吸管喝。这是我第一次用吸管喝牛奶，感觉很神奇。

学校的楼房很旧、很高，是用猪肝色的砖砌成的，天花板很高，铺着木地板的走廊很长，让人瘆得慌。散热器要么开到最大，要么干脆不开，所以我们要么热到头晕，要么冷得瑟瑟发抖。窗户很高，很单薄，有许多窗格，贴着用彩色美术纸剪成的窗花，目前是雪花的图案，因为是冬天，雪花应景。学生从未从前大门进出。后面有两扇门，也挺气派，门的两边有雕刻，上方镶着华丽的装饰，门上面刻着庄严的字体，分别是：女生、男生。老师在院子里摇响黄铜铃铛，我们就按年级排成两排，女生一排，男生一排，从各自的门，两两牵手走进去。女生会手牵着手，男生不会。走错了门，就会挨鞭子抽，每个人都这么说。

我对男生走的那扇门很好奇。从那扇门走进去有什么不同？里面有什么值得挨鞭子的好看风景？我哥哥说，里面的楼梯没什么特别的，都是普通的楼梯。男生没有单独的教室，男女生是在一起上课的。他们从男生的那扇门走进去，可是，到头来还是要和我们在同一个教室里上课。我懂得男生洗手间的意义，因为他们小便的方式和女生不同。我也能懂为什么要给男生专门的操场，因为他们喜欢打打闹闹。但那扇门让我很困惑。我很想进去看看。

男女生从不同的门进出，操场也分男女。在教师入口的外面，有一块铺着煤渣的泥地，那是男生的操场。在学校背街的那一侧有一座小山，有木台阶通往山上，侧面有一条被水冲刷出来的小渠道，山上有几棵矮小的常青树。这里理所当然是给女生们玩的地方,年纪大一点的会三四个人站成一圈,头凑到一块儿说悄悄话。男生们偶尔会"冲锋"上山,挥舞着手臂,大喊大叫。在男女生专有区域之外有个铺着水泥的地方,那是公共区域,男生要穿过这个地方,才能进他们的门。

在学校,只有在排队的时候,我才会看到我哥哥。在家里,我们用两个锡罐和一根绳子装了一个对讲机,连接着我们两个卧室的窗户,但效果不太好。我们要是有字条,会从对方的门缝里塞进去,内容是经过加密的,像是用外星人的语言写的,神神秘秘,必须特别"解码"才看得懂。吃饭的时候,我们的脚在桌子下面踢来踢去,但是,在桌子上面,我们还是坐得笔直,脸上不露声色。有时,我们会把鞋带系在一起,用来传递信号。目前,我和哥哥主要就靠这些方式进行交流,锡罐刺耳的声音、没头没脑的字条、用脚踢出来的"摩尔斯电码"。

但是,白天,我们一出门,我就看不见他了。去上学的路上,他都跑在前面,扔着雪球。到了公共汽车上,他则坐到后面,和一堆闹哄哄的大男孩混在一起。放学后,在通过了新生都必须经历的战斗考验之后,他就去帮忙,跟附近天主教学校的男生"打仗"。那所学校叫作"永远保佑我们的圣母玛利亚",但我们学校的男生把它窜改成"永远下地狱的圣母玛利亚"。据说这所天主教学校的男生很难对付,他们还会把石头藏在雪球里。

我很知趣,知道在这个时候不要和哥哥说话,也不要让他或任何男生注意到我。男生被发现跟小妹在一起会遭到取笑,跟姐姐在一起,甚至跟妈妈在一起,也会遭到取笑,就像穿了新衣服一样。拿到任何新东西,我哥哥都会赶紧把它弄脏,以免被人发现;如果非得跟我和妈妈一起去什么地方,他会走在我们前面,或者从街道的另一边走。如果有人因为我而取笑他,他就会打得更加卖力。我要是去找他,或者喊他的名字,那就是对他的背叛。这些我都懂,我也尽力了。

所以，我也只能和女生待在一起，都是活生生、有血有肉的女生。但是，我不习惯和别的女生相处，也不熟悉她们的规矩。我觉得和她们在一起会很尴尬，不知道该说什么。我倒是了解男生之间的潜规则，但是，和女生在一起，总感觉难免会犯灾难性的大错误，不知道什么时候就犯了。

一个叫卡罗尔·坎贝尔的女生和我交了朋友。可以说，这是自然而然的事情，因为她是我们年级唯一坐校车的女生。坐校车上学的学生，就是不回家在学校地下室里吃午饭的学生，都会被认为有点孤僻，铃声响起，该排队的时候，说不定会找不到牵手的伴儿。所以，在校车上，卡罗尔坐在我旁边，排队的时候，她会拉着我的手，跟我说悄悄话；在地下室里吃午饭时，她也挨着我。

卡罗尔的家在废弃果园的另一边，距离学校比我们家更近，那是一栋两层的黄砖房，窗户上挂着绿色百叶窗。她身材粗矮，动不动就笑。她告诉我，她的头发是蜜金色的，剪的发型叫作童花头，每两个月必须去一趟理发店做这个发型。对于童花头和理发店，我一点概念也没有。我妈妈不去理发店。她留着长发，像战时海报上的女人一样，把头发梳到两边，用夹子固定，我自己也从来没有剪过头发。

到了星期天，卡罗尔和她妹妹会穿上专门的服装，合身的棕色粗花呢外套，天鹅绒衣领，圆形棕色天鹅绒帽子，有松紧带，拉到下巴可以把帽子固定住，还有棕色的手套和棕色的小钱包。这些都是卡罗尔告诉我的。她家是圣公会的信徒。卡罗尔问我去哪个教堂，我说我不知道。其实，我们从来都不去教堂。

放学后，卡罗尔和我一起走回家，走的不是早上坐校车的路线，而是另一条路线，沿着后街，穿过溪谷上方的一座木桥，这座木桥已经开始腐朽了。大人告诉我们，一个人的时候不能这么走，不能单独走到溪谷下面去。卡罗尔说，下面可能有人。不是普通的人，而是一些会打你主意的男人。说到"男人"的时候，她会笑着，故意压低声音，仿佛那是一个特殊的、刺激的玩笑。过桥的时候，我们蹑手蹑脚，避开已经腐烂的木板，并留心观察周围是否有男人。卡罗尔放学后邀请我去她家，她给我看了她的衣橱。她有很多衣服和裙子，还有一件睡衣，搭配绒毛拖鞋。我从未在一个地方见过这么多女生的衣服。

她让我站在门口看了她的客厅一眼，但我们不能进去。她自己也只在练琴的时候才能进去。客厅有一张沙发、两把椅子，挂着颜色相称的窗帘，都是玫瑰色和米色的，卡罗尔说做窗帘的布料是印花棉布。说到"印花棉布"，她满怀敬畏，仿佛那是个神圣的名称。我也默念着这个名称。听起来和一种小龙虾的名字很像，我哥哥跟我说过一个遥远的星球上有一种外星人，外星人的名称也和这个词很像。卡罗尔告诉我，如果她弹错一个音，她的钢琴老师就会用尺子打她的手指，她妈妈会用梳子背面或者拖鞋打她。如果她弹得确实很糟糕，她就得等到爸爸回家，用皮带抽她的光屁股。这些都属于秘密，我第一次听说。她说，她妈妈在广播节目中唱歌，但她用不同的名字。我们曾经无意中听到她妈妈在客厅里练声，声音很高，多颤音。她说，她父亲晚上会把假牙取出来，放进床边的一杯水里。她给我看了那个玻璃杯，但里面没有假牙。她似乎什么都愿意告诉我。

她还告诉我学校有哪些男生在追求她，叫我保证不说出去。她问我有没有男生在追我。我没有想过这个问题，但我可以看出来，她对我的答案很期待。我说我不知道。

卡罗尔来到我家，看到我们家的墙壁没有粉刷，天花板上垂着电线，地板没有铺完，大家睡行军床，看到这些，她好像兴奋得很。"这是你睡觉的地方？"她问，"这是你吃饭的地方？这些是你的衣服？"我的衣服不多，大多是裤子和套头衫。我有两件正装，一件是夏季的，一件是冬季的，还有一件短上衣和一条羊毛裙子，那是上学穿的。我开始怀疑我是不是应该多备点衣服。

卡罗尔跟学校里的每个人都说，我们家睡在地板上。听她的口吻，好像我们是故意的，我们是外地来的，睡地板是我们的习俗。我们的床从仓库送到家里以后，她很失望，因为我们的床和别人家的床并没有区别，都有四条腿，都放床垫。接着，她又跟大家说我不知道我们家去哪个教堂，我们在折叠桌上吃饭。她没有反复跟别人讲，说话的语气也没有轻蔑的成分，她就是觉得我的这些事情很好玩。毕竟我是她排队的同伴，她希望别人关注到我。更准确地说，她希望自己得到关注，因为这些"奇闻"是她发布的。她好像是发现了某个原始部落，确实存在，却又让人觉得不可思议。

10

星期六，我们带卡罗尔·坎贝尔去了那幢大楼。我们走进去的时候，她皱起鼻子说："这是你父亲工作的地方吗？"我们带她看了蛇和乌龟，她发出一种含糊的声音，像是在说"呃"，然后她说她不想碰这些东西。我感到很惊讶，很久以来，我一直被人家说胆小，但我现在已经不害怕了。斯蒂芬也不怕。只要有机会，不管是什么东西，我们都想去摸摸看。

我觉得卡罗尔·坎贝尔太柔弱了。不过，我也很喜欢她的矜持，甚至有点引以为傲。我哥哥用轻蔑的眼光看着她，说真的，如果我说了那样的话，他会取笑我的。但是，他的眼光里还有另一层意思，像是无形地点了头，仿佛他怀疑的事情终于得到了证实。

按理说，在此之后，他应该会无视她的存在，但他却拿了蜥蜴和牛眼球的罐子吓唬她。"呃，"她说，"要是有人拿一个放在你背上，会怎么样呢？"我哥哥问她要不要拿一点来做晚餐吃，他还发出吧唧嘴的声音。

卡罗尔呕了一声。她整张脸都扭曲了，浑身缩成一团。我不能假装受到惊吓，不能装恶心，我哥哥不会相信的。我也不能跟着哥哥起哄，说拿蛤蟆做汉堡或者制作水蛭口香糖之类的话，如果就我和哥哥两人，或者是我和其他男孩在一起，我会毫不犹豫地跟着胡说八道。所以，我什么也没说。

从大楼回来后，我又去了卡罗尔的家。她问我想不想看她妈妈新买的两件套。我不知道什么是两件套，但听起来很有意思，所以我说好吧。她悄悄地带着我走进她妈妈的卧室。她说，如果我们被抓住，她就倒霉了。她把叠放在衣柜里的两件套拿给我看。两件套就是两件羊毛衫，颜色都一样，一件前面有纽扣，另一件没有。我刚才看到坎贝尔太太穿着两件套，那是另一套，米黄色的，胸部隆起，有纽扣的那件羊毛衫披在肩上，像斗篷。这就是两件套。我很失望，我还以为有多么稀奇呢。

卡罗尔的爸爸妈妈不像我的爸爸妈妈那样一起睡在一张大床上。他们分别睡在两张一模一样的小床上，都铺着粉红色的绳绒床单，都有床头柜。那是单人床，对我来说，这比两件套羊毛衫更有意思。想到晚上坎贝尔夫妇分别躺在自己的床上，除了露在被子外面的头不一样，坎贝尔先生留着小胡子，坎贝尔太太没有胡子，他们就像双胞胎，看起来一模一样。在他们的房间里，一切都是成双成对的，被子、床头柜、灯、衣柜等。相比之下，我爸爸妈妈的房间就不那么对称，也不那么整洁。

卡罗尔说，她妈妈洗碗的时候都戴着橡胶手套。她给我看了橡胶手套和水龙头上的莲蓬头。她打开水龙头，莲蓬头朝着水槽里面，可是，还是有水喷到地板上。这时，坎贝尔太太穿着米黄色的两件套走了进来，她皱着眉头，说我们最好到楼上去玩。也许她并没有皱眉。即使是满脸笑容，她的嘴角也微微向下撇，所以很难判断她是高兴还是不高兴。她和卡罗尔的头发颜色一样，但她烫了波浪卷。波浪卷是卡罗尔说的。波浪卷是发型，和水无关。就像玩偶的发型，虽然波澜起伏，但纹丝不乱，好像每一根都是固定好的。

我越是迷惑，卡罗尔就越高兴。"你不知道什么是波浪卷吗？"她兴高采烈地问。她很迫切地向我解释新鲜事物，让我了解新的名称，也要让我亲眼看看。她带我参观了房子的各个角落，好像参观博物馆，里面的东西都是她的个人收藏。楼下大厅里有一个衣帽架。"你没见过衣帽架吧？"她说我是她最好的朋友。

卡罗尔还有一个最好的朋友，有时是她最好的朋友，有时不是。她是格蕾丝·史密斯。卡罗尔在校车上把她指给我看，就像她指着她家里的两件套和衣帽架给我看一样，就是想让我羡慕她。

格蕾丝·史密斯比我们大一岁，比我们高一年级。在学校里，她和同班的女生一起玩。放学后，或者星期六，她就和卡罗尔一起玩。她同班的女生，没有和我们一样住在溪谷的这一边的。

格蕾丝的家是一栋两层的红砖房，外形像鞋盒子，前廊有两根很粗的白色柱子撑着。她个头儿比卡罗尔高，头发乌黑浓密，扎成了两条辫子。她的皮肤特别白，像一般人被泳衣遮住的身体肤色，但长满了雀斑。她戴着眼镜。她通常穿一件灰色裙子，有两条肩带，还有一件起球的红色羊毛衫。从她的衣服上，隐约可以闻到史密斯家的气味，仔细闻，可以闻到洗衣粉、煮熟的萝卜、酸臭的待洗衣服、门廊下的泥土的气味。我觉得她很漂亮。

往后，我星期六不再去那幢大楼，而是跟卡罗尔和格蕾丝一起玩。因为是冬天，我们大多在室内玩。和女生一起玩跟和男生玩不大一样，我起初感觉怪怪的，要刻意装得像女生。不过，我很快就习惯了。

我们玩的东西基本都是格蕾丝的主意。如果我们想要玩任何她不喜欢的东西，她就会说她头疼，想回家，要不叫我们回家。她从来都不大喊，不生气，也不会哭，但她动不动就变脸，好像她头痛是我们害的。因为主要是我们想和她玩，所以，最后都让她得逞了。格蕾丝有不少电影明星涂色画册。我们在画册上涂色，那些电影明星穿着不同的服装，在干不同的事情，有的遛狗，有的穿着水手服去航海，有的穿着礼服在参加派对。格蕾丝最喜欢的电影明星是埃丝特·威廉斯。我没有最喜欢的电影明星，没有看过电影，但我说我最喜欢维罗妮卡·莱克，因为我喜欢这个名字。维罗妮卡·莱克的那本画册可以做立体剪纸，维罗妮卡·莱克穿着泳衣，外面可以套几十种衣服，用贴纸粘在脖子上。格蕾丝不让我们剪这些衣服，不过，她自己剪完后我们可以把它们穿上去然后脱下来。只要守规矩，我们就可以继续涂她的画册。她喜欢给这些画册都涂上颜色。她会告诉我们哪个部位涂什么颜色。我知道换作我哥哥的话他会怎么涂，他会把埃丝特的皮肤涂成绿色，对于维罗妮卡，他会给她画上天牛须和八条毛茸茸的腿，但我没有那样干。我喜欢那些衣服。

我们玩模拟课堂的游戏。格蕾丝家的地下室里有几把椅子和一张木桌子，还有一块小黑板，粉笔也有。我们把这些东西搬到室内晾衣绳的下面，下雨或下雪天，史密斯家的内衣裤就晾在这里。地下室很简陋，还留着水泥地面，几根柱子看得出是砖砌的，水管和电线都裸露着，可以闻到煤炭的气味，因为放煤块的箱子就在黑板的旁边。

格蕾丝总是扮作老师，卡罗尔和我当学生。我们每次都要做拼写测试和加法，跟在学校上学一样，甚至更难受，因为在这里没有机会画画。我们不能故意捣乱，因为格蕾丝不喜欢有人捣乱。

有时，我们坐在格蕾丝卧室的地板上，地上堆满了旧的《伊顿购物目录》。我以前常常看《伊顿购物目录》，在北方，人们都把它挂在室外厕所里，当厕纸用。看到《伊顿购物目录》，我就联想到那些臭气熏天的厕所。苍蝇在下面的坑里嗡嗡叫，厕所里面有石灰盒子，还有一根木棍可以将石灰拨下去，撒在一堆堆粪便上，粪便有刚拉的，也有从前的，形状各异，颜色深浅不一，基本是褐色的。但是，在这里，我们都对这些册子敬重有加。我们将彩色的人物图形剪下来，然后粘贴到剪贴簿里去。接着，我们也把其他东西剪下来，比如炊具和家具等，贴在那些人物的周围。我们剪的人物通常都是女的，我们称她们为"我们夫人"。"我们夫人要这台冰箱，"我们说，"我们夫人看上了这块地毯……这是我们夫人的伞。"

格蕾丝和卡罗尔交换剪贴簿看，然后异口同声地说："哎呀！你的太好了。我的不好。我的很糟糕。"每次玩剪贴簿游戏，她们都会这么说。她们的嘴都很甜，但我看得出她们言不由衷，实际上，每个人都认为自己那本的夫人剪得好。可是，这种恭维话不得不说，所以，我也慢慢会说了。

我觉得玩这个游戏很累，东西那么多，那么沉重，都需要费心打理，还要打包、搬进车里，到了以后再拆开。搬家对我而言可谓家常便饭。但是，卡罗尔和格蕾丝没有搬过家。她们的"夫人"各自住在一幢"房子"里，自始至终都住在那里。"夫人"的家里添置了越来越多的东西，餐厅的全套家具、床、一沓沓的毛巾、一套又一套的盘子。她们的剪贴簿塞满了，但她们事后不会再去看一眼。

渐渐地，我开始想要我以前没有想到的东西：辫子、睡衣、钱包。一个世界在我面前慢慢打开。我看到了一个女生的世界，我对这个世界一无所知，但我本就属于这个世界，我不费吹灰之力就可以融入这个世界。我不用跟着任何人，不用跟他们跑得一样快、瞄得一样准，不用模仿爆炸声，不用破译字条，不用听到提示就倒地装死。我不用担心能不能赶上那些男生。我就坐在地板上，拿着绣花剪刀，把《伊顿购物目录》上的煎锅剪下来，然后说我剪得不好。也许，这样说我心里会比较舒服。

11

圣诞节，卡罗尔送给我一些友谊花园的浴盐，格蕾丝送给我一本维吉尼亚·梅奥的涂色画册。她们送的礼物我是最先打开的。

我还收到了一本相册，正好我有一台相机。相册的封面和内页都是黑色的，用一条像鞋带的黑色带子串了起来，有一包黑色的三角形卡纸，可以作为脚套，把照片粘在相册上。迄今为止，我只用这台相机拍过一卷胶卷。按下快门的时候，我都会想拍出来的照片是什么样子的。我一张胶卷都不想浪费。照片洗好之后，底片也会拿回来。我把底片举起来对着灯，照片里白色的部分，在底片里都是黑色的。比如，雪是黑色的，人的眼球和牙齿也都是黑色的。

我用黑色的三角脚套把照片贴到相册里。有些照片是我哥哥举着雪球假装要打我，有些是卡罗尔的，有些是格蕾丝的。只有一张我自己的照片，我站在汽车旅馆的门前，门上贴着"9"，那是很久以前拍的，大概一个月前吧。那个孩子看起来年纪更小，样子很可怜，感觉很遥远，身材瘦小，是未开化的我。

我收到的另一个圣诞礼物是一个红色的塑料钱包，椭圆形，有个金色的卡扣，最上面有个拎手。在室内的时候，钱包软软的，捏着手感挺好，但是，到了寒冷的户外，钱包就会变硬，里面的东西会咔嗒咔嗒响。我把零用钱放在里面，一个星期五分钱。

终于，我们家的客厅铺上了硬木地板，我妈妈跪着给地板打蜡，用一把长柄刷子来回刷，发出类似海浪的声音。客厅已经粉刷过了，固定设备装好了，还装了护墙板，甚至还挂了窗帘。房子里的公用区域，也就是最显眼的位置，是最先装修的。

我们的卧室还没怎么装修，还没有挂帘子。晚上躺在床上，借着哥哥卧室的灯光，我可以看到窗外飘飘扬扬的雪花。

这段日子是一年中最黑暗的时候。即使在白天，天也是黑的，到了晚上，亮灯时分，黑暗笼罩一切，就像一团雾。外面只有几盏路灯，但相距很远，也不太亮。别人家的灯光是黄色的，不冷，不带绿色，而是略偏褐色的奶油黄。房子里的东西颜色都偏暗，栗子色的，蘑菇黄的，暗绿色的，也有暗玫瑰色的。所有颜色都好像灰蒙蒙的，就像在画画的时候，忘了先洗画笔就伸到颜料盒的某些格子里去蘸颜料，那些格子里的颜料就会变脏。

我们有一张刚从寄存处送来的栗色切斯特菲尔德沙发，沙发前面铺着一条栗色的地毯，很有东方韵味。我们有一盏三头落地灯。傍晚，灯光下的空气都凝固了，像奶油冻住了一样，客厅的角落里洒着厚重的光影。夜里，厚重的窗帘紧闭，把刺骨的寒冬挡在外面，把昏暗的灯光留在屋里。

在昏暗的灯光下，我把晚报摊在打过蜡的硬木地板上，双膝跪地，撑着肘部，开始看漫画。漫画里，有些人的眼睛就是两个圆洞；有些人能瞬间就把你催眠；有些人身份不明，神秘兮兮；有些人能把脸拉长，变成各种形状。我身边都是新报纸和地板蜡的气息，抽屉里的气味很复杂，有我那双长袜的气味，那双袜子穿上去痒痒的，袜子上有我肮脏膝盖的气味，也有羊毛格子呢和棉布内裤的气味。想到那件羊毛格子呢，我立马会感到很暖和，但也觉得好像有毛刺在扎皮肤，内裤上有类似猫砂盆的气味。在我的身后，收音机播放着滨海三省的方块舞舞曲，是唐·梅塞岛民乐队的专辑，接着就要播放六点钟的新闻。收音机的外壳是深色的漆木，调谐刻度盘上有一个绿色的眼睛，转动调谐旋钮时，眼睛跟着转动。换台的时候，这只眼睛会发出奇怪的声音，像是从外太空来的。斯蒂芬说那是无线电波。

最近，放学后，格蕾丝·史密斯经常邀请我去她家，但没有邀请卡罗尔。她告诉卡罗尔说那是有原因的，原因就在于她的妈妈。她妈妈累了，所以，那天格蕾丝只能邀请一个最好的朋友去她家里玩。

格蕾丝的妈妈心脏不好。格蕾丝不像卡罗尔那样神秘兮兮的，在做解释的时候，她的语气很平静，也彬彬有礼，跟叫你在门口的垫子上把脚上的泥擦干净的时候一样，但也有点自鸣得意的感觉，就好像有些东西她家里有而我和卡罗尔都没有，所以她有点优越感，占据着道德制高点。她家楼梯转台上有一棵橡胶树，这棵树就给了她优越感。这是格蕾丝家唯一的植物，她不允许我们碰到它。这棵树很老了，必须用牛奶擦叶子，一片一片地擦。史密斯太太的心脏不好，大概就像这棵树一样。所以，我们走路要蹑手蹑脚的，不能发出声音，不能笑出声，反正都得听格蕾丝的指示。心脏不好也还有用处，这个连我都懂。

每天下午，史密斯太太都要休息一会儿。她不在卧室里休息，而是躺在客厅里的切斯特菲尔德沙发上，她脱了鞋，身上盖着编织毛毯。放学后去格蕾丝家的时候，我总是能看见她。我们从侧门进去，从台阶走进厨房，尽量不弄出声音，然后走进餐厅，一直走到法式玻璃门，透过玻璃悄悄观察，看看她的眼睛是睁着还是闭着。她从来没有真正睡着。可是，格蕾丝很平静地告诉我们，总有一天，她会永远睡着，就是死了。

史密斯太太和坎贝尔太太不一样。例如，她没有两件套，她对这种东西不屑一顾。我之所以知道，是因为有一次卡罗尔吹嘘她妈妈有两件套的时候，史密斯太太说："是吗？"这可不是让卡罗尔回答问题，而是要让卡罗尔闭嘴。她不涂口红，也不往脸上搽粉，即使要出门也一样。她颧骨很高，牙齿方方正正的，中间有缝隙，每颗牙齿都可以看得清清楚楚。她的皮肤看起来很粗糙，像用刷土豆的刷子刷过一样。她的脸圆圆的，没什么表情，皮肤和格蕾丝一样白，只是没有雀斑。她也跟格蕾丝一样戴着眼镜，但她的眼镜是金丝框的，不是棕色框的。她的头发梳中分，鬓角花白，后面编成辫子，盘在头顶，用各种发卡夹住。

她总是穿着印花居家便服，不仅是早上穿，大多数时候都这么穿。里面是连衣裙，外面套着带围兜的围裙，胸部很宽松，看起来她不像是有两个乳房，而是只有一个乳房。这个乳房左右横贯胸部，一直连到腰部。她穿有背线的长筒丝袜，她的腿看起来很粗壮。她穿着棕色的牛津鞋。有时，她不穿长筒袜，而是薄薄的棉短袜。袜子上面露出苍白的小腿，腿上有一些绒毛，像女人嘴上长了小胡子。她的嘴上也长着小胡子，但不是很明显，就嘴角有一些。她经常微笑，但笑不露齿，和格蕾丝一样，她不喜欢大笑。

她的一双手很大，关节突出，因为经常洗衣服，皮肤发红。要洗的衣服很多，因为格蕾丝有两个妹妹，她穿过的裙子、上衣和内裤都会留着给她们穿。我常穿哥哥的套头衫，但不穿他的内裤。我们在格蕾丝家的地下室里玩模拟课堂游戏的时候，头顶的晾衣绳上就挂着刚洗好的旧内裤，滴滴答答地滴着水。

在情人节到来之前，我们要在学校里用红色的美术纸剪成一颗颗爱心，衬上垫纸，贴在高高的玻璃窗上。在剪爱心的时候，我想到了史密斯太太不好的心脏。到底是哪里不好呢？我想象着盖在编织毛毯下面、藏在围兜里面、在黑暗中跳动着的那颗心脏，那是私密的禁区。她的心脏应该是红色的，但上面有一个黑色的斑点，就像苹果烂了一块，或者碰伤了，留下了一个伤疤。想到这里，我的心就疼，就像我看到哥哥被一块玻璃割破了手指一样。这颗出了问题的心脏让我念念不忘。这是好奇心所致，像看到人家身体畸形，像惊悚洞穴里的宝藏。

几乎每一天，我都把鼻子贴在法式玻璃门上，想看看史密斯太太是否还活着。每次看到她，她总是一动不动地躺着，就像摆在博物馆里的东西，头靠在切斯特菲尔德沙发的扶手上，脖子下面垫了个枕头，在她的身后，楼梯转台上的橡胶树看得清清楚楚。她扭头看着我们，她没有戴眼镜，那张像被刷子刷过的脸在昏暗之中闪着奇异的白光，就像一只闪着荧光的蘑菇。她比现在的我小十岁。我为什么会那么讨厌她？我为什么会那么关心她在想什么？

12

雪开始融化，我们家周围露出了坑坑洼洼的路面，满是泥水。一夜过后，水坑上会结一层薄冰，我们用靴子后跟一踩就踩碎了。屋檐上的冰锥掉了下来，我们捡起来放进嘴里，像舔冰棍一样。我们的连指手套挂在脖子上。我们放学走回家的时候，在草地上，可以看到树篱下面有湿漉漉的纸片，地上有一小堆一小堆的雪，颜色已经变成了炭灰色，并露出了一坨坨陈旧的狗屎，同时番红花也冒出来了。排水沟里流淌着褐色的污水。溪谷上方的木桥很滑，踩着感觉很软，又散发着腐朽的气息。

我们的房子就像经历过一场战争，虽然幸免于难，但周围一片废墟，满目疮痍。我的爸爸妈妈站在后院，双手叉腰，眺望着那一大片泥泞地，盘算着建一个园子。泥地上已经长出来了一簇簇茅草。爸爸说，茅草在哪儿都能长。他还说，那个跑路了的承包商从地下室里把黏土运出来，倒在房子四周，堆了厚厚的一层，盖住了本来的地面。"这个笨蛋，骗子！"爸爸说。

我哥哥看着房子旁边的那个大洞，观察里面的水位，等到洞里干了，就可以用作掩体。他想用棍子和旧木板给它搭个顶，但他知道这是不可能的，因为洞太大了，而且爸爸不会同意。所以，他计划挖一条地道，接通大洞侧壁，然后用绳梯爬到底部。他没有绳梯，但他说，如果能搞到绳子，他自己就会做。

他和其他男生在泥地里跑来跑去，鞋底都沾满了泥巴，一路上留下巨大的脚印，像怪物走过一样。他们跑进废弃的果园，蹲在树后，互相瞄准，大喊："你死了。"

"没有！"

"你死了。"

有时候，他们会钻进哥哥的房间，趴在他的床上或者地板上看他的漫画书。他的漫画书堆得到处都是。我有时也跟他们一样趴着，忙着给画册涂色，周围的男生臭气熏天。男生身上的气息和女生不一样。他们的气息刺鼻、酸臭，闻着像是旧绳索，或者湿漉漉的狗。我们把门关上，因为妈妈不让我们看漫画。看漫画的时候，大家都自觉保持安静，只有交换的时候才会说一两句，但也都很简短。

最近，我哥哥在收集漫画书。他喜欢收集，不是收集这种东西就是收集那种东西。他收集过牛奶瓶盖，收集到好几十种。他用橡皮筋把瓶盖串成串，口袋里经常放好几串，随身带着，然后靠着墙立起来，大家拿牛奶瓶盖扔，扔中了就算赢。他还收集过易拉罐瓶盖、香烟卡，还有不同省份和州的车牌。漫画书是没有办法赌输赢的，不过可以交换，一本好的能换三四本差点的。

上学的时候，我们用粉色、紫色和蓝色的美术纸做复活节彩蛋，做好了就贴在窗户上。接着又做了郁金香，不过，我们很快就见到了真的郁金香。用纸做的东西总是先于真的东西出现，这似乎成了一个规律。

格蕾丝拿出一根长绳，她和卡罗尔一起教我跳。我们一边跳绳，一边唱着不断重复的小调：

> 舞女莎乐美，美艳惹人醉；
> 醉情正浓时，袒胸又露背。

格蕾丝一只手搭在头上，一只手叉在胯部，不停地扭动着屁股。她穿着背带百褶裙，腰肢扭动，情趣横生。我知道，莎乐美应该更像我们涂色画册里的那些电影明星。我想到了轻佻艳丽的扮相，薄如蝉翼的裙子，鞋头亮晶晶的高跟鞋，顶着水果、插满羽毛的帽子，细细上挑的眉毛。但是，格蕾丝穿着一条羊毛吊带百褶裙，根本谈不上艳丽。

我们也玩球。我们对着卡罗尔家侧面的墙击球。我们把橡皮球往墙的高处扔，球落下来，再去接。在此过程中，我们还要拍手转圈，嘴里念念有词：

> 一二三，动一动；笑一笑，开口讲；左手先，右手后；左脚走，右脚跟；前拍拍，后拍拍，前后再来拍一拍；口哨响，喊一嗓；屈膝礼毕敬个礼，转身就来把球接。

念完转身就来把球接，我们就把球抛出去，然后转一大圈，回过头来把球接住。这个动作非常难，比其他动作都难。

白天越来越长了，太阳落山的时候，天边一片金红。黄色的柳絮从树上飘下，落到木桥上，枫树的翅果转着圈落到人行道上，我们把黏糊糊的翅果掰开，夹在鼻子上。空气暖洋洋、湿漉漉的，像有雾，却又看不见。我们穿着棉布连衣裙和开衫去上学，不过，在放学回家的路上，会把开衫脱下来。果园里的老树开了白色和粉色的花。我们爬到树上，大口吸入花的芳香，那香味就像护手霜一样。我们有时也坐在草地上，编蒲公英花环。我们把格蕾丝的辫子解开，让头发披在背上，像棕色的大波浪，然后把花环箍在她的头上，就像给她戴上了皇冠。"你真像公主。"卡罗尔抚摸着她的头发说。我给格蕾丝拍了一张照片，洗出来后插进相册里。她坐着，笑容满面，头上戴着花环。

卡罗尔家对面的空地成了大工地，新房子像雨后春笋般冒出来。到了傍晚，就有一群群孩子钻到里面去，有男有女，他们闻着木料刨花的香气，穿过一面面还没有砌起来的墙。楼梯还没有搭，在即将造楼梯的地方靠着梯子，他们顺着梯子爬上爬下。其实，这是严格禁止的。

卡罗尔恐高，所以一般不爬上去。格蕾丝也不爬，但不是因为害怕，而是因为她不想让任何人——任何男孩，看到她的内裤。女孩子不能穿长裤去上学，但格蕾丝不去上学也不穿长裤。所以，她俩通常会留在一楼，我就一个人爬上去，沿着还没有铺天花板的横梁爬，再往上爬，能一直爬到阁楼。顶楼还没有盖屋顶，除了橡子什么也没有，空荡荡的。我坐在那里，沐浴着金红色的霞光，低头往下看。我没有想过会不会掉下去。我还不恐高。

有一天，有人带了一袋弹珠去学校。到了第二天，每个人就都有了。男生再也不去他们的操场玩，而是全都跑到"男生"和"女生"入口前面的那个公共区域。他们一定要到这边来玩，因为弹珠必须在光滑的表面上才能玩得起来，但男生操场上铺着煤渣。

玩弹珠的时候，你要么自己出母弹，设靶子给人家打；要么当击靶人，打别人的母弹。弹弹珠的时候，你得跪着，瞄准母弹，像扔保龄球一样，把弹珠弹出去。如果击中，母弹就归你，你自己的那颗也能保住；如果没击中，你自己的弹珠就输给对方。设靶的时候，你要坐在水泥地上，双腿分开，把母弹卡在面前的裂缝上。母弹可以是普通的弹珠，不过，普通的弹珠不够吸引人，愿意打的人不多，除非人家赢一次你给人家两颗。一般来说，作为母弹的弹珠应该是珍贵稀罕的。有"猫眼"，弹体透明，里面有彩色花瓣，红的、黄的、绿的、蓝的都有；有"纯种"，像染了色的水，没有杂色，像蓝宝石和红宝石；有"水宝"，中间悬浮着几根彩色的丝线，像是从海底漂上来似的；还有金属弹子和更大的玛瑙弹球。这些珍贵的弹子会经常易主。母弹不能靠买，那是作弊，母弹必须是赢来的。

设靶的人会大声吆喝自己手里有什么稀罕货："纯种……纯种……金属弹子……金属弹子。"每一种都要重复一遍，拖成唱腔，最后声调下降，像在呼唤走失的狗或者孩子。不知怎的，吆喝声听起来有点悲凉，但实际上大家都很高兴。我也做过设靶人，坐在地上，弹珠在我叉开的双腿之间滚来滚去，最后都滚到我的短裙上。我大喊着"猫眼加油，猫眼加油"，但我的声调出卖了我，好像我马上就要输了。我心里很紧张，又觉得很刺激，我想赢得更多，又害怕输掉猫眼。

猫眼弹珠是我的至爱。如果赢了一颗新的，我会等到身边没人的时候才拿出来，对着光，翻来覆去地看。猫眼真的像眼睛，但不像猫的眼睛。那眼睛属于某种未知但确实存在的物种，有点像收音机上的那只绿眼，也有点像外星人的眼睛。我最喜欢蓝色的猫眼弹珠。我把蓝色猫眼放在我的红色塑料钱包里，藏得好好的。我可以拿别的猫眼当母弹，让人家来打，但这颗不行。

我赢得不多，因为我弹得不准，但我哥哥每弹必中。他只带五颗普通的弹珠去学校，装在一个蓝色的皇冠牌威士忌袋子里。放学回家的时候，他的酒袋子和口袋里都鼓鼓囊囊的，装满了赢来的弹珠。他把赢来的弹珠存放在妈妈送给他的皇冠牌玻璃密封罐里，一瓶瓶摆在书桌上。

但是，他从来都不说他怎么能打得那么准，他只是把罐子摆开。

一个星期六的下午，他把自己所有最珍贵的弹珠，纯种、水宝和猫眼等，都放在一个罐子里。他去了溪谷，走到木桥底下，找了个地方把那个罐子埋起来。然后，他精心画了一张藏宝图，标明了埋藏地点，将藏宝图放入另一个罐子中，也埋了起来。他把这些事都告诉了我，但没有说为什么要这么干，也没有说罐子埋在哪里。

13

还没有盖好的房子，还是烂泥地的草坪，旁边堆得像山头一样的泥土……我坐在后排透过车窗向外面看，这一切在我们身后渐退渐远。我的身边堆满了食品盒子、睡袋和雨衣。我穿着哥哥的蓝色条纹套头衫和破旧的灯芯绒裤子。格蕾丝和卡罗尔穿着裙子，站在苹果树下向我挥着手，慢慢就看不见她们了。她们还是要去上学，我不去了。我很羡慕她们。旅途中司空见惯的柏油味和橡胶味扑鼻而来，我讨厌这种味道。我被迫离开我的新生活，女生的生活。

我坐在熟悉的位置上，眼前出现了熟悉的画面：几个后脑勺、几对耳朵，还有前方公路上的白线。我们经过一片片绿油油的农田、一个个筒仓、一排排榆树、一堆堆干草散发着芳香。阔叶林渐行渐远，松树渐渐多了起来，空气凉爽，天空湛蓝。我们离南方的春天越来越远。我们看到了第一个花岗岩山脊，第一个湖泊，山的背阴处积着雪。我靠前挪了挪，胳膊搭在前排的靠背上。我竖起耳朵，像小狗一样嗅了嗅。

北方的味道和城市里不一样，空气更加清新，也更为稀薄。可以看得更远。我能看到一个锯木厂，那里锯木屑堆积如山，有一座圆锥状炉子专门焚烧木屑。我可以看到炼铜厂的大烟囱，厂子周围的山头上光秃秃的，一棵树也没有，像被火烧过一样。我还可以看到一堆堆黑乎乎的炉渣。一整个冬天，我都没有见过这些东西，都快忘了。现在，这一切又出现在眼前，一见到它们，我就想起往日的光景，是那么熟悉，那么亲切，就像回到了家一样。

男人三三两两地站着，有的站在街角，有的站在杂货店外面，有的站在小银行旁边，还有的站在墙上贴着灰色沥青瓦的啤酒屋外面。他们的手都插在冲锋衣的口袋里。有些人的样子像印第安人，还有些肤色也很深，但看得出来是晒黑的。他们走路和南方人不一样，步子更慢，像是在想心事。他们的话也比南方人少，说起话来慢吞吞的。爸爸下车去和他们说话的时候，手拿着钥匙插进口袋里，口袋里还有零钱，弄得叮当作响。他们聊了水位，聊了森林里的火情，聊了钓鱼的收获。他说这就叫"拉家常"。他拎了一牛皮纸袋从杂货店里买的东西回到车上，塞在我脚下。

我和哥哥站在一个年久失修的码头边上，脚下是一个长长的湖，水天一色，湖边石壁陡峭。傍晚，天边被霞光染红，远处有潜鸟在鸣叫，尾音拖得很长，调子越升越高，最后听起来像狼嚎。我们在钓鱼。有蚊子，但我已经习惯了，甚至都懒得去拍。钓鱼的时候，我俩谁都不吱声，各忙各的。抛了竿，鱼饵扑通一声下水，然后收线也有点声音。我们盯着鱼饵，看看有没有鱼上钩。如果有，我们就争取把它拉上来，用脚踩住，使劲砸它的头，然后在它头上插把刀。我负责踩，哥哥负责砸鱼头和插刀。他默不作声，但身手敏捷，有条不紊，嘴角一直紧绷着。晚霞照得周围的一切都变成粉红色，哥哥的双眼炯炯有神，闪着红光，像某种动物。我在想，我的眼睛是不是也那样闪闪发光。

我们住在一个废弃的伐木场里，晚上睡在睡袋里，下面垫着充气床垫，铺在先前伐木工睡的木床上。虽然这个场子才空了两年，但已经给人一种年代久远的感觉。场屋的墙是用宽四寸、厚两寸的木板搭的，有的伐木工用刀子刻或者用铅笔画，在木板上留下自己的座右铭和姓名或者姓名缩写，还有心心相印的图形、粗俗的脏话和女人的轮廓等。我找到了一罐枫糖浆，盖子已经锈死了。斯蒂芬和我把它撬开，里面的糖浆已经发霉了。我把这个糖浆罐子当成一个老物件，就像从坟墓里出土的文物。

我们在树林里转悠，找骨头，找值得一挖的小土丘，特别希望看到建筑物的轮廓。我们把木头和石头都翻了个底朝天，看看下面有什么东西。我们想要寻找一个失落的文明。我们看到了一只甲虫，许多黄色、白色的小树根，还有一只蟾蜍，却没找到人类的踪迹。

爸爸脱下了在城市里穿的衣服，回归往日的模样。他又穿上了旧夹克和宽松的裤子，戴着压扁了的毡帽，毡帽上粘着各种"钓饵"。他拿着带鞘的斧头，拖着沉重的工地靴走在树林里，我们在他后面跟着。工地靴涂了油脂，系着带子。今年天幕毛虫大爆发，是好几年来最大的一次。爸爸很兴奋，两眼放光，像小矮人的眼睛，也像蓝灰色的纽扣在头上闪着光。树林里到处都是毛虫，身上都有条纹，长着刚毛。它们吐丝结网，挂在树枝上，像悬挂着一块幕布，你得拨开它才能继续向前走。毛虫成群结队匍匐前进，像一块移动的毯子，它们会穿过马路，冒着被伐木车车轮碾压的风险，朝冒着油渍的稀泥挺进。周围的树都让毛虫吃秃了，像被火烧过了一样。树干几乎都被毛虫覆盖。

"你们看好了，记住，"爸爸说，"这次虫害难得一见。"他说这句话的时候，表情就像人们谈到森林火灾或者战争时一样，敬畏之情溢于言表，也有如大难临头一般。

哥哥一动不动地站着，任凭一群群毛虫从他脚上爬过去，像海水冲刷过一样。"你小时候居然想吃这种东西，还好被我看到。"妈妈说，"你拿着一大把毛虫，正要往嘴里塞呢。"

"在某些方面，这些毛虫就像一只动物。"爸爸说。他坐在用伐木工人留下的一块木板做的餐桌旁边，吃着午餐肉炒土豆。吃饭的时候，他一直在说毛虫，说毛虫数量巨大，也说它们很聪明，但有好几种方法可以消灭它们。他说喷DDT和杀虫剂不对，那只会毒死鸟类，而鸟类是毛虫的天敌。毛虫是一种聪明的昆虫，比人还聪明，它们会产生抗药性。所以，这种方法没有用处，喷了药，鸟儿少了，毛虫反而更多了。爸爸正在研究另一种方法，就是使用生长激素，这样可以扰乱毛虫的生理机制，让它们提前化蛹，让它们早衰。不过，他最后还说，让他打赌的话，他会把宝押在昆虫的身上，人类的这点伎俩，对于昆虫来说还是嫩了点。昆虫出现得比人类早得多，生存经验更加丰富，数量也多得多。再说，考虑到原子弹的威力和当前局势，不用到本世纪末，我们就可能把自己炸飞。未来的世界将是昆虫的天下。

"蟑螂，"爸爸说，"到了最后，可能只剩下蟑螂。"他说话的语气欢快了许多，又戳起一块土豆放进嘴里。

我吃着午餐肉，喝着用奶粉冲的牛奶。我最喜欢漂浮在上面的奶粉结块。我想起了我那两个最好的朋友卡罗尔和格蕾丝。但是，我记不太清楚她们的模样了。我果真在格蕾丝房间的地板上坐过吗？她床边的地板上真的铺着编织的地毯吗？我有把平底锅、洗衣机等图案从《伊顿购物目录》上剪下来粘在剪贴簿里面吗？这一切都是真的吗？此时此刻，这些事情都难辨真假，但我知道都是真事。

伐木场的后面有一片很大的伐木区。砍下来的树已经运走了，只剩下了树根和树桩。不远处有一大片沙地。蓝莓又长起来了，大火过后，会先长出来一堆杂草，慢慢地，蓝莓就会破土而出。我们把蓝莓果采摘下来，放到锡杯里。每摘满一杯，妈妈就给我们一分钱。她生了一堆火，一个用大罐头做的大水壶吊在火上，把蓝莓放在水壶里煮，然后做成布丁和果酱。

阳光直射下来，烤得沙子滚烫，热气直往上冒。我把一块棉布方巾折成三角形，戴在头上，结打在耳朵后面。额头的部分都被汗水浸湿了。苍蝇在身边嗡嗡地叫着。我不想理睬苍蝇的嗡嗡声，仔细听有没有熊的声音。我不知道熊的叫声是什么样的，但我知道熊喜欢吃蓝莓，而且行踪捉摸不定。看到有人，它们有可能会跑开，也有可能冲你追过来。如果熊来了，你要躺下装死。这是哥哥说的。这样，它们可能就会走开，不然会把你的五脏六腑都给剖出来。我见过鱼的内脏，我能想象这个场面有多么惨烈。哥哥发现了一坨熊粪，蓝色的，上面有斑点，跟人拉的屎很像。他拿木棍戳了戳，看看是不是刚拉的。

下午太热了，没法摘蓝莓，我们就到湖里去游泳，就是我们钓过鱼的那个湖。我不能去深水区，水没过头顶的地方不能去。湖水冰凉，有点浑浊。到了深水区，就没有泥沙淤积了，水底是古老的岩石和沉底的木头，有龙虾和蚂蟥等，还有下巴突出的梭子鱼。哥哥说鱼能闻到味道，闻到我们的味道，就会躲着我们。

于是，我们上了岸，坐在湖边的石头上，掰着面包扔进湖里，看看能引来什么鱼，也许有鲹鱼或者鲈鱼。我们一会儿捡扁平的石头打水漂，一会儿比打嗝，一会儿把嘴巴贴在胳膊的内侧吹气，发出像放屁一样的声音，一会儿含了满满一口水，然后喷出去，看看能喷多远。不管比什么，我都没有赢过，反而更像是个观众，看着哥哥尽情表演。不过，他可不是为了在我面前显摆，即使我不在，他一个人也会玩得不亦乐乎。

有时候，他会在沙地或者水面上尿字。他会尿得有板有眼，好像这是一件很重要的事情。他拉下泳裤，一只手抓住一根多出来的"手指"，尿射出一条弧线洒到地上。用尿"写"出来的字略显生硬，他的手写体也差不多，每个字最后面都会画一个句号。别的男生会写自己的名字，或者写脏话，我在路边雪堆上看见过，但哥哥跟他们不一样。他写的是"火星"。有时候，他会多写一个字，比如"天王星"。夏天行将终结的时候，他已经用尿写完了太阳系所有行星的名字，还写了三遍呢。

此时是九月中旬，树叶已经开始变色，有的深红，有的金黄。晚上，我去外面上厕所。外面漆黑一片，但我不带手电筒，这样反而看得更清楚。星星闪烁，晶莹璀璨。嘴里哈出的热气在我面前袅袅上升。透过窗户，我看到爸爸妈妈坐在煤油灯旁，像从远处看一幅装了黑框的画。但是，爸爸妈妈并不知道我在看他们，我的内心突然感到一阵不安，就好像我根本不存在，或是他们不存在。

我们从北方回来的时候，就像从高山上下来一样。一路上，空气渐渐变得浑浊，气温越来越高，灯火逐渐整齐、明亮起来。我们经过最后一片露出地面的花岗岩，经过最后一个沿岸岩石峻峭的小湖，闷热、潮湿的气息迎面扑来。我听到了蟋蟀的叫声，还闻到了草地的芳香。我知道，我们已经回到了南方。

我们在午后回到了家。房子周围像是被人施了魔法，感觉和从前大不相同。房子四周的烂泥地上已经长出了大蓟和麒麟草，仿佛围着带刺的篱笆。旁边的那个大洞和土堆都已经不见了，取而代之的是一幢新房子。这是怎么回事？对于这样的变化，我完全始料未及。

格蕾丝和卡罗尔站在那片废弃的果园，在苹果树下面，就是我和她们告别的那个地方。但是，她们的样子也不一样了。过去四个月里，我的脑海里经常浮现她们的形象，每次都略有不同，不过有几个特征我印象特别深刻。但是，此时此刻，她们都和我的想象有所不同。她们长高了，穿的衣服也不一样了。

她们看见了我，但没有跑过来，而是停下手头的事情，盯着我们看，好像我们是刚搬来的，从来没有在这里住过。还有一个女孩跟她们在一起。我看着她，我对她一点印象也没有。我没有见过她。

14

格蕾丝朝我挥了挥手。稍后，卡罗尔也挥了挥手。另一个女孩没有任何表示。她们被紫菀和麒麟草包围着，没有移动，好像等着我走过去。苹果树上结满了果实，有红的，有黄的，不过，几乎所有苹果上面都伤痕累累，结了痂，还有一些掉在地上，已经开始腐烂了。空气里弥漫着甜甜的苹果酒味，"喝醉"了的黄蜂在旁边嗡嗡作响。烂苹果被我一踩就成了糊。

格蕾丝和卡罗尔都晒黑了，不像原来那么白皙，五官轮廓更加分明，头发的颜色浅了些。另一个女孩个头最高。格蕾丝和卡罗尔穿着短裙，但她不一样，她穿着灯芯绒裤子和套头衫。她很瘦，但并非弱不禁风。她身材虽然修长，但肌肉还是比较发达的。与她相比，卡罗尔和格蕾丝就显得粗短。她的头发是深黄色的，剪了童花头，刘海垂在额前，有部分挡住了她那双绿色的眼睛。她脸型比较长，嘴有点歪，好像是上嘴唇划开了一道口子，缝针的时候缝歪了。

但是，笑起来的时候，她的嘴型就规整了。她笑起来像个大人，好像是学来的，完全是为了体现教养。她伸出手，对我说："你好，我叫科迪莉亚。你肯定是……"

我盯着她。如果她是个大人，我会上去和她握手，我知道该和她说什么。但是，小孩不这样握手。

"她叫伊莱恩。"格蕾丝介绍了我的名字。

在科迪莉亚面前，我感觉有点露怯。我在车的后座坐了两天，晚上都在帐篷里睡觉。我知道自己蓬头垢面。科迪莉亚朝我身后看去，我爸爸妈妈正在从车上卸东西。她的眼珠子骨碌骨碌地转，觉得那个场面很新鲜。我不用回头也知道，爸爸戴着一顶旧毡帽，穿着工地靴，脸上胡子拉碴；哥哥同样不修边幅，留着长头发，穿着破毛衣，下身穿着旧裤子，膝盖处顶得变了形；妈妈穿着灰色的休闲裤和男式的格子衫，完全素面朝天。

"你的鞋上有狗屎。"科迪莉亚说。

我低头看了一眼："我刚才踩到了一只烂苹果。"

"不过颜色和狗屎一样的，对吧？"科迪莉亚说，"不是硬的那种，是软的，像花生酱一样。"这两句话说得像是悄悄话，是我们的小秘密。她创造了一个两人的小圈子，就她和我。

科迪莉亚的家住在我家的东面，那一带的房子比较新，不过房子也被烂泥包围着。但是，她家不是平房，是一幢两层小楼。她家里有一个餐厅，和客厅有一帘之隔，帘子拉开，餐厅和客厅就合二为一，很宽敞。一楼有一个浴室，但没有浴缸，他们说那个叫盥洗室。

科迪莉亚家的色调跟别人家的不一样，颜色都不深，而是浅灰、浅绿和白色的，比如沙发是苹果绿的。她家里也没有印花的图案，没有栗色或者天鹅绒之类的东西。在她家，我看到过一幅镶着浅灰色框的蜡笔画，是科迪莉亚两个姐姐小时候的肖像，两个人都穿着公主裙，头发梳得很整齐，眼神有点迷离。她家也有真花，有好几种，插在厚实、线条流畅的瑞典玻璃瓶里。科迪莉亚告诉我们那只玻璃瓶是瑞典产的。她说，瑞典玻璃是最好的。

科迪莉亚的妈妈还会戴着园艺手套亲自插花。我妈妈就不会插花。

有时，她就拿一把花往罐子里塞，随手放在餐桌上，但那些花都是她穿着休闲裤去锻炼身体的时候在路边或者溪谷里随手摘的，其实就是一些野草而已。她肯定不会花钱去买。我第一次意识到，我们家并不富裕。

科迪莉亚的妈妈请了个保洁女工。我们另外三个人的妈妈都没请。不过，她们不把那个保洁女工叫作保洁女工，而是管她叫"那个女人"。那个女人来科迪莉亚家干活的时候，我们都得给她让道。

科迪莉亚压低嗓音悄悄跟我们说："上一个来我家干活的那个女人偷我们家的土豆，让我们逮个正着。她刚把包放下，土豆就都滚了出来，滚得到处都是。太尴尬了。"她是说她们一家人感到很尴尬，没说那个女人尴尬与否，"我们当然得让她滚蛋了。"

科迪莉亚家吃鸡蛋的时候，不是把鸡蛋煮熟了在碗里捣碎，而是放在鸡蛋杯上吃。每人有一个专用的杯子，杯身刻着各自姓名的首字母缩写。他们家还有餐巾环，也都有首字母。我以前从未听说过鸡蛋杯，而且我敢肯定，格蕾丝也没有听说过，因为她一声不吭。卡罗尔说她不确定她家里有没有这个玩意儿。

科迪莉亚告诉我们："鸡蛋吃完后，要在蛋壳底下戳个洞。"

"为什么？"我们问。

"这样，巫婆就不能出海了。"她说得很轻巧，但语气里带着嘲讽，好像只有傻瓜才会问这种问题。不过，也有可能她是在开玩笑，在逗我们玩。她的两个姐姐也有这个习惯。我们搞不清楚她们说的哪些话是当真的，哪些话是玩笑话。她们说话的时候都拿腔拿调，有时分明是在讥讽别人，有时也像是在模仿谁说话，但我不知道她们是在模仿谁。

她们会说"我差点就死了"，或者说"看来，我要遭天谴了"。有时候，她们也会说"我就像个母夜叉"，或者说"我真像哈吉斯·麦克巴吉斯"。这像是她们杜撰出来的一个人，一个长相丑陋的老女人。不过，她们并非真的认为自己差点就死了，也不会认为自己的相貌丑陋。她们都很漂亮，一个皮肤黝黑、热情奔放，另一个金发碧眼、心地善良。科迪莉亚也很漂亮，但和她们不一样。

她的两个姐姐分别叫珀迪塔和米兰达，只是没有人用全名叫她们。大家都称呼她们珀迪和米瑞。珀迪是肤色黝黑的那个，她在学跳芭蕾，米瑞会拉中提琴，那把中提琴放在衣柜里，科迪莉亚拿出来给我们看。琴盒里面有天鹅绒衬里，神秘感十足，看样子十分珍贵。珀迪和米瑞也会互相开一些小玩笑，科迪莉亚说她们在这方面很有天赋。听起来像种痘，种完后会留下印记。我问科迪莉亚她自己有没有这个天赋，她就把舌头伸到嘴角，扭头走开，好像有别的事要忙。

按道理，科迪莉亚也应该有个昵称，应该叫科迪，但实际上并非如此。她总是让别人叫她的全名：科迪莉亚。她们三姐妹的名字都很特别，学校里的其他女生都没有人叫她们那样的名字。科迪莉亚说，她们的名字都来自莎士比亚的戏剧。她似乎引以为傲，希望我们都能领会其中的奥妙。"都是妈咪给我们起的。"她说。

她们三姐妹都叫她们的妈妈"妈咪"，提到她，她们总是洋溢着爱和依恋，好像她是个聪明调皮的小孩子。她们的妈咪身材矮小瘦弱，总是心不在焉，戴着一副眼镜，眼镜腿上一边有一根银链子垂到脖子上。她在学绘画。她画了一些画挂在楼上的大厅里，画的是花、草坪、瓶子和花瓶，都是绿色系的。她们三姐妹联手背着她搞小动作。

她们一致同意，有些事不能告诉妈妈。"不能让妈咪知道。"她们会互相提醒。不过，她们也不想让她失望。珀迪和米瑞想干什么都会去干，但底线是不让妈妈失望。相比之下，科迪莉亚就没那么灵活，她不太能够随心所欲，还会让她妈妈失望。生气的时候，她妈妈会说："你太让我失望了。"如果她确实非常失望，会叫来科迪莉亚的爸爸，如果走到这个地步，事情就麻烦了。提到爸爸，她们三姐妹都不敢开玩笑，说话也不敢拿腔拿调。他身材魁梧，轮廓分明，魅力四射。不过，我们曾经听到他在楼上大喊大叫。

我们坐在厨房里，一边躲着"那个女人"，一边等着科迪莉亚下来玩。她又让她妈咪失望了，得收拾好房间才能下来。珀迪悠闲自得地走进来。她的驼色外套随意地披在肩上，优雅地搭在一个肩膀上，手里拿着课本搁在髋部。她用沙哑的嗓音一本正经地问我们："你们知道科迪莉亚说她长大后想做什么吗？"看样子她是准备要透露一个大秘密，"她想做一匹马！"我们不知道她说的是真是假。

科迪莉亚有一整个橱柜的"戏服"，里面有她妈咪的旧裙子、旧披肩，还有可以稍微裁剪一下围在身上的旧床单。这些原本都是珀迪和米瑞的，但她们长高了，穿不上了。科迪莉亚叫我们排戏、演戏，把餐厅当舞台，窗帘可以当幕布。她说，我们演戏不白演，要收钱的。她关了灯，下巴夹着手电筒，诡异地笑着。事情就这么定了。科迪莉亚去看过好几次戏剧，还去看过芭蕾演出，不过就一次。"我去看了《吉赛尔》。"她脱口而出，好像我们了解这部舞剧似的。不过，我们的戏始终排不好，都达不到她的设想。卡罗尔总是笑场，还忘词。格蕾丝不喜欢别人对她指手画脚，所以找了个借口说头疼。她对虚构的故事不感兴趣，除非里面有实实在在的东西，比如烤面包机、烫衣板、电影明星的服装等。她受不了科迪莉亚的所谓情节剧。

"你自杀了。"科迪莉亚说。

"为什么？"格蕾丝说。

"因为你被人家抛弃了。"科迪莉亚说。

"我不想自杀。"格蕾丝说。此时，扮演女仆的卡罗尔在一旁咯咯地笑起来。

我们换上戏服，走下楼梯，出门后穿过刚铺了草皮的草坪，后面拖着长长的纱巾，但我们不知道下一步该干什么。没有人想演男性角色，因为他们的衣服不好看。不过，有时候科迪莉亚会用珀迪的眉笔在脸上画小胡子，再裹上一块旧的天鹅绒窗帘扮成男孩。这样，这部戏剧就稍微完整一些。

放学，我们一起走回家，现在是四个人了，而不是三个人。半道上我们会经过一条小街道。这条街道上有一家小店，我们经常在那里买东西，用零花钱买便宜的口香糖、红色甘草糖、橘子味的冰棍等，这些东西都平分，大家共享。排水沟里有马栗，湿漉漉的，还闪闪发光。我们捡起来放进开衫的口袋里，装得满满的，但都不知道这玩意儿有什么用。我们学校的男生和教会学校"永远保佑我们的圣母玛利亚"的男生用马栗当炮弹，扔来扔去，但我们不会干这种事情。砸到眼睛的话，可能就瞎了。

通往那座木桥的泥路干巴巴的，尘土飞扬，两边的树叶虽然还是绿的，但让人觉得一点生机都没有，过了一个夏天，都晒蔫了。路边野草繁茂，种类很多，有麒麟草、豚草、紫菀、牛蒡，还有毒性极强的颠茄，它的浆果很红，红得就像情人节吃的糖果。科迪莉亚说，想要毒死一个人，用这种浆果就不错。颠茄发出一种气味，其中混杂着泥土的气息，有点潮湿，很刺鼻，也能闻到猫尿的气味。每天，我们都能在附近看见猫，它们有时趴着，有时蹲着，爪子刨来刨去，黄色的眼睛瞪着我们，好像我们就是它们的猎物。

我们还能看见空酒瓶和纸巾。有一天，我们发现了一个安全套。科迪莉亚知道那是安全套，因为珀迪跟她说起过。那时候她还小，错把那玩意儿当成气球吹。她知道，那是男人用的东西，我们得当心这种男人。不过，她也不知道那玩意儿为什么叫安全套。我们拿了一根棍子，把那玩意儿挑起来，凑近仔细端详。那玩意儿颜色发白、质地柔软，像橡胶的，也像鱼鳔。卡罗尔说："咦，太恶心了。"我们像做贼一样，偷偷摸摸地把它带回山上，从地沟上的格栅缝里塞进去。安全套掉了下去，漂在黑乎乎的污水上，白花花的，很显眼，但感觉马上要沉下去了。那时候，我们连看见这种东西都觉得受到玷污，甭提把它藏起来了。

那座木桥倾斜得更明显了，也更腐朽了几分，好几个地方的木板都塌下去了。我们平时都从中间走，不过，今天科迪莉亚沿着右边走，靠着护栏往下看。我们一个接着一个，小心翼翼地也跟了过去。每年这个时候，溪水都很浅。站在桥上能看到人们扔下去的垃圾，报废的轮胎、摔碎的瓶子、锈迹斑斑的金属片。

科迪莉亚说，这条溪的源头在墓地那边，所以，溪水实际上就是尸体溶解形成的。她还说，要是谁喝了这溪水，或者一脚踩了进去，哪怕是离得太近，死人就会从水里爬出来，像个恶鬼，把他带走。她说，我们没碰到过这种事，是因为我们一直从桥上走，而且桥是木头桥。像这种死人溪，就应该从桥上过才安全。

卡罗尔吓坏了，或者说她装出很害怕的样子。格蕾丝说她是在胡说八道。"要不你去试试？"科迪莉亚说，"从那边下去。我打赌你不敢。"我们都没有下去。

我知道这是个骗人的小把戏。我妈妈经常到那边去散步，我哥哥也跟比他大的男生去那儿玩过。他们穿着胶鞋从涵洞里蹚过来蹚过去，也抓着树枝或者桥下较低的横梁，像荡秋千，荡来荡去。大人不让我们到溪谷里去，不是因为死人，而是因为那些常在那里出没的男人。不过，我很想知道死人是什么样子的。对于死人，我既相信又不相信，可以说是将信将疑。

我们摘了蓝色和白色的野花，还有一些颠茄的浆果，摆在路边的牛蒡叶上，每片叶子上还各放了一个马栗。我们就当这些是一顿饭菜，但说不清楚是给谁吃的。完事后，我们就上山了，那些东西就留在当地，说是饭菜，但更像花环。科迪莉亚说，颠茄浆果的毒汁会要人命，所以必须好好洗手，别让毒汁沾在手上。她说，只要一滴毒汁就能把你变成僵尸。

第二天，我们放学回家的时候，那些饭菜就不见了。可能是那些男生在捣乱，他们喜欢搞破坏，也可能是那些在附近出没的坏男人干的。但是，科迪莉亚瞪大了眼睛，还回头看了看，压低声音，神秘兮兮地说："肯定是死人干的。不然还有谁呢？"

15

铃声响起，我们就在女生的入口前站好队，跟同伴手牵着手。卡罗尔和我搭伴，格蕾丝和科迪莉亚在我们后面，因为她俩比我们高一个年级。哥哥在男生那边，到了课间，他就跑到煤渣操场上去。上周踢足球的时候，他的嘴被人踢到，开了一道口子，缝了好几针。我仔细看了缝针的地方，是用黑线缝的，整个嘴唇都肿起来，乌青溜紫的。我也想来几针，我知道伤者最大，有特别的待遇。

我不再穿裤子，改穿裙子了。我必须记得这里边的规矩，坐着的时候两腿不能叉开，不能跳得太高，不能倒立，否则就会出洋相。我还得重温穿内裤的重要性。大家都会唱这样的顺口溜：

> 看见英国，看见法国，
> 还能看到你的内裤。

也有人这么唱：

我不知道，我不在乎，

反正我不穿内裤。

这是男生唱的，他们一边唱一边做着鬼脸。

大家都在猜别人穿了什么内裤，特别热衷猜老师的内裤，不过只限于女老师，男人穿不穿、穿什么内裤根本无所谓。况且，学校里也没几个男老师，仅有的几个也都上了岁数，年轻的男老师一个也没有，因为战争已让众多年轻男性灰飞烟灭。学校的女老师大多年纪不小，但都未婚。已婚妇女是不工作的，我们的妈妈都不工作。大龄未婚女性的身上都有一些奇怪而且搞笑的东西。

课间，科迪莉亚就猜各位老师穿的内裤，她说皮瑾小姐身材胖，表情比较夸张，她的内裤肯定是淡紫色的，有荷叶边；斯图尔特小姐的内裤肯定是格子花纹、用蕾丝镶边的，这样好搭配她的手帕；哈契特小姐六十多岁了，平时喜欢戴着深红色的胸针，她肯定会穿红缎子做的秋裤吧。我们不相信老师们真的会穿这样的内裤，不过，猜她们穿什么内裤是个有点下流的玩笑，大家都很开心。

我的老师是兰姆莉小姐。据说，即使是在暖和的春夏之交，她也会穿着灯笼裤。每天早上响铃之前，她会走到教室的最后面脱下灯笼裤。据说那条裤子很厚，羊毛料的，海军蓝，有一股樟脑味，还有某种说不清道不明的气味。这不是我们的猜测，不是凭空捏造的，而是事实，千真万确。有几个女生说，她们有好几次放学后被留下来，都看到兰姆莉小姐在穿那条灯笼裤，还有几个说看见那条裤子挂在衣帽间里。兰姆莉小姐的这条深蓝色灯笼裤很神秘，也不讨人喜欢，却让她的四周多了一道光环，她经过的地方，似乎连空气都变了颜色。于是，她变得更加可怕了，当然她本来就很可怕。

我上一学年的老师很和蔼，但给我们留下的印象不深。

科迪莉亚在猜内裤的时候都没有提到她。她的脸圆圆的，像个晚餐包，她的肤色像牛奶冻，对待我们就像是在哄孩子。相反，兰姆莉小姐喜欢恐吓我们。她个子很矮，水桶身材，穿着银灰色的开衫，开衫直接从肩膀垂到屁股，中间没有曲线，也就是说她没有腰。她总是穿这件开衫，搭配深色短裙，裙子总是不停地换。她戴着银边眼镜，很难看到镜片背后的双眼。她穿着黑色的半高跟鞋，笑的时候嘴唇都难得动一下。学生犯错的时候，她不会把他们送去给校长打，而是自己动手。当着全班同学的面，她叫学生把手伸出来摊平，然后用那根黑色的橡胶鞭子抽，快、准、狠。抽学生的时候，她自己脸色煞白，手还在颤抖。我们在旁边看着，她抽一下鞭子，我们的嘴角也会抽动一下，眼角不由自主地湿润。有些女生虽然没有挨打，但也被吓得抽鼻子。这样一来，她们也会惹上麻烦，因为兰姆莉小姐不喜欢看到人家抽鼻子，她可能会说："哭什么？等会儿有你哭的。"慢慢地，听着她用鞭子抽人，我们都会挺直身体，目视前方，表情严肃，双脚着地，虽然听得胆战心惊。

　　挨抽的大多是男生，大家都觉得男生更该打。他们总是不安分，好动，尤其是在缝纫课上。我们要给妈妈缝制防烫锅垫。男生不太会做，他们的针脚粗糙，还拿针互相扎。兰姆莉小姐在过道上来回溜达，看到不安分的，就用尺子敲他们的关节。

　　教室的天花板很高，墙是黄棕色的。教室的前面一边有几块黑板，另一边是暖气片，暖气片的上面是高高的格子窗。衣帽间的门上方挂着一张国王和王后的巨幅合照，所以，上课的时候，我们总感觉有人在背后盯着。照片上，国王戴着勋章，王后穿着白色长礼服，戴着钻石皇冠。教室里有一排排很高的木头课桌，每张课桌坐两个人，桌面有点倾斜，还有专门装墨水的凹槽。玛丽女王公立学校的其他教室也都差不多，不过我们这间没那么亮堂，可能因为装饰太少了。我们的上一个老师从家里拿纸质花垫来装饰教室，增加一点色彩。我们班的窗户上也总是有各种各样的花草剪纸。兰姆莉小姐也让我们剪四季应景的花草，但是，她戴着银框眼镜监督着我们。我们剪出来的花草又小又干瘪，所以可以用来装饰单调的墙面和窗户的剪纸总是不够。而且，如果你剪的秋叶或者南瓜两边不对称，兰姆莉小姐是不会贴上去的。她有一套评判标准。

学校今年比去年的英国味更浓了。我们学着用尺子画英国国旗，还要记住国旗上那几个十字的意义，它们分别代表四个守护圣人：英格兰的圣乔治、爱尔兰的圣帕特里克、苏格兰的圣安德鲁、威尔士的圣大卫。我们自己的国旗是红色的，有一角印着大英帝国的国旗，不过我们没有什么守护圣人。我们还要记住地图上所有粉色部分的名字。

兰姆莉小姐一边用那根长长的木头教鞭敲打着挂在墙上的地图，一边说："大英帝国是日不落帝国。"她说，在不归大英帝国统治的国家，人们会割掉孩子的舌头，特别是男孩的舌头。在归大英帝国统治之前，印度没有铁路，也没有邮局；非洲部落战乱频仍，人们相互残杀，连件像样的衣服都没有。加拿大的印第安人没有汽车和电话，他们还信奉异教，会挖敌人的心脏吃，相信这样能给予他们勇气。但是，这一切都被大英帝国改变了。大英帝国带来了电灯。

每天早上，兰姆莉小姐用她那支定音管吹出一个尖尖的音符后，我们就会起立，一起唱《天佑国王》。我们还唱：

统治吧，不列颠尼亚；不列颠尼亚力挽狂澜；

不列颠人民永不、永不、永不为奴。

因为我们也在大英帝国的统治之下，所以我们永远不会沦为奴隶。但是，我们不是真正的英国人，我们是加拿大人。加拿大人不如英国人好，但我们也有我们自己的歌：

> 从前，从不列颠的海边，
>
> 来了无畏的英雄乌尔夫，
>
> 将大不列颠的国旗，
>
> 牢牢插在加拿大的沃土之上。
>
> 愿它在此迎风飘扬，
>
> 我们骄傲，我们自豪。
>
> 愿大蓟、三叶草、玫瑰永世交好，
>
> 枫叶永久飘扬！

我们唱这首歌的时候，兰姆莉小姐的下巴上下抖动得很吓人。乌尔夫像是一条狗的名字，不过他却征服了法国。我很困惑，我见过法国人，北方有很多法国人，他怎么可能把所有法国人都征服了呢？枫叶是红色国旗上最难画的部分。没有人画得对。

兰姆莉小姐把有关英国王室的剪报图片拿到学校，贴在教室的一块黑板上。有些照片是旧的，是伦敦大轰炸期间，伊丽莎白公主和玛格丽特·罗兹公主穿着女童子军的制服发表广播讲话或者其他讲话时候的情景。兰姆莉小姐在暗示我们，那是我们应有的气质：坚定、忠诚、无畏、英勇。

还有一些其他的报纸图片，有几个瘦骨嶙峋的孩子衣衫褴褛，站在一堆残垣断壁之中。这些照片是要提醒我们，欧洲有许多饥寒交迫的孩子，战争让他们成了孤儿。我们应该牢记，务必把盘子里的面包屑、土豆皮等全部吃光，因为浪费有罪。我们也不应该心存不满。其实，我们也没有权利心存不满，因为我们是幸运的孩子，相比那些英国孩子，他们的家都被炸毁了，而我们的家还好好的。我们把家里的旧衣服带到学校，兰姆莉小姐把它们装进棕色的纸袋里，捆起来，准备寄到英国去。我没有多少可以带的，因为妈妈把我们的旧衣服都撕了当抹布用。不过，我还是翻出了一条灯芯绒裤子，之前是哥哥穿的，后来给我了，不过现在又太小了，还有爸爸的一件法兰绒衬衫，因为洗的方式不对，缩水了，也穿不下了。一想到会有个英国人穿着我的旧衣服，我就会起鸡皮疙瘩。我的衣服似乎是我身体的一部分，即便是那些我已经穿不上的。

所有这一切，包括国旗、国歌、大英帝国、英国公主的照片、战争孤儿，乃至打包带，都和兰姆莉小姐那条海军蓝的灯笼裤紧密地联系在一起。每次画英国国旗或者唱《天佑国王》的时候，我们都会想起她的那条裤子。果真有这条灯笼裤吗？我有机会看到她在教室里穿上或者脱掉它吗？我不敢想象看到那条裤子会怎么样。

我不怕蛇，也不怕虫子，但我害怕她那条灯笼裤。我知道，要是果真看见了，我会遭殃的。灯笼裤是神圣的、不容亵渎的，但又见不得人。灯笼裤有什么问题，我就可能有什么问题，虽然大家都不觉得兰姆莉小姐还是个女孩，但说到底她也不是男的啊。黄铜摇铃响起来的时候，我们就在女生入口外面排队。无论如何，她都得站在我们这边。

四

致命的颠茄

DEADLY NIGHTSHADE

16

我走在女王大街上，路过一些二手漫画书店，橱窗里摆满了水晶蛋和海贝壳，还有很多死气沉沉的黑衣服。我很渴望回到温哥华，和本一起坐在壁炉前，看着窗外的港口，看着后花园里的巨型蛞蝓大块朵颐，啃着青枝绿叶。壁炉、后花园……以前来看乔恩的时候，那时他还住在箱包批发店的上面，我都不会有这样的渴望。街角有一家枫叶酒馆，我曾经窝在里面的一个角落里喝生啤，意志消沉。再过两个红绿灯就是艺术学校，我曾经在那里画裸体女人肖像。有轨电车开过，震得沿街的窗户当啷作响。有轨电车还在跑。

"我不想去。"我对本说。

"那就不去了，"他说，"取消了吧，到墨西哥这边来。"

"那样的话，我会感觉对不起他们。他们做了那么多工作，很辛苦。"我说，"而且，你应该知道，对于一个女性来说，举办一个回顾展有多难。"

"有那么重要吗？"他反问，"你的画卖得很好，不办也无所谓。"

"我必须去！"我说，"不去不好。"从小，爸爸妈妈就教育我们，待人接物绝对不能亏心。

"好吧，"他说，"你心里有数就行。"他抱了抱我。

其实，我心里也没有数。

"魅影"画廊到了，一边是一家餐馆的仓库，另一边是一家文身店。一旦"魅影"画廊这样的单位入驻，仓库和文身店等就都得搬走，墙上已经贴了相关告示。

我推开画廊的门，突然感觉人在往下沉。每次去画廊，不管是哪家画廊，我都有这种感觉。原因就在地毯，画廊铺着厚厚的地毯，走上去一点声音也没有，静悄悄的，让人肃然起敬。画廊和教堂太像了，凡是走进去的人都要满怀敬意，好像里边正在举行宗教仪式。我也不喜欢把画挂在这样的地方，墙面的色调是中性的，上方装着轨道射灯，场地消过毒，弄得很干净、很安全。感觉会有人给这些画喷空气清新剂，想除掉异味，也就是墙上的血腥味。

这家画廊并未彻底消毒，还有一些死角，那边露着一节暖气管，这边有一面墙还是黑的。墙上挂着什么我一眼都没看，我讨厌所谓后现代主义的画，就是一块块绿色和橘色的色块，脏兮兮的，丑死了，我特别讨厌"后"这个"后"那个的。如今，什么东西都要带个"后"字作为前缀，好像我们都是先前东西的衍生品，不配拥有自己的名字。

我自己的几幅画已经开箱了，拿出来放在墙边。这些都是经过追踪找到下落，跟现在的主人要来的。如今这些画都不是我的，而且都升值了，这让我很郁闷。画主人的名字都写在一张白色的小卡片上，和我的名字一起贴在画旁，好像在说只要拥有它就可以和创作者平起平坐。他们都是这么想的。

如果我像凡·高一样，把耳朵割掉，我的画会不会更值钱？或许，把头伸进烤箱里，烤到爆炸，脑浆飞溅，那么我的画还会更抢手。

那些有钱的收藏家所看中的，其实就是炒作的价值。

正面挂的那幅，是我二十年前画的，画中人是史密斯太太。那是一幅很漂亮的蛋彩画，史密斯太太花白的头发梳了个发髻，用发夹别着。她的脸像个土豆，戴着眼镜，只围着那条让她看起来像只有一个乳房的印花围裙。她歪歪斜斜地躺在栗色天鹅绒沙发上，正准备起身前往天堂。天堂里有许多橡胶树，还挂着一轮明月，像一块纸垫。作品名是《橡胶树：升天》。她周围的那些天使都是四十年代的圣诞贴纸画，都是干干净净的小女孩，穿着白色的衣服，用布条扎着卷发。画的上头有"天堂"二字，那是用学校里的印模印上去的，我当时觉得这样很好玩。

我记得，这幅画的评价很不好，但不是因为这个印模。

这幅画我就看了一眼，其他的也没多看。要是仔细看的话，越看毛病越多。我想拿起雕刻刀把画刮掉，或者一把火烧掉，让墙面回归本来的干净面目。干脆重新画算了。

有一个女的从后面大步流星地向我走来，她一头金发，剪了个豪猪式的发型，穿着一条紫色的连衣裤，脚上是一双绿色皮靴。我立即意识到，我不应该穿这件粉蓝色的跑步服，粉蓝色太轻佻了。我应该和其他传统女画家一样，穿修女黑或者德拉库拉黑的正装。我的口红也涂得不对，我应该涂吸血鬼咬过脖子后的那种唇色，"完美玫瑰"这种色号毫无气场可言。不过，要是那样我看起来就会像哈吉斯·麦克巴吉斯。到了我这个岁数，葡萄果冻红也已经不合适了，衬托之下我的脸色会显得很苍白，满脸的皱纹也会显露无遗。不过，我还是要穿跑步服，要让人觉得是有意为之，让人觉得我是个反传统的。他们知道什么呢？粉蓝色的跑步服太朴素。不赶时髦也有好处，就是你跟时尚不沾边，也就永远不会过时，成为明日黄花。这也是我给我的作品找的借口，多少年来，我一直都是这样。

"你好，"那个女的说，"你就是伊莱恩吧？你和照片上不太一样。"她这是什么意思啊？这是好话还是坏话？我们之前通过几次电话。"我叫查娜。"在多伦多叫这个名字的不多。她的手上戴了差不多十只厚重的银戒指，像指节铜套一样，跟她握手的时候，我的骨节感觉快被挤裂了。"我们刚刚还在琢磨布展的排列问题呢。"除了她，另外还有两个女人看上去都很有艺术家的范儿，一个顶我五个。她们戴着抽象艺术的小众耳环，留着抽象艺术的个性发型。我觉得自己是个土老帽。

她们带来了美味的甜菜根牛油果三明治和拿铁，我们一边吃一边讨论回顾展的布展顺序。我说我喜欢按时间顺序来，但查娜更偏向于按照色调，互相呼应，产生共鸣，这样可以增强作品的感染力。我更紧张了，这种谈话方式我不习惯。我不再说什么，本想找借口说头疼要回家，但一直克制着没说出口。我本应心存感激的，她们是为我好，为我出谋划策，也喜欢我的画。但是，我仍然觉得她们人多势众，而我势单力薄，我们不是一类人，凑不到一块儿。

乔恩明天就回来了，洛杉矶的电锯杀人狂电影拍好了。我有点迫不及待。我们会瞒着他的现任妻子一起出去吃午饭，像做贼似的。其实这种事情正常得很，以朋友的身份和前夫吃一顿午饭而已，也算是跟过去的不堪做一个了结。我们很早就认识了。到我这个年龄，我们这个年龄，共同走过的岁月具有了更多的意义。因此，见他一面像是一种解脱。

又有一个人进来了，还是个女的。"安德里亚，"查娜喊着走了过去，"你迟到了。"她亲了一下安德里亚的脸颊，挽着她的胳膊朝我走过来。"安德里亚想写一篇关于你的报道，"她说，"为画展的开幕式造势。"

"没人和我说过这件事。"我说，我感觉很突然。

"这也是刚刚决定的。"查娜说，"我们真走运！你们在里屋聊，行吗？我去给你们拿杯咖啡。你们好好聊，畅所欲言。"她歪嘴笑着对我说。我跟着人家穿过走廊。如今连查娜这样的女人，都可以支使我。

"你不是我想象中的样子。"我们坐下来后，安德里亚说。"在你的想象中，我是什么样子的？"我问。

她说："块头大一些。"

我冲她笑了笑："已经比原来大了。"

安德里亚打量着我的粉蓝色跑步服。她穿着黑色的衣服，有光泽的那种。我也有一件六十年代初流行的，也是黑色的，但没有光泽。她一头红发，像拿喷漆罐喷的，不客气地讲，瞧她剪的发型，就像戴着一顶橡树子似的帽子。她非常年轻，看起来也就十几岁，不过我知道她肯定有二十几岁。可能她觉得我是个古怪的中年女人，像她的高中老师。或许她是冲着我来的，或许她能成功。

我们相对而坐，安德里亚放下相机，摆弄着录音机。她为一家报纸撰稿。"这一篇要发在生活版块。"她说道。我知道她是什么意思，生活版块就是曾经的女性版块。现在改名叫"生活版块"，这很有趣，好像把女人和生活画了等号，而其他的东西，比如体育，都不算生活。

"生活啊？"我问，"我有两个孩子，还会烤饼干，都是真话。"安德里亚瞪了我一眼，然后按下了录音机的开关。

"你是如何看待名望的？"她问。

"我谈不上什么名望，"我说，"名望就像伊丽莎白·泰勒的乳沟，不过就是个媒体的噱头。"

她咧嘴笑了笑："那么，能否请你谈谈你们这一代艺术家的抱负和理想？你们这一代女艺术家的理想。"

"你是说画家吗？"我追问，"是哪一代？"

"七十年代的吧，"她说，"女性就是从那时开始崭露头角的。"

我说："我不是七十年代的人。"

她笑了。"那么，"她说，"你算是什么年代的？"

"四十年代。"

"四十年代？"对她而言，说起四十年代就像在考古，"你怎么可能是……"

"我是在那个年代长大的。"我说。

"好吧，"她说，"也就是说，那是你性格形成的时期。你能不能具体说说，那段时期对你的影响在作品中是怎么体现出来的？"

"颜色，"我说，"我作品中的很多颜色，都是四十年代的。"我的戒备心软化了些。至少她没有一直说比如、呃之类的废话。"战争。有人还记得，有人已经淡忘了。那是一个分水岭，前后变化非常明显。"

"你是说越南战争吗？"她问。

"不是，"我冷冷地说，"第二次世界大战。"她好像有点害怕。看她那个样子，仿佛我是刚刚从坟里爬出来的。她不知道我的年纪有这么大。"那么，"她说，"有什么样的变化呢？"

我说："现在，我们可以长时间集中注意力，盘子上的东西吃得精光，省着点，能凑合。"

她看样子是没听明白。关于四十年代，我就想说这么多。我开始流汗了。我觉得像是在牙医诊所，张着大嘴巴，有个陌生人拿着灯和镜子，盯着我的喉咙眼儿看，她能看见我自己看不见的东西。

她刻意躲开了战争的话题，又绕回到了女性，这是她最热衷的话题。是不是女性更难取得成功？我有没有受到歧视或者被低估？生孩子呢？有什么问题？我的回答对她没有什么意义：所有画家都觉得自己被低估了。关于孩子，孩子上学以后，你就可以画画。我丈夫对我很好，他很支持我，在经济方面给予我不少帮助。我没有说是哪一任丈夫。

"这么说，你不觉得接受男性的帮助有损人格吗？"她说。

"女性也一直在帮助男性，"我说，"男女双方本就是互助的关系，女性接受些男性的帮助有什么不妥吗？"

显然，这并不是她想听到的。她更想听到我对男性的控诉。她自己没有合适的故事可以写，她还太年轻了。我这个年纪的人，似乎应该都有要控诉的事情，至少得受过侮辱，或者被鄙视过。比如男美术老师捏过你的屁股，叫过你宝贝，问过你为什么世界上没有伟大的女画家。她希望我愤世嫉俗，最好是个老古董。

"你有女性导师吗？"她问我。

"女性什么？"

"比如说……学校的老师，或者你崇拜的女画家。"

"就是崇拜的对象，对吧？"我这样说有点像在开玩笑，"一个也没有，我的老师是男的。"

"是谁？"她问。

"约瑟夫·赫比克。他对我很好。"我说，这位男老师可以满足她的心愿，但她不一定有耐心听，"他教我画女性裸体肖像。"

这让她很吃惊。"那么，你的女权主义思想是哪里来的？"她问，"很多人说你是女权主义画家。"

"那是什么意思？"我问，"我讨厌搞什么党派，我对从前所谓的'隔都'[1]深恶痛绝。对于'女权主义'，我年纪大了，这个词也不是我造的，而你呢，年纪太小，理解不了。既然如此，谈这个还有什么意义呢？"

---

[1] 原文为"ghetto"，词源于中世纪意大利的犹太人隔离区，现指市区中少数族裔的聚集区。

"也就是说，将你划分为女权主义画家对你来说没有什么意义，对吗？"她问。

"有女性欣赏我的作品我很高兴。你说呢？"

"有男性喜欢你的作品吗？"她这个问题有点狡猾。她一直在翻阅我的资料，她看过那几篇胡编乱造的文章。

"什么男性？"我问，"不是每个人都喜欢我的作品。喜欢不喜欢我的作品，和我是女性无关。有人可能不喜欢某个男画家的作品，但并非因为他是男的。不喜欢就是不喜欢。"她好像不大情愿听我说话，我很生气。我的声音还算平静，但刚刚喝下去的咖啡却在体内翻腾。

她皱着眉，摆弄着录音机："那么为什么你要画女人？"

"你说我该画什么？男人吗？"我反问，"我是个画家。凡是画家都画女人。鲁本斯画女人，雷诺阿画女人，毕加索画女人，都画女人。画女人有问题吗？"

"你不一样。"她说。

"什么不一样？"我问，"你是不是想问，为什么我画的女人和别人画的女人一样？"我不自觉地啃起手指头。不一会儿，我感觉自己就像一只被逼到走投无路的老鼠，牙齿在咯咯作响。她的声音似乎越来越遥远，我几乎听不见她在说什么。但是，她在我眼前，可以看得非常清楚，她的毛衣领上织了罗纹，脸颊上有细绒毛，纽扣闪闪发光。她没明说的话，我倒是听得清楚：你的穿着土不拉几的。你的所谓作品是一堆垃圾。挺直身子，给我坐好，别搭腔。

"你为什么画画呢？"她问。我似乎又听到了她的弦外之音。我听到了她的愤怒，冲着我，也冲着我的回答。

"每个人都要做点事情吧？这需要什么理由呢？"我问。

17

天暗得比较早，放学回家的路上弥漫着烧树叶产生的烟雾，我们从烟雾中走过。下雨了，我们只能在屋里玩。我们坐在格蕾丝房间的地板上，把《伊顿购物目录》上的擀面杖和煎锅剪下来，贴在"纸夫人"的周围。我们都不敢发出什么声音，因为史密斯太太的心脏不好。

但是，科迪莉亚三两下就剪贴完了。她似乎一下子就明白了，为什么格蕾丝的家里有这么多《伊顿购物目录》。原来，史密斯家的衣服都是这么来的，都是通过《伊顿购物目录》下单买的。《少女装》栏目下有格蕾丝和她两个妹妹穿的格子呢连衣裙、吊带裙、连帽羊毛外套，一般只有三种颜色：黄绿色、皇家蓝和紫褐色。科迪莉亚想说她自己永远不会穿从《伊顿购物目录》上订购的外套，但她没有明说。和我们大家一样，她也想讨好格蕾丝。

她快速翻着，直接跳过了"厨具"版块。她翻到了文胸的版块，看到目录里有精致的蕾丝镶边文胸，里面有衬垫，大家都叫这种文胸紧身胸衣。她给模特画了小胡子，那些模特的皮肤看起来就像涂了一层薄薄的米浆。她又在模特的腋下和胸脯上画了毛发。她读着《购物目录》里的配文，强忍了一会儿，最后还是扑哧一声笑了出来："'精致的蕾丝，尽显丰腴体态。'丰腴体态，当然是指丰满的乳房。看看这个……'杯罩'尺寸！居然拿茶杯比乳房！"

听到乳房，科迪莉亚就来了精神头，但也好像醋意十足。她的两个姐姐乳房都长大了。珀迪和米瑞共用一个房间，里面有两张单人床，挂着带条纹的薄纱荷叶边窗帘。她们可能在一边锉着指甲，一边轻声笑着，也可能在厨房里用小罐子烫热褐色的蜡，热好之后拿到楼上去，涂在腿上去毛。她们照着镜子，装出难过的表情。"我这个样子像哈吉斯·麦克巴吉斯吧！这讨厌的例假。"她们的废纸篓里有花朵腐烂的腥臭味。

她们对科迪莉亚说，她年纪还小，有些事情还不懂。不过到了最后，她们还是告诉了她。科迪莉亚压低嗓音，瞪大双眼，把她听到的事情传达给我们：来例假，就是血从两腿之间流下来。我们都不相信。于是，她偷偷从珀迪的废纸篓里拿来一个护垫，这就是她的证据。上面有棕褐色的血迹，像干掉的肉汁。"那不是血。"格蕾丝厌恶地说。她说得没错，和割破手指流出来的血完全不同。科迪莉亚很生气，但她什么也证明不了。

以前，我没怎么想过成年女性的身体。但现在，即将面对的时候，我有些不知所措，既陌生又好奇，毛茸茸，像妖怪。我们在珀迪和米瑞的房间外面溜达，透过钥匙孔偷窥着里面的情况。她们正在房间里剥腿上的蜡，应该是很疼痛，所以发出一阵阵惨叫声。看到那个情景，我们先是笑出声来，然后又感到很尴尬，但谁也不知道到底为什么会有这种感觉。她们听到我们的笑声，就来到门口轰我们走。"科迪莉亚，带你的小伙伴走开，快点！"她们冲我们幸灾乐祸地笑着，她们好像能未卜先知，知道我们以后会面对什么。"等着瞧吧。"她们说。

我们突然紧张害怕起来。她们的身体发生了变化，有些地方鼓起来了，整个身体也变得柔软了，所以只能走，不敢跑，好似有一根无形的皮带勒在她们的脖子上，束缚着她们。终有一天，我们也会出现这样的变化。我们偷偷地观察着街上女人和我们老师的胸脯，但我们不会看我们妈妈的，距离太近，我们会感到不舒服。我们密切关注着我们自己的双腿和腋下，看有没有什么毛长出来，也留意胸部的变化，看有没有隆起。不过没事，到目前为止，我们还平安无事。

科迪莉亚翻到《购物目录》的最后几页，那几页印着灰色和黑色的图片，有腋下拐、疝气带和修复器械。"这个是丰胸器，"她说，

"看到了吗？这玩意儿能让你的胸部隆起来，像给自行车打气。"我们不知道她哪句话是真话。

我们都不敢回家问自己的妈妈。很难想象她们赤身裸体的样子，甚至无法想象她们衣服里边还藏着肉体。有很多事情她们都不讲，在她们和我们之间，似乎横亘着一条海峡，深不见底。海峡就是沉默造成的。有什么脏东西，她们都会用报纸包上好几层，再拿绳子系紧。就算这样，还是有不可见人的东西滴到刚打过蜡的地板上。她们的晾衣绳上挂满了内裤、睡衣、袜子，这些都是脏东西。她们每次都反复搓洗，最后那水都变得灰不溜丢，甚至黏糊糊的。当然，对于马桶刷、马桶坐垫和细菌之类的东西，她们也很熟悉。这个世界就是肮脏的，不管她们怎么清洗都一样。我们也清楚，她们没有兴趣回答我们那些污秽的小问题。所以，我们就自己琢磨，结果越琢磨越害怕。

科迪莉亚说，男人身上长着胡萝卜，就在两腿之间。其实，那根本不是胡萝卜，比一般的胡萝卜更可怕。上面长满了毛，人的种子会从这个胡萝卜的尾巴冒出来。不管你愿不愿意，这些种子一旦进入女人的肚子里，就会慢慢长成婴儿。有的男人还会给他们的胡萝卜穿个洞，在上面挂个环，像戴耳环那样。

科迪莉亚说不清楚种子是怎么出来的，也不知道种子长什么样。她说，这些种子人们看不见，但我不相信。如果确实有这样的种子，就一定和鸟饵或者胡萝卜籽一样，又长又细。她也说不上胡萝卜是怎样把种子弄进肚子里去的。显然，最有可能的是通过肚脐眼进去。但是即便这样，也得有一个切口才说得通。她说得头头是道，但难以服人。一听说我们人类是通过这种方式繁衍后代的，我们就受不了。我想到了床，这种事情应该都是在床上干的。卡罗尔家的那对单人床一直都很干净，整整齐齐；科迪莉亚家的那张床有天棚，很别致；格蕾丝家的床是深色红木床，很庄重，铺着编织床单和好几层羊毛毯子。在这样整洁、别致、庄重的床上，怎么可能会发生这样龌龊的事情？我又想起了卡罗尔歪着嘴的妈妈，想起了史密斯太太，她喜欢把灰白的头发梳起来盘在后面，用发夹别着。她们都噘起嘴唇，挺直身板，一本正经。她们肯定不允许我们提出这样的问题。格蕾丝斩钉截铁地说："小孩子是上帝创造的。"她的言外之意是说，这件事不用再讨论下去了。她笑了笑，笑容之中隐藏一些轻蔑，而我们也卸下了心头上的石头。上帝造人，当然比人造人更好。

然而，还是有一些问题没有解决。有些事情我也知道，我知道"胡萝卜"这个词并不贴切。我曾经见过蜻蜓和甲壳虫，它们飞来飞去，停下来就黏在一起，一只贴在另一只的背上。我知道，人们管这叫"交配"。我也知道，有些昆虫身上有产卵器，它们把卵产在树叶上，毛毛虫上，水面上；我爸爸让学生制作昆虫简图，上面标注得很清楚。我还知道蚁后，也知道螳螂交配后雌螳螂会吃掉雄螳螂。然而，我还是无法解开谜团。我想到了史密斯夫妇，想象着他们一丝不挂，史密斯先生紧紧贴在史密斯太太的背后。这个意象，即使不加翅膀，也解决不了我的问题。

我倒是可以问哥哥。我们曾一块儿在显微镜下观察过伤口上的痂和脚指甲缝里的泥，那些防腐处理过的牛眼球、除掉了内脏的鱼，还有翻开朽木发现上面任何奇怪的东西也都不足为奇。但是，我觉得问他这个问题有些不合适，会让他尴尬，也许还会对他造成伤害。我记得，他曾经用那根多出来却很灵巧的"手指"，在沙滩上写下了略显生硬的"天王星"三个字。按照科迪莉亚的说法，那根"手指"的根部最终会长满毛。可是，他自己可能没听说过。

科迪莉亚还说，亲你的时候，男生会把舌头伸进你的嘴巴里。不是那些我们认识的男生，而是那些年纪大一些的。她说这些话的时候，我们都很不舒服。每次卡罗尔在的时候，我哥哥都会讲"鼻涕虫汁"或

"鼻涕"之类让人恶心的话，卡罗尔听了之后鼻子就皱起来，甚至会浑身抽搐。格蕾丝说，科迪莉亚说这么恶心的话，绝对是故意的。

听她说这种话，就像在市中心人行道上看到人家随意吐在地上的痰，或者是在肉店里看到牛舌头。他们为什么要把舌头伸进别人的嘴里？除了让人家恶心，还有什么用处呢，不就是想看看你的反应吗？

18

我从地下室的楼梯走上来，楼梯踏板上面钉着黑色的防滑橡胶。史密斯太太系着围裙，站在厨房的水槽边。她刚睡好午觉，起来做晚饭。她在削土豆。她经常削东西。土豆皮顺着她那双关节突出的大手一圈圈地落下。削皮刀磨得很薄，刀刃只剩下一条月牙形，闪闪发光。厨房里热气腾腾，散发着猪油和炖骨头的香气。

史密斯太太转过身来看着我，左手拿着一个削了皮的土豆，右手拿着刀。她笑了。"格蕾丝说，你们家不去教堂，"她说，"你可以和我们一起去。去我们的那个教堂。"

"没错。"格蕾丝说。她跟在我后面也上来了。这个提议让我很高兴。这样一来，星期天早上，我就只和格蕾丝单独在一起了，卡罗尔和科迪莉亚不跟着。我喜欢和格蕾丝在一起，其实，我们大家都喜欢她。

我跟爸爸妈妈说了这件事后，他们一下子就焦躁起来。"你真的想去吗？"妈妈问。她说，她年轻的时候，不管她喜不喜欢，都必须去教堂。她的爸爸，也就是我的外公，要求很严格。星期天，她连口哨也不能吹。"你想好了吗？"爸爸说，他不喜欢给孩子们洗脑。长大后，你可以决定自己的宗教信仰。在他看来，宗教是多次战争和大屠杀的罪魁祸首，也是偏执和狭隘的根源。他说："每个有教养的人都应该了解《圣经》。可是她只有八岁。"

"快九岁了。"我说。

"好吧，"我父亲说，"不管听到什么，都不要随便信以为真。"

星期天，我穿上妈妈和我一起精心挑选的衣服，一件深蓝色和绿色的羊毛格子呢连衣裙，下身穿着白色罗纹吊带长裤，吊带挂在白色内衣上。和以前比，我现在的衣服已经多了不少，但我不会像卡罗尔那样和妈妈一起去逛街买衣服。我妈妈讨厌逛街，也不会自己做衣服。我的衣服都是二手的，是我妈的一个朋友给的，她有一个女儿，但年纪比我大，块头也大。这些衣服没有一件合身的，不是下摆太长了，就是袖子太长，挽起来都快翻到上臂。我曾经以为衣服都这样。不过白筒袜是新的，只是比我往常穿的那双棕色的还不舒服，感觉有刺，发痒。

我把我的蓝色猫眼弹珠从红色的塑料钱包里拿出来，放进五斗柜的抽屉里，把妈妈给我的五分硬币放进钱包里，等会儿教堂里有奉献环节。我走着去格蕾丝家，街道上的积雪被车碾出一道道车辙，我的脚上穿着普通的鞋子，现在还不到穿靴子的时候。我刚刚按响门铃，格蕾丝就打开了门。她肯定等了我很久。她也穿了正装，脚下也穿着白色的长筒袜，梳了辫子，辫子系着深蓝色的蝴蝶结。她从头到脚打量了我一番。"她没有戴帽子。"她说。

这时，史密斯太太正站在门厅里，她盯着我看了好一会儿，好像我是被遗弃在她家门口的孤儿。她叫格蕾丝去楼上找一顶帽子，过了一会儿，格蕾丝拿着一顶深蓝色的天鹅绒旧帽子下来，帽子里面有松紧带，可以系在下巴上。这顶帽子有点小，但史密斯太太说可以暂时凑合一下。她说："要进我们的教堂，就必须戴帽子。"她刻意强调是"我们的教堂"，言下之意是说，其他一些档次较低的教堂，戴不戴帽子都可以进去。

史密斯太太有一个姐姐，她也跟我们一起去。格蕾丝喊她米尔德里德姨妈。她去中国传过教。和史密斯太太一样，她的手也关节突出，红扑扑的。她也戴着银框眼镜，头发一样盘在后面，只不过她的头发已经花白，她脸上的汗毛也是花白的，而且比史密斯太太密得多。她们戴的帽子差不多，看起来像是一块毛毡布糊里糊涂地扎起来，顶上有几个地方突出来。几年前，我在《伊顿购物目录》里面见过这种帽子，模特的头发都梳到后面，梳得油光发亮，模特颧骨很高，嘴上涂着深红色的口红，光彩照人。可是，戴在史密斯太太和她姐姐头上，效果完全不一样。

　　史密斯一家人穿戴整齐之后，我们鱼贯而出，上了她家的车：史密斯太太和米尔德里德姨妈坐在前排，我和格蕾丝还有她的两个妹妹坐在后排。虽然我对格蕾丝很有好感，但那是精神上的，和她一块儿挤在车的后排，挨她那么近，我感觉很不自在。史密斯先生就在我的正前方，他负责开车。他五短身材，秃顶，我之前从没有见过他。卡罗尔的爸爸也一样，科迪莉亚的爸爸也一样，平时，我基本上见不到他们。

　　星期天，街道上几乎空无一人，我们的车沿着电车轨道向西行驶。车内充斥着史密斯一家人呼出来的污浊气体，闻上去像干掉的口水。砖砌的教堂很宏伟，屋顶没有十字架，而是一个样子像洋葱头的东西，一直在转动。我原以为"洋葱"很可能有宗教的含义。我问格蕾丝这到底是什么，她说那是排气扇，通风用的。

　　史密斯先生停好车，我们下车进入教堂，坐在一排亮黑色的长板凳上。格蕾丝跟我说，教堂里面都是这种长凳。这是我第一次走进教堂。教堂的屋顶很高，挂着一盏盏吊灯，像牵牛花一样。正前方有个金色的十字架，朴实无华，还有个花瓶，花瓶里插着白花。后面有三扇彩色玻璃花窗。中间的那扇窗最大，画的是身着白衣、展开双臂的耶稣，耶稣的上方盘旋着一只白鸟。下面用加粗的黑色《圣经》字体写着一行字：天国在你的心中。左边的窗户上也画着耶稣，耶稣坐着，有两个皮肤粉嫩的孩子靠在耶稣的膝盖上，一边一个。下面的配文写着：让小孩到我这里来。在两扇窗户上，耶稣头上都有神圣的光环。右边的窗户上画了一位穿着蓝色衣服的女性，她的头上没有光环，一条白方巾遮了她的半张脸。她一只手拎着篮子，另一只手朝下。她的脚边坐着一位受伤的男性，他的头上缠着一条绷带。下面的配文写着：博爱最伟大。三扇窗户的四周都缠绕着藤蔓，藤蔓上挂着葡萄串，开着各种花。窗户外面有光射进来，花窗玻璃亮晶晶。我一直盯着花窗，目不转睛。

管风琴的音乐响起，所有人都起立，我不知所以。我时刻关注着格蕾丝，她站起来，我也跟着站起来；她坐下，我也坐下。到了唱赞歌的环节，她将赞美诗集打开，唱到哪里，她的手指就指到哪里，但我一首也不认识。过了一会儿，我们要去主日学校。我们和其他孩子排队走进教堂的地下室。

主日学校的入口处有一块黑板，有人用彩色粉笔在上面写着：吉劳埃到此一游。旁边画了两只眼睛和一个鼻子，眼睛远远地望着。

主日学校也要分班上课，和一般的学校一样。不过，这里的老师更年轻一点，我们的老师是女的，差不多二十岁，戴着浅蓝色的帽子，遮着面纱。我们班都是女生。老师给我们读了一篇《圣经》故事，有关约瑟夫和他的神奇彩衣。接着，她听女生背诵诗文。我坐在椅子上，两条腿晃来晃去。我什么也不会背。老师冲我笑笑，说希望我每个礼拜都能来。

再之后，各个班级都会进入一个大房间，里面有一排排灰色的长板凳，跟我们在学校吃午饭时坐的长椅一样。我们在长椅上坐下，灯灭了，然后有人将彩色幻灯片投射到前方的墙面上。幻灯里放的不是照片，而是绘画。画风有点古老。第一张是一位骑士骑着马在树林里穿行，仰头凝视着一束穿透枝叶倾泻而下的光芒。这位骑士皮肤白皙，眼睛很大，像个女孩，一只手放在胸前的铠甲上，铠甲感觉就像汽车挡泥板，保护着里面的心脏。阳光洒在他的脸上，一张大脸熠熠生辉，再往下看，我看到了电灯开关和护墙板的上沿，还看到了一台钢琴的一角。

第二张还是骑士，不过看起来年纪小一些，这张画的下面有几句赞美诗。钢琴声响起，我们跟着钢琴的节奏唱了起来：

> 我要真诚，不负人家信任深；
>
> 我要纯洁，因为有人关心；
>
> 我要刚强，人间苦难才能当；
>
> 我要勇敢，困难不能阻挡。

黑暗中，我听到坐在我身边的格蕾丝声调越来越高，像鸟儿的叫声，又细又尖。这首赞美诗她背诵得很流利，她还能背《圣经》中的许多篇章。我们低头祈祷的时候，我感到浑身流淌着神赐予的仁慈，我感受到了爱和包容。不管上帝是谁，他是爱我的。

主日学校结束后，我们回到教堂进行最后一项活动，我把我的五分钱硬币投到奉献盘里面。与此同时，大家一起唱《三一颂》。然后，我们出了教堂，又坐进史密斯家的拥挤的车里。格蕾丝小心翼翼地问："爸爸，我们可以去看火车吗？"她的妹妹们兴高采烈地说："走吧，去看火车，去看火车。"

史密斯先生说："你们最近表现好吗？"她的妹妹们回答说："好的，好的。"

史密斯太太含糊地说了一句话，我没听清楚她说的是什么。"那好吧。"史密斯先生对他的女儿们说。车穿过空旷的街道，沿着有轨电车的轨道向南而去，路上遇到一辆有轨电车，像一座小岛从我们旁边滑过。终于，我们看到远处灰蒙蒙、波澜不惊的湖面。车开到了一处断崖边，说是断崖，但其实不算高，下面的平原也是灰蒙蒙的，平原上有一条条铁轨伸向远方。此时，有几列火车正慢腾腾地换轨，来来回回。今天是星期天，通常史密斯一家星期天去教堂参加礼拜后都会来这里看火车，所以我就猜测这些铁轨和慢吞吞的火车可能和上帝有关联。我还觉得，真正想去看火车的人不是格蕾丝，也不是她的妹妹，而是史密斯先生本人。

我们一直坐在车里看着火车来回折腾。过了好久，史密斯太太提醒说，再不回去就吃不成大餐了。于是，我们开车回到了格蕾丝家。

她们邀请我一起吃大餐。这是我第一次在她们家吃饭。吃饭前，格蕾丝带我上楼去洗手。在此过程中，我又了解到她们家的一个规矩：每人一次最多只能用四张卫生纸。她们家洗手间里的肥皂黑乎乎的，很粗糙。格蕾丝跟我说那是焦油皂。

大餐吃的烤火腿、烤蚕豆、烤土豆、南瓜泥。史密斯先生切了火腿，史密斯太太往火腿上添了几片蔬菜，盘子传了一圈。我正要吃的时候，格蕾丝的妹妹们都透过眼镜盯着我。

"在我们家，吃饭前要先做饭前祷告。"米尔德里德姨妈微笑着说，我大惑不解。我看着格蕾丝。她们为什么要喊格蕾丝的名字呢？[1]可是，她们都低下头，双手互握。格蕾丝说："真诚感谢主赐予我们如此丰盛的食物，阿门。"史密斯先生说："感谢主赐予美酒佳肴！我们吃吧。"然后，他向我眨眨眼。史密斯太太说了一声"劳埃德"，史密斯先生心照不宣，笑了笑。

饭后，我和格蕾丝坐在客厅里的天鹅绒长沙发上，就是史密斯太太平时午睡的那张沙发。我从未在上面坐过，我始终觉得这沙发是为某个人专门留的，像王位或者棺材什么的。接着，我们读了主日学校发的读物，上面有一则关于约瑟夫的故事，还有一则现代故事。现代故事讲的

1　在英文中，"做饭前祷告"为say grace，而grace正是格蕾丝的英文名。

是一个男孩偷奉献盘上的钱，后来良心发现，给教堂收废纸和旧瓶子作为补偿。故事的配画都是黑白的钢笔画，但正中间有一张耶稣的彩画。耶稣身着色彩淡雅的长袍，身边围着不同肤色的孩子，有棕色的、黄色的、白色的，个个纯洁可爱。有些孩子握着他的手，其他人则睁大眼睛，用崇拜的眼神仰望着他。这幅耶稣像的头上没有光环。

史密斯先生躺在紫褐色的安乐椅上打盹儿，刚吃过饭，肚子圆滚滚的。厨房里传来银质餐具互相碰撞的叮当声，史密斯太太和米尔德里德姨妈正在洗碗。

傍晚时分，我带着我的红色塑料钱包和主日学校读物回到了家。"怎么样？"妈妈问我。她一如既往地焦虑不已。

"有什么收获？"我爸爸问。

"要我背一首赞美诗。"我神气十足地说。"赞美诗"这个词说出来，我感觉那像是一个密码。我有点不高兴。有些事情我爸爸妈妈一直瞒着我，而我本应知道这些事情。例如去教堂要戴帽子。我妈妈怎么会忘记给我帽子呢？对我来说，上帝并不是一个完全陌生的概念，在学校做晨祷的时候，甚至在唱《天佑国王》的时候，我们都会提到"上帝"。但是，事情似乎没那么简单，要多背诵几首赞美诗，要多唱几首赞歌，要多捐献一些硬币，才能得到上帝的仁慈。想到天堂，我很担心。我到多大年纪才能去天堂呢？要是我到很老才死，那该如何是好？我想现在就去天堂。

我有一本《圣经》，是格蕾丝借给我的，最好的那本她自己留着，我这本次之。我回到自己的房间，开始背诵赞美诗：诸天诉说，神的荣耀；穹苍传扬他的手段。日日诉说，夜夜传播。

我的卧室里还没有装窗帘。我透过窗户抬头仰望，天堂就在那里，星星就在那里，一直在那里。此时此刻，它们不再像酒精和搪瓷盘那样冰冷、苍白和遥远。此时此刻，它们正注视着我。

19

女生成群结队，有些站在操场上，有些站在小山上窃窃私语，做着所谓的针线活。如今，拿着毛线球用四根棒针织着玩，已经变成了一种时尚。把羊毛线依次在四根棒针上分别绕两圈，然后抽出一根来，把下面的一圈毛线钩到上面。最后，棒针的另一头会挂一个圆形的羊毛"尾巴"，你也可以把这个"尾巴"织成扁平状的，像蜗牛壳，用它兜茶壶。我也有毛线球和棒针，格蕾丝和卡罗尔也都有，就连科迪莉亚也有。但是，科迪莉亚常常会织成一团"乱麻"。

这些拿着棒针和彩色毛线球的女生三五成群，窃窃私语。她们不和男生混在一起。每个女生群体都会排斥其他某些女生，但对于所有的男生，她们都排斥。男生也排斥我们，但他们的排斥是故意的，有说法的。女生则不需要说法，排斥就是排斥。

有时候，我也会去哥哥的房间，躺在地板上看漫画书，但只要有任何一个别的女孩在场，我就不会这样随心所欲。只是我一个人，哥哥会让我随心所欲，而如果是一群女孩，他就没那么好说话了。道理很简单。

以前，我和男孩玩是理所当然的事情，我也习以为常。如今，我小心多了，因为我发现男孩和女孩不一样。比如说，男孩不会经常洗澡，所以，他们的身上总是有一股臭味，头发上都是头皮屑，裤子膝盖部位打着补丁，会透出一股皮革的腥味，裤子上还有羊毛的油腻味。裤子很短，刚盖得住膝盖，裤脚用带子收紧，像穿着足球短裤。小腿套着松垮垮的厚羊毛袜子，袜子经常是潮湿的，总往下掉。在户外，他们会戴上皮革防护帽，下巴有卡扣扣住。他们的衣服无非就这么几种颜色：卡其色、海军蓝、灰色或森林绿。这些都是耐脏的颜色，这样就有一种军人的感觉。男生以穿着颜色单调的衣服和松松垮垮的袜子为荣，也以身体脏兮兮为荣。对他们来说，身体上的肮脏和伤口一样，都是"军功章"。他们都想方设法让自己有"男子汉"的样子，比如说，他们相互直接喊姓氏，发现某人身上有脏东西，大家都会起哄。"嘿，罗宾逊！你的鼻涕，擦掉！""谁放屁了？"他们会相互捶打对方的胳膊，同时大喊："吃我一拳！""你也吃我一拳！"只要房间里有几个男生，就会热闹非凡。

我哥哥和其他男生一样，也会捶打别人的胳膊，也会拿别人身上的味道起哄，但他有个秘密。他绝对不会跟那些男生透露，他害怕被人嘲笑。

这个秘密就是：他有一个"女朋友"。他这个秘密隐藏得非常好，就连他的"女朋友"本人都不知情。我再三发誓不告诉任何人，他才跟我透露了这个秘密。不过，他不允许我提起她的全名，就算除了我们没有别人，也只能用首字母代替她的名字，也就是BW。周围还有别人的时候，比如说爸爸妈妈，他有时也会喃喃自语念叨着那两个字母。这时，他会紧盯着我看，等着我点头，或者发出某种暗示，表明我听到了，也明白了他的意思。他还会给我留字条，写的东西像是密码，他会把字条塞到我的枕头下面，或者塞进最上面的抽屉里，总之，就是各种我找得到的地方。破译了字条上的密码后，我觉得那一点儿都不像是他写的，一点儿创意也没有，说多傻有多傻："和BW说话了"，"今天见到她了"。他是用不同颜色的彩色铅笔写的，末尾都画了一个感叹号。一天夜里居然下起了雪，比往年来得早很多。第二天早上，我醒来后从卧室的窗户向外望去，发现雪地上被小便冲出了两个字母，字体粗犷有力，那两个字母不是别的，正是BW。由于雪已经开始融化，字迹有点模糊了。

我看得出来，这个"女朋友"让他很兴奋，也给他带来了一些痛苦，但我不明白那是为什么。我知道她是谁，她的真名叫伯莎·沃森。她经常和几个年龄大一点儿的女生去山上，在几株低矮的冷杉树下玩。她棕色直发，留着刘海，中等身材。我看不出她身上有什么魔力，也没什么与众不同的地方。她到底是怎么做到的？她好像给我哥哥施了魔法，让他变成了一个笨蛋，还神经兮兮的，像是另外一个人。

　　我是唯一知道这个秘密的人，他就告诉我一个人，我突然间感觉自己很重要，我很得意。然而，我也很清楚，我之所以成为"幸运儿"，是因为我就像一张白纸，什么都不懂。也是因为我无足轻重，所以，我既感到很荣幸，又怅然若失。我还得一直替他保守秘密，有生以来，我第一次感觉到我要为他负责。与此同时，他有把柄落到了我的手里，我可以控制他。我可以将他的秘密公之于众，让大家来嘲笑他。主动权在我手里。他得看我的脸色，不过目前我还不想这样做。我希望他能恢复原来的面目，找回不向任何人低头的自我。

　　所谓的"女朋友"没有存在很久。过了一段时间，我就再也没听到她的消息了。哥哥又开始取笑我，或者不拿我当回事了。他重新掌握了主动权。不久之后，他拥有了一套化学实验设备，在家里的地下室做实验。如果痴迷，比起那个"女朋友"，我宁愿他痴迷于化学实验。做实验的时候，有些材料需要加热，有些东西散发着恶臭，硫黄会爆炸，还可能产生奇异的幻象。一张本来干干净净的纸，放到蜡烛上烤，就会出现字迹。一只煮硬了的鸡蛋，可以弄得柔软、有弹性，可以通过瓶口放进牛奶瓶里。不过，要再将鸡蛋取出来，那就困难得多了。有一本说明书上说："变水成血，让你的朋友目瞪口呆。"

　　哥哥还跟往常一样和人们交换漫画书，但总是心不在焉，很无所谓的样子。正因为他不像从前那样计较了，如今换回来的漫画书反而更多。这些漫画书都堆在他的床底下，但是，别的男生不来的时候，他都懒得去翻出来看。

又过了一段时间，他的兴趣就不在化学实验设备上面了。他弄了一张星座图钉在他房间的墙上。晚上，他关掉灯，在黑暗中打开窗户，坐在窗户边上。天很冷，他在睡衣外面套一件紫褐色的毛衣，凝望着天空。他拿了爸爸的一副双筒望远镜，爸爸说只要他把带子套在脖子上保证望远镜不掉到地上就行。其实，他真正想要的是天文望远镜。

有时，他也愿意搭理我，可能是想说说话，就会告诉我一些我没有听说过的名字，还在图上标出相应的位置：猎户座、大熊座、小熊座、天龙座、天鹅座。这些都是星座的名称。每个星座都是由众多恒星组成的，这些恒星比太阳大几百倍，热几百倍。他说，这些恒星与我们的距离以光年计。我们所看到的不是恒星本身，而是它们在几十年、几百年甚至几千年前发出的光，就像回声一样。我穿着绒布睡衣和哥哥一起坐着，冷得浑身哆嗦，因为头一直仰着，脖子又酸又疼。不过，我依然眺望着无边无际的寒冷夜空，看着恒星在漆黑的夜空中熊熊燃烧。我们看到的星星不同于《圣经》中描述的星星，夜空中的星星是寂静的，它们默默地燃烧着。我感觉我的身体正在融化，像一层越来越薄的雾，不断往上飘，飘进一个虚无缥缈的空间。

"看！大角星！"哥哥大声说。大角星是个新词，我没有听说过，但他说话的语气我能懂。看到了，那就是大角星！他的星座图又丰富了。我想起了他的弹珠罐，今年春天，他一颗颗地数着，把弹珠放进罐子里。哥哥又开始收集东西了，这次他"收集"的是星星。

20

学校的窗台上堆满了南瓜样子的手工折纸，南瓜的上面贴着黑猫。万圣节前夜，格蕾丝穿着一件普通的连衣裙，卡罗尔穿得像仙女，科迪莉亚穿得像小丑，我就裹了一条床单。我们挨家挨户敲门，我们随身带的牛皮纸购物袋里逐渐填满了糖苹果、爆米花球、花生薄脆饼。每到一家，我们都要在门口嚷嚷："快开门！""不给糖，就捣乱！""女巫来了！"在房子正面的窗台上和门廊上，硕大的南瓜灯散发着橘色的光芒，不过南瓜灯只有头，没有身段。第二天，我们拿着南瓜去木桥那儿，从桥边扔下去，看着南瓜砸得稀巴烂。我们迎来了十一月。

最近，科迪莉亚在她家没有铺草皮的后花园挖洞。她以前也挖过几个，但没成功，都挖到了大石头，只能半途而废。这次进展还算顺利。她的工具是一把尖头铁锹，有时我们也来帮她一起挖。这个洞不小，方方正正的，周围的土越堆越高，洞也变得越来越深。她说，这个洞可以做我们的俱乐部，我们可以放几把椅子进去坐坐。等到洞挖得差不多了，她还想找木板盖在上面当屋顶。木板她已经找好了，刚好她家附近有人在建新房子，有一些剩下的木板。她一心一意地挖这个洞，别的事情都顾不上。

街上的光线一天天昏暗下来。今天是国殇纪念日，来往路人都佩戴着罂粟花以示哀悼，纪念逝去的士兵英灵。罂粟花是用红绒布做的，情人节爱心的那种红，花蕊是黑色的，一根别针从花蕊的中心穿过。我们把花别在外套上。我们背过一首关于罂粟花的诗：

法兰德斯战场，罂粟花随风飘荡，

一行又一行，绽放在逝者的十字架之间，

那是我们的疆土。

十一月的阳光很稀薄，空中灰蒙蒙的。十一点，钟声响起，我们起立默哀三分钟。兰姆莉小姐表情严肃地站在教室的最前面，低着头，闭着眼睛，听我们身体动作的窸窸窣窣声和远处为纪念阵亡将士鸣放的隆隆炮声。我们是死人。我闭着眼睛，真诚地为阵亡的将士哀悼。他们为我们献出了生命，而我连他们长什么样子都想象不出来。我从未见过死人。

科迪莉亚、格蕾丝、卡罗尔把我带到科迪莉亚家后花园的那个洞边。我穿了一件黑色连衣裙和一件斗篷，那是从堆放戏服的柜子里翻出来的。她们让我扮演被斩首的苏格兰玛丽一世。她们一个抓住我的腋下，一个抬起我的双脚，把我放进洞里，然后把木板盖上。四周一片漆黑，只听到泥土落到木板上的声音，一铲接着一铲。洞里面不仅一片漆黑，而且寒冷、潮湿，闻起来像癞蛤蟆的洞。

刚开始，我还能听到她们的声音，在我的头顶，后来渐渐听不见了。我躺着，一直在想她们什么时候会放我出去。什么动静也没有。刚被放进洞里的时候，我以为这是一场游戏，现在明白了，这不是游戏。一阵悲伤涌上心头，我遭到了背叛。周围的黑暗像有重量，压在我的身上，随之袭来的是恐惧。

现在回想待在洞里的那段时间，我实在记不清当时究竟发生了什么。我也体会不到当时内心真正的感受。也许什么事也没有，也许我记忆中的这些感觉是错的。我只记得，过了一会儿，有人来把我从洞里拉出来，然后我们继续玩，包括这个游戏，还有别的游戏。对于我在洞里的样子，我一无所知；记忆中的这一部分就像是一个漆黑的方块，像一扇门板。也许这个方块是空的，也许那只是一种标志，区分前后的时间标志。在那个时间点，我失去了全部的力量。她们把我从洞里拉出来的时候我哭了吗？很可能哭了，也可能没有哭，我有点怀疑。我已经记不清了。

不久之后，我迎来了九岁生日。我的每一次生日我都记得很清楚，唯独这次一点儿印象也没有。我想，他们肯定为我搞了一个生日派对，第一次真正意义上的生日派对，因为以前都没什么人来。一定有生日蛋糕，蛋糕上点着蜡烛，有人送上生日祝福和礼物，蛋糕的夹层中肯定藏着用蜡纸包好的二十五分和十分硬币，有人一口咬上去会硌了牙齿。科迪莉亚肯定来了，格蕾丝和卡罗尔也应该都来了。这一切肯定都发生过，但我的唯一印象是对生日派对的模糊恐惧，不是别人的，而是我自己的生日派对。我想到蛋糕上的浅色糖霜，十一月午后的阳光略显苍白，粉色的蜡烛就这样燃烧着。羞耻感和失败感油然而生。

我闭上眼睛，期待脑海中能出现一些画面，填补黑色的时间方块，我要回忆方块里究竟是什么。好像我在那一刻突然消失了，后来又重新出现。我已经不是原来的我了，不知道自己为什么会这样。如果当时我能看到头顶上木板的底部，或许会好一些。我再次闭上眼睛，还是期待"看到"一些画面。

起初什么也没有，只是一片漆黑，像在一条隧道里面。但是，过了一会儿，我终于看到了一些东西：一束墨绿色的叶子，上面开着紫色的花，深紫色的，深得让人伤感，还有一簇簇透明的红色浆果。枝叶交叉缠绕，也与其他植物紧紧缠绕在一起，形成了一道树篱。叶子中间散发出一股肥土的气味，还有一种说不清道不明的刺鼻气味。那是一种早就被人遗忘的气味，陈腐的气息。没有风，但树叶在动，可能是猫在丛中

110

走动，看不见而已，又好像是树叶自己在动。

我想是颠茄。这是个邪恶的名词。十一月没有颠茄花。颠茄是一种常见的杂草，人们会把它从园子里拔掉，扔到一边。颠茄是茄科植物，是马铃薯的远房亲戚，这两种植物的花很像。马铃薯经过阳光暴晒后会变成绿色，也会产生毒性。了解这种东西已经成了我的一个习惯。

我知道，这个记忆并不符合事实。但是，那花朵、那气味、那晃动的树叶，都挥之不去，强烈、诱人，而又弥漫着忧伤。

五

绞干机

WRINGER

21

　　我离开画廊，向东走。我得去买点东西，买些像样的食物。生活得好好安排一下。一个人的时候，我经常熬夜工作，甚至会忘记吃饭，等到身体有一种奇怪的感觉，才想起来该吃东西了。然后，我就打开冰箱，找到什么吃什么，像吸尘器一样，有点风卷残云的意思。

　　今天早上还有鸡蛋，现在已经没有了，面包和牛奶也都没有了。这些东西是谁放在里面的呢？肯定是乔恩，他有时候也在这里吃饭。难道是他专门给我买的吗？这不大可能。

　　我想买一些橘子和原味的酸奶。我得积极面对生活，照顾好自己，补充一点酶和益生菌。我就这样默默盘算着，不知不觉到了市中心。

　　这里是伊顿百货的旧址，原来的伊顿百货是一座四四方方的黄色建筑。如今取而代之的是一座大型购物中心，也可以叫作购物综合体。有些人会想到一种病叫作什么"综合征"，尤其是精神病。整座大楼围着玻璃幕墙，翠绿色的，像南极的冰山一样。

　　对面还是我熟悉的地方：辛普森百货。我知道这家百货商场里边有个美食广场。橱窗里有成堆的毛巾、加厚沙发、椅子、样式现代的印花床单。不知道这些东西最终都进了谁家。总是有人买了然后带回家，这是人类构筑温馨小窝的本能。如果你近距离观察过鸟窝，你就不会觉得拼命往自己家里塞东西有什么好处。任何一个空间都是有限的，不能无休止地往家里塞东西。当然，这些东西都是可以处理掉的。过去，人们要买质量好、经久耐用的东西。买回来一件衣服就希望穿到衣服和身体合为一体。买的时候会仔细摸下摆，检查纽扣缝得有没有问题，还用食指和大拇指来回揉搓，检查材质。

旁边的橱窗里有人体模特，表情冷峻，顶着胯，耸着一侧肩膀，样子就像手持斧头的驼背杀手。我想现在可能都流行这样，大家脾气都很大。街道上很多人穿得不男不女的，女孩子穿着黑色的皮夹克和男士靴，剪了平头或者鸭尾头；男孩则阴沉着脸，和时尚杂志的封面女郎一样，头发用发胶定型，一根根立起来，看起来像刺猬。我远看看不出男女有什么不同，也许他们自己能分得清楚吧。我是不是落伍了？

他们在追求什么呢？换位模仿吗？只有我一个人觉得怪异？是我融入不了他们年轻人的世界吗？尽管他们表面都很冷淡，但他们的内心都很热烈，对外部世界有强烈的欲望，像鱿鱼的吸盘一样，什么都想要。

仔细想想，在我们年轻的时候，在大人的眼里，我和科迪莉亚不也是这副德行吗？当年，我们穿着胶靴在这条街上大摇大摆，喜欢把衣领竖起来，皱着眉毛，同样是一副愤世嫉俗、满不在乎的样子。我们朝联合火车站的方向走，一路上寻找自助拍照机，投入二十五分硬币，就能拍四张可以放进钱包的黑白照片。科迪莉亚嘴角叼着一支烟，眯着眼睛，十分撩人。照片非常清晰。

从旋转门进入辛普森百货，我顿时不知所措，像迷失了方向。全变了。过去都是实木框的玻璃柜台，柜台里面有各种标准款式的手套、各种档次的手表和印花围巾，稳重大气，很有品位。如今，这里简直变成了化妆品展销会，柜台换了金属框，柱子包金，广告字母灯不停闪烁，商标名称的字母和人头一样大。空气中弥漫着各种香水味，那是香水大战的战场。大屏幕上，一张张面孔完美无瑕，显然是精心打理过的，红唇微启，好像在叹息，正好有一双手轻轻抚摸。还有别的屏幕播放着保养前后的皮肤毛孔特写镜头，还详细讲述身体各个部位的保养方法，包括手、脖子、大腿。还有肘部，肘部尤其需要保养，人体衰老最先是从肘部开始的。

这就是宗教，也是巫术，仿佛有魔力。我宁愿相信魔力的存在，面霜，恢复肌肤活力的乳液，还有那些装在小瓶里的透明油膏，希望这些东西都真的有魔力。"你不知道这些垃圾是用什么制成的吗？"本问过我。"碾碎的鸡冠。"他自己回答说。这个说法并没有让我却步，只要有用，无论什么东西，我都会尝试。哪怕是鼻涕虫的体液、蟾蜍的唾液、蝾螈的眼睛，任何可以留住青春的东西，或者退而求其次，能让我维持现状的东西，我都乐意尝试。

可是，这些油膏啊，乳液啊，我已经买了非常多，让高中同班的所有女生用也足够，她们现在也和我一样需要保养。我停下脚步，站了一会儿，让香水推销员在我身上喷几下免费的新型香水，感觉像喷毒液似的。这让我想起了在画册里看到的红颜祸水维罗妮卡·莱克。这东西闻起来像葡萄味的"酷爱"饮料。我无法想象，除了吸引专叮烂水果的苍蝇，这香水还能吸引到什么。

"你自己喜欢吗？"我问那位女推销员。她们肯定很孤独，整天穿着高跟鞋站在这里，往陌生人的身上喷香水。

"这款香水非常受欢迎。"她闪烁其词地说。从她的眼睛里，我瞥见了自己的模样。我已经不是盛放的玫瑰花了，往好里说，也就是一个家庭主妇。在她的眼里，我不过是潜在的顾客罢了。

我问她美食广场在哪里，她说在楼下。我走上自动扶梯，却发现是上行的电梯。我的方向感很糟糕，搞得我有点糊涂了，还是说我搞错了时间，我已经下去过了吗？我走下电梯，不知不觉地在一排排少女礼服架子之间穿梭。这些礼服都有蕾丝衣领、灯笼袖和腰带，都是我记忆中的样子，不少是格子呢的，颜色很正宗，上衣暗红色，下身墨绿色，有一条红色的绶带，还有深蓝色和黑色搭配。苏格兰黑卫士兵团！难道人们忘记历史了吗？难道他们对苏格兰人的事情一无所知吗？难道不能给小姑娘穿点别的吗？非要穿代表绝望、杀戮、背叛和谋杀的深色衣服吗？我的生命已经日渐枯萎，像一张凋谢的黄叶。《麦克白》曾经是我们背诵的篇目。在我那个时候，格子呢也还很流行。白短袜、玛丽珍鞋、用纸巾包装的生日礼物好像永远不够，小女孩打扮得像麦克白夫人，仔细打量着，笑容中带着一些狡诈。

我受科迪莉亚操控的日子好像没有尽头。就在那个时候，我开始撕扯脚上的皮，都是在夜里干的，大家都睡着了。我的脚很凉，还有点潮湿，但很光滑，像蘑菇皮。我从大脚趾开始撕。我将脚扳上来，在脚底最外边皮最厚的地方咬开一个小口子，然后用手指甲将皮一条一条地撕下来。我从来不咬手指甲，咬手指甲什么感觉都没有。接着是另一只脚的大脚趾，一样的流程，再接着是两只脚的前后脚掌。直到撕出血来为止。除了我自己，没有别人看过我的脚，所以也没有人知道我这样做。每天早晨起来，我都会穿好袜子，遮盖住撕过皮的脚。走起路来很疼，但也还能走。疼痛是一种确切的、直接的感觉，让我有所感悟。我想要一直保持这种感觉。

我也会把头发塞进嘴里咀嚼，因此，我的头发里总有一绺湿的。我也把手指甲两边的外皮都啃掉，下面的嫩肉都翻了出来，过些时候就会自动结痂，然后脱落。手伸进浴缸或洗碗池里面的时候，手指看起来就好像被老鼠啃过一样。这种事情我经常干，虽然没有想过为什么。不过，撕扯脚皮的事情，我倒是想过的。

　　我记得，我的两个女儿先后出生的时候，我想要生儿子。我觉得女儿更不容易对付，会让我不知所措。但我心里一直特别害怕产生讨厌女儿的想法。换成是儿子，我可能知道该干什么。我可以带他们抓青蛙、钓鱼，和他们玩战争策略游戏，乃至在烂泥地里跑来跑去。我也能教他们如何保护自己，该提防哪些人。可是，现在的男孩和我印象中的大不相同了。如果说以前女生很茫然而男生很果敢，现在轮到他们茫然了。他们就像生活在黑夜中的人突然看到太阳，一下子闪瞎了眼睛，茫然不知所措。"挺直身板，像个男子汉！"我会这样跟他们说。但是，我拿不准他们是否挺得直。

　　要是女儿的话，至少我的女儿，出生的时候，她们似乎就生成了自我保护机制，或者说是免疫力，那是我不曾拥有的。她们会盯着你，不会仰视，而是平等地打量着你，她们坐在餐桌旁的时候，周围的空气也会因她们的清醒而明媚起来。她们十分清醒，至少我是这么想的。她们是我的骄傲，总是能够给我惊喜。她们小的时候，我觉得我必须保护她们，不能让她们知道我的恐惧，我婚姻生活的不堪，我的颓废。我不希望她们从我身上学到不好的东西。那时，我会拉上窗帘，关上门，让房间陷入黑暗，然后我就躺在地板上。我会说，妈妈头疼，妈妈在工作。但是，她们似乎不需要这样的保护，她们能够洞察一切，正视一切，承受一切。"妈妈躺在地板上，明天就好了。"我听到莎拉告诉安妮，莎拉当时十岁，安妮四岁。第二天，我果然就好了。她们给予我莫大的信心，就像我相信太阳每天都会升起、月亮时盈时亏一样，这个信心一直支撑着我。相信上帝的意义肯定也在于此。

谁知道她们未来会怎么看我，谁知道她们现在是怎么看我的？我希望她们给我的人生画上圆满幸福的句号。当然，她们的人生之路还很长。

忽然，有声音从我背后传来，有人出现在我身后。我大吃一惊。"你好，需要帮忙吗？"是个女推销员。这个年纪更大一些，到中年了吧。我转念一想，我也到中年了。很沮丧，我和科迪莉亚都到中年了。

我站在格子呢礼服的中间，摸着袖子。天知道我摸了多久。我刚才说话了吗？我觉得嗓子很紧，脚也疼。我居然在辛普森百货的少女礼服区迷了路，真丢人。

"美食广场怎么走？"我问。

她微笑着，笑容很淡。她累了，也对我很失望，因为我并没有打算买格子呢礼服。"哦，你得下楼，"她说，"在地下室。"她很友好，给我指了方向。

22

黑色的门打开了。大楼里弥漫着老鼠屎和福尔马林的气味，我坐在窗台上，暖气片的热气往上冒，吹到我的腿上。我看着窗外，楼下的小精灵、小矮人和"雪球"跟着铜管乐队演奏的《铃儿响叮当》在细雨中艰难地前行。因为窗户玻璃上的灰尘和雨水，小精灵看起来更小了，样子都变形了。我对着窗户哈气，玻璃上就形成一圈雾水。哥哥不在这里，他年纪太大了，这是他自己说的。整个窗台都是我一个人的。

在旁边的窗台上，科迪莉亚、格蕾丝和卡罗尔坐在一起，挨得很近，窃窃私语，咯咯地笑着。我只能一个人坐在窗台上，因为她们不和我说话。我今天说错话了，但我不知道我到底说错了什么，她们也不肯告诉我。科迪莉亚叫我仔细回想一下我今天说了些什么，自己琢磨哪里错了，这样，我才会懂得什么话不能随便说。我想通了之后，她们就会和我说话了。这都是为我好，因为她们是我最要好的朋友，她们想帮我改进。此时，管乐队戴着湿透的皮帽正从我的下方走过去，他们的女领队穿着短裙，裸露的双腿湿漉漉的，红着脸，顶着一头湿漉漉的头发。我一直在想：我到底说错了什么？我不记得说过什么和平常不一样的话。

这时，我父亲走了进来，他穿着白大褂，那是实验室的制服。他的工作地点在大楼的另一边，但他会过来看看我们在干什么。"怎么样，姑娘们？"他说。

"很好，谢谢。"卡罗尔说着，咯咯地笑了起来。格蕾丝也说："很好，谢谢。"我什么也没说。科迪莉亚从她们那边的窗台上下来，爬到我这边的窗台上，紧挨着坐在我身边。

"我们非常开心，非常感谢。"她用成年人的腔调说。我爸爸妈妈都认为她很懂礼貌。她搂着我，紧紧地搂了一下，表明我是和她一伙儿的，也暗示我要听话。只要我坐着不动，什么都不说，不要露馅，就没有问题。然后，我就能摆脱孤立，再次被她们接纳。我笑着，终于松了一口气，又非常感激，颤抖起来。

但是，爸爸一离开，科迪莉亚就转过身来看着我。她的表情与其说是生气，不如说是伤心。她摇摇头。"你怎么能这样？"她说，"你怎么能那么没礼貌？你居然不搭理他。你知道这意味着什么吗？恐怕你免不了一顿罚了。你还有什么要说的？"我无话可说。

科迪莉亚的房间门闭着。我站在门外，科迪莉亚、格蕾丝和卡罗尔在里面。她们在里面开会，讨论我的问题。她们一直在给我机会，但我始终没有让她们满意。我必须做得更好。但是，要从哪儿做起呢？

珀迪和米瑞从大厅上来了，她们年纪稍长，所以没人欺负她们。我也想跟她们一样。据我所知，只有她们比科迪莉亚厉害。我把她们看作我的盟友，或者说，我认为，如果她们明白我内心的想法的话，她们会成为我的盟友。那么，我内心的想法是什么呢？我甚至都不会和自己说。

"你好，伊莱恩！"她们说，然后问我，"在玩什么呢？捉迷藏吗？"

"我不知道。"我说。她们冲我笑了笑，和善又轻蔑，然后转头走进她们的房间，在屋里面给脚趾做美甲，聊大姑娘的事情。

我靠在墙上。门里传来低语声，我听不清楚她们在嘀咕什么，还是在笑什么，嘀咕声和笑声混成一片。我一句也听不明白。科迪莉亚的妈妈哼着歌走了过来。她穿着绘画工作服，一边脸颊上有一块苹果绿的污迹。她满脸微笑看着我，那是天使般的微笑，和善但又有距离感。"你好，亲爱的，"她说，"你告诉科迪莉亚，罐子里有饼干，给你们几个小姑娘吃的。"

"你可以进来了。"科迪莉亚的声音从房间里传来。我看了看紧闭的房门，看了看门把手，眼看着自己的手向门把手挪动，那只手仿佛脱离了我的控制。

事情就是这个样子。这个年纪的女孩互相都会做这样的事，或者以前做过这样的事，但是我从来都是受害者。眼看着我的女儿们快九岁了，就要到这个年纪了，我变得很焦虑。我会里里外外翻看她们的手指、脚趾、头发。我会问她们一些试探性的问题："学校里怎么样？你们的朋友怎么样？"她们看着我，好像听不懂我在说什么，也不明白我为什么会这么焦虑？如果有事的话，我觉得她们肯定会做噩梦、闷闷不乐。但是我什么都没发现。唯一的可能就是她们和我一样善于骗人。她们的朋友来家里玩的时候，我会偷偷观察她们的表情，看看她们是不是在故作亲密。在厨房里的时候，我会偷听她们在另一个房间里说的话。我以为我能看出一点儿名堂。也许，情况比我想的更糟糕。也许，我的女儿在排挤别人。正因如此，她们的情绪才能如此稳定，手指才能安然无恙，蓝色眼睛望着我的时候才能平和镇定。

大多数母亲在女儿进入青春期的时候都会很焦虑。我正好相反。我很放松，我完全可以放心。只有在大人眼里，小女孩才显得娇小可爱。但在女孩子眼中她们身形相仿，可爱无从谈起。

天气越来越冷。我蜷着身子躺在床上，膝盖紧紧贴着胸口。我在撕扯脚上的死皮，不用看，凭感觉摸就行了。我担心我今天说的话有问题，我的表情，我走路的姿态，我穿的衣服，这些也都可能有问题。我不正常，我不像别的女生。科迪莉亚这么和我说的，但她愿意帮助我。格蕾丝和卡罗尔也会帮助我。我得很努力，而且不能指望短时间内解决问题。

早上起床穿衣服，我会穿上羊毛格子呢连衣裙，下身穿罗纹吊带长袜，吊带挂在白色内衣上。这些衣服给我的印象是很冷，这些衣服可能真的很冷。

我穿上鞋子，鞋子里面的长袜套住了撕掉皮的脚。

我走出房间来到厨房，妈妈正在做早餐。锅里煮着粥，可能是红河麦片、燕麦片或者奶油小麦，厨房里还有一个玻璃的咖啡渗滤器。我把手搭在白色炉子的边上，看着锅里的粥慢慢沸腾、变稠，冒出一个又一个绵软无力的泡沫，升起一股股蒸汽。那粥就像沸腾的泥浆。我知道，到了吃粥的时候，我会吃不下去，我的胃会收缩，手会变冷，吞咽也有困难。我的胸骨下有个东西绷得很紧。但是，无论如何，我总得吃几口粥，早饭不吃不行。

有时候，我会看着那个咖啡渗滤器，这样感觉更好一些，因为我什么都看得见。煮咖啡的时候，蒸汽会聚集在伞形的玻璃盖上，要落不落，然后，有一股水柱会从中心管喷上来，落在金属网篮上的咖啡上，然后滴落到清澈的水中，水变成了棕色。

有时候我也会做吐司，烤面包机就在桌子上。我们的勺子里都放着一粒暗黄色的鱼肝油胶囊，形状像足球。桌子上放着锃亮的盘子和几杯果汁。烤面包机放在一个银色的高温垫上。这个面包机有两个门，每个门的底部都有一个旋钮，面包机的中间有一个网架，面包机在烤的时候，网架会热得通红。面包的一面烤完时，我转动旋钮，门就会打开，面包片向下滑动并翻转，是全自动的。我想过把我的手指放进去，放到通红的网架上。

这些都是拖时间的方法，把时间耗掉，也许我就不用走出厨房去上学了。但是，不管怎么拖，最后我还是得拉上雪裤，把裙子塞到里面去，把厚羊毛袜子套在鞋子上，然后塞进靴子里去。接着穿上外套，戴上围巾、连指手套、针织帽，把自己裹得严严实实。妈妈会跟我吻别，帮我打开门。然后，我就听到背后关门的声音，一出门，冰冷的空气会冲进我的鼻子。我步履蹒跚，穿过树枝光秃秃的苹果园走向校车车站，一路上雪裤的裤管互相摩擦着。

格蕾丝和卡罗尔在那里等着呢，还有科迪莉亚。一旦出了家门，我就无法摆脱她们。上车后，科迪莉亚会站在我的身边，在我耳边轻声说："站直！别人都看着呢！"卡罗尔和我在同一个教室上课，她负责向科迪莉亚报告我一整天的言行举止。课间休息时、在地下室吃午饭的时候，她们都在我身边。我吃什么样的午餐，我怎么拿着三明治，我怎么咬，她们都会发表意见。放学回家的路上，我必须走在她们的前面，或者后面。相比之下，走在前面更糟糕，因为她们会议论我怎么走路，从后面看我是什么样子的。"别弯着腰，"科迪莉亚说，"不要这样甩胳膊。"

在别人面前，当着其他孩子的面，她们不会对我说那样的话。

所有事情都是我们之间的事情，不能让外人知道。

这是我们四个人的秘密。保密很重要，我知道的。如果我违反了保密纪律，那就是罪大恶极。如果我跟外人说了，我就会被彻底抛弃。

但是，科迪莉亚并非出于敌意才这样。她没有丝毫的敌意。我知道什么样的人是敌人。学校操场上就有敌人，会互相大喊大叫。如果是男生，他们就会"打仗"。有战争就有敌人。我们的男生和"永远保佑我们的圣母玛利亚"的男生互为敌人。看到敌人就扔雪球，击中了会高兴不已。面对敌人，你会感到仇恨和愤怒。但是，科迪莉亚是我的朋友。她喜欢我，她想帮我，她们都一样。她们是我的朋友，我的女性朋友，我最要好的朋友。我没有交过朋友，我害怕失去她们。我要讨好她们。

恨一个人会容易得多。要是恨她们，我早就知道该怎么办了。仇恨简单明了，不拖泥带水，不像爱。

23

情况并非一成不变的。

有时候，科迪莉亚会认定该轮到卡罗尔改进了。那时，我就会加入格蕾丝和科迪莉亚的行列，在放学回家的路上和她们一起走在前面，让卡罗尔跟在后面，我们则议论着卡罗尔做了什么坏事。"卡罗尔自以为是。"科迪莉亚说。在这种时候，我并不同情卡罗尔。她活该，因为她也不同情我。终于轮到她了，我很高兴。

可是，没过多久又会轮到我。卡罗尔很容易哭，一哭起来呼天抢地，哭着哭着就不知道自己在干什么了。她太引人注目了，不能指望她守口如瓶。她不是谨慎的人，承受不了压力，也没有荣誉感，她肯定会泄露秘密。连我都知道，科迪莉亚肯定早就发现了。

其他的日子似乎很正常。科迪莉亚似乎忘了帮助别人纠正错误，我想她可能已经放弃了。我应该当作什么事情都没有发生过一样。可是，我做不到，因为我总觉得被人家盯着。我随时可能触碰到她们的底线。

去年，放学后或者周末，我几乎没有在家待过。现在，我想在家待着了。我会找借口不出去玩。我还是称之为"玩"。

"我得帮妈妈干活儿。"我说。这个理由有一定的可信度。有时候，女孩确实需要帮助妈妈干活儿。

格蕾丝就得帮她妈妈干活儿。当然，这并非我们家的真实情况。我妈妈很能干，做家务干脆利落。秋天，她会打扫外面的落叶，冬天铲雪，春天除草。我要是去帮她，反而会妨碍她。不过，我还是会去厨房里，问她："需要帮忙吗？"看我一直在她眼前晃荡，她会给我一把掸子，让我掸掉餐桌腿或者书架上的灰尘。有时候她会叫我去切枣子、切坚果，用从克里斯科牌黄油盒子内包装上撕下的蜡纸给松饼杯涂油；有时候我也会去洗衣服。

我喜欢洗衣服。洗衣房在地下室，空间很小，很隐蔽。架子上摆了一袋袋奇怪而神奇的东西，形状像鸟粪的浆洗淀粉，能让衣服更白的上蓝剂，阳光牌的肥皂条，画着骷髅头和交叉骨形的贾维斯漂白剂，散发着清洁和死亡的气息。

洗衣机是桶状的，外壳涂着白色搪瓷，洗衣机很大，下面有四条细长的腿。它在地板上慢慢地跳动，突突突，突突突，里面的衣服和肥皂水慢吞吞地搅动着，像是在煮粥。我看着洗衣机，手倚靠在浴缸的边缘，托着腮，脑子一片空白。水慢慢变成灰色，我觉得自己做了一件大好事，因为污垢都被我洗出来了。就好像我用眼睛看着，这件事就搞定了。

接着，我要将洗过的衣服从绞干机里拿出来，放入灌满了清水的洗涤槽。然后放到第二个洗涤槽进行第二次漂洗。最后放入洗衣篮，洗衣篮吱吱作响。洗完以后，妈妈会把衣服拿到外面，用木制衣夹挂在晾衣绳上。有时候我也晾衣服。天气特别冷的时候，衣服会冻得僵硬，像胶合板一样。有一天，一个邻居家的小男孩在拉牛奶的马车旁边的雪地里挖出一些马粪，放在刚洗过的白色床单上，床单晾在两根晾衣绳上，马粪撒在了床单中间。床单都是白色的，牛奶都是马拉来的。

绞干机有两个橡皮滚筒，颜色像白花花的肉，不停地旋转，衣服在滚筒之间挤压，水和泡沫像果汁一样流出来。我卷起袖子，踮起脚，从洗衣机里拿出湿漉漉的内裤、拖鞋和睡衣，拿着这些东西，就好像抱着一个溺水的人。我把衣服的角凑到绞干机的两个滚筒之间，衣角马上就被绞进去，袖管中间充气鼓起来，然后肥皂水就从袖口滴落。妈妈告诉过我，这时候要非常小心，手可能会被绞进绞干机里面，头发也会。我想，如果我的手被绞进去会怎么样？胳膊上的血和肉被向上挤，上面会鼓起来，被榨干的手从另一边吐出来，变得像手套一样平，像纸一样白。一开始会非常痛，我知道的。不过想想也很有意思。一个人整个被榨干以后吐出来，会变得平坦、整齐、完整，就像一朵夹在书里当书签的花。

"你出来玩吗？"在放学回家的路上，科迪莉亚问我。

"我得帮妈妈干活。"我说。

"又来了？"格蕾丝说，"她怎么老是干活呢？她以前不干活的。"科迪莉亚在的时候，格蕾丝说到我的时候就会用第三人称，就像一个成年人在跟另一个成年人谈论一个小孩。

我本想说我妈妈病了，但我妈妈明明很健康，我知道这个说辞行不通。

"她觉得她是个大好人，高我们一等。"科迪莉亚说。然后，她又对我说："你觉得我们不配和你玩吗？"

"没有。"我说。认为自己太好反而是不好的。

"我们会去你家，问你妈妈你可不可以出去玩。"科迪莉亚说话的语调又变得很友好，显得很关心，"她不会让你一直干活儿的。这对你不公平。"

我妈妈笑着说可以，好像我这么受欢迎她很高兴，于是逼迫我放下烤面包和洗衣服的工作，把我赶出家门。

星期天我会去屋顶有"洋葱头"的教堂，和史密斯一家人——史密斯先生、史密斯太太、米尔德里德姨妈、格蕾丝的妹妹们一起挤进他们家的车里。到了冬天，格蕾丝妹妹的鼻子总是会被黄绿色的鼻涕堵住。史密斯太太似乎对这样的安排很满意，她对自己也很满意，因为她不怕麻烦，很有爱心。可是她对我不是特别满意。她看我的时候，会皱眉头，尽管她抿着嘴笑，还会问我下次会不会带我哥哥来，或是带我的爸爸妈妈来。我会盯着她的胸部，她看起来只有一个乳房，一直垂到腰部，有黑色斑点的深红色心脏就在里面跳动着，像鱼被捞上了岸拼命喘气，上气不接下气。我很不好意思地摇摇头。我没有带我的家人一起来，是我的不对。

我能按顺序背出《圣经》里的所有名字，我还能背出《摩西十诫》和《主祷文》，以及《八福》的大部分。我参加《圣经》知识测试和背诵测验，得了十分，但我开始动摇了。在主日学校，大家都要站起来，当众大声背诵，格蕾丝会盯着我。我星期天的一举一动她都盯着，然后一五一十地向科迪莉亚汇报。

"昨天主日学校她没有站直。"或者说，"她在讨巧卖乖。"我相信她会这样说我：我的肩膀松弛下垂，我的脊梁骨弯曲着，我会装。

我也发现我走路摇摇晃晃，我努力站直，但我的身体因为焦虑而变得僵硬。我测验得了十分，格蕾丝只得了九分，这也是真的。难道答对不对吗？我错几个才对？第二个星期天，我故意错了五个地方。

到了星期一，格蕾丝打报告说："她背诵《圣经》，十分只得了五分。"

"她越来越笨了，"科迪莉亚说，"你其实没那么笨。你得加油！"

今天是"白色礼物礼拜天"。我们都从家里拿了罐头食品，用白色的纸巾包着，准备捐给穷人。我拿的豌豆浓汤和午餐肉。我怀疑我带的东西不对，但我们家的橱柜里只有这些东西。"白色礼物"让我很反感。这种硬邦邦的礼物，外包装完全一样，看不出是什么东西，看不出原来是什么颜色的。一堆没有生机的东西。一摞摞纸巾包着东西堆在教堂的前面，白花花的，样子有点可怕，谁也不知道里面有什么东西。

格蕾丝和我坐在教堂地下室的木凳上，看着投射到墙上的幻灯片，跟着钢琴在黑暗中弹奏出来的节奏唱着赞美诗。

> 主既赐恩光
> 照亮我中心，
> 我也应当放光，
> 照我自家人
> 因知罪恶痛苦，
> 我愿发光
> 各照自己的地方，
> 本是应当。

我希望像蜡烛一样发光。我希望做个好人，听从指示，实现耶稣的心愿。我希望有信仰，相信人应该像爱自己一样爱邻居，天国就在自己的心中。但是，这些愿望似乎越来越不可能实现了。

在黑暗中，我看到旁边有一束光线。那不是蜡烛的光芒，是格蕾丝的眼镜反射了墙上的光。她能背诵这首赞美诗，不用看着屏幕。她一直看着我。

教堂礼拜结束后，我坐着史密斯家的车，和这一家人一起穿过空旷的街道，来到波澜不惊的湖边，走到灰色平地上，看着火车来来回回地调轨。然后去他们家吃周日大餐。这已经成了星期天的惯例，上教堂做礼拜，这道程序就免不了。我既不能拒绝上教堂，也不能拒绝吃周日大餐。

我懂得这里的规矩。我走上楼梯，尽量不要碰到转台上的橡胶树，走进史密斯家的浴室，仔细数好抽了四张卫生纸，然后用她们家黑乎乎的粗肥皂洗手。我用不着提醒，格蕾丝念"真诚感谢主赐予我们如此丰盛的食物，阿门"的时候，我默默低着头。

"猪肉和豆子都是'音乐果'，吃得越多，声音就越响。"史密斯先生咧着嘴，对着桌子四周的人笑。史密斯太太和米尔德里德姨妈都不觉得这有什么好笑的。格蕾丝的两个妹妹则面无表情地看着他。她们都戴着眼镜，白皙的脸上长着雀斑，棕色的辫子上系着星期天专用的蝴蝶结，和格蕾丝的一样。

"劳埃德！"史密斯太太说。

"无伤大雅，吃吧。"史密斯先生说。他看着我。

"伊莱恩，你觉得好笑吗？"

这是个大坑啊。我能说什么呢？如果我说不好笑，会显得我没有礼貌；如果我说好笑，我就站在了史密斯先生那边，和史密斯太太、米尔德里德姨妈以及他们家的三个女儿对着干，也和格蕾丝成了对立面。我觉得自己身上一阵子热一阵子冷。史密斯先生看着我，咧嘴笑着，那是阴谋家的阴险笑容。

"我不知道。"我说。诚实地说，我不觉得好笑，我其实并不知道这个笑话是什么意思。但我不能得罪史密斯先生。他是个又矮又胖、秃顶、肌肉松弛的男人，但仍然是个男人。他没说我什么。

第二天早上在校车上，格蕾丝向科迪莉亚汇报了这件事，她的声音很小。"她说她不知道。"

"那算什么回答？"科迪莉亚问我，语气很冲，"你觉得好笑就说好笑，要么就说不好笑。你为什么说'我不知道'？"

我只好坦白："我不懂那些话是什么意思。"

"什么话？"

"音乐果，"我说，"吃得越多，声音就越响。"我非常尴尬，我确实不懂这些话是什么意思。"不懂"就是罪过。

科迪莉亚发出轻蔑的笑声。"你真的不懂那是什么意思吗？"她问，"真蠢！声音响，就是说放屁。吃豆子会放屁。大家都懂啊！"

我感到了双重尴尬，一是我真的不懂，二是史密斯先生在吃周日大餐的时候居然说到"放屁"，还拉我站在他的那一边，我也没有拒绝。如果单纯地说"放屁"，我绝对不会脸红。这个词我听得多了，大人不在的时候，哥哥和他的朋友们总爱把这个词挂在嘴边。关键是史密斯先生在饭桌上说了这个词，那本应是讲礼仪的场合。

但是，在内心里，我并不会认错。我对史密斯先生很忠诚，跟对我哥哥的忠诚一样，都像看着牛眼球和显微镜下的脚趾缝里的泥一样，令人愤慨，让人难受。愤慨和难受从何而来？来自格蕾丝和史密斯太太，以及剪贴簿里的"夫人"，也来自科迪莉亚。她有时候会让人难受，有时候不会，说不准。

24

早晨，牛奶结冰了，因为膨胀，乳脂从瓶颈冒出来，像一根根冰棍。兰姆莉小姐弯着腰站在我的桌子边，她的深蓝色灯笼裤虽然看不见，但在她周围形成一道遭人诟病的光环。她鼻子两边的皮肤松弛而下垂，像斗牛犬的垂肉，嘴角还有口水干掉的痕迹。她说："你的字越来越丑了。"我郁闷地看着我的笔迹。她说得对，我写的字不像从前那么工整，张牙舞爪，很潦草，下手重的地方，因为墨水漏出来多，有的字整个都糊了。"你不加把劲儿不行了。"我的手指缩卷起来。我想她在看我粗糙硬化的手指皮。她说的每一句话，以及我的每一个反应，都逃不过卡罗尔的耳朵和眼睛。随后，她会报告给科迪莉亚。

科迪莉亚要演戏，我们得去看。这是我第一次看戏，我本应很兴奋。但恰恰相反，我感到恐惧，因为我对看戏的礼节一无所知，我肯定会犯错误的。地点在伊顿礼堂，舞台上挂着蓝色的幕布，幕布上有黑色天鹅绒的水平条纹。幕布拉开，《柳林风声》正式开演。演员都是学生。科迪莉亚扮演黄鼠狼，但因为她穿着黄鼠狼的戏服，戴着黄鼠狼头套，台上有太多黄鼠狼了，所以很难找到她。我坐在礼堂套着长毛绒椅套的座椅上，咬着手指，伸长了脖子，目不转睛地找她。我知道她在台上，但不知道哪一个是她，这是最糟糕的事情。哪一个都可能是她。

收音机一直在播放甜美的歌曲，比如《我在期待白色圣诞节》和《红鼻子驯鹿鲁道夫》，这些都是我们在学校里唱的歌。我们站在课桌旁边唱，兰姆莉小姐拿着木尺指挥，控制我们的音高和节奏，她也会拿木尺打动来动去的男生。鲁道夫让我很讨厌，因为他总会出点毛病。

但他也给了我希望，我最后还是很喜欢他。我爸爸说，这是新的商业伎俩，很恶心。"傻瓜很快就会把钱花光。"他说。

我们用美术纸做红色的铃铛，先把纸对折，然后剪出形状。我们也用同样的方法做雪人。兰姆莉小姐对"对称"情有独钟，每样东西都必须对折，分成两边，一左一右，两边一模一样。

完成这些节日任务的时候，我像在梦游一样。我对铃铛、雪人或者圣诞老人都不感兴趣，已经不再相信这些东西了。科迪莉亚告诉了我，圣诞老人就是父母假扮的。我们还举办了一个班级圣诞派对，大家从家里带来饼干，坐在各自的座位上，静悄悄地吃。兰姆莉小姐给我们带来不同颜色的软心豆粒糖，每人分五个。兰姆莉小姐知道圣诞节的传统，也严格遵循这个传统。

我得到的圣诞节礼物是一个芭芭拉·安·斯科特玩偶。我说过我想要这样的礼物。既然问我想要什么，我就说我要玩偶，在某种程度上，我也是真的想要一个玩偶。我以前一直没有玩偶。芭芭拉·安·斯科特是一个著名的花样滑冰运动员，非常有名。她获过很多奖，我仔细看过她在报纸上的照片。

这个芭芭拉玩偶穿着微型人造革冰鞋和毛皮镶边的粉红服装，睫毛很长，眼睛可以睁开闭上，但一点儿也不像真正的芭芭拉·安·斯科特。从照片上看，她的肌肉很发达，大腿很结实，但玩偶的腿很细长，像一根棍子。芭芭拉是个妇女，玩偶更像是个小女孩。这个玩偶能模拟真人的样子，代表着活人，但它是死的，会让我逐渐滋生恐惧。我把它放回纸盒里，拿纸巾塞在它的周围，也盖住了它的脸。我说我是为了保护它，避免损坏，其实，我是不想让它看着我。

我们家的长沙发靠着墙，墙上挂着一张羽毛球网。爸爸妈妈把圣诞贺卡挂在网格上，我认识的人家没有一个会在墙上挂羽毛球网的。科迪莉亚的圣诞树与众不同，树上盖着一层天使头发似的薄纱，所有的灯和装饰品都是蓝色的。她可以与众不同，而我不能。我知道，在墙上挂羽毛球网，迟早要付出代价。

我们围坐在餐桌旁，一起吃着圣诞大餐。爸爸的一个学生也来到我们家里，他是个来自印度的年轻人，来这边研究昆虫，他以前没有见过雪。我们请他来一起吃圣诞大餐，因为他是个外国人，无亲无故，而且，他们国家不过圣诞节。妈妈已经事先跟我们解释过了。他彬彬有礼，一直在傻笑，但好像浑身不自在，可能是被面前的菜肴给吓坏了，有土豆泥，肉汤，红绿相间、样子有点可怕的果冻沙拉，还有一只硕大的火鸡。妈妈跟他说，我们这边吃的东西和他们国家的不一样。我知道，虽然他表面笑容可掬、彬彬有礼，但其实他内心很难受。我可以察觉别人藏匿在内心的痛苦，我这个方面的能力越来越强了。

爸爸坐在餐桌的主位，笑得像个欢乐的绿巨人。他举起杯子，跟小矮人一样的眼睛闪闪发光。"班纳杰先生，"他这么叫他，他总是叫他的学生先生或者小姐，"单靠一只翅膀是飞不起来的。"

班纳杰傻笑着说："非常正确，先生。"他的声音听起来就像英国广播公司播报的新闻。他举起杯子，喝了一小口。他喝的是葡萄酒。我和哥哥喝的是蔓越莓汁。如果是在去年或者前年，我们可能会把鞋带相互绑在一起，偷偷在桌子下面拽对方的脚。出于各自的一些原因，我们不再这么干了。

爸爸舀出火鸡的填料，把火鸡切成片，每一片肉的颜色深浅反差很大，妈妈给我们添了土豆泥和蔓越莓酱，然后小心翼翼地问班纳杰先生他的祖国有没有火鸡。他说可能没有。我坐在他的对面，双脚悬空，不停晃荡，盯着他，目不转睛。他的袖子很宽大，显得手腕很纤细。他的手也很长很细，指甲周围的皮肤比较粗糙，跟我一样。我觉得他长得很漂亮，棕色的皮肤，洁白的牙齿，黝黑的眼睛，不过眼神之中有点惊恐。主日学校发的读物封面上有一圈孩子，肤色各不相同，有黄色的、棕色的，穿着不同颜色的服装。他们围着耶稣跳舞，这里面就有一个孩子和他很像。班纳杰先生没有穿特殊的节日服装，只是穿着夹克和领带，这是男人平常的装束。然而，我很难相信他是个男人，他看起来不像是个男人。他和我很像，和周围环境格格不入，战战兢兢。他害怕我们。他不知道我们下一步会做什么，会给他出什么难题，会叫他吃什么。难怪他会咬手指。

"切一点胸骨上的肉，好吧？"爸爸问他。班纳杰一听到胸骨就兴奋起来。

"啊，胸骨。"他说。我知道他们已经进入了生物学的世界，那是他们共同的世界，进入这个世界就可以躲避现实，不再理睬令人尴尬的礼仪和沉默。他用刀子切肉的时候，爸爸向我们所有人解释，尤其对着班纳杰先生，他用刀子指明飞行肌是哪一块。他说，当然了，现在家养的火鸡已经不会飞了。

"原来是野火鸡。"爸爸用拉丁语说野火鸡。这时，班纳杰先生的身体前倾，听到拉丁语，他的精神头就起来了。爸爸接着说："野火鸡的脑袋跟豌豆差不多，也可以说跟小鸟差不多，人们就是因为它很能长肉而饲养它的，尤其是大腿，它的价值不在于智力。野火鸡最初是被玛雅人驯化的。"他讲了一个火鸡养殖场的故事。有一次，养殖场里的火鸡都死了，因为它们太笨了，下雷雨的时候不懂得躲进棚里。它们就站在外面，仰着头，张着嘴，雨水顺着喉咙流进去，直接把它们呛死。他说这个故事是一个农民讲给他听的，可能不是真的。不过，火鸡的笨是家喻户晓的。他说，以前本地区的落叶林中有很多野火鸡，比家养的更聪明，即使是训练有素的猎人也捉不到它们。它们那时候还能飞。

我坐着挑圣诞大餐的菜吃，班纳杰先生也在挑。我们都把盘子里的土豆泥弄得乱七八糟的，却没怎么吃。野生动物比家养的更聪明，这是显而易见的。野生的东西难以捉摸，很狡猾，自我保护意识很强。人也可以分成驯服的和野蛮的。妈妈是野蛮的，爸爸和哥哥也是。班纳杰先生也有点野性，但他像惊弓之鸟。卡罗尔是驯服的，格蕾丝也是驯服的，不过她还残留着一丁点儿野性。科迪莉亚是野蛮的，简单粗暴。

"人类的贪欲是没有限度的。"爸爸说。

"真的吗？"班纳杰先生问。爸爸接着说，他听说有个王八蛋在做一个实验，培育有四条腿的火鸡，把两只翅膀都变成腿，因为鸡腿上的肉更多。

"这样的生物怎么走路呢？"班纳杰先生问。爸爸用赞许的语气说："嗯，问得好！"他告诉班纳杰，有几个愚蠢的科学家正在研究一种方形番茄，说是这种番茄比圆形番茄更容易装箱。

"当然，这样的话，番茄原本的味道就丢了。他们不关心味道怎么样。还有科学家饲养了一只光秃秃没有羽毛的鸡，他们以为鸡不用给羽毛的生长供能，就能节省能量，可以下更多的蛋，但鸡怕冷，冻得不行了。他们不得不双倍加热鸡舍，所以，最终的成本反而更高了。"

"这是在戏弄自然，先生。"班纳杰先生说。我知道就应该这么说。探索自然是一回事，也应该保护自己不受自然侵害，这要有限度。但是，戏弄自然就是另一回事了。

班纳杰先生说，他听说科学家还在研究没有毛的猫，他在一本杂志上读到过，认为这个研究没什么意义。这是他到目前为止说过的最长的一段话。哥哥问他印度有没有毒蛇，班纳杰先生已经放松了，他介绍了各种各样的毒蛇。妈妈笑了，因为现场气氛比她想象的要好。她不忌讳毒蛇，哪怕是在饭桌上谈论毒蛇，她也不介意，只要大家开心就好。

爸爸已经把他盘子里的东西都吃完了，又到火鸡的肚子里去掏填料，这只火鸡就像一个被捆住手脚的无头婴儿。它已经脱掉了作为佳肴的伪装，我看清了它的本质，它就是一只硕大的死鸟。我在吃它的翅膀。这是一只被驯服了的火鸡的翅膀。火鸡是世界上最笨的鸟，笨得都不会飞了。我吃的是失落的飞行。

25

圣诞节后，有人给了我一份工作。工作内容是在放学后用婴儿车推着布莱恩·费恩斯坦在街区走一圈，如果天气不太冷的话，得走一个小时或者更久一点，一个星期去一天。工资一次有二十五分，这是一大笔钱。

费恩斯坦家就在我们家隔壁，原来那里堆了像小山一样的泥土，后来盖了一幢大房子。费恩斯坦太太不高，身材丰满，有一头深色卷发，一口可爱的白牙。她的牙齿很显眼，因为她爱笑，笑的时候，她会像小狗一样皱起鼻子，摇着头，金耳环闪闪发光。我不是很确定，但我觉得她的耳环是穿过小洞挂在耳朵上的，和我见过的耳环不一样。

我按了门铃，费恩斯坦太太来开门。"我的小救星来了。"她说。我在门厅里等着，靴子上的雪融化，水淌到地上铺的报纸上。费恩斯坦太太穿着一件粉色的印花居家服，一双真皮高跟拖鞋，匆忙上楼去抱布莱恩。门厅里有氨水和尿布的气味，布莱恩的尿布泡在水桶里，等着尿布公司来取。我很好奇，竟然会有人来家里拿走要洗的衣服。费恩斯坦太太每次都会端出来一碗橘子，放在离前厅几步远的一张桌子上，除非是圣诞节，否则没有人会把橘子放在那里。装橘子的碗后面有一个金色烛台，形状像一棵树。尿布上让人恶心的婴儿屎尿味、那碗橘子、那棵金色的"树"，这些东西在我的脑海中融合，渐渐形成了一个极其复杂的意象。

费恩斯坦太太抱着布莱恩快步走下楼梯，布莱恩穿着蓝色的兔子耳朵连体套装。她在布莱恩的脸颊上深深亲了一下，夸张地摇了摇他，然后把他塞进婴儿车里，拉上防水车罩。"好了，小布布，"她说，"妈咪终于可以静心思考了。"她笑着，皱着鼻子，晃着金耳环。她的皮肤饱满细腻，散发着奶香味。她和我见过的妈妈都不一样。

我把布莱恩推出去，天气很冷，我们开始绕着街区走，小车的轮子轧过积雪，发出嘎吱嘎吱的声音。积雪上撒了人家从炉子里掏出来的煤渣，随处可见冻硬的马粪。我不明白，布莱恩怎么会妨碍费恩斯坦太太的思考呢？他从来都不哭，但他也不笑。他不闹，也不睡觉。他就静静地躺在婴儿车里，圆滚滚的蓝眼睛严肃地盯着我，鼻尖被冻得越来越红。我没有想要去逗他。可是我挺喜欢他的，他很安静，也不会挑我的刺。

时间到了，我推他回去的时候，费恩斯坦太太会说："别告诉我已经五点了！"我让她给我五枚五分的硬币，不要一枚二十五分的，因为看起来多一些。她听了之后哈哈大笑，但还是满足了我的心愿。我把所有的钱都放在一个旧的锡茶叶罐里，罐子上面有一张沙漠的图片，有棕榈树和骆驼。我喜欢把钱拿出来，在床上摊开。我不数多少钱，而是按每个硬币上的年份排列，1935年、1942年、1945年。每一枚硬币上都有一个国王的头像，都到脖子根齐刷刷地切断，但都不是同一个国王。我出生以前发行的硬币上的国王有胡子，现在的没有，现任的国王是乔治国王，我们教室后面也贴着他的头像。把这些钱进行分类，分成一堆堆被"砍掉"的脑袋。我感到很爽，这种感觉说起来还是挺奇怪的。

我推着布莱恩，绕着街区转来转去。我不知道一个小时有多久，因为我没有手表。科迪莉亚和格蕾丝就在前面的拐角处，卡罗尔跟在她们后面。她们看到我，走了过来。

"伊莱恩和什么押韵？"科迪莉亚问我。但她不等我回答，就抢着说："伊莱恩，真烦人。"[1]

卡罗尔朝婴儿车里面看。"看那个兔子耳朵！"她说，"他叫什么名字？"她好像很想知道。布莱恩对我有了新的意义，不是每个人都能推婴儿车的。

"布莱恩，"我说，"布莱恩·费恩斯坦。"

"费恩斯坦是犹太人的姓。"格蕾丝说。

我不知道什么是犹太人。我见过"犹太人"这个词，《圣经》里很多地方都提到过，但我不知道生活中居然有真正的犹太人，而且就住在我们家的隔壁。

"犹太鬼子。"卡罗尔说。她瞥了科迪莉亚一眼，向她寻求赞许。"不要那么粗俗，"科迪莉亚用大人的腔调说，"我们不能随便叫人家鬼子。"

我问妈妈什么是犹太人，她说是信仰另一种宗教的人。班纳杰信仰的宗教也和我们的不一样，不过他不是犹太人。世界上有许多不同的宗教。在大战期间，希特勒杀害了很多犹太人。

"为什么？"我问。

"他是个疯子，"爸爸回答，"一个自大狂。"对于这两个词，我也是一头雾水。

"简单说，他就是个坏人。"妈妈说。

我推着布莱恩在撒了煤渣的雪地上走着。他盯着我，鼻子红红的，小嘴上没什么笑容。布莱恩有了新的身份：犹太人。此外，他的身上有点英雄气质，即使穿着蓝色的兔子耳朵套装，他的英雄气质也不见减

1　原文为"Elaine is a pain"，其中Elaine与pain押韵。

少。犹太人给我的印象，就是尿布、碗里的橘子、费恩斯坦太太的金耳环以及她的耳洞，还有一些有关历史的、重大的事情。不能指望每天都会见到犹太人。

科迪莉亚、格蕾丝和卡罗尔围着我。"这个孩子，今天怎么样？"科迪莉亚问。

"他挺好的。"我小心翼翼地回答。

"我不是说他怎么样，我是说你怎么样。"科迪莉亚说。

"能让我推一下吗？"卡罗尔问。

"不行。"我说。如果她出了什么幺蛾子，比如把布莱恩·费恩斯坦推翻在路边的雪堆里，我是要负全部责任的。

"谁要一个犹太鬼子的孩子呢！"她说。

"犹太人杀害了基督。"格蕾丝一脸严肃地说，"《圣经》里说的。"

但是，科迪莉亚对犹太人不太感兴趣，她在想着别的事情。"从构词法来讲，如果打鱼的人叫作渔夫，那么抓虫子的人叫什么呢？"她问。

"我不知道。"我说。

"你真笨，"科迪莉亚说，"你爸爸是捉虫子的，对吧？再想想。好好想想。真的很简单。"

"浑蛋？"[1]我试探着说。

"你就这么说你爸爸？"科迪莉亚说，"他是个昆虫学家，笨蛋。你应该感到羞耻。你应该用肥皂把嘴巴洗干净。"

我知道"浑蛋"是一个龌龊的词，但我不知道为什么。我知道，我坑了爸爸，我被人家坑了。"我得走了。"我说。我推着布莱恩回到费恩斯坦太太的家里，我在默默哭泣着，布莱恩面无表情地看着我。"再

1　虫子的英文为"bug"，根据构词法，捉虫子的人即为"bugger"，意为"浑蛋"。

见，布莱恩！"我轻声地和他道别。

我告诉费恩斯坦太太，我不能再做这份工作了，我说是因为学校的作业太多了。我不能告诉她真正的原因：我觉得布莱恩和我在一起不安全。我脑海里浮现了几个恐怖的画面：布莱恩头朝下栽在雪堆里；他的婴儿车从桥边结冰的山坡飞奔而下，冲进死过很多人的小溪里；布莱恩被抛向空中，兔子耳朵因为恐惧而竖起来。面对这种种情景，我都无力挽回。

"亲爱的，没关系。"她说。她看着我水汪汪的眼睛。她给了我一个拥抱，还多给了我一枚五分硬币。在此之前，没有人叫过我"亲爱的"。

然后我回家了，我知道我辜负了她，也辜负了我自己。"浑蛋。"我心里念着。我一遍又一遍地念着，直到它不再是一个词，而是单个字，单个音符。"浑，蛋。"于是，这个词失去了意义，就像"犹太鬼子"，但也仍然散发着恶意，很有分量。我对爸爸做了什么？

我把费恩斯坦太太给我的印有国王头像的五分硬币全都带在身上，在放学回家的路上，到一家商店里全部花掉。我买了甘棒糖、果冻软糖、内含坚果的多层黑巧克力球、用吸管吸的袋装气泡冰冻果子露。我把这些东西当作供品，当作赎罪品，平均分给等着我的朋友们。在我即将分发零食的那一刻，人们是爱我的。

26

今天是星期六，整个早上都很平静。南面窗户上方的屋檐上挂着冰柱，在阳光的照射下，融化的冰水滴滴答答，像下雨时屋顶漏了一样。

妈妈在厨房里烤东西，爸爸和哥哥在别的地方。我一个人一边吃午饭，一边看着屋檐上的冰柱。

我的午餐有饼干、橙色奶酪、一杯牛奶和一碗字母汤。妈妈认为小孩都喜欢字母汤。汤里漂浮着白色的字母意大利面，大多是大写字母A、O、S和R，也有一些X和Z。小时候，我会把字母捞出来，放在盘子边上拼成词语，或者按照我的姓名的字母顺序，一个字母一个字母地吃掉。此时，我只是喝汤，对其余的都不感兴趣。汤是橘红色的，有香味，但字母没有味道。

电话铃响了，是格蕾丝打来的。"你想出来玩吗？"她问。她的声音平稳、僵硬而空洞，像一张蜡光纸。我知道科迪莉亚站在旁边。如果我说不会挨骂，如果我说好就必须出去，我说了好。

"我们来接你。"格蕾丝说。

突然间，我的肚子感觉一阵闷，很沉重，仿佛装满了泥土。我穿上防雪服和靴子，戴上针织帽子和手套。我告诉妈要出去玩。"小心别着凉。"她说。

阳光照射在雪地上，很刺眼。积雪上结了一层冰，顶层的雪已经融化，然后又结成了冰。我的靴子踩在雪地上，踩破了冰，留下了清晰的脚印。我一个人也没有看到。我迎着雪地上的白色炫光，走向格蕾丝家。空气好像在波动，是光线太强了，我能听到光线压迫我的眼睛的声音。我感觉我的身体是半透明的，就像手握着手电筒的灯头，或者在杂志上看过的水母，水母漂浮在海上，就像水汪汪的肉球一样。

我看到她们三个出现在街道的尽头，看起来还只是黑影，她们正朝我走来。她们的外套好像都是黑色的。她们走近时，脸看起来也是黑的，应该是背着光造成的。

科迪莉亚说："我们说会来接你，没说你可以到这里来。"

我什么也没说。

格蕾丝说："我们和她说话的时候，她应该有所反应才对。"

科迪莉亚说："怎么了？你聋了吗？"

她们的声音听起来很遥远。我感到恶心，转过身，吐在了路边的一个雪堆上。我不是故意要吐的，也没想到我会恶心成这样。每天早上，我都觉得胃不舒服，我已经习惯了，但这次是真的吐了，字母面汤混合着奶酪碎片，字母面也是嚼碎的，吐得到处都是。

科迪莉亚什么也没说，格蕾丝说："你还是回家去吧。"卡罗尔在她们后面，好像马上要哭出来了，她说："她脸上有东西。"我走回家里，防雪服的前襟沾着呕吐物，我闻着这些秽物的气味，鼻子和喉咙里也还有，也能尝到它的味道，感觉像胡萝卜渣。

我躺在床上，身边放着擦洗桶，我发烧了，感觉身体很轻，好像马上要飘起来。我吐了好几次，直到只能吐出一点绿色的汁液。妈妈说："我想我们也会吐的。"她说得没错。晚上，我听到了急促的脚步声、干呕的声音和马桶冲水的声音。生病的时候，我觉得特别安全，感觉自己很渺小，就像裹在温暖的棉絮里一样。

我开始经常生病。有时候，妈妈拿着手电筒看着我的嘴巴，摸摸我的额头，量量我的体温，然后送我去上学，但有时候我可以待在家里不用去上学。生病的时候，我会如释重负，仿佛我已经跑了很长的路，到了一个可以歇脚的地方，虽然不能一直歇，休息终究是暂时的。发烧是一件愉快的事情，我会觉得心中空空的，什么都不用想。我喜欢冰凉的东西，我喜欢喝淡淡的姜汁汽水，许多美味要到生病的时候才吃得到。

我躺在床上，靠着枕头，床旁边的椅子上放着一杯水。我听着妈妈在远处干活儿的声音：打蛋器和吸尘器的声音，收音机里的音乐，地板擦光机的声音就像湖水拍打着岸边。冬日的阳光透过半掩着的窗帘斜射进来。我终于有窗帘了。我看着天花板上的灯，灯罩是浅黄色的不透明玻璃，里面有两三只死苍蝇，苍蝇傻乎乎地钻进去跑不出来，开灯的时候灯上会有黑影子，看起来就像混浊的果冻。有时候，我会看着门把手。

有时候，我会从杂志上剪下来一些图片，用乐贝齐牌的胶水粘到剪贴簿上，胶水瓶的样子和国际象棋的主教很像。我从《好管家》《女性居家杂志》《女主人》等杂志上剪下了一些女性的照片。如果我不喜欢她们的脸，我就把她们的头剪掉，拿别人的头嫁接在上面。这些女人穿着长裙，袖子宽松，裙摆也很宽松，腰上紧紧地系着白色的围裙。她们会往马桶里面喷杀菌剂，杀掉里面的细菌，用肥皂清洗窗户，也用肥皂洗脸上的斑点和油油的头发。她们会清除身上奇怪的气味，用洗手液洗擦皮粗肉糙的手，拿卫生纸擦脸。

其他图片上的女人行为举止都不是很恰当。有的太八卦，有的穿着邋遢，有的专横霸道。有的太喜欢织东西，都上瘾了。"无论是走路的时候，骑车的时候，站着的时候，还是坐着的时候，她到哪里都要织东西。"有一张照片的说明文字这样写着。这张图片上面的女人正在电车上织东西，她的针戳到了旁边的人，毛线团沿着过道滚开。有些女人旁边有一只"守望鸟"，红黑相间，眼睛很大，细长的双腿，像孩子画的。"守望鸟专盯多事的人。"图片说明文字写着，"这只鸟一直盯着你。"

我明白了，追求完美是无止境的，犯错是必然的。长大以后，无论你如何努力擦洗，你的脸上总会还有一些污点或斑点；无论你如何谨慎，总还会做出一些愚蠢的行为，让外人看了皱眉头。但是，我还是很乐于剪下不完美的女人粘到我的剪贴簿上，她们额头上的皱纹表明她们内心不平静。

中午，广播在播放《快乐帮》节目，"快乐帮"在敲门。

咚咚咚。

是谁?

快乐帮! 哦,进来吧!

和快乐帮一起,

一起快乐保持健康,

健康使人快乐。

如果你快乐健康,

你肯定富有!

快乐帮,快乐安康!

"快乐帮"让我感到十分焦虑。如果不快乐又不健康,会怎样?他们没说。他们总是快乐的,至少他们是这么说的,但是,我不相信有人能永远快乐。所以,他们有时是在撒谎。那么,什么时候是在撒谎呢? 他们的笑声什么时候是假的呢?

稍后是"自治领天文台官方报时信号"。首先是一连串的短信号,像来自外太空的嘟嘟声,接着是沉默,然后是一个长信号。长信号表示一点钟。时间在流逝。在长信号到来之前的沉默中,未来的轮廓正在形成。我翻过身来,脸朝下,把头埋在枕头里,不想听到任何声音。

27

冬天的积雪融化了,随处可见黑乎乎的煤渣、湿漉漉的废纸和枯树叶,简直一片狼藉。我们家的后院出现了一大堆表土,还多出来一堆卷起来的方形草皮。爸妈穿着满是泥巴的靴子和沾着泥点的裤子,把草皮盖在后院的泥土上，像铺浴室的瓷砖一样。他们拔掉了茅草和蒲公英，种下大葱和一排莴苣。不知从哪里冒出来了几只猫，刨着松软的地面，把种子和幼苗都刨掉，爸爸拿起一把拔起来的蒲公英向它们扔过去。他说："滚开，抓不到老鼠的笨猫。"

嫩芽渐渐变黄，跳绳派上了用场。我们站在格蕾丝家的车道上，旁边是那棵深粉色的蛇果树。我甩绳子一头，卡罗尔甩另一头，格蕾丝和科迪莉亚跳，空气中洋溢着欢快的氛围。

我们齐唱：

> 不是昨天晚上，而是前天晚上，
> 二十四个强盗来敲我家的后门。
> 他们对我说：
> 小姐，转身，转身，转身；
> 小姐，弯腰，弯腰，弯腰；
> 小姐，抬脚，抬脚，抬脚；
> 小姐，赶紧滚蛋。

格蕾丝在中间蹦蹦跳跳，转过身，弯腰摸了地面，从容地抬起一只脚接着跳，始终笑嘻嘻的。她很少绊到绳子。

这首歌有点吓人，也有点不体面。有些表达也不明不白：强盗为什么会下那么奇怪的命令？小姐为什么要转身？听起来小姐就像一只训练有素的狗，在表演技巧。结尾的"赶紧滚蛋"是什么意思？强盗还在家里的时候，她是不是就"滚蛋"了？所以强盗可以随心所欲，想要什么拿什么，不想要的就砸烂，还是说她彻底完蛋了？我仿佛看见她吊在蛇果树上，跳绳勒住她的脖子。我没有替她伤心。

阳光灿烂，消失了一整个冬天的弹珠又回来了。孩子们的声音在校园里此起彼伏："纯种……纯种……金属弹子……金属弹子……二对一喽。"我听着感觉像幽灵在召唤，或者是掉入陷阱的动物在疲惫而痛苦地哀嚎。

放学回家的路上，我们走过木桥，我跟在其他几个人的后面。在木板塌下去的地方，透过破洞，我可以看到下面的地面。我记得很久以前，在桥下的某个地方，我哥哥埋了满满一罐纯种、水宝和猫眼。罐子还埋在地下，正在黑暗中悄悄地发光。我想自己一人下去，虽然那里有看不见的"坏人"，我想去把那些宝贝挖出来，那些宝贝都应该归我一人所有。也许，我永远都找不到罐子，因为我没有藏宝图，但我喜欢琢磨别人不知道的事情。

我把我藏了一整个冬天的蓝色猫眼从抽屉里拿了出来。我举起它，让阳光穿透它，仔细端详。里面的"眼睛"非常蓝，颜色非常纯正。就像一只蓝色的眼睛冻在冰块里面。我带着它去学校，一直放在口袋里，不会拿出来让人家弹。我守护着它，手一直抓着它。

"你口袋里是什么？"科迪莉亚问。

"没什么，"我说，"就一颗弹珠。"

现在是玩弹珠的季节，每个人的口袋里都有弹珠。科迪莉亚没有继续追问。她不知道这颗猫眼的力量，它可以保护我。有时候带着它，我能看到平时看不到的景象。我看到路上的行人就像会动的玩偶一样，他们色彩缤纷，嘴巴张开又闭上，但说不出话来。虽然看到了形形色色的人们，但我没有任何情感反应。我只有眼睛是活跃的。

我们离开这座城市的时间比往年都要晚。我们一直待到放暑假，白昼很长，到了要睡觉的时候，天还亮着，空气湿热，像一条热气腾腾的毯子笼罩着街道。我喝葡萄汁，但味道不像葡萄，倒像是杀虫剂。我想知道我们什么时候去北方。我一直给自己打预防针，我们可能去不了北方了，降低期待才能避免失望。尽管我有猫眼，但我知道自己不能在这个地方住太久，否则我会"内爆"。我在《国家地理》上看到过一篇关于深海潜水的文章，文章说潜水员必须穿上厚厚的金属服装，否则水下无形的巨大压力会挤压着你，直到你"内爆"。我从这篇文章里学到了"内爆"这个词。内爆的时候会发出沉闷的声音，就像关上一扇铅门。

我像个包裹一样被塞进汽车的后座，格蕾丝、科迪莉亚和卡罗尔站在苹果树下看着。我弯下腰，避开她们的视线。我不想假装有离别的不舍。车开过去的时候，她们朝我们挥手。

车向北行驶，我们把多伦多甩在身后。渐渐地，多伦多就变成了地平线上的一抹褐色，像是远方燃烧的烟雾。到了这个时候，我才回头去看。

树叶越来越小，颜色越来越黄，叶边越来越卷，空气越来越清爽。我看见路边有一只乌鸦，正在啄食一只被汽车撞死的豪猪。豪猪就像长着毛刺的野果，粉红色的内脏被啄得一塌糊涂，像被搅烂的蛋黄。我看到北面花岗岩拔地而起，公路从中间穿过。我看到一个湖，沿岸岩石陡峭，许多枯树倒在湖边的水草里面。我看到了锯屑焚烧炉和火情瞭望塔。

三个印第安人站在路边。他们不卖东西，没有篮子，现在还没到卖蓝莓的时候。他们在那儿站了很久。我见过他们很多次，但只是作为风景来看。我从车里看着他们的时候，他们注意到我了吗？大概不会。他们不熟悉我，最多也就是看到路过车辆里的一张脸。我对他们没有要求，对这里的一切都没有要求。

我坐在车里，等着爸爸妈妈买杂货回来，在后座可以闻到汽油和奶酪混杂的气味。车子停在一家商店的旁边，商店是木板搭的，风吹日晒，已经松松垮垮，灰色的外墙钉着各种广告牌，分别写着：黑猫牌香烟、球员牌香烟、可口可乐。这些广告牌算是帮了忙，让商店的木板不至于散架。这里算不上一个村子，就在公路边的一个开阔地，靠近河边，旁边有一座桥。我曾经想知道这条河的名字。斯蒂芬站在桥上，往上游扔木头片，看看从桥的另一边冒出来需要多久，以此计算水流的速度。黑蝇四处飞舞，有些钻进了车里，有些在窗户上爬，飞起来，接着又落到窗户上爬。我一直看着它们，我能看到它们弧形的背，腹部像暗红色的小灯泡。我把它们拍烂在玻璃上，留下一摊红色的污迹，那是我自己的血。

我的感觉不是喜悦，而是解脱。我的喉咙不再紧绷，我也不再咬紧牙关，脚上的皮肤又长回来了，手指的伤口也部分愈合。我走路的时候不用担心人家在背后盯着我、议论我，也不用关心我说话的声音。我走了很久，什么也不用说。我现在可以不说话，回到从前的状态，回到一种无常的节奏，就像在床上一样。

今年夏天，我们在苏必利尔湖北岸租了一幢小木屋。周围还有一些小别墅，大部分都是空的，没有别的孩子。这个湖很大，很冷，水蓝蓝的，很危险。货船会沉下去，人会淹死在里面。起风的时候，浪花滚滚而来，几乎可以媲美大海的浪潮了。即便这样，我还是会在里面游泳。我走进冰冷的水中，先是脚板被水淹没，然后双腿也慢慢进入水中，又长又白，看起来比在陆地上还要细。

沙滩很宽阔，远处有一片鹅卵石。我常去鹅卵石那边玩。顾名思义，鹅卵石是圆的，长相跟海豹很像，但很坚硬，在太阳下晒久了会变热，晚上气温低，但鹅卵石温度不会马上降下来。我用布朗尼相机拍了鹅卵石的照片，我用牛的名字给它们命名。

岸边的沙丘上有沙滩植物，有毛蕊花和紫云英，紫云英会开紫色的花，结小小的苦豆荚，还有会割伤腿的野草。再后面是森林，里面有橡树、枫树、桦树和杨树，还有香脂树和云杉。有时候也会碰到毒藤。这是一个神秘、危险的森林，但不容易迷失方向，因为它离海岸很近。

有一次，我在森林里发现一只死乌鸦，它比活着的时候看起来更大。我用棍子戳了戳它，把它翻过来，它身上已经长了蛆。气味像腐肉，像铁上的锈。更奇怪的是，我觉得它像我吃过一次但不记得名字的食物。乌鸦是黑色的，但不像一种颜色，更像一个洞。它的喙是黑色的，像牛角，也像灰指甲。它的眼睛已经干瘪了。

我以前也见过死的动物，死青蛙、死兔子，但没有见过死这么透的。它那双干瘪的眼睛看着我，我这根棍子可以戳穿它。不管我把它怎么样，它都不会有任何感觉。从一定意义上讲，没有人能把它怎么样。

在湖边钓鱼很难，没有地方可以站，也没有码头。由于水流比较急，我们不能私自坐船外出，反正我们也没有船。斯蒂芬不会闲着，他用双筒望远镜观察湖上的货船，画了各种船只的烟囱。他给自己设国际象棋残局，然后自己破。要么他就劈引火柴，或者拿着一本蝴蝶书一人去散步。他捉蝴蝶并不是想用图钉把它们钉在板上，就是想看看，辨认一下品种，数数有多少只。他会逐一记下来，列在书页背面。

我喜欢看那本书里的蝴蝶图片。我最喜欢的是月形天蚕蛾，这种蛾身材肥大，浅绿色的翅膀上有新月形图案。哥哥捉到一只，拿来给我看。他说："不要碰它。翅膀上的粉末掉了，它就不能飞了。"

我不和他下棋。我没有画货船的烟囱，也没有记录蝴蝶。对于我赢不了的游戏，我没有兴趣。

在森林的边缘，阳光照射得到的地方，就有樱莓树。红色的野樱莓正在成熟，变得半透明。它们太酸了，吃了会感到口干。我摘了野樱莓，扔进一只猪油桶里，然后把枯枝和枯叶拣出来，妈妈要用野樱莓做果冻，先把它们煮开，用果冻布袋把果核滤掉，加了糖，把热果浆倒进罐子里，盖好，用石蜡封住。红罐子很漂亮，我数了一遍又一遍。我是出过力的。果冻的样子看起来非常诱人。

仿佛是得到了冥冥之中的允许，我开始做梦了。我梦中的世界色彩鲜艳，没有声音。

我梦见死去的乌鸦还活着，只是它样子没有变，死气沉沉的。它跳来跳去，拍打着腐烂的翅膀。我醒了，心怦怦地跳。

我梦见我在多伦多，穿着冬装，但连衣裙不合身。我把连衣裙套到头上，然后好不容易才把胳膊伸进袖子里。我走在街上，身体有一部分裸露在裙子外面，非常羞愧。

我梦见我的蓝色猫眼在天空中闪着光芒，像太阳一样，或者说像介绍太阳系的图书里面的行星。但是它不温暖，反而很冰冷。它渐渐靠近，但没有变大。它从天而降，璀璨，亮晶晶，径直朝我的头上落下。它击中了我，直接进入我的体内，但不疼，就是感觉很冷。我冻醒了。我的被子掉在地板上。

我梦见溪谷上的木桥正在倒塌。我站在上面，木板分崩离析，整座桥都在摇晃。我踩着剩下的木板，抓住栏杆，小心翼翼地走着，但我爬不上有人站着的小山，因为桥两头都没有和地面连接。妈妈就站在山上，在和别人说话。

我梦见我在摘野樱莓，然后把它扔进猪油桶里。其实那不是野樱莓，而是颠茄果实，是一种半透明的红色浆果。浆果里面装满了血，就像黑蝇的身体一样。我的手一碰到，它们就裂开了。紧接着，我的手上就沾满了血。

我没有梦到科迪莉亚。

傍晚，爸爸和我们一起在沙滩上玩捉迷藏，他奔跑的姿态像熊一样笨拙，还一边笑嘻嘻地学着狗叫："汪，汪，汪。"一分和十分的硬币从他的口袋里甩出来，掉到沙子里。远处的船只缓缓驶过，屁股后面好像飘着烟，夕阳西下，四周一片粉红，异常宁静。我看着脸盆上方的镜子：我的脸是棕色的，比以前更圆了。小厨房里有柴火灶，妈妈冲我笑，一只胳膊抱着我，这让我很开心。有些晚上，我们会吃棉花糖，这也算是一种犒劳吧。

六

猫　眼

CAT'S EYE

28

过去，辛普森百货的地下室里只卖廉价衣服和扳手，如今可谓金碧辉煌。进口巧克力堆成了一座座金字塔，有一个冰激凌柜台，有一排排花花绿绿的饼干和罐装食品，印在包装上的保质期一天天临近，像有个小时钟在嘀嗒嘀嗒地走着。居然还有一个意式咖啡柜台。这里的一切设施都是顶级的，可是，从前上中学的时候，我常常用少得可怜的买衣服"专款"来这里买睡衣，打折促销的那种，尺寸通常偏大一码。这么多巧克力，让我吃惊不已。看着它们我就想到了圣诞节，吃腻了的感觉油然而生。

我坐在意式咖啡柜台前，点了一杯卡布奇诺，看到这么多的甜食，我感觉迈不动腿了。意式咖啡柜台的台面是深绿色的大理石，不知道是真的还是假的，柜台上方罩着可爱的顶棚，仿佛置身于意大利，柜台边放着可旋转的小凳子。从这里可以看到修鞋柜台，虽然不是富丽堂皇，但样子也挺让人放心的。尽管这里有这么多巧克力，人们还是会来修鞋，不会一有磨损就扔掉。

我想起了我童年穿过的一双棕色的牛津鞋，脚趾的位置都磨破了，但打了鞋掌，装了新的鞋跟；有一双脏兮兮的白色跑鞋，看样子随时会四分五裂；还有一双棕色凉鞋，穿这双凉鞋的时候，都要穿袜子。大多数鞋子都是棕色的。我不由得想起了用高压锅烧的炖肉，肉汤里放了软塌塌的胡萝卜和土豆，还有洋葱片。高压锅的顶部有一个东西像口哨。如果不小心，盖子会像炸弹一样飞起来，胡萝卜和土豆会向上冲，像糨糊一样粘在天花板上。妈妈碰到过一次。幸运的是，当时她不在厨房，没有被烫伤。看到当时的情景，她并没有大呼小叫。她笑着说："不是弄镀金姜饼才这样吗？"

家里的饭大多是妈妈烧的，但烧饭不是她最喜欢的事情。她不太喜欢做家务。地下室里有个皮箱，除了一件二十年代的割绒晚礼服和一条马裤，里面还有几件银器：精致的盐瓶和胡椒瓶，鸡脚形状的糖钳和雕刻着玫瑰花的银碗。银器都放在下面，用纸巾包着，渐渐变成了黑色，要不是放在底下，就得经常擦。我们的刀叉和勺子要经常擦，雕刻图案的地方要用一把旧牙刷来刷。餐桌的桌脚也刻着卷形花纹，特别会沾灰尘，简直可以叫作"吸尘器"。别人放在壁炉台上的东西也一样，妈妈说这些都是中看不中用的玩意儿。不过，她很喜欢做蛋糕，而我则喜欢琢磨这件事。

如果我是妈妈，我会怎么样？她肯定已经意识到我有什么情况。甚至在刚开始的时候，她肯定就注意到了，我喜欢沉默，我爱咬手指，我嘴唇上有黑痂，那是因为我把皮一条条撕下来了。如果我的孩子发生这种事情，我会知道该怎么办。但然后呢？几乎没有什么选择的余地，也没有什么话好说。

我画过一个关于妈妈的系列，有六幅图，六个面框，像两张三联画，或者分成两组的连环画，一组三幅在上面，另一组三幅在下面。上面一组的第一幅是彩色铅笔画的妈妈，在城里的厨房里做饭，穿着四十年代末的连衣裙。她也有一条围兜，印着蓝色的花，海军蓝的绲边，她有时也会围着这条围兜。第二幅是拼贴画，也是妈妈在厨房里做饭，是剪了《女性居家杂志》和《女主人》的插图拼贴的，不是照片，而是创作的艺术品，有不新鲜的绿色、褪色的蓝色和脏脏的粉红色。第三幅也是妈妈在厨房里做饭，白色的底、白色的造型，凸起部分是用烟斗通条排列的，粘在一个白布覆盖的背板上。从左往右看，妈妈似乎在慢慢从现实生活中消失，渐渐变成一个巴比伦浅浮雕的影子。

下面一组刚好相反，都是同样的内容，但首先是烟斗通条，中间是拼贴画，最后是色彩齐全的写实绘画。在画里面，妈妈穿着休闲裤、靴子和男式夹克，在室外的火上煮野樱莓果酱。这一组可以解读为"实体化"的进程，从烟斗通条的朦胧影像过渡到阳光照射下的实体。

我把这个系列命名为"高压锅系列"。因为创作的年代以及那些年发生的事情，有人说这一组画的真正主题是"大地女神"。因为妈妈不喜欢做家务，我觉得这个说法很好笑。有人认为画的主题应该是"奴役女性"，还有人认为这些画表现的是女性在消极琐碎的家庭生活中所扮演的角色。不过，我画的只是妈妈在做饭，再现四十年代末做饭的方式和场所。

这一系列是在她去世之后不久画的。我想可能是我想念她了，想让她复活。可能是我想让她永垂不朽，尽管这个世界上不存在永垂不朽。她的这一组画像是有时间性的，世界上的所有东西都一样。

我喝完卡布奇诺，付了钱，留了小费给端咖啡的意大利服务员。我知道我不会再在美食广场里买东西了，我怯场了。平常，或者说在别的城市，我是不会怯场的。我是一个成年人，购物是家常便饭。但是，在这个地方，我怎么能找到我想要的东西呢？回去的时候，我路过街角的商店会进去，那里有牛奶，卖到半夜，还有不那么新鲜的切片白面包。

现在，这种商店大多是班纳杰先生那样的人或者中国人经营的。他们不一定比过去那些脸色苍白的白人店主更友好。不过，他们不太喜欢我们。他们不喜欢什么更容易猜到，尽管不会那么精确。

我走上自动扶梯，回到散发着香水气息的一楼。这里的空气不好，麝香气味浓烈，还有强烈的金钱气息。我走出百货，向西走，经过摆着表情冷峻的人体模型的橱窗，经过外形像两片贝壳的市政厅。

前面有个人躺在人行道上。人们绕着走，低头看一眼，就移开视线，继续前进。我看到他们的脸，他们的表情似乎在说，这不关我的事。

走到那边的时候，我看见那是一个女人。她仰面躺着，眼睛盯着我。"女士，"她说，"夫人。夫人。"

"夫人"这个词耳熟能详。高贵的夫人；黑夫人；她是一个名正言顺的夫人；老夫人蕾丝；听着，夫人；夫人，您要去哪里；夫人盥洗室，也叫作女厕所，在这个情景下，夫人就是个女人。可是，"夫人"这个词还是很有分量的。如果你迫切需要帮忙，你不会叫人家"女人，女人"，你会说"夫人，夫人"。地上的那个女人就是这么说的。

我想，她是不是心脏病发作了？我看到她额头上有血，血不多，但有个伤口。她一定是摔跤了，撞破了头。没有人停下脚步，她一直仰面躺着，一个五十几岁的女人，身材高大，穿着一件绿色的外套，华达呢面料，脚上穿着一双破破烂烂的鞋子，胳膊张开。

她有一双棕色的眼睛，眼睛周围晒成棕色的皮肤又红又肿，长长的花白色头发散落在人行道上。"夫人。"她说。她可能还说了别的话，但很含糊，我没听清，但她抓住我了。

我回头看是否还有别人，但没有人愿意帮忙，大家都不理睬我们。我跪下，问她："你没事吧？"这是多么愚蠢的问题啊，她怎么可能没事呢？周围有不少呕吐物，酒味很浓。我设想着我可能带她去喝咖啡，那么，去哪里呢？我可能摆脱不了她，她会跟着我回到工作室，吐到浴缸里，躺到日式床垫上呼呼大睡。我简直是众矢之的，他们每次都会逮到我，不管我怎么皱眉头，他们都会把我拽出来。他们就是人行道上的说唱艺人、统一教的信徒和弹吉他的年轻人，他们都向我要钱买地铁票。面对这些可怜的人，我也是很可怜的。

"她只不过是喝醉了。"一个过路的男人说。他是什么意思？只不过？这已经够难受的了。

"来吧，"我说，"我扶你起来。"真没出息，我骂自己。她会向你要钱，你给了她，她就去买廉价的甜酒。不管怎么说，我把她拉了起来，她趴在我身上。如果我能把她拖到墙边，我就能扶她站起来，拍掉她身上的灰尘，然后想办法离开。

"行了。"我说。但她不靠在墙上，而是靠在我身上。她呼出来的口气简直要人命。她哭了，像一个无依无靠的孩子一样不顾脸面地哭泣；她抓住了我的袖子。

"别抛下我，"她说，"哦，天哪。别抛下我。"她的眼睛始终是闭着的。她的声音很轻，很凄惨。这击中了我内心最脆弱、最多愁善感的部分。但是，我只是一个外人，谁知道她是怎么回事呢？我无能为力。

"好了。"我说。我在钱包里找到一张十元的纸币，揉成一团塞到她手里，希望这样能打发掉她。我是个笨蛋，我的心在流血。我心里有个伤口，在往外面流钱。

"祝福你。"她说。她晃着头，背靠着墙。"上帝保佑你，夫人，我们的夫人保佑你。"这是一个含糊不清的祝福，但谁能说我不需要呢？她一定是个天主教徒。我可以找到一个教堂，把她像包裹一样塞进去。她是他们的，应该由他们来解决她的问题。

"我得走了，"我说，"你会没事的。"我是在说瞎话。她睁大眼睛，大约是想看清楚我是谁。看她的表情，她似乎平静了一些。

"我知道你，"她说，"你是我们的夫人，你不爱我。"

这是个酒疯子，我绝对是帮错了人。我把手从她身上抽出来，好像她是个活的插座。"不对。"我说。但她说得对，我不爱她。她的眼睛不是棕色的，而是绿色的，和科迪莉亚的一样。

我从她身边走开，双手沾满愧疚。我只能这么安慰自己：我是个好人。她可能快死了，没人理睬她。

我是个傻瓜，傻瓜经常和好人混为一谈。我不好。

我心眼太多，好不了。我了解我自己。

我知道我报复心强、贪婪、诡秘、狡猾。

29

九月，我们回来了。在北方，夜里很冷，树叶开始泛黄，但城市很热，还很潮湿。噪声大得受不了，到处可以闻到汽油和道路沥青熔化的气味。我们家里的空气很闷，整个夏天房间都锁着。打开水龙头，一开始流出来的水有铁锈。我用淡红色的温水洗了澡。我的身体已经僵硬了，没有了感觉。我通向未来的门正在关闭。

科迪莉亚一直在等我。一看到她站在校车的车站那儿，我就明白了。在夏天到来之前，她时而善良，时而恶毒，时而冷漠；现在，她更严酷，更铁石心肠。她似乎被一种冲动驱使着，她想看看自己能走多远。她把我推向边缘，就像推向悬崖的边缘。后退一步，再后退一步，我就会掉下去，摔得粉身碎骨。

卡罗尔和我现在五年级了。我们有一位新老师，斯图尔特小姐。她是苏格兰人，口音很重。"姑娘们好。"她说。她的书桌上有个果冻罐，插着一小束干石楠花，桌子上还放着一张邦尼王子查理的缩影，这个王子的姓和她的一样，桌子的抽屉里有一瓶护手霜。护手霜是她自己煮的。

下午，她会给自己泡一杯茶，味道不完全像茶。她从一只银瓶子里拿了东西放进去，那个东西的味道压过了茶的味道。她的头发是蓝灰色的，波浪发型，很漂亮。她穿着丝滑的淡紫色连衣裙，走起路来沙沙作响，袖子里塞了一条花边手帕。她经常戴着护士用的白色纱布口罩，盖住鼻子和嘴巴，因为她对粉笔灰过敏。但这并不能阻止她向上课开小差的男生扔黑板刷。虽然她采用低抛，力气不大，但她从不失手。男生被打中之后，必须把黑板刷捡起来还给她。男生似乎都不反感她的这个习惯，他们认为被她击中是一种荣耀。

大家都很喜欢斯图尔特小姐。卡罗尔说我们很幸运能在她的班上学习。要是我有精力，我也会爱她的。但我太麻木了，心事太重。

我把猫眼放在口袋里，可以随时抓着它。它躲在我的手里，就像宝石一样珍贵，用公正的目光，穿透手指的骨头和口袋的布向外凝视。借助它的力量，我又能看得清楚。我的前方是科迪莉亚、格蕾丝和卡罗尔。她们走路的时候，我看着她们，看着影子从一条腿变换到另一条腿，看着她们身上的颜色块，红色开衫的方块，蓝色裙子上的三角形。她们像我面前的木偶，不大，但看得清晰。我可以随意看她们，也可以不看。

我走上通往木桥的那条小路，开始走下坡路，经过长着红色浆果的颠茄藤蔓，经过波浪起伏的树叶，一路上还碰到了潜伏的猫。她们三个已经上了桥，但她们停下来在等我。我看着她们椭圆形的脸，以及每一个人的发型轮廓，她们的脸像发霉的鸡蛋。我的双脚向山下移动。

我想到过成为隐形人；我想到过吃路边灌木丛中致命的颠茄浆果；我想到过去洗衣房里拿画着骷髅头的瓶子，喝瓶子里面的贾维斯漂白剂；我想到过从桥上跳下来，像南瓜一样砸下去，摔得只剩下半只眼睛，嘴巴也只剩下一半。摔成那样，我会死翘翘。这些事我都不想干，我害怕。但我想到过科迪莉亚叫我去干，她的声音不是轻蔑的，而是善良的。我在脑海中听到她亲切的声音。干吧。快点。我会干出这些事来取悦她。

我想是不是要告诉哥哥，请他帮忙。但是，我要跟他说什么呢？我没有挨揍，没有黑眼圈，鼻子也没有流血。科迪莉亚没有动过粗。如果是男生追逐我或者取笑我，他会知道该怎么做，但我不会让男生对我干出这种事情。因为是女生之间的事情，而且没有直接的冲突，只是她们一伙人窃窃私语，他也帮不上忙。

我也不好意思说。我害怕他会嘲笑我，他会鄙视我，说我面对几个女生都搞不定，只会大惊小怪。

我在厨房里，帮妈妈给松饼烤模涂油。我看着油脂在金属上留下的图案，看着我指甲上的月牙，手指上的肉高低不平。我的手指在烤模里面绕了一圈又一圈。妈妈在调松饼面糊，量了盐，正在筛面粉。筛面粉的声音很干燥，像在磨砂纸。"你不一定要和她们一起玩，"妈妈说，"肯定还有别的女生，你可以和别的女生玩。"

我看着她。我感到一阵心酸，这感觉就像一阵微风吹拂着我。她注意到了什么？她猜到了什么？她会怎么样？她可能会去告诉她们的妈妈。这将是最糟糕的情况，后果我也无法想象。我妈妈不像别人的妈妈，她的思想与众不同。她不像别人的妈妈那样待在家里，她很活跃，是个"不安分"的人。别人的妈妈不去溜冰场滑冰，也不会一个人去溪谷里散步。我妈妈的成长方式跟别人不一样。我想起了卡罗尔的妈妈，她穿着两件套，似笑非笑；科迪莉亚的妈妈戴着眼镜，表情空洞；格蕾丝的妈妈别着发夹，围裙很宽松，耷拉着。我妈妈会出现在她们家的门前，穿着休闲裤，手里抓着一束杂草，和周围很不协调。她们不会相信她的话。

她说："我小的时候，如果有小孩子骂我，我们常常这样说：'棍子和石头会打断我的骨头，但你们无论怎么骂，都骂不痛我。'"她和着面糊，双手很有力，很干练。

"她们没有骂我，"我说，"她们是我的朋友。"对这句话我是相信的。

"你要学会捍卫自己，"妈妈说，"别让她们摆布你。要有主心骨。你要站得更挺直一些。"她把面糊倒进烤模里。

我想到了沙丁鱼和它们的脊骨。沙丁鱼的脊骨是可以吃的，沙丁鱼的骨头很酥，一咬就碎，甚至一碰就断。我自己的主心骨肯定就是这样的，存在跟不存在没什么差别。我的这些事情都是我自己造成的，因为我没有主心骨。

妈妈放下碗，搂住我。"我真希望我知道该怎么办。"她说。这是在忏悔。现在，我明白了我一直在怀疑什么：就这件事来说，她是无能为力的。

我知道，松饼面糊调好之后必须马上烤，否则会变结板，那样就废了。我不能为了寻求安慰而让妈妈放下手里的活儿。我要是强求安慰，我所剩无几的脊骨将会彻底化为乌有。

我挣脱妈妈的怀抱。"要放进烤箱了。"我说。

30

科迪莉亚带着一面镜子去学校。那是一面袖珍镜子，可以放在口袋里，长方形的，没有边框。她把镜子从口袋里拿出来，举在我面前，说："照照你自己！快照！"她的声音里充满厌恶，感觉她已经受不了了，仿佛我的脸上有东西，有很过分的东西。我照了照镜子，但没有发现什么异常，只是嘴唇上被我咬掉皮的地方有黑色的斑点。

爸爸妈妈要举行桥牌派对。他们把客厅里的家具推到墙边，打开两张折叠的金属桥牌桌，摆了八把椅子。每张桌子中间都有两个瓷盘，一个放着咸坚果，另一个放着糖果，这些糖果被称为"桥牌调味剂"。每张桌子上还有两个烟灰缸。

然后，门铃开始响起来，陆陆续续有人来了。房子里充满了香烟的味道，那种味道很奇怪，到了第二天早上还能闻到，第二天早上也还有一些吃剩下的糖果和咸坚果，随着时间的推移，笑声会越来越响亮。我躺在床上听着阵阵笑声。我觉得我被孤立了，被冷落了。我也不明白为什么这就叫作"桥牌"，为什么打桥牌还会有这些噪声和气味。桥牌和桥没有联系。

有时候，班纳杰先生会来参加桥牌派对。我穿着绒布睡衣，潜伏在门厅的角落里，想偷偷看他一眼。我不是特别喜欢他。我之所以想见他，是出于焦虑，或者说我觉得和他同病相怜。我想看看他是如何管理生活的，看看他是如何应对生活中的问题，例如被迫吃火鸡。他阴沉着脸，眼神忧郁，笑声有点歇斯底里，如此看来，他的情况不太好。但是，如果他能应对各种压力、各种困扰，那么我也能。我就是这么想的。

伊丽莎白公主要来多伦多了。她偕同她的公爵丈夫一起访问加拿大，这是王室的访问。收音机里播放着人们的欢呼声，还有庄重的声音描述着她穿什么颜色的衣服，每天的颜色都不一样。这时，收音机播放着滨海三省的弦乐。我趴在客厅的地板上，《多伦多明星报》摊开在地板上。我支着胳膊，仔细看着头版上伊丽莎白公主的照片。她显老，样子很普通，不再是伦敦大轰炸期间穿着女童子军制服发表演讲的那个模样，但也不像挂在教室后面的女王那样穿着晚礼服、戴着钻石王冠。像一般人一样，她穿着朴素的套装，戴着手套，拎着一个手提包，戴着一顶女式的帽子。但是，不管怎么说，她都是公主。翻开报纸，里面有一整页关于她的报道，配有照片，一群女人在向她行屈膝礼，有几个小女孩给她献花。她低头朝她们微笑，永远是那种亲切的笑容，报纸上说她光彩照人。

以后的每一天，我都趴在地板上看报纸，看着她在地图上穿行。她坐着飞机、坐着火车、坐着汽车，从一座城市到另一座城市。我记住了她计划穿过多伦多的路线。我有很好的机会可以看到她，因为她的车会经过我们家，有一条坑坑洼洼的道路穿过墓地，路边有新种的树和许多推土机推起来的土堆，还有五座新的泥山，这条路经过我们家。

泥山在我们家这边。这些泥山是最近才出现的，从前，那里是一片杂草丛生的地。每座泥山旁边都有一个洞，形状像地窖，底部有一汪泥水。哥哥说有一个洞是他的，他计划自己继续挖掘，从顶部向下挖，然后从侧面挖，做一个侧门。不知道他想在里面干什么。

我不知道公主为什么要路过这些泥山。我不认为她是想来看这些泥山，但我不确定，因为她看了许多似乎也没有多大意思的东西。有一张照片是她在市政厅外，还有一张是在鱼罐头厂的旁边。但是，不管她想不想看，泥山是个不错的观测点。

我期待着公主的到来，但我不确定为什么期待。这是那个在伦敦

165

冒着炮火发表演讲的公主，是个勇敢的公主。我想，那一天会有事情发生。有些事情会发生变化。

王室访问团最终抵达多伦多。那是一个阴天，偶尔有阵雨，人们说这像是天在"吐痰"。我早早出门，站在中间的泥山顶上。路边杂草丛生，也站着人，有大人，也有孩子。有些孩子挥舞着英国国旗。我也有一面国旗，是上学的时候学校发的。人不算多，因为住在附近的人不多，有些人还可能去了市区，那里有人行道。我可以看到格蕾丝、卡罗尔和科迪莉亚，她们站在通往格蕾丝家的那条路的路边。我希望她们不会看到我。

我站在泥山上，国旗耷拉在杆子上。时间不断流逝，但一点儿动静也没有。我想也许我应该回家听收音机，通过收音机，我可以知道公主还有多远，但是，突然有一辆警车从左手边开过来，刚刚经过墓地。天开始下毛毛雨，远处传来欢呼声。

接着来了一些摩托车，然后是几辆汽车。我看到站在路边的人把手臂伸向空中，欢呼声此起彼伏。尽管路上坑坑洼洼，汽车还是开得很快，太快了。我看不出哪辆车是公主的。

后来我看到了。公主洁白的手套从车窗里伸出来，不停地挥舞着，那辆车就是公主的车。车已经来到我的面前，马上就开过去了。我没有挥动英国国旗，也没有欢呼。因为等我看到已经太晚了，我还没有回过神呢，到了现在我才明白。我张开双臂跑下泥山，张开双臂是为了保持平衡，然后扑到公主的车前。我扑到了车前，或者说扑在车上，几乎要冲进车里去。然后，公主叫停车。为了避免撞到我，她必须叫停车。我不会设想我被拉进王室的汽车带走，我还没有那么荒谬。再说，我不想离开爸爸妈妈。但是，该发生的变化还是会发生，该做的事情还是得做。

汽车载着戴手套的公主开走了，拐了一个弯就看不见了，我一动不动。

31

斯图尔特小姐喜欢艺术，她让我们把家里爸爸的旧衬衫带去学校。这样，我们就可以在不弄脏衣服的情况下做更激进的艺术尝试。当我们忙着剪、涂、贴的时候，她戴着护士的口罩，在过道里走来走去，从我们的背后看我们在画什么。如果有人，或者说有个男生，故意画了一幅傻乎乎的画，她会把那幅画拿过来，举得高高的，用嘲讽而又愤怒的语气说："这个小伙子自以为很聪明。他是自作聪明。"然后，她会用拇指和指甲弹他的耳朵。

按照她的吩咐，我们制作了日常熟悉的物品，像南瓜和圣诞铃铛，但她也让我们做了其他的东西。我们用圆规画了复杂的花卉图案，把奇怪的东西粘到纸板背面，包括羽毛、亮片、染色花哨的通心粉片、吸管。我们也在黑板上或棕色的卷纸上画画。我们画的是外国的风貌：墨西哥有仙人掌和戴着大帽子的男人；中国有戴着瓜皮帽的男人和两侧都有眼睛的船只；印度有穿着丝绸、体态优雅的女人，她们头上顶着铜罐，额头上装饰着珠宝。

我很喜欢这些外国风貌，我相信它们都是真实的。我迫切需要相信，在世界其他地方，这些外国人是存在的。尽管在主日学校，我被告知外国人要么是挨饿的穷鬼，要么是异教徒，要么两者兼而有之。尽管我每个周日奉献的善款都给了他们，想要改变他们，让他们有的吃，让他们打扮得像模像样。兰姆莉小姐认为他们很狡猾，喜欢吃稀奇古怪甚至恶心的食物，对英国人很不友好，会危害英国人。但我更喜欢斯图尔特小姐的说法，她说，他们头上的黄色太阳是欢快的，棕榈树的绿色是清澈的，他们穿的衣服上鲜花盛开，他们的民歌是喜气洋洋的。那边的女人说话很快，她们的语言我听不懂，她们笑的时候会露出洁白完美的牙齿。如果这样的人确实存在，我可以去那儿。我不必待在这里。

"今天，"斯图尔特小姐说，"我们要画放学后做的事情。"

其他人都趴在桌子上画。我知道她们都在画什么，有的画跳绳，有的画快乐的雪人，有的画收音机，有的画和狗玩的情景。我盯着我面前的纸，我的这张纸仍然是空白的。最后，我画了我的床，而我则躺在床上。我的床有一个深色的木质床头板，床头板上有花纹。我还画了窗户和五斗柜。我涂了夜晚的颜色。我拿着黑色蜡笔的手越来越用力，越涂越重，直到整个画面变得黑乎乎的，只剩下我的床和我靠在枕头上的头依稀可见。

我看着这张图，心里有点害怕。这不是我要画的，和别人画的截然不同，这是错误的。斯图尔特小姐会对我失望，她会说我是自作聪明。我能感觉到她就站在我的身后看着我画画，我能闻到她的护手霜的气味，还有一种像茶又不像茶的气味。她一直在走动，我能看见她，在护士口罩的上方，她那双明亮的蓝眼睛也看着我。

她在我身后站了一阵子，什么也没说。然后，她用不算严厉的口吻说："亲爱的，为什么你画得那么黑暗？"

"因为是夜里。"我说。我刚说出口就意识到，这个回答傻乎乎的，像个白痴说的话。我的声音很轻，几乎听不见，我自己都听不见。

"我明白了。"她说。她没有说我画错了，她也没有说，放学后，除了睡觉，我肯定还有别的事情。她抚摸了一下我的肩膀，然后向前走。她的抚摸就像一根刚熄灭的火柴，还发着微光，发着热。

在教室的窗户上，用纸剪的红心越来越多。我们用一个纸箱做了一个巨大的情人节邮箱，在纸箱上糊了粉红色的皱纹纸，还贴了有卡纸花边的红心。箱子顶部留一个口子，一个狭长的孔。我们把情人节贺卡从这个口子塞进去，贺卡一般是从在伍尔沃思连锁店买的书上剪下来的，也有特别的，送给我们特别喜欢的人。

这一天，整个下午都在搞派对。斯图尔特小姐喜欢搞派对。她带来了几十块自己做的心形奶油酥饼，上面有粉色的糖衣和银色的小球，还有肉桂色和淡粉色的心形小卡片，上面写着一些话，那是以前的人写的，不是我们写的。这些卡片上分别写着：好棒；她是我的宝贝；啊，你这个孩子!

斯图尔特小姐坐在她的办公桌前，看着我们。有几个女生打开盒子，然后分发情人节贺卡。我的桌子上堆满了贺卡，大多是男生送的。这一眼就能看出来，因为这些贺卡字迹潦草，许多没有签名。有些只写了名字的首字母，或者叫我猜猜他是谁？有的写了X，有的写了O。如果是女生送的贺卡，签名都是整整齐齐的，写了全名，是谁送的一目了然。

在放学回家的路上，卡罗尔咯咯地笑着，向我们炫耀男生送给她的贺卡。我收到的男生贺卡比她多，六年级的科迪莉亚和格蕾丝收到的也不如我多。这个只有我知道。在学校，我把贺卡藏在书桌里面。

在回家的路上，我也不让她们看见。她们问起来的时候，我就说不多。我努力守住这个秘密，这是新鲜的秘密，但我见怪不怪，因为男生一直是我的秘密盟友。

卡罗尔只有十岁零九个月，但她的乳房已经在发育了。不是很大，但是乳头不再是平坦的，而是尖的，下面有肿块。很显眼，因为她喜欢挺胸，她穿着毛衣，故意拉得很紧，这样乳房就凸出来了。课间，她会"抱怨"有乳房很麻烦，很疼，可能得戴胸罩了。科迪莉亚说："闭嘴吧，就一对奶子，有什么好说的。"她年纪更大，但她的乳房还没有发育。

卡罗尔经常把自己的嘴唇和脸颊弄得红红的。她在她妈妈的废纸篓里找到一管旧的口红，把它藏了起来，然后放在口袋里带到学校。放学后，她用小指尖抹一点涂在嘴唇上。在我们到她家之前，她就拿纸巾把口红擦掉，但擦不干净。

我们在楼上她的房间里玩。我们去厨房喝牛奶的时候，她妈妈问她："小姐，你脸上怎么回事？"就当着我们的面，她拿起一块脏抹布给卡罗尔擦脸。"别让我再发现你做这种事情！你小小年纪，真不害臊。"卡罗尔挣扎着，又哭又闹。我们看着，既震惊，又激动。"等你爸爸回家，你看他会怎么样。"她妈妈用冷酷、愤怒的声音说，"丢人现眼！"好像单单被人看就是错的。然后，她想起来我们还在这里，说："你们走吧。"

两天后，卡罗尔说她爸爸把她狠狠揍了一顿，用皮带头抽她的光屁股。她说她疼得坐不下去。她的言语之中充满自豪。放学后，在她的房间里，她给我们看了她的屁股。她拉起裙子，拉下内裤，果然有伤痕，像是划的，不是很红，但还是有。

这很难证明卡罗尔的爸爸曾经用皮带头抽过她。坎贝尔先生和蔼可亲，他留着小胡子，软软的。他时常叫格蕾丝"美丽的棕色眼睛"，叫科迪莉亚"半边莲小姐"。很难想象他会用皮带打人。但是，爸爸们会做出什么样的举动，都是难以猜测的。例如，我知道史密斯先生的心底里藏着一个离家出走的念头，这不用人家告诉我。在我们面前，科迪莉亚的爸爸偶尔也很有魅力。他会开一些玩笑，他的笑容就像一张广告牌。那么，她为什么害怕他呢？她就是害怕。除了我爸爸，所有的爸爸白天都是看不见的，白天是属于妈妈的。爸爸通常在晚上才出场。爸爸在黑暗中回家的时候，拥有无法形容的巨大能量。他们的能量不是肉眼可以看清楚的。所以，我们相信卡罗尔被她爸爸的皮带抽过。

卡罗尔说，早上，刚好床铺还没有整理，她发现她妈妈的床单上有一个地方湿了。我们蹑手蹑脚地走进她爸爸妈妈的房间。那张床铺着带穗绳绒床罩，干净整洁，我们都不敢掀开来看。卡罗尔拉开她妈妈床头柜的抽屉，我们向里面窥视。里面有一个橡胶制品，形状像蘑菇头一样，还有一管"牙膏"，但那又不是牙膏。卡罗尔说这些东西是防止怀上孩子用的。没有人傻笑，也没有人嘲笑。相反，我们都仔细去阅读那个标签。卡罗尔屁股上的红色伤痕，给了她从前缺少的可信度。

卡罗尔躺在自己的床上，床罩有白色的褶边，颜色和窗帘很相配。她假装生病了，说不清楚是什么病。我们弄了一块湿毛巾，盖在她的额头上，给她端了杯水。装病是我们最近在玩的游戏。

"哎哟，我病了。哎哟，我病得很重。"卡罗尔呻吟着，在床上扭动着身体，"护士，帮帮我！"

"我们听一下她的心跳。"科迪莉亚说。她撩起卡罗尔的毛衣，然后拉起内衣。我们都去看过医生，我们知道被人家这样折腾很不舒服，很尴尬。

"这里不痛。"我们看到了她的乳房，看起来有点浮肿，乳头是蓝色的，和额头上的静脉一个颜色。"摸摸她的心跳。"科迪莉亚对我说。

我不想。我不想去碰那个肿胀的胸部，那地方怪怪的。"快点儿，"科迪莉亚说，"听我的话。"

"她不听话。"格蕾丝说。

我伸出手，放在卡罗尔左边的胸脯上。那感觉就像一个气球灌了一半水，或者是微热的燕麦粥。卡罗尔咯咯笑着："哎呀，你的手好冷！"我感到一阵恶心。

"摸她的心脏，笨蛋！"科迪莉亚说，"我没叫你摸她的奶子。你不知道区别吗？"

来了一辆救护车，我妈妈被担架抬进去。我没有亲眼看到，是斯蒂芬告诉我的。是半夜的事情，我睡得正香，但斯蒂芬早已经养成了习惯，半夜会偷偷起床，看窗外天上的星星。他说，在城市里，大部分灯都熄灭之后，星星看得更清楚。他说，夜里不需要闹钟，睡觉前喝两杯水，到时自然会醒过来。你还得一直惦记着几点起床。印第安人过去就是这么做的。

所以他是清醒的，听到动静，偷偷溜到房子的另一边，往窗外看，可以看到外面街道上的情况。他说救护车闪着灯光，但没有拉警笛，难怪我什么也没听到。

我早上起床的时候，爸爸正在厨房里煎熏肉。他知道怎么煎，尽管到了城里他没有这样煎过，他原本都是在篝火上烤的。在爸爸妈妈的卧室里，床单扔在地板上，堆成一团，毯子叠在椅子上，床垫上有一大摊椭圆形的血迹。但是，我从学校回家的时候，床单已经不见了，床也重新铺好了，看不出发生过什么。

爸爸说出了一点事。但是，躺在床上睡觉能出什么事呢？斯蒂芬说是一个婴儿，一个早产的婴儿。我不相信他，要生孩子，女人的肚子会很大，但妈妈的肚子并不大。

妈妈从医院回来了，看样子很虚弱。她必须卧床休息。这样大家都不舒服，她自己也很不舒服。她忍着，还是像往常一样按时起床，走路的时候手要扶在墙上或者家具的边缘，弓着背站在厨房的水槽旁干活儿，肩上披着一件羊毛衫。活儿干到一半，她就必须去躺一会儿。她的皮肤苍白、干燥。她似乎在侧耳倾听，也许是房子外面有声音，但什么声音也没有。有时候，我说话要说两遍，她才听得见。就好像她去了别的地方，却把我落下了，或者忘记了我就在她的身边。

这甚至比那一摊血迹更可怕。爸爸说我们要多看着点儿妈妈，这表明他也很害怕。

妈妈好起来后，我在她的针线筐里发现了一只浅绿色的针织小袜子。我不知道为什么她只织了一只袜子。她不喜欢织东西，所以可能她织了一只就不耐烦了。

我梦见隔壁的费恩斯坦太太和班纳杰先生是我的亲生父母。

我梦见妈妈生了一个孩子，本来是一对双胞胎。这个婴儿是灰色的。我不知道双胞胎的另一个去了哪里。

我梦见我们的房子烧掉了，烧得一干二净，原地有几个黑色的树桩，好像发生了一场森林大火，一座巨大的泥山在它旁边矗立着。

我爸爸妈妈都死了，但也还活着。他们并排躺在坚硬但透明的大地上，穿着夏天的衣服，不断沉下去，就像冰融化了一样。在下沉的过程中，他们抬头看着我，眼神中充满哀伤。

32

星期六下午，我们要去那幢大楼，去参观所谓的"孔韦尔萨"。我不知道什么叫"孔韦尔萨"，可是，一想到要去那里，我就觉得很轻松，那里有老鼠和蛇，有实验，却没有女生。爸爸问我要不要带个朋友一起去。我说不要，哥哥说他要带丹尼去，丹尼总是流着鼻涕，他穿着菱形图案的针织背心，有集邮的习惯。他们坐在后座，哥哥不再晕车了，他们一路上说着恶心的"黑话"。

"你的鼻涕真多。"

"那怎么了？想吃点儿吗？"

"想啊。好吃吗？"

我知道他们有些话是说给我听的，至少丹尼有这个想法。他把我当成了一般的女生，和那些搔首弄姿又喜欢尖叫的女孩混为一谈。我曾经也想用同样恶心的话来回应他，但是，我已经对吃鼻涕这种事情失去了兴趣。我看着窗外，假装没有听见他们的谈话。"孔韦尔萨"原来就是一个展览。动物学系这段时间向公众开放，旨在激起人们对科学的兴趣，并提高他们的智力水平。这是爸爸说的，他说这句话的时候笑嘻嘻的，跟开玩笑没有什么两样。他说，人们的智力水平是可以提高的。妈妈说她的智力是提不高了，所以她索性去杂货店买东西。

来参观"孔韦尔萨"的人很多。在多伦多，周末的娱乐活动不是很多。大楼里洋溢着节日的气氛。大楼平日里散发着地板去污剂、上光剂、老鼠屎和蛇的气味。如今，这些气味和冬天的衣物、香烟的烟雾、女人身上的香水等气味混杂在一起。为了给参观人员指路，墙上用胶带贴了彩色纸带，纸带中间贴了用美术纸剪的箭头，过道里、楼梯上、各个房间的旁边都贴满了这些东西。每个房间都是一个展厅，展品按人们的学习兴趣进行了分类。

第一个房间展出的是不同发育阶段的鸡胚，从一个红色的小点逐渐长成一只大脑袋、眼睛突出、刚长出毛的小鸡崽，样子不像复活节卡片上画的那样可爱又毛茸茸的，而是黏糊糊的，爪子蜷曲在身子底下，眼皮只张开了一条缝，露出一弯玛瑙蓝色的眼睛。胚胎经过防腐处理，福尔马林的气味很浓。另一个展厅的展品是装在玻璃瓶里的双胞胎。那是真的双胞胎婴儿，长得一模一样，已经死了，胎盘还在，皮肤是灰色的，漂浮在看起来像洗碗水似的液体里面。静脉和动脉被注射了色胶，蓝色代表静脉，紫色代表动脉。这样，我们就可以看到人体的血管都是互相联结在一起的。有一只瓶子里装着一个人脑，样子像一个巨大的灰色胡桃，比较松软而已。我不敢相信我脑壳里装着这么个东西。

另一个展厅里有一张桌子，观众可以在这里取指纹，你可以看到，自己的指纹和别人的都不一样。房间里有一块很大的细料纸板，上面钉着几张指纹的放大照片。哥哥、丹尼和我都取了各自的指纹。丹尼和哥哥拿那只小鸡崽和双胞胎死婴开玩笑。"晚上吃点鸡肉？""炖双胞胎吧，怎么样？"他们不想在那个房间里多停留。对于指纹，他们倒是热情高涨。他们手上沾了墨水，相互在对方的前额中央按下手印，一边印一边喊："'黑手'标志！"他们的嗓门很大，听起来怪吓人的。直到我爸刚好路过，制止了他们，他们才安静下来。印度帅哥班纳杰先生和爸爸在一起。他有些紧张地笑着对我说："你好吗，小姐？"他总是叫我"小姐"。和这些脸色雪白的人在一起，他看上去比平时更黑。他的牙齿闪闪发光。

在取指纹的同一个房间里，他们向观众分发纸片，叫人舔一舔，然后问味道是像桃核一样苦还是跟柠檬一样酸？这可以证明有些东西是遗传的。还有一面镜子，观众可以照着镜子做"舌头操"，看看是否能把舌头两边往上卷起来，或者卷成三叶草的形状。有些人都做不来。丹尼和哥哥一直霸占着那面镜子，他们把拇指插进嘴里往两边拉，又把眼皮翻下来，露出里面红色的肉，做出令人毛骨悚然的鬼脸。

"孔韦尔萨"的有些展览没那么有趣，文字叙述太多，有些就是挂在墙上的图表或者看看显微镜什么的，这种事情我们随时都可以做。

人很多、很挤，我们穿着冬天的靴子，顺着婴儿蓝或者黄色纸带的指示，沿着走廊往外走。我们一直没有脱掉外套。楼里很暖和。散热片的温度很高，热风一阵阵的，空气中充满了观众的气息。

我们来到一个房间，房间里有一条被切开的甲鱼。甲鱼被放在一只白色的搪瓷托盘里，就像摆在肉店里的一样。甲鱼可能是活的，也可能是死了，但它的心脏还跳动着。这是一个实验，向人们表明爬行动物的心脏能够在身体其他部分死亡之后继续跳动。

甲鱼的底壳上锯了一个洞。甲鱼四脚朝天，所以你可以看到它的心脏在里面慢慢跳动着，一闪一闪的，好像在洞穴里发着暗红色的光，伸缩的时候就像蚯蚓被人家用手碰到的时候一样。也可以用拳头打比方，一下子握紧，一下子松开，或者像眼睛一眨一眨的，一会儿睁，一会儿闭。

他们在甲鱼的心脏上接了一根线，线连到一个扩音器，这样，心跳的声音就会响彻整个房间；心跳慢得令人难过，就像一个老人爬楼梯的蹒跚脚步。心跳太慢，我都不确定下一次还跳不跳得起来。走一下，停一下，然后来一个噼啪声，就像哥哥说的收音机里可以听到的来自外太空的静电声，然后再跳一下，吸了一大口气。生命逐渐从甲鱼体内流逝，我可以从扩音器的声响里听出来。甲鱼的生命很快就会结束。

我不想待在这个房间里，但是，我排着队，前后都有人，都是大人。丹尼和哥哥不见了。我被一群穿着杂色粗花呢的人包围着，我的眼睛只够得到他们的第二颗纽扣。我听到了另一种声音，像一阵风一样由远及近，沙沙地像杨树叶被风吹动，只是这个声音更轻、更干涩。我眼前突然一黑，随即被黑暗笼罩。我仿佛进了一条隧道，隧道飞快地从我身边掠过，或者说，是我正在飞快地离开隧道，离开隧道尽头的那个光芒。之后，我看到许许多多靴子，靴子和我的眼睛处在一个水平线上，我也看到地板一直延伸到远方。我的头很疼。

有人说："她晕倒了！"我这才知道我刚才怎么了。

"一定是太热了。"

我被人抱到外面，呼吸着灰蒙蒙的冷空气。是班纳杰先生抱着我，他一边说着话，语气很着急。爸爸急忙跑出来，他叫我坐下，头低下来，埋在两膝之间。我照做了，眼睛盯着我的靴子的顶部。他问我有没有想吐，我说没有。哥哥和丹尼也出来了，他们盯着我，什么也没说。最后，哥哥说："她晕倒了。"然后，他们扭头又进去了。

我一直待在外面，爸爸把车开过来，把我送回了家。我觉得我有一个重大的发现。有一种方法可以离开原本想离开却离不开的地方。晕倒就像是灵魂出窍，你离开了自己的身体，离开了时间，或者进入了另一个时间。你醒来的时候，时间已经过去了不少。不管你在不在，时间都在流逝。

科迪莉亚说："想象一下有十叠盘子，代表着你有十次机会。"我每错一件事，就相当于有一叠盘子倒掉摔碎。我看得到这些盘子。科迪莉亚也看得到，因为每次喊"倒了"的人都是她。格蕾丝也能看到一点点，她喊"倒了"的时候，底气都不是很足，她都看着科迪莉亚，希望得到她的首肯。卡罗尔也喊过一两次，但她都遭到驳斥："这不算！"

"只剩下四叠了，"科迪莉亚说，"你要当心，听到没有？"

我什么也没说。

"别嬉皮笑脸的。"科迪莉亚说。我什么也没说。

"倒了！"科迪莉亚说。只剩下三叠了。

没人说过如果十叠盘子都倒掉了会怎么样。

我靠墙站着，就在女生入口的旁边，寒气钻进我的裤腿，接着又往我的袖口里钻。她们叫我不要动。我已经忘了她们为什么叫我不要动。我发现，我可以用音乐充斥脑袋，默默地唱着"孤翼与祈祷，托起雄鹰"，或者"和快乐的人们在一起，就务必快乐"，唱着唱着，我就能忘却一切烦心事。

现在是课间休息时间。兰姆莉小姐拿着铜铃在操场上巡视，迎着冷风，她的脸紧绷着，显然有心事。尽管她不再教我了，我还是很怕她。几个女生牵着手从我的身边匆匆走过，高唱着"我们不会为谁停下脚步"。其他女生更安静些，手挽着手，悠闲地散着步。她们好奇地看看我，然后走开。就像在高速公路上开车的人，看到路边发生了车祸，都会减速往窗外看一看。他们会减速，但不会停下来。他们知道什么情况下会有麻烦，什么时候应该躲远一些，避免惹上麻烦。

我稍稍离开墙面。我仰起头，凝视着灰蒙蒙的天空，屏住呼吸。我把自己弄得晕乎乎的，感觉天旋地转。我可以看到一叠盘子摇摇欲坠，然后慢悠悠地倒下来，悄无声息地砸到地上，变成一堆碎片。天空收缩成了一个光点，一阵风吹来，枯叶像波浪一样掠过我的头顶。然后，我就看到自己的身体躺在了地上，直挺挺地躺着。我看到女生们指着我，围了上来。我看到兰姆莉小姐踉踉跄跄地走过来，艰难地弯下腰，看着我。但是，这一切都是从俯视的角度看到的，仿佛我悬浮在空中，就在女生入口的上方，像鸟儿一样向下看。

醒过来以后，睁开眼睛，我发现兰姆莉小姐的脸离我只有几英寸，她的脸色比往常更难看，好像我是在捣乱。她的身边围着一大群女生，都想往里面挤，想要看得更清楚一些。

我额头磕破了，流着血。我被送到了卫生室。护士擦掉血迹，拿一块软纱布敷在了我的额头上，用邦迪创可贴粘住。看到洁白的湿巾上沾了我自己的血，我感到十分满足。

这下科迪莉亚可就没话说了，血，比呕吐物更有说服力。在回家的路上，她和格蕾丝都很关心我，挽着我的胳膊，追问着我感觉怎么样。她们的关心让我浑身颤抖。我害怕我会哭出来，害怕和解的泪水会喷涌而出。但是，我已经养成了将信将疑的习惯，这个担心是多余的。

下次科迪莉亚再叫我靠墙站的时候，我又晕倒。现在，我几乎可以随时随地想晕倒就晕倒。我屏住呼吸，听到沙沙的声音，眼前一黑，就倒在地上，灵魂出窍。但是，我不能总是像第一次那样，从上往下看得那么清楚。有时只是看到漆黑一片。

我出名了，大家都知道我容易晕倒。

"她是故意的，"科迪莉亚说，"来吧，让我们看看你怎么晕倒。快点。你再晕倒一次看看！"可是，她叫我晕倒，我反而晕不了。

　　从此，虽然我不晕倒，但我能脱离自己的躯体。这时，我会感到眼前一片模糊，仿佛有两个"我"，一个叠在另一个之上，但又不是完全重叠。就像有一个透明的边缘，挨着一块结结实实的肉体，而这块肉体没有感觉，像一个伤疤。我能看到发生了什么事，我能听到人家在跟我说着什么，但我可以不去理会。我的眼睛是睁开的，但我并不在那里。我在另一个空间里。

七

永远保佑我们的圣母玛利亚

OUR LADY OF PERPETUAL HELP

33

　离开辛普森百货后，我往西走，一路上继续找吃的。最后我买了一份外带比萨，在路上吃。我把比萨掰成两半，一点点地吃。和本在一起的时候，我吃饭的时间是固定的，因为他吃饭很有规律，所以我也跟着他变得很有规律。但是，只有我一个人的时候，我更习惯吃垃圾食品和剩菜，这是我自己的老习惯了。这个习惯不好，但我需要回忆一下到底有什么不好。我对本的一些生活习惯已经习惯了，比如说他打的领带、他的发型，以及他早餐要吃西柚。这样，我就更喜欢他了。

　回到工作室，我一边算着和西海岸的时差，一边给他打电话。但是，电话语音留言中只有我自己的声音，然后是天文台官方报时的信号声，嘟嘟嘟的声响预示着未来的到来。"我爱你。"我说，这样他晚些时候就能听到。然后我就想起来他现在还在墨西哥，他到家的时候，我应该已经回去了。

　外面的天已经黑了，我可以出去吃点更像样的晚饭，或者去看个电影。但我没有出去，而是爬上了日式床垫，盖上羽绒被，端着一杯咖啡，拿着一本多伦多的电话簿，开始在里面找名字。我找不到姓史密斯的人家了，他们一定是搬走了，要么是都死了，要么是和别人结婚跟了别人的姓。姓坎贝尔的非常多，看都看不过来。我查到了乔恩，我曾经是这个姓。我找不到约瑟夫·赫比克了，只有什么赫倍克、赫恩斯、赫拉斯特尼斯克、赫里克哲斯等。

没有姓里斯利的。

科迪莉亚也找不到。

我又躺在乔恩的床上，这感觉有点奇怪。我一直都没有把这张床当成乔恩的床，因为我从来没有见到过他在上面睡觉。但是这张床还是他的床。他以前睡的床没有这么整洁、干净。他的第一张床是放在地板上的一个床垫，上面放着一个旧睡袋。我并不介意用睡袋，事实上我还挺喜欢的，因为有露营的感觉。我们通常会拿各种空杯子和盘子排成一排，盘子边还沾着食物残渣，用这些杯子和盘子作为界线，把我们分隔开。但我不太喜欢这样。那个时候，把东西弄得乱七八糟算是一种规矩，我们不能跨越这条分隔线，但最终还是跨越过去了，起初是不予理睬，最后是全部拿走，清理得干干净净。那个男人可能认定你是想主动投怀送抱，甚至是想占有他。

有一次，我们从一开始就一起躺在那张床上，当时我还没有收拾盘子。突然，卧室的门打开了，门口出现了一个我从未见过的女人。她穿着脏牛仔裤和褪了色的粉色T恤，脸很瘦，苍白，瞳孔很大。她看起来好像吸了毒，那时候已经可以买到毒品了。她站在那里，一言不发，一只手掩在背后，紧绷着脸，毫无表情。我把睡袋拉起来盖住我的身体。

"嘿。"乔恩说。

然后，她把掩在背后的手抽出来，扔了一团东西过来。那是一个纸袋，里面装满了热腾腾的意大利面条和酱汁。纸袋砸到我们身上的那一瞬间就破了，把我们弄得狼狈不堪。她出去了，仍然一言不发，"砰"

的一声，重重地关上门。

我吓坏了，乔恩却大笑起来。"这是怎么回事？"我问，"她是怎么进来的？"

"从门进来的呀！"乔恩笑嘻嘻地说。他拨开我的头发，拨弄出一根意大利面条，然后翻过身子来要吻我。我知道这个女人一定是他的女朋友，或者是前女友，她让我怒不可遏。当时，我没有想到她这么做可能是有原因的。我还没有在浴室里看到过别的女人的发夹，那就像狗为了宣示主权在积着雪的消防栓上撒尿一样。我也没有看到过别的女人战略性地在枕头上留下的口红。乔恩懂得怎么掩盖马脚，如果他没有盖住，那一定是有原因的。我当时也没有想到，这个女人一定有房间的钥匙。

"她疯了，"我说，"她应该进精神病院。"

我一点也不同情她。说实话，我还有点钦佩她。她无所顾忌，这么不顾羞耻、坦率地表达愤怒，光这一点就勇气可嘉。朝别人的身上扔意大利面条，这种做法简单粗暴，但干脆利落。不用废话，事情就这么了断了。那时，我还没有这样的胆量，这种事情我是绝对做不出来的。

34

格蕾丝在做饭前祷告。史密斯先生说："赞美主，递上弹药。"说完，他就伸手去拿烘豆子。史密斯太太说："劳埃德！"史密斯先生说："没关系吧？"同时朝我咧嘴笑。米尔德里德姨妈抿了抿长着胡子的嘴巴。对我而言，史密斯家的食物味同嚼蜡。我把手伸到桌布下面，撕扯着手指上的皮。礼拜天就是这么过的。

吃完炖菠萝后，格蕾丝叫我和她一起去地下室玩模拟课堂的过家家游戏。我下去了，但随后又上来了，因为我想上厕所。格蕾丝准许我上厕所，就像在学校里一样，你提出要求，老师也会准许。我爬楼梯走出地下室的时候，听到了米尔德里德姨妈和史密斯太太在说话，她们正在厨房里洗碗。

"她就是一个异教徒。"米尔德里德姨妈说。她去中国当过传教士，所以她是权威。"你们所做的一切，对她丝毫不起作用。"

史密斯太太说："她在学习《圣经》呢。格蕾丝跟我说的。"我知道她们说的那个"她"就是我。我站在最后一级台阶上，可以看到厨房里面的情景，餐桌上堆满了还没洗的盘子，史密斯太太和米尔德里德姨妈背对着我。

米尔德里德姨妈说："像她这种人，等到她们都学会了，你这条老命也差不多要没了。她们就会死记硬背，根本不会往心里去的。你一不留意，她们就会变回老样子。"

太不公平了！我听到这些话，就好像被人踢了一脚。她们怎么可以这么说我呢？她们不知道？我写了一篇关于"节制"的文章，获得了老师的表扬。我在文章里提到，醉酒的人若是发生车祸，会冻死在暴风雪里，因为受到酒精的影响，他的毛细血管会全部张开。我连"毛细血管"这么专业的词都知道，而且都拼对了！我可以一整章一整章地背诵赞美诗，我可以唱主日学校里有关白衣骑士的全部歌曲，我甚至可以不用看打在墙上的彩色幻灯片。

"像那种家庭的孩子，你能指望什么呢？"史密斯太太说，她没有接着说我的家庭到底怎么了，"其他孩子都感觉到了。她们都晓得。"

"你不觉得她们对她太狠了吗？"米尔德里德姨妈说。她的这句话倒是很中听。她还不知道她们对我究竟有多狠。

"这是神在惩罚她！"史密斯太太说，"她活该！"

听到这句话，我感到浑身燥热。那是一种羞耻的感觉，我以前也感受过，但那同时也是一股仇恨，我以前从来没有体会过，至少我从未体会过这么纯粹的仇恨。这股仇恨居然也有具体的形状，像只有一个乳房而没有腰的史密斯太太，也像长在我胸口的一株杂草，肉嘟嘟的，白白胖胖的，也像牛蒡草的叶柄，在通向木桥的小路边一处都是猫尿的地方，那里有一棵牛蒡草枝繁叶茂，结着带刺的绿色小果实。那是深沉、沉重的仇恨。

我整个人都被仇恨凝固了。我站在最后一级台阶上，一动不动。我恨的不是格蕾丝，甚至不是科迪莉亚。我还不至于恨她们。我恨的是史密斯太太，我原以为那些事情只是女生之间的事情，小孩子的事情，没想到这居然不是什么秘密。她们肯定公然谈论过我的事情，并且纵容了这件事情的发生。史密斯太太早就知道了，但她没有反对。她没有加以制止，她觉得那是我活该。

她离开水槽，走向餐桌，去拿另一堆盘子，这时我看见了她。在那个瞬间，我的脑海里浮现出一幅十分吓人的画面：史密斯太太被绞进我妈妈的那台肉色的绞干机里，先是两条腿被绞断，然后骨头咯咯作响，肉身慢慢被挤扁，皮肤和肌肉一点点地向她的头部挤压过去，不用过多久，她的头会变成一个巨大的血肉球，最终像气球一样爆裂。如果我的眼睛能射出致命的射线，像漫画中画的那样，我会当场把她烧成灰烬。她说得对，我是异教徒。我无法原谅她。

她好像是感受到了我逼人的目光，她转过身来，看到了我。我们四目相对。她知道我听到了她们的对话。但她没有退缩，表情也不尴尬，也看不出有要道歉的意思。她嘴唇盖着牙齿，脸上露出自以为是的笑容。她对着米尔德里德姨妈（而不是对着我）说了一句："小孩子，人小耳朵长。"

她那颗丑陋的心脏就像一只眼睛，一只邪恶的眼睛，那只眼睛看到了我。

在黑暗的教堂地下室里，我们坐在木凳上，盯着墙看。格蕾丝侧过头看着我，她的眼睛闪闪发光。

> 就是空中小小雀鸟，
> 主都温柔关照；
> 主既这样爱护小鸟，
> 我知他也爱我。

墙上有一幅画，一只巨大的手捧着一只死鸟，有一束光照在这只死鸟的身上。

我只动了嘴唇，我没有唱歌。我已经对上帝失去了信心。上帝是史密斯太太的"囊中之物"，她知道什么情况下是上帝在惩罚人。上帝站在她那一边，而我遭到排挤，到不了她那一边。

我想到了耶稣，按理说耶稣是爱我的。可是，我并没有看到他爱我的迹象，我也不认为他对我有什么帮助。面对史密斯太太和上帝，耶稣也无能为力，因为上帝更强大。上帝不是我们所谓的"圣父"。在我的心目中，他是个庞然大物，冷漠无情，面目模糊，好像沿着既有的轨道前进。上帝就像是火车的车头。

我决定不再向上帝祈祷。背诵主祷文的时候，我就默默地站着，动动嘴唇而已。

> 宽恕我们的罪过，我们也原谅那些对我们犯下罪过的人。

这句话我拒绝说出口。如果说我必须原谅史密斯太太，否则死后就要下地狱，那么我宁愿下地狱。耶稣一定知道原谅他人有多难，所以他才劝人们去原谅。他总是在劝人们做他们做不到的事情，比如将所有的钱财捐给别人，等等。

"你怎么不祈祷？"格蕾丝小声对我说。

我胃里忽然感觉很冷。是要反驳她，还是要承认？选择哪个的后果更糟糕？不论怎样，处罚都是免不了的。

"我在祈祷。"我说。

"没有。我听着呢。"

我没有作声。

"你撒谎！"格蕾丝可能有些得意忘形，大声说出了口。我还是默不作声。

"你应该请求上帝宽恕你，"格蕾丝说，"我每天晚上都这样。"

我坐着，在黑暗中拉扯着我的手指。格蕾丝请求上帝宽恕她，上帝要宽恕她什么呢？只有当你犯了罪过，向上帝承认错误，向上帝忏悔，上帝才会宽恕你，而她从来没有一点忏悔的意思。她从来都不认为自己做错了什么。

格蕾丝、科迪莉亚和卡罗尔走在前面，我距离她们有差不多一个街区的距离。今天，因为我表现狂妄，她们不让我和她们一起走，但也不让我落得太远。我跟着"和快乐的人们在一起，就务必快乐"的音乐节拍走着，脑子里空空荡荡，只有这首歌的歌词。我一路上都低着头，盯着人行道和排水沟，想看看有没有香烟盒，尽管我不再像以前那样热衷于收集锡纸了。我知道，无论我用锡纸做什么，都没有什么价值。

我看到一张纸，纸上印着彩色图画。我捡了起来。我知道纸上画的是圣母玛利亚。这张纸来自"永远保佑我们的圣母玛利亚"学校，这个校名被我们学校的男生恶意窜改为"永远叫我们下地狱的圣母玛利亚"。圣母玛利亚穿着一件长长的蓝色罩袍,罩袍的下摆下面看不见脚。她的头上罩着一块白布,白布上戴着一顶王冠,再上面有个黄色的光环,放射出来的光芒像钉子一样。她一脸苦笑,像是很失望。她的双手张开,好像在欢迎别人;她的心脏长在胸膛外面,上面插着七把剑,或者说样子看起来像剑。这颗心脏很大,鲜红、纯洁,像一个缎子做的心形插针包,也像是一颗情人节的爱心。在这张纸上,图画下面印着几个字:"七种悲伤"。

圣母玛利亚的画像,在我们主日学校的读物上也能见到,但是,主日学校读物上的圣母玛利亚没有戴王冠,没有那个心形的插针包,也从来都不是只有她一个人。她总是处在背景的位置上。除了圣诞节,人们都不太关注她,即使是在圣诞节,小耶稣也比圣母玛利亚更重要。史密斯太太和米尔德里德姨妈谈到天主教徒的时候,就像她们在吃周日大餐的时候那样,口气之中总是充斥着轻蔑。天主教徒向雕像祈祷,在圣餐仪式上,他们会喝真正的葡萄酒,而不是葡萄汁。"他们崇拜教皇。"史密斯家的人会这么说。要不然就说:"他们崇拜圣母玛利亚。"好像崇拜圣母是一件可耻的事情。

我又凑近一点,仔细看着那幅图画。但是,我知道留着那张画有危险,于是随手就把它扔掉了。这是正确的冲动,因为她们三个停下了脚步,等着我赶上她们。无论我做什么事情,除了站着,除了走路,都会吸引她们的注意。

"我们刚才看到你捡了东西,那是什么?"科迪莉亚问。

"一张纸。"

"什么纸?"

"就是一张纸。主日学校的。"

"你为什么要捡起来?"

以前，面对这个问题，我会认真思考，希望能够如实回答。但是此时我只会说："我不知道。"对于任何问题，我都只能这么回答，只有这样，才不至于再遭到她们的嘲笑和盘问。

"纸呢？"

"扔掉了。"

"不要捡地上的东西，"科迪莉亚说，"有细菌。"她没有追问。

我决定做一件危险的、叛逆的甚至是亵渎神明的事情。我再也无法对上帝祈祷了，所以，我要对圣母玛利亚祈祷。这个决定让我很紧张，就好像我要去偷东西一样。我的心跳得更厉害了，双手冰凉。我感觉我很快就会被抓住。

下跪似乎是难免的。在那座屋顶装着一个"洋葱头"的教堂里，大家都不下跪，但是，天主教徒下跪磕头是惯例。我跪在自己的床边，双手合十，就像圣诞卡片上的孩子那般，唯一的差别在于我穿着蓝条纹的绒布睡衣，而他们总是穿着白色的睡袍。我闭上眼睛，希望能"看到"圣母玛利亚的真容。我想让她帮我，至少发出什么信号也可以，让我知道她能听到我的祷告。但是，我不知道该说什么，我还没有学过要对圣母说的话。

我努力想象着她的相貌，如果我在街上遇见她，她会是什么样子的呢？会不会穿着和妈妈一样的衣服，还是穿着蓝色的长袍，头上戴着皇冠？如果她穿着那件蓝色的长袍，会不会有一群人一拥而上围上去？也许，大家会以为她是一个刚在圣诞剧场里演完戏出来的演员；但是，如果她的心脏像画上那样长在胸膛外面，还插了几把剑，大家就不会那么淡定了。我得好好想想，我要跟她说些什么？不过，不用我说，她早就知道了我有多么不开心。

我不停地祈祷。我的祈祷是无言的、叛逆的，我没有眼泪，也没有任何希望。什么动静也没有。我攥紧拳头，用力挤压眼睛，压得两只眼睛都很疼。有一瞬间，我感觉我看到了一张脸，然后蓝光一闪，再然后我就只能看到那颗心脏。

那颗心脏颜色鲜红，圆圆的，四周有一圈暗光，像闪着黑光的天鹅绒。心脏有金光溢出，然后渐渐褪去。没错，就是那颗心脏。样子就像我的红色塑料钱包。

35

三月中旬，教室窗台上的复活节郁金香开始绽放。地上还有积雪，不过冬天已经失去了威力。天空变得越来越厚实，越来越低沉。

我们在低沉的天空下走回家。天空灰蒙蒙的，空气很潮湿。湿润柔软的雪花从天上飘下来，落在屋顶和树枝上，积雪时不时地滑下来，就像一朵朵潮湿的棉絮扔到地上。没有风，只有积雪滑落时发出低沉的声音。

天气不冷。我解开蓝色羊毛针织帽的带子，一路上，带子晃荡个不停。科迪莉亚摘下连指手套，从地上捧起雪，压成雪球，朝着树木、电线杆扔，看到什么就朝什么扔。这是她表现得友善的一天，她一只胳膊挽着我，另一只胳膊挽着格蕾丝。我们沿着街道走，嘴里唱着"我们不会为谁停下脚步"，我也跟着唱。我们一会儿蹦蹦跳跳，一会儿贴地滑行。

下雪曾给我带来了极大的快乐，如今我又感到了快乐。我想张开嘴，让雪飘进嘴里去。我放声笑起来，跟她们几个一样。我的笑像是在表演，也像是要回归正常的一种尝试。

科迪莉亚后仰倒在一块空地上，她伸开双臂，先陷进雪里，然后把双手举过头顶，接着又收回来，放到身体的两侧，这样就在雪地上画了一个天使。

雪花落在她的脸上，有些落进她笑嘻嘻的嘴里，有些沾在她的眉毛上。她眨着眼睛，然后闭上眼，怕雪花掉进去。有一阵子，她看起来像一个我不认识的人，一个陌生人，身上闪烁着未知而美好的可能性。她也像是一个交通事故的受害者，被撞倒在雪地上。

她睁开眼睛，伸出又湿又红的手。我们把她拉起来，这样就不至于毁了她在雪地上画的天使。天使的翅膀毛茸茸的，看样子像长着羽毛，头很小。在她身体的两侧，她留下了手指印，像小爪子。

我们忘记了时间，天快黑了。我们沿着通向木桥的路跑。格蕾丝也跑起来，但她笨手笨脚，跑不快，不停地喊着："等等我！"她落到我们后面，这还是第一次。

科迪莉亚先跑到山顶，然后往下跑。她想试试能不能滑下去，但雪太软了，滑不动，而且下面有煤渣和碎石。她跌倒了，然后滚下坡去。我们以为她是故意的，就像刚才为了在雪地上画天使而故意跌倒一样。我们向下冲，跑到她身边，兴高采烈，气喘吁吁，开怀大笑，而她却自己爬了起来。

我们不笑了，因为我们看出来了，她摔倒纯属意外，不是故意的。她不管做什么事情，都有明确的目的。

卡罗尔说："你受伤了吗？"她说话的声音在颤抖。她吓坏了，她知道情况很严重。科迪莉亚没有回答，她又板着脸，眼神之中充满敌意。

格蕾丝凑到科迪莉亚的身边，更准确地说，是在她的侧后方。然后，她对着我笑，但皮笑肉不笑。

科迪莉亚冲着我说："刚才你笑了吗？"我想她是在责怪我嘲笑她跌倒。

“没有。”我说。

“她有。”格蕾丝客观地说。卡罗尔走到小路的另一边，这样就距离我远一些。

“我再问你一次，”科迪莉亚说，“刚才你笑了没有？”

“笑了，”我说，“但是……”

“就说有还是没有。”科迪莉亚说。

我没有吱声。科迪莉亚瞟了一眼格蕾丝，好像在寻求对方的支持。她叹了一口气，样子很夸张，像大人的那样。“你又撒谎，”她说，“我们该怎么处理你？”

我们好像在那里站了很久。天气比刚才冷了。科迪莉亚一把抓下我的针织帽，她冲下山坡，跑到桥上，稍微迟疑了一下，然后走到栏杆边，把我的帽子扔到溪谷里。她转过来，苍白的脸蛋对着我。“过来！”她说。

说到底什么也没有变。除了时间流逝，一切都照旧。毕竟我刚才的笑不是真的笑，只是张嘴喘了一口气。

我走下山坡，来到科迪莉亚的身边，站在栏杆旁边。我走路的时候，地上的雪没有嘎吱作响，而是像棉絮一样，噗噗地往两边冒。我感觉，那声音就像填补蛀牙一样。我平时不大敢那么靠近桥边，但这次我没有害怕。我一点儿都不害怕。

“你傻乎乎的帽子就在那儿。”科迪莉亚说。果然，我的针织帽子就在下边，虽然天色越来越暗，但在白雪的映衬下，还是能看到蓝色的帽子。“你不下去捡上来吗？”

我看着她。她叫我到溪谷下面去，那里有死人，大人们都不允许我们到下面去。我想我绝对不能去。那么，她会换什么法子来折腾我呢？

我看得出来，科迪莉亚正在想法子，估计已经想到了。也许是她太过分了，终于在我身上碰到了钉子。但是，如果我还是不听话，谁知道我会遭遇什么呢。另外两个人也下来了，她们笃定地站在桥中间，准备看一出好戏。

"你还是下去吧。"她的语气比刚才更柔和一些，好像是在鼓励我，而不是在命令我，"你下去，我就原谅你。"

我不想下去。下边是禁地，很危险，而且天已经黑了，山坡很滑，下去了就很难再爬上来。但是，我的帽子怎么办呢？如果我不戴帽子回家，我就得向妈妈解释，肯定会说漏嘴。如果我不下去，科迪莉亚会怎么样呢？也许，她会生气，从此不再和我说话。也许，她会把我推下桥去。她没有干过那种事情，没有打过我，也没有掐过我，但她既然把我的帽子扔下了溪谷，就说不准还会做出什么事情来。

等我走到桥头，科迪莉亚喊："捡到帽子之后，数到一百再上来。"听她的语气，她已经不再生气了，更像是在指导别人怎么玩游戏。

我尽量抓住树枝和树干，小心翼翼地爬下陡峭的山坡。那条小路本来就不是什么路，只是人们踩出来的，上上下下的人可能是男人，也可能是男孩，但不可能是女孩子。

我爬到了谷底，站在光秃秃的树丛中，抬头仰望。我只看到了木桥扶栏的影子。我还能看到三个人头的轮廓，她们也在看着我。

我的蓝帽子被扔在小溪的冰面上。我站在雪地里，看着它。科迪莉亚说得对，那就是一顶傻乎乎的帽子。我看着它，感到厌恶，因为那顶傻乎乎的帽子是我的，我活该被人家嘲笑。这顶帽子，我再也不想戴了。

我能听到冰面下有水流过。我走到小溪的冰面上，把帽子捡起来，但冰面被我踩破了。我掉进溪水中，溪水到腰，身边都是冰块。

溪水寒冷刺骨。我的套鞋和里边的鞋子都进了水，雪地裤也浸透了。我可能尖叫了，也可能发出了别的声音，但我不记得我有没有听到什么回应。我紧紧抓住帽子，抬头朝桥上望去。桥上没有人。她们肯定都走了，逃之夭夭了。难怪她叫我数到一百，这样她们就有时间逃跑了。

我想把脚拔出来。我的脚很沉重，因为套鞋和鞋子里灌满了水。如果我想，我可以一直站在那里。天真的已经黑了，地上的白雪泛着蓝光。溪谷里的旧轮胎和锈迹斑斑的垃圾全都被雪覆盖着，可以看到蓝色的拱洞和蓝色的山洞，四周纯洁而幽静。冰冷的溪水平静地流淌着，溪水源自墓地，浸泡过坟墓中的尸骨。溪水是由死人的尸体化成的，但水很清澈，我就站在清澈的溪水里面。我要是不马上出来，就会冻僵在溪水里。我将变成一个死人，和那些死人一样，化成清澈而平静的溪水。

我奋力从溪水中走出来，踩上冰面，冰一下子又裂了。在水里行走非常困难，况且我的套鞋里灌满了水，随时都有可能滑倒，整个人都跌进水里。我抓住一根树枝，拉着树枝爬上岸边，我在蓝色的雪上坐下，脱下套鞋把水倒出来。我外套的两只袖子都湿到了肘部，手套也湿透了。这时，仿佛有刀子在割我的双腿和双手，疼痛难忍，眼泪顺着我的脸颊流下来。

我可以看到溪谷边上人家的房子亮着灯光，但房子都很高，高不可攀。因为手脚疼痛，我不知道怎样才能爬上山，也不知道怎样才能回家。

我的眼前似乎浮现出黑乎乎的锯木屑，无数小黑点正进入我的脑海。我感觉雪花都是黑的，就像白色的东西拍到底片上变成了黑的。飘飘扬扬的雪花变成了雪珠子，更像是在下冻雨。雪珠子穿过树枝落下来，沙沙作响，就像房间里人头攒动，大家明知必须保持安静，却到处走动，窃窃私语。死人从溪水里面走出来，围着我，但我看不见他们。他们说："嘘……"

我仰面躺在小溪旁，眺望着天空。我感觉不到疼痛了。天空好像染成了红色，木桥也变了样，好像比原来更高了，也更加结实，栏杆好像已经消失了，要么就是中间的空隙被填实了。木桥在发着光，一圈圈绿黄色的光，我没见过这样的光。我坐起身来，这样可以看得更加清楚。

我感觉我的身体轻飘飘的，就像浮在水上一样。

桥上有人，我看到了黑乎乎的轮廓。起初，我以为是科迪莉亚回来找我了。然后，我发现那个人不是小孩子，小孩子不可能长那么高。我看不到那个人的脸，我只看到一个身影。那一圈圈绿黄色的光，有一圈就在这个身影的背后，光是从头的周围放出来的。

我知道我该起来回家了，但在雪地里待着似乎更轻松，雪珠子轻轻抚摸着我的脸，很舒服。我也很困了，我闭上了眼睛。

我听到有人在跟我说话。像是有一个声音在呼唤我，只是很轻，有点沉闷。也许我什么也没有听到，也许有吧，我不确定。我用力睁开眼睛。站在桥上的那个人正要穿过栏杆，或者说，正要融入扶栏之中。那是个女人，我看到了长裙，也许那是长披风。她没有滑倒，她像平常走路一样，稳稳当当地向我走来，但"路"上没有可以下脚的地方。我连害怕的力气也没有了。我躺在雪地里，有气无力地看着她，有点好奇，但昏昏欲睡。我真希望自己能像她那样，可以在空中行走。

她已经离我很近了。我能看到她脸上微弱的白光，她的头上有深色围巾或风帽，那也可能是头发吧。她向我伸出双手，我感到心里一阵热乎乎的，那是幸福的感觉。她的斗篷敞开，我忽然看到一抹红色。那是她的心脏，我想。那一定是她的心脏，长在身体的外面，像霓虹灯一样会发光，也像一块烧红的煤块。

然后，我就再也看不见她了。但我感觉她一直在我身边，她不像是抱着我，而像是一阵温暖的微风，吹拂着我。她在跟我说着什么。

"你可以回家了，"她说，"没事的。回家吧。"

她的声音不大，但她就是这么说的。

36

　　桥上的灯不见了。我在黑暗中往上爬，雪珠子沙沙地撒着，落在我的四周。我抓住树枝和树干奋力往上爬，鞋子踩在结了冰的雪地上，滑得很。我不感到疼痛，脚不疼，手也不疼。感觉像是在飞，那股微风一直跟随着我，抚摸着我的脸，我觉得很暖和。

　　我知道我看到了谁，肯定是圣母玛利亚。以前，在做祈祷的时候，我也不确定她是不是真的存在；现在，我终于知道她是切实存在的。除了她，还有谁能像那样在空中行走，还有谁有一颗闪闪发光的心脏？当然，我没有看见蓝裙子，也没有看见皇冠，她的裙子像是黑色的。但那是因为天黑。也许，皇冠就戴在她的头上，只是我看不见。再说，她不至于总是穿同样的衣服或是同样的裙子吧？这些都不重要，反正她来接我了。她不想让我冻死在雪地里。她一直陪在我的身边，虽然我看不见她。她让我感受到了温暖，却感受不到疼痛。我的呼唤，她听到了。

　　这时，我已经爬到了上面的主路，人家房子里的灯光就在眼前，在我的头顶，在我的两边。我几乎睁不开眼睛，想走直线都难。但是，我一直在走，一步一步地走着。

　　前面就是平坦的街道。走到那儿，我看到了妈妈，她走得很快。她的外套敞着，头上没有包围巾，套鞋的带子也只系了一半，走路的时候，鞋筒一直往下掉。看到我，她就跑起来。我站着一动不动，看着她奔跑的身影，她的外套在两边飘起来，套鞋很笨重，仿佛她是一个参加跑步比赛的陌生人，而我正看她比赛。

　　她顺着路灯向我跑来，我看到她的眼睛。她的眼睛很大，闪着湿润的光芒，头发上撒满了雪珠子。她没有戴手套，张开双臂把我搂住。就在她把我搂进怀抱的一刹那，圣母玛利亚突然不见了，我一下子又被疼痛和寒冷笼罩，我开始猛烈颤抖。

"我掉进去了，"我说，"我下去捡帽子。"我的声音很粗，口齿含糊不清，我的舌头不听使唤。

妈妈没有问"你去哪里了？"或者"你为什么这么晚？"而是问："你的套鞋呢？"套鞋扔在溪谷里面，可能已经被白雪覆盖了，我忘了拿回来，帽子也忘了。

"从桥上掉下去的。"我说。我撒了谎，必须赶紧糊弄过去。要实话实说是科迪莉亚扔下去的，我还做不到。

妈妈脱下外套，裹在我身上。她的嘴巴紧闭着，脸上的表情既有惊恐又有愤怒。以前在北方的时候，如果我们不小心弄伤了手，她就是这个表情。她把手伸进我的腋下，推着我往前走。每走一步，我的脚都很疼，不知道我会不会因为到溪谷里去而受到惩罚。

到了家，妈妈就把我的衣服剥了下来，我的衣服被水浸透，而水差不多已经结成了冰，然后，她让我泡了个温水澡。她仔细检查了我的手指和脚趾、我的鼻子、我的耳垂。"当时，格蕾丝和科迪莉亚在哪里？"她问我，"她们看见你掉下去了吗？"

"没有，"我说，"她们不在。"

我看得出，不管我说什么，妈妈都会给她们的妈妈打电话，但我太累了，懒得去拦她。"有一位女士帮了我。"我说。

"什么女士？"妈妈问。我觉得还是不告诉她更好。我说出那个女人是谁，妈妈也不会相信我的。"就是一位女士。"我说。

妈妈说我没有严重冻伤就是很走运了。我知道严重冻伤是什么情况，手指和脚趾都会被冻掉，这曾经是对酗酒酒徒的惩罚。她给我喂了一杯奶茶，然后叫我上床，她早就给我准备了一个热水瓶，床上铺了绒布床单，又给我盖了两层被子，我还浑身发抖。爸爸回家了，我听到他们在客厅里小声说着话，言语之中充满了焦虑。然后，爸爸走进来，用手摸了摸我的额头，然后退了出去，我只能看到背影。

夜里，我梦见我在学校外面的街上奔跑。我可能做错了事。秋天到了，树叶都红了，像着了火在燃烧。有很多人在后面追我，他们喊叫着。

一只无形的手抓住我的手，向上拽。有台阶通上天空，我顺着台阶向上爬，别人都看不见这个台阶。我站在空中，下面有一张张脸仰望着我。他们继续喊叫着，但我再也听不到了。他们的嘴巴一开一合，像鱼儿的嘴，但都没有发出什么声音。

这两天我不能去上学，就待在家里。第一天，我躺在床上，发着烧，身体飘飘忽忽的，感觉自己像玻璃一样，通体透明、清澈。第二天，我开始想到底发生了什么。我记得科迪莉亚把我的蓝色针织帽子扔到桥下，我记得我踩破了冰面，掉进溪水里，然后妈妈顶着一头雪珠子向我跑过来。这些事情肯定都是确实发生过的，但是，中间有一点模糊之处。那些死人和那个穿罩袍的女人肯定出现过，但过程如梦如幻。那个女士是不是圣母玛利亚，我现在不是很确定。我相信是的，但我不像原来那么确定了。

卡罗尔往我们家的信箱里塞了一张卡片，写着祝我早日康复，图案是紫罗兰。周末，科迪莉亚打电话给我。她说："我们不知道你落水了。我们没有等你，很对不起。我们以为你就在我们后面跟着呢。"她的声音很平稳，用词很准确，像是排练过似的，但毫无悔过之意。

我知道，她跟我一样，也编了一些故事来搪塞她的爸爸妈妈。我知道，她是被迫打电话来道歉的，我也知道以后我会为此付出代价。她从来没有向我道过歉。她道歉之后，我没有觉得自己底气更足，反而更不足了。我不知道该说什么。"没关系。"我好不容易憋出来这么一句。

我想我说的是实话。

回到了学校，科迪莉亚和格蕾丝都对我很客气，却也很疏远。卡罗尔显然比另外两个人更害怕，或者说，她对那件事情更感兴趣。"我妈妈说，你差点被冻死了！"她低声跟我说。我们排队的时候站在一起。等到铃响，我们会手牵着手走进校园。"我被打屁股了，是用梳子打的。我不骗你。"

草坪上的积雪正在融化。学校的地板上和家中的厨房里，又开始污迹斑斑，是走过烂泥的脚印。科迪莉亚围着我转，警惕地看着我。放学回家的路上，我注意到她一直盯着我。我们的聊天似乎很正常，但那都是装出来的。走到小街道上的那家小店时，我们停下来，卡罗尔进去买甘草糖。然后，我们边走边吃甘草糖。科迪莉亚说："我认为伊莱恩出卖了我们，应该受到惩罚，你们说呢？"

"我没有出卖你们。"我说。以前，听到这种毫无根据的指控，我肯定要吓坏了，想哭，却又要强忍住眼泪；如今，我再也没有这种感觉了。我说话的声音平和淡定，底气十足。

"你还敢顶嘴？"科迪莉亚说，"你妈妈给我们的妈妈打电话，那算怎么回事？"

"是啊，那算怎么回事？"卡罗尔质问我。

"我不知道，你们怎么说都行！"我说。我居然有这样的勇气说出这样的话，自己都惊讶不已。

"你太放肆了！"科迪莉亚说，"别那样嬉皮笑脸的！"

我的胆子还是小，还是会害怕，这个毛病一直没变。但是，我转身走开，离她而去。这就像纵身跳下悬崖，但相信空气会把你托起来。我的确被托住了。我发现我没有必要听她的话，无论是好是坏，我以后都不会再听她的。我可以想怎么样就怎么样。

"你竟敢就这样走了？"科迪莉亚在我身后喊，"回来！"我听得出那是什么意思。她是在模仿，在表演。她在模仿大人说话的样子。那是一场游戏。我用不着改进什么。那始终是一场游戏，而我就是她们玩弄的对象。我就是一个傻瓜。我有多么恨她们，就有多么恨自己。

"十叠盘子！"格蕾丝说。放在以前，我听到这句话肯定吓坏了。如今，我只觉得可笑。

我头也不回，继续往前走。我感觉自己胆子很大，但脑袋飘飘然。她们不是我最要好的朋友，甚至不能算是我的朋友。我不欠她们什么，我自由了。

她们一直跟在我后面，对我走路的样子还有我的背影指指点点。我回过头去，她们也会学我的样子，假装回头向后看。"你看看她，真不得了！不得了！"她们喊叫着。我听得出其中含着仇恨，但我也听得出她们需要我。她们需要我，我却不再需要她们了。不管她们怎么样，都不关我的事。我的内心坚硬通透，像玻璃的内核。我走到街道的对面，然后一边吃着甘草糖，一边继续往前走。

我不再去主日学校了。放学后，格蕾丝或者科迪莉亚，甚至是卡罗尔叫我跟她们一起玩，我都拒绝了。我不走木桥回家了，而是绕路经过墓地，虽然这样路程远了很多。她们一起到我们家后门来找我的时候，我都跟她们说我没空。她们这样对我示好，是想把我骗回去，但是，我再也不会那么容易上当了。我看得到她们眼中透着贪婪。现在，我好像一下子就看穿她们了。以前为什么就不行呢？

哥哥不在家的时候，我基本上都在他的房间里看漫画书。我想爬上摩天大楼，我想披着斗篷飞翔，我想用指尖在金属上烧出一个洞来，我想戴上面具透视墙壁。我想打人，打罪犯，每一拳打出去，都能发出红色或黄色的闪光。"砰！砰！砰！"我知道我有这种想法。我就是有这种想法。

　　在学校，我和另外一个女孩交上了朋友，她叫吉尔。她也喜欢玩游戏，但和以前的不一样，是纸张和木头的游戏。我们到她家去玩，玩"魔法婆婆"、"对儿"和"撒棍儿"等。格蕾丝、科迪莉亚和卡罗尔一直游荡在我生活的边缘，她们诱惑、嘲笑我，然而，日子一天天过去，她们的形象越来越模糊，越来越虚幻。我几乎听不到她们的声音了，因为我不想听。

八

半张脸

HALF A FACE

37

有很长一段时间，我都会走进教堂。我跟自己说，我想进去看看里边的艺术品；那时，我不知道我是另有所图，我在寻找一种东西。我对教堂没有特别的偏好，有些教堂在旅游手册上有介绍，说是有重要的历史意义，但那也无关我去或者不去。我尤其不会在做礼拜的时候去。说实话，我一直都不喜欢做礼拜。我感兴趣的是教堂里面的东西，而不是教堂里面的活动。在多数情况下，我进哪个教堂都是偶然的，路过教堂，想进去就进去了。

进了教堂，我对建筑特征不是很在意，虽然我对教堂的建筑术语很熟悉，包括天窗和中厅等。我还写过专门的论文。如果教堂里有彩色玻璃，我会仔细看看。相比新教的教堂，我更喜欢天主教堂，教堂装饰得越华丽越好，这样，可以看的东西就更多了。我喜欢那种肆无忌惮的奢侈，对于贴金箔或是夸张的巴洛克式装饰，我都不会反感。

我很喜欢读墙上和地上的铭文。在墙上和地上刻铭文，是有钱的圣公会教徒的一种特殊癖好，他们以为这样可以更充分地领会神的旨意。圣公会的教徒也喜欢收集残缺的军旗以及其他战争纪念物。

但是，我特别喜欢看教堂里的雕像。圣徒的雕像，十字军骑士的墓棺卧像，或者是伪装成十字军骑士的雕像，各种各样的雕像我都喜欢。圣母玛利亚的雕像我会留到最后再看。去看那些雕像的时候，我通常都满怀期待，但最终总是大失所望。我不知道那是谁的雕像，它们像穿戴整齐的玩偶，颜色都是蓝色和白色，枯燥无趣得很，看着很虔诚，其实死气沉沉。我自己都不明白为什么我另有期待。

我第一次去墨西哥是和本一起去的。那次也是我们第一次结伴出行，也是我们第一次在一起，而我原以为那只是一次短暂的邂逅。我还不确定自己是否准备好了迎接一段新的关系。当时我已经厌倦了那种觉得一个男人有问题就换一个男人的做法，我受不了了。但是，和一个如此善良单纯、性情温和的人在一起，还是很舒服的。

我们两个人开启了为期两周的旅行。结果，本带我去墨西哥是跟他的生意有关。莎拉留下来，和她最要好的朋友待在一起。我们的旅行从韦拉克鲁斯开始，那里的虾、酒店和蟑螂，我都很感兴趣。然后，我们坐车上山，像往常一样寻找风景如画和游客较少的地方。

湖边有一个小镇。在墨西哥这片土地上，那个小镇显得太安静了。墨西哥给我的印象是激情澎湃，就像内脏外翻的肉体，血液都流淌在外面。这里不招人喜欢的另一个原因是天气太凉，太靠湖了。

趁着本去考察市场或者寻找景物拍照的时候，我走进了一间教堂。教堂不大，看起来很寒酸。里面没有人，散发着发霉的气息，看样子是被人遗忘已久了。我在外面的走廊上游荡着，看着用不干净的油彩画的"苦路十四处"，画得很别扭、很刻板。总之画得不好，但还是很真诚的，是出于真心画的。

然后，我看到了圣母玛利亚。刚开始我并没有认出是她，因为她没有像往常那样穿蓝色、白色或者金色的衣服，而穿了黑色的。头上也没有戴王冠。她低着头，脸被阴影遮住，双手向两边摊开。在她双脚的周围，放着烧到只剩小半截的蜡烛，黑色的长裙上钉了许多东西。我起初以为是星星，但仔细一看却是用黄铜或锡做的胳膊、腿、手、羊、驴、鸡和心脏。

我慢慢想明白了为什么人们会把这些东西钉在上面，因为她是能帮助人们找回丢失物品的圣母。我见过许多木头、大理石和石膏圣母像，但只有这一个有点像我心中的那个。或许我应该跪下来，点燃一根蜡烛，向她祈祷。然而，我并没有那样做，因为我不知道要祈祷什么。我也不知道我丢掉了什么，我要在她的衣服上钉什么呢？

过了一会儿，本找了过来，找到了我。"怎么回事？"他问，"你在地上干什么？你没事吧？"

"没事，"我说，"我没事。就是想休息一下。"

因为在石头上待久了，我浑身冰冷，肌肉僵硬，像是抽筋了。我已经忘了刚才为什么会坐到地上。

有一段时间，我的两个女儿都特别喜欢问"然后呢？"，意思是说"那又怎样？"。那时，我的大女儿差不多十二三岁。两个孩子会双臂抱胸，盯着我或者她们的朋友，或者互相对视，然后说："然后呢？"

"别这样，"我说，"快把我逼疯了。"

"然后呢？"

在那个年龄段，科迪莉亚也一样。她同样会双臂交叉抱胸，同样面无表情，同样直直地盯着你。科迪莉亚！戴上手套，外面很冷。然后呢？我去不了，我得先把作业做完。然后呢？

科迪莉亚，你让我觉得自己一无是处啊！

然后呢？

我无言以对。

38

　　夏天来了，又走了，然后是秋天，接着是冬天。再接着，国王死了。我午饭时在新闻上听到的。我沿着积雪的街道走回学校，心里一直惦记着：国王死了。他生前发生的所有事情都结束了，大战、只剩一侧机翼的飞机、我们房子外面的烂泥等，很多事情都成了历史。我想起印在钱币上的他的头像，成千上万个，都变成死人的头像了，再也不是活人的头像了。钱币得改了，邮票也得改，换成女王的头像。女王就是以前的伊丽莎白公主。我记得曾经见过她的照片，那时她还很年轻。我对她还有一些记忆，但有点模糊，这让我有点不安。

　　科迪莉亚和格蕾丝都跳了一级。她们上八年级，但只有十一岁，而她们同年级的同学都十三岁了。卡罗尔·坎贝尔和我才上六年级。溪谷这边终于建了一所学校，现在我们都在这里上学，所以，我们不用坐校车去上学了，也不用在地下室里吃午饭，放学回家的路上，也不用再走过摇摇欲坠的木桥了。新学校是一栋单层的黄色砖楼，现代风格，看起来很像邮局。教室里装着质地柔软又护眼的绿色黑板，不再是以前那种写起字来嘎吱嘎吱响的老式黑板，地上铺着色彩柔和的瓷砖，不是玛丽女王学校那种嘎吱嘎吱响的木地板。这里没有只能进出"男生"或者"女生"的校门，而且男女生共用一个大操场。就连老师也不一样，这里的老师更年轻、更随和。有些老师是年轻的男老师。

　　许多事情我已经记不清了，也忘了我已经忘了这些事情。我记得以前的那所学校，但印象很模糊，仿佛我最后一次在那里上学是五年前而不是五个月前。我记得去过主日学校，但想不起来具体的细节。我知道我不想忆起史密斯太太，但我已经忘了为什么。我会晕倒、十叠盘子等于十个机会、我掉进溪水里以及看到圣母玛利亚的这些事情，通通都忘了。我已经忘了所有不好的事情。虽然我每天都能见到科迪莉亚、格蕾丝和卡罗尔。但是，那些事情我都忘却了，我只记得她们曾经是我的朋友，那时候我还很小，还没有别的朋友。我和她们似乎有些瓜葛，但那些事情就像纸上的一行很小的字，字迹已经模糊了，又像古代战事的具体日期，早就说不清楚了。她们的名字就像写在脚注中的名字一样，也像是用棕色墨水写在陈旧《圣经》封面上的名字。她们的名字不会给我带来任何情感波动。就像远房亲戚的名字，隔得很远、难得见面的那种亲戚。时间在流逝。

没人会提起那段逝去的时光，只有我妈妈会偶尔提起。她会说："你的那段日子啊，真苦！"我听了就很困惑。我不明白她在说什么。每次妈妈提起那段灰暗的日子，我会感到有点害怕，又觉得受到了羞辱。我不觉得我有过苦日子，我一直都很开心。你看，在六年级的集体照上，我笑得多开心啊。形容人很开心的时候，妈妈常常这么说："开心得像涨潮时的蛤蜊一样。"我开心的时候确实像一只蛤蜊，外壳坚硬，嘴巴紧闭。

爸爸妈妈在家里忙着。空闲的时候，爸爸会敲敲打打，在我们家的地下室里建暗室，用来存放果冻、果酱等瓶瓶罐罐。草坪终于有了草坪的样子。爸爸妈妈在园子里种了一棵桃树、一棵梨树、一小片芦笋，还有一排排蔬菜。园子的边上鲜花盛开，有郁金香、黄水仙、鸢尾、牡丹、石竹、菊花，每个季节该有的花都有。我偶尔也去帮忙，但是，大多数时候我会云淡风轻地看着他们在泥地里忙，又是掘土又是除草，裤子的膝盖处沾满了泥巴。他们就像在沙堆里玩的孩子。我喜欢这些花，但我知道我不会为了养花而费那么多工夫、花那么大力气，还要把自己弄得浑身脏兮兮的。

溪谷上的木桥被拆掉了。大家都说木桥已经成了危桥，不拆掉不行了。他们打算建一座混凝土桥。有一天，我站在靠我家这边的山坡顶上，看着他们拆桥。谷底溪水边堆了一堆腐朽的木板。桥桩依旧挺立着，像枯死的树干，桥面上还有一些板没拆掉，栏杆却已经不见了。我感到有点不安，好像有东西埋在下面，那东西说不出名堂，但又很重要，也好像还有人在桥上，悬在半空中，不能着地。但是，桥上明明没有人。

科迪莉亚和格蕾丝毕业了，去了别的地方。据说科迪莉亚去了圣塞巴斯蒂安学校，那是一所私立的女子高中；格蕾丝去了更靠北边的一所高中，那所高中很注重数学。她擅长数学，能够列整齐精妙的式子。毕业时，她还留着长辫子。卡罗尔在课间休息的时候喜欢和男生混在一起，经常被两三个男生追着跑。他们喜欢把她扔进雪堆里，往她的脸上抹雪，没有雪的时候，就用跳绳把她绑起来。挣脱之后，她就抡着两条胳膊跑。她跑起来一扭一扭的，动作很搞笑，跑得又慢，很容易被人家抓住，而一旦被抓住，她就会大声尖叫。她已经开始穿少女文胸了。其他女生都不怎么喜欢她。

我上社会学课，做了一个关于西藏的研究项目，西藏有转经筒，西藏人相信轮回。在科学课上，我的研究对象是不同种类的种子。我交了一个男朋友，这在当时很流行。有时，他会隔着走廊递给我一张纸条，纸条是用铅笔写的，笔迹很黑。有时会举办派对，大家笨拙地跳着舞，笑声阵阵。男生会搞一些小动作，有人舌吻，但因为不熟练，牙齿会碰到牙齿。男朋友把我名字的首字母刻在他的课桌上，他为此遭到老师的鞭打。他还为别的事情挨过打。挨打是很有面子的事情。我有生以来第一次看了电视，那就像缩小版的黑白木偶戏，我不是很感兴趣。

卡罗尔搬走了，但我没有太在意。我跳过七年级，直接上了八年级，错过了讲英国历代国王的课，也没有学到人体循环系统的知识。我的男朋友还在原来的年级。我把头发剪了。我想剪得短一些。以前留着长发，就必须用发夹或发带把头发扎起来，别在背后，我觉得厌烦了，我不想再当一个小孩子了。看着我的头发像雾气一样从头上飘落，头型显露了出来，露出更清晰、更分明的轮廓，我非常高兴。快要上高中了，我想立刻就去。

为此，我特地整理了自己的房间。把旧玩具从橱柜里清理出来，清空了写字台的所有抽屉。在一个抽屉里面，我发现有一颗孤零零的猫眼弹珠滚来滚去，还有一些干枯的马栗。还发现了一个红色的塑料钱包，我记得那是一次圣诞节收到的礼物。这个钱包很幼稚，是小孩子的钱包。我拿起钱包，里面有声响，原来是一枚五分的镍币。我把硬币拿出来准备花掉，把弹珠重新放进钱包里，然后扔掉了马栗。

我还找到了一本相册，内页都是黑色的。我很久没有用那台布朗尼相机拍照了，所以，这本相册也久未谋面了。相册里面的照片都用黑色的三角贴固定，有不少我都记不得是什么时候拍的。有几张照片像是湖边的鹅卵石。下面用白色的铅笔写着：黛西。埃尔西。那是我写的，但我已经忘了写过这些字。

我把这些东西拿到地下室，放在一个大箱子里，不想扔掉的旧物件都放在那儿。妈妈的婚纱也放在那儿，还有几件精美的银器、几张棕褐色的照片，那些人我都不认识，还有一盒带丝绸穗子的桥牌记分牌符，那是战前留下的。我们以前画的一些画也在那里，哥哥画的是宇宙飞船和闪着红色和金色光芒的爆炸场面，我画的是一个身体纤弱的小女孩，穿着老套的衣服。她们的围裙和发带，以及粗糙的脸和手，我现在看起来都觉得很反感。我不喜欢看到和我小时候的生活联系如此密切的东西。我觉得这些画的画功很差。我现在画得好多了。

高中开学的前一天，电话铃响了。是科迪莉亚的妈妈打来的，她要找我妈妈。我猜想又是大人那些无聊的事情，所以，我就回客厅，趴在地板上看漫画。妈妈放下电话后走进客厅。

"伊莱恩。"她说。我感觉很反常，因为妈妈很少直接叫我的名字。她的语气很严肃。

我正看着《魔术师曼德雷》，抬起了头。妈妈低头看着我。"是科迪莉亚的妈妈，"她说，"科迪莉亚要来你们这所高中上学了。她妈妈问你们俩想不想一起去上学。"

"科迪莉亚？"我问。我已经整整一年没有见过科迪莉亚了，也没有和她说过话。她好像彻底消失了。我之所以选择这所学校，是因为离家近，我可以走路去上学，不用乘公交车。那么，和科迪莉亚一起去不好吗？"好吧。"我说。

"你真的要和她一起去吗？"妈妈说。她有点儿不放心。她没说科迪莉亚为什么要来我们学校。我也没问。

"为什么不呢？"我反问。我已经学会了遇事看得开，高中就应该这样。与此同时，我也不明白妈妈怎么想的。科迪莉亚，或者说科迪莉亚的妈妈，是有求于我，虽然不是什么大事。妈妈的一贯原则是，既然别人开了口，就应该帮忙，这一次她为什么犹豫不决呢？

她没有回答我的问题，而是在我身边来回走动。我继续低头看漫画。"那么，是我给她妈妈回电话？还是你自己和科迪莉亚说？"她问。

"你回电话吧，"我说，"麻烦你了。"我现在不是特别想和科迪莉亚说话。

第二天早上，我先去科迪莉亚家，想叫她一起去上学。其实，我去学校就要路过她家。门开了，科迪莉亚站在门口，但她和原来不一样了。她不再是棱角分明的样子，她的乳房已经长得很丰满，屁股和脸也圆了很多。她头发很长，不再剪童花头了。她扎了马尾辫，皮筋上系着白色的铃兰花。她用过氧化氢染白了一绺刘海。还涂了橙色的口红，指甲也涂成了橙色。我自己的口红是淡粉色的。看到科迪莉亚，我意识到我不像一个大姑娘，我还是一个打扮得像大姑娘的小孩子。我还很瘦，身材还是扁平的。我强烈渴望长大。

我们一起走着去学校，一开始没说什么话，经过了加油站和殡仪馆，然后沿着一条商店林立的街道走了一英里，那条街上有伍尔沃斯连锁超市、伊达连锁药店、水果蔬菜店和五金店。这些店面挨得很近，都是两层平顶的黄砖建筑。我们把课本抱在胸前，宽松的棉裙摩擦着没有穿长裤的双腿。此时是夏天的尾巴，草坪都变成了暗绿色，有些已经变黄，看来是日子不多了。

我原以为科迪莉亚会比我高一个年级。结果她和我同级。她在蝙蝠上画了阴茎，被圣塞巴斯蒂安学校开除了。反正这是她自己说的。她说有人在黑板上画了一只很大的蝙蝠，翅膀张开，两腿之间凸起来一个小东西。所以，趁着老师不在教室的时候，她走到黑板前，把凸起来的那个小东西擦掉，然后画了一个又大又长的，"也没有那么大"，正好老师回来，当场把她逮住。

"就这样吗？"我问。

不只是这样。在那个又长又大的凸起物下面，她还工工整整地写了"麦尔德先生"几个字。麦尔德就是那个老师的姓。

也许她还干了别的坏事，但她只跟我讲了这么多。后来她又说她这一学年的成绩不及格。"我还太小了。"她说。这句话应该是别人跟她说的，很可能是她的妈妈。"我才十二岁。他们不应该让我跳级的。"

现在她十三岁了。我十二岁。我也跳了级。我开始怀疑我是否也会跟她一样，在蝙蝠的身上画阴茎，整个学年的成绩不及格。

39

我们上的学校叫伯纳姆高中。这是一所新建的学校，大楼是长方形的，平屋顶，装饰很简单，不显眼，有点像工厂。这是现代建筑的最新样式。里面有长长的走廊，地板有花点，看起来像花岗岩，实际上不是。墙壁是黄色的，靠墙竖着一排深绿色的储物柜。学校里还有一个礼堂，安装了一个公共广播系统。

每天早上，我们都会通过这个广播系统收听公告。首先播放一段《圣经》和祈祷文。大家在祈祷的时候，我低着头，但拒绝祷告。我也不知道自己为什么这样。然后，校长会预告接下来有什么活动。他还叫我们不要乱扔口香糖的包装纸，也不要像老夫老妻那样在大厅里闲逛。校长的大名叫作麦克里奥德先生，但大家背后都叫他"光头"。他确实已经秃顶了。他是苏格兰后裔。伯纳姆高中的校服是格子呢的，校徽上有作为苏格兰标志的蓟和几把苏格兰人经常插在袜子里的苏格兰刀，校训是一句盖尔语。校服、校徽、校训和校舍的颜色，都源于麦克里奥德先生的家族情怀。

在前厅女王像的旁边挂着一幅弗洛拉·麦克里奥德夫人和两个吹风笛的孙子的合影，那是在邓韦根城堡外面拍的。学校鼓励我们把这座城堡当作我们的老家，把麦克里奥德夫人当作我们的精神领袖。在唱诗班，我们学唱《斯凯岛船歌》，这首苏格兰民歌讲述了查理王子逃离英格兰免遭种族灭绝的故事。我们学了彭斯的诗歌《苏格兰勇士》，还有一首关于老鼠的诗，这首诗引起一些学生窃笑，因为诗中有"乳房"这个词。我们刚上高中，一开始都以为所有这些苏格兰元素都是理所应当的。我们学校里有几个来自亚美尼亚、希腊和中国的同学，他们也和其他人一样穿着格子呢校服，看不出有什么区别。

在这所学校，我认识的人不多，科迪莉亚也一样。从我原来的公立学校毕业的同学只有八个，而科迪莉亚只有四个同学。所以，学校里面基本都是陌生人。除此之外，我们在不同的教室上课，所以彼此没有什么依靠。

在我们班上，每个同学的个头儿都比我大。这是意料之中的事，我的年纪最小。其他女同学都发育了，乳房都挺了起来，她们的身上散发着脂粉味，在炎热的天气里令人昏昏欲睡。她们脸上的皮肤很光滑，都涂着化妆品。我躲着她们，不喜欢去更衣室，但我们要去更衣室换上蓝色的灯笼运动服，运动服是棉的，口袋上绣着我们的名字。在更衣室里，我感觉自己特别瘦，照镜子时能看到锁骨下的每一根肋骨。打排球比赛的时候，这些女生在我身边上蹿下跳，简直惊天动地。她们的嗓门很大，有点粗哑。她们身上新长出来的两个肉团在不停地抖动。我小心翼翼地躲着她们，因为她们身材比较高大，被她们撞到就惨了。实际上，我并不那么害怕她们。从某种意义上讲，我还鄙视她们，因为她们太像卡罗尔·坎贝尔了，喜欢大喊大叫、四处乱窜。

男生中有几个小个子，他们还没变声，但大多数男孩都很高大。有些十五岁了，甚至快十六了。他们的两鬓都留得很长，抹了发膏，向后梳，梳成鸭尾巴的样子，还刮了胡子。有些人看起来好像经常刮胡子。他们坐在教室的后面，腿伸到过道里。这些男生都至少留过一次级。他们对自己没有什么指望，学校和父母也对他们不抱什么希望。他们在学校就是混日子，混一天算一天。他们会在大厅里对女生品头论足，冲着她们发出亲吻的声音。有些在女生储物柜周围晃来晃去，但是，他们都没有注意到我。在他们的眼里，我只是个小屁孩。

可是，我并不觉得比他们小。我觉得在某些方面我还比他们更成熟。在我们的《生理卫生》课本里，有一章是讲青少年情感的。书上说，青春期的情绪大起大落，前一分钟还在笑，后一分钟可能就会哭。

这就是所谓的情绪"过山车"。但是，我不存在这种情况。我很平静。同学们的种种古怪行为和课本上说的基本相符，对于他们的行为，我既抱着科学上的好奇心，也有像大人对小孩那样的包容。科迪莉亚说："你不觉得他是白马王子吗？"我不大能够理解她是什么意思。我偶尔也会无缘无故地哭，课本上说到过这一点。但是，我无法相信我有多么伤心，我觉得自己不会伤心。我照镜子看到自己在哭，会觉得莫名其妙。

　　我和科迪莉亚在学校的餐厅吃午饭，餐厅的色调很淡，摆着乳白色的长桌。我们带的午饭放在储物柜里，放了整整一上午，等到我们要吃的时候，就有了一点儿运动鞋的味道。我们用吸管喝巧克力牛奶，说着一些我们自认为非常机智的俏皮话，嘲讽学校里的其他同学和老师。科迪莉亚已经上了一年高中，对这种事情很在行。她把领子竖起来，嬉皮笑脸，但说话尖酸刻薄。"他真是个讨厌鬼……他是个烂人。"这些评论只适用于男生。对于女生，她会说她们太粗野、太高傲、太骚、太下贱，是胆小鬼或者是疯婆子；而如果她们学习太用功的话，她就说她们是书呆子，是马屁精。但是，她始终没有用"讨厌鬼"和"烂人"那样的字眼来形容女生。我喜欢"讨厌鬼"这个词。我想"讨厌鬼"应该是指毛衣上的小毛球。被她骂作"讨厌鬼"的男生都有那样的毛衣。我如果发现自己的毛衣上起球，会小心翼翼地把这些毛球一个一个地扯下来。

　　科迪莉亚喜欢收集电影明星和歌手的精美照片。她在电影杂志上找到粉丝俱乐部的地址，向他们邮购照片。这些杂志的封底广告是好莱坞明星弗雷德里克的性感女士内衣，以及号称嚼一嚼就可以减肥的巧克力味药片。她用图钉把照片钉在桌子上方的软木板上，有些也用透明胶带粘在墙上。我每次去她那里，都觉得好像有一群人在盯着我，他们黑白分明、神采奕奕的眼睛始终跟随着我。有些照片上有签名，我们把照片放到灯光下仔细看，看纸上是否有钢笔签字留下的凹痕。如果没有，那就表明签名是印上去的。科迪莉亚喜欢琼·阿利森，不过她也喜欢弗兰克·辛纳特拉和贝蒂·赫顿。科迪莉亚说她觉得伯特·兰开斯特是最性感的男星。

在放学回家的路上，我们会去唱片店，在隔音间里一共试听了七十八张唱片。有时候，科迪莉亚会用零花钱买一张唱片，她的零花钱比我多，但通常她也只是试听一下。她说我要像她那样，在听歌的时候翻动眼珠子作沉醉状，或者跟着轻声唱。她说这是规矩，我们应该知道这些规矩，毕竟我们已经上了高中。但是，我觉得这种事情难以理解，有点虚假，每一次都觉得自己在刻意表演。

我们把唱片带回科迪莉亚的家，放在客厅的唱片机上，把声音调大。弗兰克·辛纳特拉出现了，但只闻其声不见其人，曲调很飘忽，听起来像有人在泥泞的人行道上滑行。他滑向一个高音，到达极点之后是颤音，然后慢慢下滑。

"你不喜欢他的唱法吗？"科迪莉亚问。她扑到切斯特菲尔德长沙发上，双手抱着交叉的两腿，头朝下。她在吃一个糖霜甜甜圈，糖霜掉在她的鼻子上。"我感觉他就在我们身边，他的手抚摸着我的后背，顺着脊梁骨上下移动。"

"是的。"我说。

珀迪和米瑞进来了。珀迪说："别再对他那么花痴了。"米瑞说："亲爱的科迪莉亚，你可以把声音关小一点吗？"近来，米瑞跟科迪莉亚说话的语气格外甜美，经常叫她亲爱的。

珀迪已经上大学了。她常去参加兄弟会的派对。米瑞在读高中的最后一年，但不在我们这所高中。她们都比以前更迷人，更美丽，更成熟。她们穿着羊绒衫，戴着珍珠纽扣耳环，还抽上了烟。她们管香烟叫"香烟烟"。她们称呼别的东西也很亲昵，鸡蛋叫作"鸡蛋蛋"，早饭叫作“早饭饭”。有人怀孕了，她们会说人家挺着“大肚肚”。不过，妈妈还是叫作“妈咪”。她们坐下来，抽着烟，漫不经心地聊着天，调侃着自己的朋友，我听到那些朋友的名字有米基、博比、普奇、罗宾等。按这些名字，我很难分辨这些朋友是男的还是女的。

“你吃饱了吗？”珀迪问科迪莉亚。她们最近经常这样说。言下之意是你那东西不吃了吧。“那东西应该是晚上吃的。”她指的是甜甜圈。

“还有很多。”科迪莉亚擦着鼻子说。她还是两脚朝天，头朝下。

“科迪莉亚，”珀迪说，“衣领不要老是竖起来。这样很土。”

“不土，”科迪莉亚说，“很酷。”

“很酷吗？”珀迪反问。她翻着白眼，鼻孔里冒着烟。她长着樱桃小嘴，嘴唇丰满，有点外翻。“你这样说，听起来像发膏广告。”

科迪莉亚转过身子，坐了起来，舌头伸到嘴角，盯着珀迪。她憋了一会儿，最后终于说：“那又怎么样？你懂什么？你落伍了。”

珀迪噘起了嘴。她已经长大了，晚饭正餐之前，她可以和大人一起喝鸡尾酒了，但爸爸妈妈还不准她去酒吧里喝。“我觉得上高中对她没有什么好处，”她跟米瑞说，“她冥顽不化，像一块石头。”说到“石头”的时候，她拉长了腔调，有点嘲讽的味道，好像是在说她已经过了那个阶段，已经“化”开了。“加油哦，科迪莉亚，否则，你今年又要挂了。你可知道爸爸上次是怎么说的。”

科迪莉亚满脸通红，一下子不知道该怎么反击。

科迪莉亚开始从商店里偷东西。她说那不能叫“偷”，而是“拿”。她从伍尔沃斯超市“拿”了几管口红，从药店“拿”了几包甘草糖。她进去买了一些小东西，比如发夹什么的，女售货员转身到抽屉里去拿零钱找给她的时候，她就从柜台上偷偷拿走一些东西，放进外套下面或者口袋里。这时已是秋天，我们穿着长外套，有宽大的口袋，刚好可以藏东西。出了商店，她就向我炫耀，让我看看她偷了什么东西。她似乎不觉得那是坏事，她笑得很开心，双眼闪闪发光，满脸通红，就好像是刚刚荣获大奖。

伍尔沃斯超市的木地板很旧，每年冬天，顾客的靴子上都沾满雪泥，这样走进走出，把地板弄得斑斑驳驳。顶灯挂在天花板的金属杆上，灯光昏暗。也许，除了口红，超市里面没有什么东西是我们真正想要的。店里有一些相框，相框里放着色彩奇怪的电影明星照片，那是为了展示照片放进相框里的效果；照片上的明星有拉蒙·诺瓦罗和琳达·达内尔等，都是老早以前的人物。超市还卖帽子，带面纱的老奶奶帽子，还有镶仿钻石的梳子。这里几乎所有东西都是仿的。我们在货架之间穿梭，顺手拿试用装的古龙香水往身上喷，拿样品口红涂在手臂上，手指着商品，故意大声喧哗，把它们贬低得一文不值，那些中年女售货员瞪着我们，怒不可遏。

科迪莉亚顺手"拿"了一条粉红色的尼龙围巾，她感觉被一个睁大眼睛瞪着我们的女售货员发现了。所以，我们后来有一段时间不去那家超市。我们走进药店去买雪糕，我付钱的时候，科迪莉亚偷了两本恐怖漫画。接下来，在走回家的路上，我们轮流大声朗读漫画书，像广播剧一样，有些部分读得特别夸张，时不时停下脚步，放声大笑。我们坐在殡仪馆前面的低矮石墙上，一边读着书，一边大笑不已。

书里的漫画都画得非常细致，色彩艳丽，颜色以绿色、紫色和硫黄色为主。科迪莉亚读了一个关于两姐妹的故事，两姐妹一个很漂亮，另一个烧毁了半张脸。烧伤的地方呈紫红色，皱巴巴的，像干瘪的苹果。漂亮的那个有个男朋友，她还经常去跳舞，烧伤的那个也爱那个男朋友，所以因妒生恨，恨那个漂亮的。也因为嫉妒，烧伤的那个在镜子前上吊自尽了。但是，她的灵魂进入了镜子。后来，那个漂亮女孩在镜子前梳头的时候，抬起头来看到烧伤的那个正看着她。她吓晕了，于是，烧伤的那个从镜子里走出来，钻进漂亮女孩的身体。利用这具身体，她欺骗了那个男朋友，甚至骗到了他的亲吻。但是，尽管现在她的脸完美无瑕，照那面镜子的时候，看到的仍然是她原来那张被烧毁的脸。那个男朋友也看到了。还好，他头脑清楚，遇事不乱。他打碎了镜子。

"哎呀，哎呀，"科迪莉亚大声读，"哎呀，鲍勃，太……可怕了。没关系，亲爱的，都过去了。她走了……不会再来了。现在，我们可以真正在一起了，不用害怕。两人紧紧相拥。故事结束。噢，好恶心啊！"

我读的故事讲的是一男一女在海上溺死，但发现他们实际上并没有死。他们在荒岛上生活，身体变得非常臃肿、肥胖。看着对方那么胖，他们已不再相爱了。这时来了一艘船，他们向船招手。"他们没有看见我们！我们要眼睁睁地看着他们开走了！哦，别啊……那就是说……我们注定一辈子都要待在这里了！没有什么办法了吗？"

到下张图，他们就上吊自杀了。一棵棕榈树上挂着两具臃肿的尸体，而他们生前两副瘦弱的身板穿着破破烂烂的泳衣，手牵着手走进大海。"两人紧紧相拥。故事结束。"

"哦，这个更恶心。"科迪莉亚说。

科迪莉亚接下来读的故事，是一个死人从沼泽里面出来，浑身滴着鲜血，肌肉一片一片地剥落，他要掐死当初把他推进沼泽的兄弟。我读的故事讲了一个男人让一个漂亮的女孩搭便车，结果，那个女孩早在十年前就死了。再轮到科迪莉亚读，她读的故事说一个男人遭到巫毒教巫医的诅咒，手上长出了红色的龙虾钳，而龙虾钳反过来攻击他自己。

到她家的时候，科迪莉亚不想把漫画书带进去。她说，这些书可能会被人发现，肯定会问她从哪里来的。就算他们认定是她买的，她也会有麻烦。所以，最后还是我把书带回了家。我们都没想到可以把书扔掉。

刚把书带回了家，我就突然意识到，晚上我不想和这些书共处一室。大白天看看书、放声大笑是一回事，但我不想夜里睡觉的时候让它们在卧室里陪着我。我想象着它们会在黑暗中发着瘆人的磷光，缕缕青烟从书中飘出来，跑到我的写字台上，然后现出人形。我怕别人的鬼魂会进入我的体内，害怕照浴室镜子的时候会看到另一个女孩的脸，而且她的脸和我长得很像，只是半边脸是黑的，被烧毁了。

　　我知道这种事情不会真的发生，但一想起来我还是很害怕。我也不想扔掉漫画书，否则，它们就会出去到处作怪。所以，我把它们拿到斯蒂芬的房间，塞进他的旧漫画书里，那些漫画书还在他的床底下堆着。他现在不看漫画书了，所以他不会发现的。无论夜里从书上跑出来什么，他都不会受到伤害。我觉得他本事很大，这种事情他绝对搞得定。

40

　　那是星期天的晚上。壁炉里烧着火，窗帘紧闭，挡住了十一月的漆黑夜色。爸爸坐在安乐椅上，看着学生们画的云杉蚜虫横切面，蚜虫的消化系统一览无遗。妈妈做了奶酪三明治，上面放了培根。我们都在收听脱口秀节目《杰克·本尼秀》，节目中不时插播"好彩"香烟的广告歌曲。在脱口秀节目里，有一个人说话声音沙哑，还有另一个人说："泡菜在中间，芥末在上头。"第一个应该是个黑人，第二个是个犹太人。这是我没有想到的，我只是觉得他们说话的声音很搞笑。

　　我们那台长着绿眼睛的收音机不见了，家里新买了一台淡黄色的收音机，放在一个朴素无华、线条利落的柜子里，里面还有一台密纹唱机。我们家有几张小木桌，装着奶酪三明治的盘子就放在这些桌子上，桌子也是淡黄色的，桌腿上粗下细，从上到下没有凸起、没有花饰，总之就是没有积灰尘的地方。这些桌腿看起来像漫画中胖女人的腿，没有膝盖，也没有脚踝。这些淡黄色的木头都来自斯堪的纳维亚半岛。原来的银质餐具已经放到地下室的箱子里面了。我们现在用一套新的银餐具，说是银餐具，但实际上都不是银质的，而是不锈钢的。

这些物件不是妈妈挑的，而是爸爸挑的。妈妈的正装也是爸爸挑的，妈妈笑着说，她的"味"全在嘴里，只对吃的有讲究。对她来说，椅子就是用来坐的，她不在乎上面的图案是粉色的牵牛花还是紫色的圆点，只要坐下去不塌掉就行。看样子，她就像猫一样，东西不动，就看不见。她对时尚越来越无所谓，找到什么就穿什么，穿着睡衣或者防雪衫，围着旧围巾，戴着不称手的手套，都可以到处跑。她说她不在乎衣服好不好看，只要能遮风挡雨就行。

更过分的是，她喜欢上了冰上舞蹈，她去我们家附近的室内溜冰场上课，伴随着像敲铁皮似的音乐，和其他女人手牵着手，跳着探戈和华尔兹。这让我很尴尬，不过还好，她是在室内跳的，没人看到。我只能寄望到了冬天她不要到户外溜冰场去训练，那里也许有我认识的人会看到她。但是，她根本都没有意识到这件事会给我带来烦恼。她不像别人的妈妈，她没在乎过别人会怎么想。她说她无所谓。

我觉得，她这样是很不负责任的。与此同时，听到她说"无所谓"，我又很开心。我觉得我妈妈不像个妈妈，而是一只变异的猫头鹰。我开始讲究起穿着打扮，喜欢拿着一面小镜子，看看后背的情况，也许我从正面看起来还不错，但衣服这东西可不好说，说不定有哪根线头松了，或者哪条褶边断了。无所谓是一种奢侈。这种无所顾忌的潇洒，正是我想要培养的品质，无论是在穿衣打扮方面，还是在其他方面。

哥哥坐的椅子是淡黄色的，跟桌子一样，椅子的腿是上粗下细的。我突然意识到，他个子长高了许多，年龄也大了。他已经开始用剃须刀了。今天是周末，他还没有刮胡子，嘴巴一圈有胡子茬冒了出来，看得很明显。他穿着软帮皮鞋，在家里他经常穿这双旧皮鞋，大脚趾下面磨出了洞。身上穿着那件鸡心领的紫红色毛衣，肘部有一块地方已经脱线了。每当妈妈想要补一补这件毛衣，或者干脆丢了再买一件新的，他都会明确拒绝。妈妈经常说她对穿着打扮很不在乎，但这不代表她会对衣服上的破洞、磨损或污垢视而不见。

学习的时候，哥哥总是穿着这一身破旧的毛衣和软帮皮鞋。周一到周五，他必须穿西装，打领带，穿灰色的法兰绒衬衫，这些都是他们学校规定的。他不能像我们学校的男生那样涂发膏梳成鸭尾头，也不能剪平头，他的发型跟英国唱诗班的男生一样，脖子后面剃短，前面梳向一边。这也是他们学校的规定。他剪了这个发型，看起来就像是二十年代或更早时期探险小说中的插图，我们家的地下室里还有几本这样的书，也像是漫画中的盟军空军军官。他的五官，包括鼻子和下巴，都跟他们很像，只是稍微瘦一些，干净利落，很好看，也有复古格调。他的眼睛也很像那些军官，蓝色的瞳孔，目光锐利，可以说有些偏执。对于那些过分关注外表的男生，他调侃起来毫不留情，可谓刀刀见血。他骂那些人是只讲究穿着的草包。

他上的是一所私立学校，专收高智商的男生，学费不贵，但要通过高难度的考试才能入学。爸爸妈妈有点忐忑不安地问我想不想去私立女校。他们可能觉得，如果不把我也弄进私立学校，我会感到委屈，觉得被忽视了。我知道这种学校，在这种学校上学，你就必须穿短褶裙、打曲棍球。我说这些学校是供自命不凡的人上的，办学质量低。这是实情。不过，实际上我不愿意去上女子学校，那种地方死气沉沉，我受不了。一想到那种学校，我就很害怕，那种感觉叫作幽闭恐惧症，一所只有女生的学校就像一个陷阱。

哥哥也在听《杰克·本尼秀》。在听脱口秀的时候，他左手往嘴里塞奶酪三明治，右手拿着一支铅笔，一刻都不会停，不停地记着。他只管写，几乎没怎么看笔记本，但时不时地会撕下一张纸，揉成一团，扔在地板上。节目结束后，我把纸团收集起来放进废纸篓，看到纸上写满了数字，一长串一长串的数字和符号，像在写文章，又像一封密信。

哥哥的朋友有时会到家里来。他们坐在他的房间里下棋，中间放着一张桌子，除了手，全身上下一动不动，他们的手偶尔抬起来，在棋盘上方停留片刻，然后猛然放下去。他们有时会自言自语，有时会说"啊哈""吃你一个子""也吃你一子"；他们也会对骂，用词很新鲜，但没有恶意。比如"你这个无理数""你这个平方根""你这个返祖的人"。被吃掉的棋子，比如马、卒和象等，排列在棋盘的外围。为了看看他们下得怎么样，我偶尔会送几杯牛奶和香草巧克力双色酥饼进去，这些酥饼是我参照《贝蒂·克罗克食谱图》做的。我本想炫耀一下厨艺，结果他们并没有多大的反应。他们只是含含糊糊地支吾了一声，用左手拿牛奶喝，往嘴里塞酥饼，但眼睛始终离不开棋盘。象倒了，后也倒了，王被围住了。"两步杀。"他们说。一根手指伸向棋盘，把王推倒。"五局三胜！"说罢，他们又摆了一局。

晚上是哥哥学习的时间。他学习的方式很奇怪。有时，他会头朝下倒立，说这样可以让血液回流到大脑，有时会朝天花板吐唾沫。天花板吊灯的周围沾满了他的唾沫。有时候，他会疯狂地干体力活。他劈了一堆又一堆的木柴，但我们家根本不需要这么多，他有时候会去溪谷里跑步，穿着松松垮垮的裤子，身上的绿色毛衣开线得厉害，比那件紫红色的毛衣还要厉害，灰色的跑鞋破破烂烂，像人家扔在荒地上的那种。他说他要准备参加马拉松。

很多时候，哥哥似乎都没有注意到我的存在。他的心在别的地方，在思考很严肃、很重要的事情。吃饭的时候，他坐在餐桌旁，只有右手在动，把面包皮捏成小球，眼睛出神地盯着妈妈背后的墙。墙上挂着一幅画，在画中，花瓶里插着三枝乳草荚。与此同时，爸爸正在解释为什么人类注定要毁灭。这次，他说是因为人类发现了胰岛素。过去，人得了糖尿病必死无疑，如今他们不仅能够生存，还能活得很久，足以把糖尿病传给下一代。很快，根据几何级数原理，我们都会变成糖尿病患者，而由于胰岛素是从牛的胃里面提取的，整个世界都将被产胰岛素的牛所占据。他指的是还没被人类占据的土地，人类繁殖得太快了，这都是出于自身的利益考虑。牛放屁会排放甲烷。大量的甲烷已经进入大气层，过度消耗氧气，可能会把整个地球变成一个巨大的温室。极地的冰川将会融化，纽约将会被海水淹没，沉没在六英尺深的水下，其他沿海城市更是如此。此外，我们还要担心沙漠化和水土流失的问题。"最后，我们不是被牛屁熏死，就是被困在像撒哈拉那样的沙漠里面。"爸爸说得兴高采烈。这时，他已经把肉馅糕吃完了。

爸爸跟糖尿病患者和奶牛没什么过节。他只是喜欢推理，乐于寻求合乎逻辑的结论。妈妈说咖啡舒芙蕾来了，这是今天的甜点。

哥哥曾经也对人类的命运很感兴趣，但现在没有那么感兴趣了。他说，如果太阳爆炸变成超新星，那么，我们要过八分钟才能看到它。他看得很长远。他的言下之意是说，既然我们迟早都要变成煤渣，那么，几头牛有什么好担心的？虽然他还在采集蝴蝶标本，但他的思维已经离生物学越来越远了。"再放大来看，我们只是地球表面上一小团绿色的污垢。"哥哥说。

爸爸吃着咖啡舒芙蕾，皱起眉头。妈妈恰到好处地给他倒了一杯茶。我明白了，人类的未来是一个战场，斯蒂芬已经得了一分，而爸爸已经输了一分。谁最在乎，就算谁输。

我对爸爸的了解比从前更深了。我知道，在大战期间，他原想成为一名飞行员，但未能如愿，因为他所从事的工作被认定对战争至关重要。至于云杉蚜虫对战争有多么重要，我还没有弄明白，但显然是非常重要。我终于明白为什么他开车总是这么快，原来他是想要起飞呀。

我知道他在新斯科舍省的一个农场长大，那里是蛮荒之地，没有自来水，也没有电。所以，他既能盖房子也能砍树，那里的每个人都会用斧头和锯子。他通过函授学习高中课程，经常在餐桌上凑着煤油灯做作业。上大学的时候，他到伐木营区干苦力挣学费，帮人家打扫兔笼子，他太穷了，为了省钱，夏天就住在帐篷里面。过去，他常常去方块舞会拉小提琴，直到二十二岁才算听过了管弦乐。这些我都知道，但我觉得难以想象。我宁愿不知道这些事情。我希望我的爸爸只是我的爸爸，还是一直以来熟悉的样子，而不是一个有奇幻经历的人。太了解别人，就会被人家控制，他们就占有了你，你要被迫去理解他们，你会感到有些无可奈何。

我狠一狠心不去管人类的命运，而是盘算着要存多少钱才能买一件新羊毛衫。我们有一门家政学课程，实际就是教做饭和缝纫。在这门课上，我学会了怎么装拉链和弄平式接缝。现在，我的很多衣服都是自己做的，虽然做出来的效果和图片并不完全一样，但毕竟要便宜一些。在时尚方面，妈妈没有帮上什么忙，因为不管我穿什么，只要没有显眼的破洞，她都说很不错。

我向隔壁的费恩斯坦太太征求意见，我周末去替她看孩子。"亲爱的，你适合穿蓝色的，"她说，"非常漂亮。鲜红色也很不错。你穿鲜红色会很迷人。"然后，她就和费恩斯坦先生一起出去共度周末良宵了。她的头发向上梳，嘴巴涂得很红，穿着小号的高跟鞋，走起路来摇摇晃晃，手镯和金耳环叮当作响。我给布莱恩·费恩斯坦读了《勇敢的小火车头》，然后把他塞进被窝里，哄他睡觉。

有时候，我和斯蒂芬一起洗碗，他会突然想起来他是我的哥哥。我洗碗，他擦干。他会像长辈一样，很慈祥、很关心地问我一些问题，比如问我上九年级有什么感受，这种问题真让人受不了。他上十一年级，比我高两级，但也没必要这样追问。

不过，有时在洗碗的时候，我觉得他又恢复了他真实的自我。他跟我说起他们学校老师的绰号，所有绰号都很粗鲁，比如说"胳肢窝"和"马桶"等。我们还会一起发明骂人的新词。"蠢蛋。"他说。我回了一个"装酷"。我跟他说这是一个动词。我们笑得直不起腰，趴在厨房的柜台上，直到母亲走进厨房来说："你们俩在干什么？"

有时候，他觉得自己有责任教育我。他对大多数女生都没有什么好感，他不希望我也变成那种女生。他不希望我变成一个傻瓜。他觉得我有变得过度虚荣的风险。早上，他会站在浴室的门外，问我离不离得开那面镜子。

他觉得我应该练一练脑力。为了帮我锻炼脑力，他剪了一条长长的纸条，旋转一圈，将两端粘在一起，做了一个莫比乌斯带给我。这条莫比乌斯带只有一面，你要是不相信，可以用手指沿着表面绕一圈就知道了。斯蒂芬认为，莫比乌斯带就是无限循环，代表着没有尽头的路。他又给我画了一个克莱因瓶，这种瓶子没有内外之分。克莱因瓶比莫比乌斯带更让我头疼，可能是因为它是一只瓶子，我想不出哪只瓶子不是用来装东西的。我看不出所以然来。

斯蒂芬说他对二维宇宙很感兴趣。他叫我想象一下，在一个二维的人，也就是完全扁平的人眼里，三维宇宙是什么样子的。如果你站在一个二维宇宙中，只有在交叉点才能感知到你，在别人的眼里，你将是两个椭圆形的平面，那是你两只脚的二维横截面。还有五维宇宙、七维宇宙等。我很努力地想象，但我似乎最多只能想到三维。

"为什么只能到三维？"斯蒂芬问。这是他惯用的伎俩，他常问我一些他自己知道答案的问题，或者是有其他答案的问题。"因为确实只有这么多。"我说。

"你是不是说，这就是我们所能感知到的维度？"他问，"我们受限于自身的感官。你觉得苍蝇是怎么感知世界的？"我知道苍蝇是怎么感知世界的，我用显微镜观察过许多苍蝇的眼睛。"苍蝇有许多小眼，"我说，"但是，每只小眼也只能看到三个维度。"

"说得好。"他说，哥哥的赞许让我觉得自己长大了，有资格跟他进行这种谈话了，"不过，实际上，我们可以感知到四个维度。"

"四个？"我问。

"时间也是一个维度，"他说，"时间和空间分不开。我们生活在四维时空里面。"他说不存在可以保持不变、不受时间流动影响的所谓离散物体。他说，时空是弯曲的，在弯曲的时空之中，两点之间的最短距离不是直线，而沿着时空曲线的方向走距离才是最短的。他说，时间可以拉长或缩短，在有些地方流动得更快，在有些地方流动得更慢。他说，如果说有一对双胞胎，你把其中一个放在超高速火箭里飞行一个星期，回来之后，他会发现他的兄弟居然比自己大十岁。我说怎么会有这种事情，这让人难以接受。

哥哥笑了。他说，宇宙就像一个斑点密布的气球，越吹越大。这些斑点就是星星，它们一直在移动，相互之间的距离越来越远。他说，真正有意思的问题是，宇宙是无限无界的？还是像气球一样是无限而有界的？我能想到的是气球破裂的时候像爆炸一样，声音巨响。

他说，空间大部分是空的，物质不一定是实的。物质是一群间隔距离很远、或快或慢运动着的原子。而且，物质和能量是可以互相转化的。这好像是说世间万物都是由固体的光构成的。他说，如果我们知道得足够多，就可以像穿过空气一样穿过墙壁。如果我们知道得足够多，就可以跑得比光还快。到那时，空间就会变成时间，时间变成空间，我们就能够在时间中穿梭，回到过去。

他有那么多天马行空的想法，这是第一个真正让我动心的。我想穿梭回去，看看活着的恐龙，还有许多其他的，比如古埃及人。可是，这个想法有点可怕。我说不准我是不是真的想回到过去。我也说不准我是不是要不管他说什么，都佩服得五体投地。那样子的话，就让他太得意了。无论如何，那不是明智的聊天方式。很多东西听起来像连环画里的故事，还是有激光枪的那种漫画。

所以我说："那有什么用呢？"

他笑了。他说："如果你做得到，你就知道有什么用。"

我跟科迪莉亚说，斯蒂芬说如果我们知道得足够多，我们就可以穿墙而过。在他的诸多最新想法中，目前我自信能够转述的只有这一个，其余的都太复杂、太离奇了。

科迪莉亚大笑。她说斯蒂芬有书呆子的潜质，要不是他那么帅，他肯定是个讨厌鬼。

今年暑假，斯蒂芬找到了一份工作，在一个男生夏令营里当皮划艇教练。我没有工作，因为我只有十三岁。我和爸爸妈妈一起去了北方，到了一个离苏圣玛丽不远的地方，爸爸在那里有一个天幕毛虫实验基地，那些毛毛虫都养在笼子里。

斯蒂芬经常从横线练习册上撕下来几页纸，用铅笔给我写信。在信中，他把夏令营里的东西都调侃一遍，包括营地的教官，还有那些教官下班后垂涎欲滴的女生。他说，那些教官皮肤上长着各种痘痘，牙齿像狼牙，嘴唇都盖不住，舌头像狗一样总是伸在外面，眼睛总是色眯眯地盯着女生。看到这里，我就觉得自己有资格跟他说说话。或者说我可以跟他平等地通信，因为我也是女生。我一个人去钓鱼，主要是为了在给他写信的时候有话可说。除此之外，我没什么可说的。

科迪莉亚的信是用墨水写的，颜色很深。她用了很多最高级形容词和感叹号。她写到"我"的时候都画了小圆圈，像漫画里孤儿安妮的眼睛，也像气泡。在信的末尾，她总要写上一句肉麻的话，比如"我们的友情永存，除非尼亚加拉瀑布干枯""我是你永远的朋友，除非所有的饼干都碎成粉末"或者"我们永远是朋友，除非大海穿上橡皮裤子滴水不沾"。

"我无聊死了！！！"她这句话不仅用了三个感叹号，还在下面画了三条下画线。即使是真的很无聊，她说话还是这么激情洋溢。然而，她这种夸张的风格让人觉得很假。有时候，她以为我不注意，但实际上我在观察着她。我发现她的脸是僵的，没有表情，没有反应。这时的她就像行尸走肉。但是，突然间，她会来一个大拐弯，哈哈大笑起来。"他们卷起袖子把烟盒塞进去的样子，你不觉得很酷吗？"她会问，"没有肱二头肌是不行的！"说完，她又恢复漠然的常态。

我感觉自己是在消磨时光。我到爸爸妈妈指定的湖里游泳，看着侦探小说，吃着涂了厚厚一层花生酱和蜂蜜的葡萄干饼干，因为周围没有同龄人，所以闷闷不乐。爸爸妈妈的心情很好，但对我没有任何积极的影响。如果他们像我一样闷闷不乐，或者比我更加闷闷不乐，情况说不定会好一些，会让我感觉自己还算正常。

九

麻风病

LEPROSY

41

一大早，我就被电话吵醒了。是查娜打来的。"你好啊，"她说，"我们登上了《娱乐》的头版，三张照片！真的，三张照片呢！真的火了！"

听到她说火了，我反而不寒而栗；而且，她说"我们"，"我们"是谁？但她很高兴，我已经从《生活》毕业了，升级到《娱乐》了，这是一个好兆头。我记得以前我有过伟大的理想，那时，我想成为达·芬奇那样的伟大艺术家。如今，我却和摇滚乐队还有最新上映的电影一起登上了同一份报纸。有人说，搞艺术不拘小节，只要成功，怎样都行。这好像是说艺术就跟入店行窃或者未成年人犯罪活动差不多。也许这就是艺术过去乃至现在的状态：一种偷窃行为。对视觉的劫持。

我知道一定不是什么好消息，但还是忍不住。我穿上衣服，下楼去找报亭。我还顾着脸面，按捺着迫切的心情，等到上了楼才打开报纸。

有一行粗体字写着"古怪艺术家还有力气作怪"。我注意到，这里用的称呼是"艺术家"而不是"画家"。"还有"这个说法很不吉利，表明我正走向老迈。看来，是那个留着橡树子发型的天真少女记者安德里亚在报复我。我很惊讶她居然用了"古怪"这个词。既"古"又"怪",似乎倒也贴切。但是,也有可能这个标题不是她写的。

真的有三张照片。一张是我的头像,从下往上拍摄,所以看起来我好像长了个双下巴。另外两张照片是我的画作。一幅是史密斯太太,她赤裸着身体,在空中飞翔,但有点沉重,有点费劲。远处是教堂的屋顶,看上去像个洋葱头。史密斯先生像一只芦笋叶甲虫贴在她的后背,龇牙咧嘴地笑着,像个神经病。他们都长着闪闪发光的棕色昆虫翅膀,翅膀比例得当,细节分明。这幅画的名字叫《天使报喜》。另一幅是史密斯太太的单人画像,她手里拿着一把弯月形的削皮刀和一个削了皮的土豆,腰部以上和大腿以下都是裸露的。这幅画选自《帝国灯笼裤》系列。报纸上的照片看不出两幅画的本色,看起来像生活快照。我知道,在现实生活中,史密斯太太穿的灯笼裤是深蓝色的,那种蓝色似乎散发出一种黑暗而令人窒息的光芒,我花了几个星期才调出那种颜色。

我浏览了一下,第一段是这么写的:"本周,杰出的艺术家伊莱恩·里斯利回到故乡多伦多举办一场期待已久的回顾展。""杰出"这个词,一般会用在墓志铭上。我真想爬到一块大理石板上,拉一条床单把头蒙起来。不出所料,引用我的话也引用错了,我的粉蓝色跑步服也未能幸免。"伊莱恩·里斯利穿着一套过时的粉蓝色跑步服,外表平平无奇,但是,她仍然对当今的女性发表了言辞辛辣的评论,那是刻意的挑衅。"

我喝了一口咖啡,跳过中间部分,直接去读最后一段:"折中主义"这个词不可避免,"后女权主义"也强加到了我的身上,还用了一个"然而"和一个"尽管"。多伦多人还是那一套,想骂我,却又闪烁其词。来个猛烈的攻击也许更好,最好言语激烈一点,带一点火药味。这样我就知道我还活着。

我想象着一个疯狂粗暴的开幕式。也许我就应该刻意挑衅,坐实他们内心最深处的怀疑。我可以把乔恩制作的那些斧头行凶特效装置绑在身上，整出一张被烧毁的脸，脸上挂一只血淋淋的眼球，再配一条喷着血的假臂；或者将脚伸进空模具里面，像科幻电影里某个疯子科学家发明的什么东西那样，步履蹒跚地走进现场。

我不会真的这么做，但光是想到那个场面就觉得痛快。这样会让人忘了那个画展，而搞出一场笑话或闹剧，我除了搞怪，就是一个局外人。

科迪莉亚会在报纸上看到这篇报道，她也许会笑。虽然在电话簿里找不到她，但她一定还在附近。像她这种人，改掉名字是完全可能的。也许她已经结婚了，而且结了不止一次。要掌握一个女人的行踪是很难的，大多数女人都如此。她们换了一个姓，就会消失得无影无踪。

不过，她一定会看到这篇报道。她肯定知道那个人就是史密斯太太，她会为此激动不已。她知道那是我画的，她会来找我。她走进门，就会看到我画的她，画裱在画框里，有标题，也注明了日期，挂在墙上。我画得很逼真，长长的下颌线，微微弯曲的嘴唇，那人就是她本人，错不了。她似乎独自一人在一个房间里，房间的墙壁是淡绿色的。

我就画过这么一张科迪莉亚的画像，科迪莉亚的单人画像。这幅画叫作《半张脸》。这标题有点奇怪，因为从画中可以看到科迪莉亚的整张脸。但是，在她的背后，墙上挂着一张蒙着白布的脸，就像文艺复兴时期的标志物，或者以前人们在北方的栅栏里看到的那些动物的头，比如说驼鹿或熊等。感觉就像戏里的面具。也许吧。

在画这幅画的时候，我遇到了一点麻烦。我很难将科迪莉亚设定在某一个特定的时期、某一个年龄段。起初，我想画她十三岁左右的样子，瞪着她那双好斗的眼睛，桀骜不驯。她好像是在说："那又怎么样？"

但是，那双眼睛让我畏惧。我画出来的眼神没有那么尖锐，所以科迪莉亚的神态有点踌躇，有点犹豫，有点怨恨，但又有点害怕。

在这幅画里面，科迪莉亚怕我。

事实上是我怕科迪莉亚。

我不是怕见到科迪莉亚。我是怕自己变成了科迪莉亚。在一定的意义上，我们已经互换了角色，而这种转变是什么时候发生的，我已经记不清了。

42

夏天过后，我上十年级。虽然我还是比其他人矮，年纪比其他人小，但我还是长大了一些。准确地说，乳房长大了。我来例假了，跟正常的女孩子一样，我也加入心照不宣的女生的行列，打排球比赛的时候，我也可以不用上场，然后去找护士要阿司匹林。在走廊上，我走路步履蹒跚，像兔子夹着尾巴，双腿间夹着一个被猪肝色的血浸透了的垫子。所有这些事情都让我产生满足感。我开始刮腿毛，那并非因为腿上有多少毛，而是因为刮腿毛的感觉很好。我坐在浴缸里，刮着我的小腿肚，我希望我的小腿更粗壮一些，更有肌肉感一些，像啦啦队队长的小腿。每每在这个时候，哥哥会在外面自言自语：

"魔镜啊魔镜，请你告诉我，谁是世界上最美的人？"

"滚开。"我语气平静地说。我现在有了这个特权。

在学校里，我沉默而警惕。我只管做作业。科迪莉亚把眉毛拔成两条细线，比我的还细，她用"火与冰"牌的指甲油涂指甲。她经常丢东西，比如梳子，还有法语作业。她经常在走廊里哈哈大笑，声音很刺耳。她想到了更加复杂的新脏话，例如，她会说"有蹄类动物的排泄物"，其实就是"扯淡"的意思，还有"燃烧着的蓝眼睛光头耶稣"。她学会了抽烟，结果在女生洗手间被抓了现行。老师们肯定很难理解我们怎么成了朋友，我们在一起会干什么。

今天放学回家的时候下雪了。大片柔软的雪花落在我们的皮肤上，像冰冷的飞蛾，雪花在空中飘飘扬扬，像无数羽毛在飞。我和科迪莉亚欣喜若狂，在夕阳下沿着人行道打打闹闹。汽车从我们身边驶过，因为地上有积雪，车都开得不快，开过去的时候没什么声音。我们唱着歌：

> 记住这个名字，
> 莉迪亚·平克汉姆，
> 她的良方解决了女人的问题，为她带来了名声！

这是收音机里的广告歌曲。我们不知道莉迪亚·平克汉姆的良方是什么，但是，"女人的问题"应该和女人的月经或其他一些难以启齿的事情有关，所以我们觉得很好玩。我们接着唱：

> 麻风病，
> 你日夜折磨我，
> 我的眼球
> 掉进了高球酒……

然后又接着唱：

你内心的一部分，

我正在吃，

可惜我们不得不分开……

除了这些歌，还有其他改编的流行歌曲，我们觉得改得都很有趣。我们把橡胶靴子的顶部翻下来，边跑边滑，捧起地上的雪做雪球，扔向路灯柱、消防栓，壮一壮胆就朝过往的汽车扔，后来胆子越来越大，也扔向人行道上的行人，其中大多数是拎着购物袋或者遛狗的女人。做雪球的时候，我们必须放下课本。我们的准度不高，很少能击中什么。不过，我们击中了一个穿着毛皮大衣的女人，雪球击中了她的后背。实际上是阴差阳错，我们本来另有目标。她转过身来，怒气冲冲地瞪着我们，我们跑开了，绕过一个拐角，跑到一条小街道上，惊恐而尴尬，笑得几乎站不起来。科迪莉亚后仰躺倒在白雪覆盖的草坪上。"那眼光太恶毒了！"她尖叫道。出于某种原因，看到她张开双臂躺在雪地上，我很不高兴。

"起来！"我说，"不然会得肺炎的。"

"那又怎么样？"科迪莉亚说。但她还是起来了。

虽然天还没黑，但路灯已经亮了。我们走到了墓地的边缘，就在街道的另一边。

"还记得格蕾丝·史密斯吗？"科迪莉亚问。

我说记得。我确实记得她，但记得不是很清楚，记得的事情也是断断续续的。我记得刚认识她时的事情，后来，记得她坐在苹果园里，头上戴着一顶花冠。过了很久以后，她上了八年级，那是她离开我们那所学校去上高中之前的事情。我不知道她上了哪所高中。我记得她的雀斑、浅浅的笑容和梳得毛糙的马尾辫子。

"他们定量供应卫生纸，"科迪莉亚说，"一次四张纸，大便也只给四张。你知道吗？"

"不知道。"我说。不过，我好像知道这件事，曾经知道。

"还记得他们家的黑色肥皂吗？"科迪莉亚说，"还记得吗？闻起来有焦油味。"

我清楚我们在干什么，我们在调侃史密斯一家。科迪莉亚记得各种各样的事情，包括挂在地下室晾衣绳上的内衣已经洗得褪了色。厨房里有一把削皮刀磨得只剩一个薄片，他们通过《伊顿购物目录》购买冬季外套。科迪莉亚说，买东西就应该去辛普森百货。最近，每个星期六早晨，我们都会去辛普森百货。我们没有戴帽子，坐着有轨电车，一站接着一站，摇摇晃晃地去市中心。通过《伊顿购物目录》买来的东西，比直接在伊顿百货买还糟糕很多。

"一家子都是笨蛋！"科迪莉亚对着雪花纷飞的天空大喊。这样说很残忍，却又恰如其分。我们哈哈大笑。"那一家子笨蛋晚饭吃什么呢？软骨吧！"

到了这个份儿上，已经不是简单的调侃了，这个游戏玩大了。他们的内衣是什么颜色的？屎的颜色。为什么笨蛋太太的脸上有创可贴？刮胡子时割破的。什么都说，没有的事也编。反正他们反驳不了，我们怎么说都行。我们想象两个笨蛋父母在做爱，但这对我们来说太难了，太恶心了，我们想象不出来。"恶心"是一个新词，珀迪发明的。

"笨蛋格蕾丝在玩什么呢？挤她的痘痘！"科迪莉亚捧腹大笑，她弯下腰，差点摔倒。"别说了，别说了，再说我会笑尿的。"她说。她说格蕾丝从八年级就开始长痘痘了，现在的痘痘肯定多得多。这不是编的，是真的。我们乐此不疲地畅想着。

在我们的畅想中，史密斯一家毫无魅力可言，吝啬，像没发好的生面团一样硬邦邦，又像人造奶油一样没有滋味。我们断言，这些就是他们的甜点。我们接着调侃他们的虔诚，他们的拮据，他们的脚，他们的橡胶树。至此，能够调侃的都调侃了一番。调侃他们的时候，我们都用现在时，似乎表明我们还很了解他们，和从前一样。

对于我来说，这个游戏玩得酣畅淋漓，我心满意足。我不知道我为什么会这么粗野，也不知道为什么会乐在其中，或者科迪莉亚为什么要玩这个游戏，而且乐此不疲。每当眼看着热情就要熄灭，她就又煽风点火，让它再次燃烧起来。她斜眼看着我，好像是在盘算着，这是双方心知肚明的卑鄙的背叛，那么，我究竟会走多远，还能走多远？我的脑海中又一次闪过格蕾丝的容貌：她穿着吊带裙，穿着那件起球的毛衣，从前门走进家里，就看不见了。

从前，我们大家都那么喜欢她。现在已经大不同了。可是，按科迪莉亚的说法，格蕾丝从来都不是个可爱的人呢。

我们冒着飞雪，跑着穿过街道，打开墓地栅栏上的一个小铁门，走了进去。我们从未干过这种事情。

墓地的这一头是新开发的。树木都很小，叶子还未长出，看起来像是刚刚种的。大部分土地都还原封未动，但已经有巨大的爪印，应该是挖掘机开始干活了。墓碑很少，有几个也是最近才竖起来的，长方形花岗岩打磨得光泽照人，像长老会的教堂，字母刻得庄严朴素，没有任何花哨的成分。这些墓碑让我想起了男式的大衣。

我们在墓碑中间穿行，猜测格蕾丝那一家子笨蛋会选择哪些墓碑，然后先后埋在下面，我们特别指出了灰色的、特别笨重的那几块。站在这里，我们可以透过铁丝网看到街道对面的那些房子。格蕾丝·史密斯的家就在那里。想到她此时此刻可能就在家里，在那个外表索然无味、有白色门廊柱子的砖盒子里，而她对我们刚才编排她的事情一无所知，我的感觉很奇怪，却很开心。史密斯太太可能也在家里，躺在天鹅绒长沙发上，盖着阿富汗毛毯，这个情景我倒是记得很清楚。

那棵橡胶树放在楼梯转台上，不会长大很多。橡胶树长得很慢。我们却长大了，所以她家的房子看起来就显得小了。

墓地在我们面前不断延伸，一英亩又一英亩。那条溪谷就在我们的左边，新建的混凝土桥也看得见。我快速回忆了一下那座旧木桥和桥下的小溪：死人一定正在我们的脚下融化，变成凛冽的清水，从山上流进溪里。但是，我很快就将这段回忆抛之脑后。我告诉自己，这墓地没什么可怕的，太不讲究，太丑陋，太整洁，就像厨房里的一个架子，只供你摆放东西罢了。

我们没说话又走了一会儿，但不知道要去哪里，也不知道为什么要去。这边的树比刚才那里更高，墓碑也更旧。终于能看到一些凯尔特十字架了，偶尔还可以看到天使的雕塑。

"我们怎么出去？"科迪莉亚笑着问。

"我们继续往前走，前面有一条路，"我说，"前面不是有车吗？"

"我想要抽一根烟。"科迪莉亚说。我们找了一张长凳坐下，科迪莉亚腾出手来，将手掌弓起来，挡住风，点燃了香烟。她没有戴手套，也没有戴围巾。她有一只黑金相间的打火机，小巧玲珑。

"看看这些死人住的小屋。"她说。

"陵墓。"我心领神会地接过话。

"那一家笨蛋的陵墓。"这才是她的重点，点睛之笔。

"他们不会'住'这里的，"我说，"这里太阔气了。"

"伊顿。"科迪莉亚念道，"一定是那家商店，字写得都一样。《伊顿购物目录》埋在那里。"

"目录先生和目录太太。"我说。

"我在想，他们穿不穿紧身内衣？"科迪莉亚吸了一口烟。我们想找回来刚才的嬉笑，但找不回来。我想起了伊顿一家，夫妻二人，也许家里还有别人，藏进他们的私人墓穴里，像收藏毛皮大衣或金表似的。墓穴的形状像希腊的神庙，样子很奇怪。他们到底在哪里？在这里面吗？放在棺材架上吗？还是像恐怖漫画画的那样，在挂满蜘蛛网的石棺里？我想象着他们的珠宝，这时肯定就在黑暗中闪闪发光，他们当然有珠宝，我也想到了他们干枯的长头发。人死后，头发还会长，指甲也是。[1]我都不知道自己怎么会知道这种事情。

"你知道，伊顿夫人真的是个吸血鬼。"我慢悠悠地说，"夜里她就出来了，穿着一件白色的长舞裙。门嘎吱一声打开，她就走出来了。"

"喝掉那一家子笨蛋的血，早点儿就好了。"科迪莉亚掐了香烟，等着我配合她的笑话。

我没有笑。"不，我是说真的。"我说，"她会出来。我碰巧知道。"

科迪莉亚眼巴巴地看着我。黄昏时分，雪还在下，除了我们，这里没有别人。"是吗？"她等着我讲笑话。

"是啊，"我说，"我们有时一起出去。因为我也是吸血鬼。"

"你不是。"科迪莉亚说着站了起来，拍掉身上的积雪。她将信将疑地笑着。

"你怎么知道？"我问，"你是怎么知道的？"

"你不是白天出动的吗？"科迪莉亚问。

"那个人不是我。"我说，"那是我的双胞胎姐妹。你不知道，我们是双胞胎。我们长得一模一样，单看长相，你分不清。总之，我需要躲开阳光。像这样的日子，我绝对安全。我有一口棺材，装满了泥土，我就躺在里面，棺材在地下室里。我在寻找一个合适的地方。"

"你瞎说什么呢？"科迪莉亚说。

我也站了起来。"我没有瞎说。"我说。我压低了嗓音："我是实

1　人死后身体的水分流失，会使头发和指甲露出一部分，看上去像是长了。

话实说。你是我的朋友，我想该让你知道了。我真的死了。已经死了很多年了。"

"你别再玩这种把戏了。"科迪莉亚厉声说。这一来一回，我居然开心得很，我感到很惊讶。科迪莉亚竟然会因此而不安，我也感到很惊讶。我知道我终于能控制她了。

"玩什么？"我问，"我不是在玩。不过你不用担心。我不会吸你的血。你是我的朋友。"

"别这样，像个顽童。"科迪莉亚说。

"再过一会儿，"我说，"我们就会被锁在这里出不去。"我们突然觉得，这可能才是事实。我们气喘吁吁，沿着公路边跑边笑，终于找到了一个不小的门，还好，这个门还开着。门外面是永格大街，那时正是交通高峰，车水马龙。

科迪莉亚想找出那一家子笨蛋的汽车，但我已经厌倦了，不想跟她玩了。此时，我感到一种喜悦，更强烈，也更坏：能量在我们之间流转，而我是更强大的那个。

43

我上十一年级了，不是很高，但和很多女生差不多高了。我有一条炭灰色的铅笔裙，尽管有开衩，但穿着它走路还是有点难。我还有一件红色的蝙蝠袖毛衣，上面有灰色的横条纹。我有一条宽大的黑色松紧腰带，上面有一个仿金搭扣，还有一双平跟棉绒芭蕾舞鞋，走起路来拖着脚后跟，两个鞋帮都鼓起来。穿铅笔裙的时候，我通常搭配一件短款外套。所以，上半身宽松得像个喇叭，下面细长的大腿和小腿露着。

我还有一张刻薄的嘴，这张嘴让我远近闻名。如果不是人家招惹我，我不会轻易动用它，但是，每当我张开刻薄的嘴，它就会让人家崩溃。不假思索，我一张嘴，刻薄的话就会蹦出来，就像装了灯泡的思想气球。"别烦我"和"彼此彼此"是女生之间的口头禅，而我的比这个厉害多了。我会说"瞎扯淡"，这就避开了高雅的趣味。我喜欢创造一些常人难以接受的说法，比如"行走的脓包"和"腋下除汗剂广告的前半部分"。如果有哪个女生说我是书呆子，我会说"书呆子总比你这种白痴强。"我还会说"发蜡用多了吧？"或者"吸多了？"我知道她们的弱点。"吮"字特别让我满足，极具杀伤力。男生之间常说这个字，有特别的含义。不过，除了大拇指和婴儿，我还没想到还有什么可以吮的，或者在什么情况下吮。

　　学校里的女生都怕我这张刻薄的嘴，会提防着，避免招惹我。走在走廊里，我始终被可能发生口角的氛围包围着，大家都提防着我，这正合我意。很奇怪的是，我刻薄的行为并没有导致朋友的减少。从表面上看，我的朋友反而更多了。女生们怕我，但她们知道哪里最安全：在我的身边，落后我半步的地方。"伊莱恩是个非常有意思的人。"她们只是嘴上这么说而已。她们有些人已经在收集瓷器和厨房用具，甚至已经备好了嫁妆。我感到好笑，不屑一顾。然而，如果我得知无意中伤害到了某个人，我会很不安。我希望我中伤的人都是活该的。

　　我没有机会对男孩说刻薄的话，因为他们不会挑衅我。当然，斯蒂芬是例外。最近，我们把对骂当作好玩的游戏，就像打羽毛球一样。"打死你。""死的是你。"我还会这样说他："你的头发在哪里剪的？是用割草机推的吗？"这就能把他说得哑口无言，他很在意发型。看到他一本正经地穿着私立学校的校服，即灰色法兰绒裤和夹克，我会说："嘿，你真像辛普森百货的推销员。"所谓辛普森百货的推销员，就是一群高中毕业册上面的傻小子，个个穿着漂亮整洁的校服，上装口袋上绣着徽章，在替辛普森百货打广告。

爸爸说："我的大小姐，你嘴这么毒，早晚要遭殃。""大小姐"是一个信号，在提醒我有点过分了。不过，这只是让我暂时收敛，没有让我真正闭上嘴。我很享受这种冒险，想到自己确实过分了，虽然如履薄冰，竟然有些飘飘然。

我的毒舌最常用在科迪莉亚的身上。用不着她招惹我，我都会拿她练手。我们坐在山坡上，俯瞰着足球场。我们穿着牛仔裤，只有在足球比赛的日子，学校才允许我们这么穿。我们的裤子太长，裤脚上翻，用别披肩的别针别住，这是最近才流行起来的做法。啦啦队的队员穿着只到大腿中部的裙子，蹦高跳低，手中挥舞着纸做的绒球；她们的腿不长，头发也不是金色的，看起来黑乎乎、胖乎乎的，和《生活》杂志封底的啦啦队队员有天壤之别。然而，我还是很羡慕她们的小腿。足球队慢跑进场。科迪莉亚说："那个是格列高利！""这个身材啊，"我说，"真结实。"科迪莉亚瞥了我一眼，感觉有点受伤。"我觉得他是很帅。""就算他们浑身涂了玉米油，我看你也喜欢。"我说。她说，高中的马桶座，你不先擦干净就坐下来，那并不是好事，因为那样可能会染病。我问："谁告诉你的？你妈咪吗？"

我还会调侃她最喜欢的那几个歌手。"爱，爱，爱。"我说，"他们总是在无病呻吟。"我最近非常反感那些装腔作势、胡乱煽情的东西。我说弗兰克·辛纳特拉是"会唱歌的棉花糖"，贝蒂·赫顿是"人肉砂轮"。再说，这些人都过气了，全都是多愁善感的面糊。真理还是得到摇滚乐里面去找，我觉得《铁石心肠》还不错。

有时候，科迪莉亚还能想出话来回敬我，但有时候她也无可奈何。她只会说："你的嘴太毒了。"要么她会用舌头顶着嘴角，想办法岔开话题。再不然就是点上一根香烟。

上历史课的时候，我在课本上乱涂乱画。这段时间的内容是第二次世界大战。历史老师讲得激情四射，拿着教鞭，在教室前面手舞足蹈，蹦蹦跳跳。他个子不高，头上有一绺头发不听话，总是翘着，走路一瘸一拐的。他本人可能参加过二战，人家是这样说的。他用白粉笔在黑板上画了一幅很大的欧洲地图，又画了黄色虚线，标出国界线。他用粉色箭头表示希特勒军队的入侵路线。这节课先讲德国吞并奥地利，然后讲到波兰沦陷，接着法国也沦陷了。我画了郁金香和树，在地上画一条线代表地面，还画了每一棵树的根系。绿色粉笔画的潜艇出现在英吉利海峡。我还画了坐在过道对面的那个女生的脸。"闪电战"开始了，炸弹像邪恶的银色天使一样从空中降落。伦敦一个街区又一个街区、一栋房子又一栋房子地被瓦解，壁炉架、烟囱、祖祖辈辈相传的手工雕刻双人床被炸成了碎片，大火熊熊燃烧着，历史分崩离析，只剩下一地废墟。"这是一个时代的终结。"老师说。他说，要我们理解这些还很难，世界已经彻底变了，那一幕不会再上演了。我们看得出他深有感触，但我们觉得很尴尬。我在想，他是说哪一幕呢？

我觉得很神奇，历史老师用粉笔讲述了二战的残忍，有那么多人死了，而我自己居然还活着。当年，女人穿的衣服都很可笑，大垫肩，小蛮腰，短裙臀部的褶皱，就像是在屁股后面系了一条围裙。我画了一个肩膀宽阔的女人，头上戴着一顶阔边帽。我还画了我自己的一只手。手是最不好画的。我总是把手画得像一排香肠，要画得不像香肠还挺难的。

我开始和男生约会。这不属于有意识的计划，而是自然而然的事。我和男生的关系很轻松，我的意思是，我为他们投入的精力很少。相比男生，我觉得女生更棘手，女生更值得戒备。我坐在自己的卧室里，扯着羊绒衫上的毛球，就在这时，电话铃响了。肯定是个男生打来的。我拿着毛衣跑到过道上，电话在那里，我坐在过道里的椅子上，把听筒夹在耳朵和肩膀之间。就这样，我一边摘那些毛球，一边煲着电话粥，其实大多数时间都是沉默的。

面对男生，间歇性的沉默是必要的，说得太多太快会吓到他们的。实际上，他们说什么并不那么重要。时断时续的沉默反而更重要。我知道我们都在寻求什么，那就是逃避。他们想逃避成年人和其他男生，我想逃避成年人和其他女生。我们在寻找沙漠中的孤岛，虽然那只是幻想，转瞬即逝，但总是有的。

爸爸在客厅里走来走去，把口袋里的钥匙和零钱弄得叮当响。他按捺不住了，就出来偷听，虽然我说的都是单音节词，含混不清，还时不时地陷入沉默。他走进过道，用手指做着掐东西的动作，意思是叫我长话短说。"我得挂了。"我说。随后，男生那边就传来了一种声音，就像空气从内胎里跑出来一样。我明白他是什么意思。

对于男生的事情，我很了解。我知道他们脑子里在想什么，知道他们对女生和女人的想法，知道他们难以向其他男生甚至向任何人承认的事情。他们对自己的身体感到害怕，对自己说过的话感到害臊，害怕被人家嘲笑。我知道，他们在更衣室里胡闹、在体育馆的后面偷偷抽烟的时候，会说出什么样的话。他们用来形容女孩的词有"蠢货""丑八怪""泼妇""婊子"，甚至有更难听的。我不觉得反感。我知道，这些词跟"腌牛眼"和"吃鼻涕"差不多，是男生需要相互交换的证词，要证明他们足够强大，不会轻易上当受骗。但这不一定意味着他们不喜欢真正的女孩子。有时候，这些词就是真正的女孩子的代名词；有时候，她们是这些词的化身；还有时候，她们只是背景噪声罢了。

我认为这些词都不适合我。它们只适用于其他女生，她们对这些用词一无所知。她们走在学校的走廊里，甩着头发，扭着小屁股，自以为性感勾人，假装漫不经心地高谈阔论。她们能骗得了谁呢？相比之下，有些表现得娇滴滴的，有些傻乎乎的，有些像雏菊那样清新淡雅。与此同时，"蠢货""丑八怪""泼妇""婊子"这些词始终围绕着她们，虽然不一定说出口。那都是指代她们的，故意要贬低她们，以便随意操控她们。对于这些无声的词汇，关键是要在它们之间的空隙里游走，充耳不闻，这样就能轻松逃脱，好像穿墙而过。

这是我对男生的整体了解，跟具体的男生无关，跟和我交往的男生无关。和我交往的男生都比我大，他们不会留油光锃亮的鸭尾头，也不会浑身皮草，给我的印象更好。我和他们出去约会的时候，我都得准时回家。如果我没有按时回到家，事后爸爸就会和我进行长时间的谈话。他说，回家就像赶火车一样，务必准时。如果赶火车时迟到，那就赶不上火车了。对吧？"但是，家不是火车啊，"我说，"又不会跑了。"爸爸恼羞成怒，把口袋里的钥匙弄得叮当响。"这种话很无聊。"他说。

妈妈说："我们担心你。""担心我什么呢？"我问。我觉得没什么可担心的。

在这个方面，爸爸妈妈都是我的绊脚石，其他方面也一样。别人家都买电视，他们却不愿意，因为爸爸说电视会把人变成白痴，电视有辐射，还会偷偷给人洗脑。男生来接我的时候，爸爸会突然从地下室里冒出来，戴着破旧的灰色毡帽，手里拿着一把锤子或锯子，用像熊掌一样的手去握人家男孩的手。他那双小眼睛透着精明，闪烁着嘲讽的光芒，直愣愣地打量着人家，还称呼人家"先生"，好像他们是他的研究生。妈妈则摆出一副淑女的模样，不怎么说话。要不然她就告诉我，在男生面前，我看起来很可爱。

春天，爸爸妈妈穿着肥大的园丁裤，裤子上沾满了泥巴，站在房子的拐角目送我出门。他们把男孩硬拉到后院，爸爸在那里堆了许多水泥砖，说是指不定未来哪一天会用得上。他们向人家展示自己种的鸢尾花，简直是把这些男孩当成了老太太。男孩们不得不扯一些关于鸢尾花的话，尽管他们的心思根本不在花上。有时，爸爸还怂恿那些男孩发表针砭时弊的言论，或者从书架上拿下来几本书，问人家有没有读过这个、有没有读过那个，搞得那些男孩手足无措。"你爸爸简直莫名其妙。"男孩们后来对我说。

爸爸妈妈就像一对顽劣的兄妹，脸上脏兮兮的，伤人的话脱口而出，无法预料，也无法控制。我只能叹一口气。我感觉我的年纪比他们都大，大很多。我觉得自己像个从古代穿越而来的人。

我和男孩们一起做的事情没什么好担心的，都很正常。我们去看电影，坐在吸烟区，搂着脖子亲嘴；或者去露天电影院，坐在车里看电影，吃着爆米花，时不时抱在一起亲嘴。亲嘴是有规矩的，我们都严格遵守：靠近，推开；再靠近，再推开。解吊带和内衣都是出格的。不能动拉链。男孩的嘴里有香烟和盐的味道，他们的皮肤上有"欧仕派"牌须后水的气味。我们也去跳舞，随着摇滚乐转圈，或者在蓝色的灯光下跳曳步舞，周围都是跳着曳步舞的情侣。跳完舞，我们会去某人的家里，或者去圣查尔斯餐厅，在那儿我们继续亲嘴，不过不会很久。通常，到了这个时候，已经没剩下多少时间了。要去参加正式舞会，我会穿自己缝制的"礼服"，因为我买不起那种衣服。礼服上有几层薄纱，下面用裙衬支撑着，我就担心钩子会松开。我有配套的鞋子，缎面，银色带子，我还有一对耳环，耳环夹得很紧。参加舞会的时候，男孩们会送我胸花。舞会后，我把它们压起来，藏在写字台的抽屉里。有压扁的康乃馨，有边缘是褐色的玫瑰花蕾，有一沓沓枯死的植物，就像一堆装得像花的骷髅头。

哥哥斯蒂芬对这些男孩不屑一顾。在他看来，这些男生都是笨蛋，不值得我认真考虑。他在背后嘲笑他们，调侃他们的名字。有一个明明叫作乔治，斯蒂芬却非得叫他"乔治·波吉"；有一个明明叫作罗杰，斯蒂芬却非要叫他"罗佛"。我每和一个男孩交往，他都会赌我们分手的时间。"这个人啊，也就三个月吧。"他第一次见人家就这么说。他也会问我："你打算什么时候把他踹了？"

我不会这样就讨厌哥哥。他说什么都在意料之中，毕竟他说对了一部分。我对这些男孩的感觉，并不像爱情漫画书里的女生那样。我不会忘乎所以，专等他们打电话来。我喜欢他们，但不会爱上他们。青年杂志上的女生总是闷闷不乐，双颊上滚着泪珠子，但这个形象绝对不适用于我。所以，从某种意义上来说，我对男孩不是很认真。可是，他们是认真的。

认真的是他们的身体。我抱着电话坐在过道里，听到的是他们身体的声音。我不太听他们说的话，沉默的时候，我反而听得更仔细，在沉默中，他们的身体会重塑，动力在我的身上。我感到孤独的时候，我想念的是男孩们的身体。在昏暗的电影院里，我研究着他们夹香烟的手、他们的肩膀、他们的臀部。我从侧面在不同的光线下观察着他们。我对他们的爱是视觉上的，这才是我对他们的身体的渴望。"别动，"我想，"保持这个姿势。让我好好看看。"如果说他们对我有一定的控制力，那就是通过眼睛传递的。要是我厌倦了他们，我的疲惫一部分是身体上的，还有一部分是视觉上的。

虽然有一部分和性有关，但也只是一部分而已。有些男孩有车，有些没有。和没有车的男孩约会时，我和他们一起搭公共汽车、有轨电车，或者是新开通的多伦多地铁，地铁上干净整洁，很安静，就像一个贴着菘蓝色瓷砖的长条形浴室。这些男孩会陪着我走回家，我们会走很长一段路。空气中有丁香花、割过的青草或者燃烧的树叶的气味，具体要看当时是什么季节。我们走过新建的水泥桥，头顶是垂柳，脚下是淙淙的溪水。桥上的灯柱射着昏暗的光线，我们站在那里，靠在栏杆上，他们的胳膊会搂住我，我也会搂住他们。我们会撩开对方的衣服，用手抚摸对方的脊背，我感觉自己的脊梁紧绷，简直就快要断了。我将他们从上面摸到下面，摸到男孩的脸，我会惊叹不已。男孩的脸变化很大，会变得越来越柔和，越来越舒展，也会疼。男孩的身体充满能量，是凝固的光。

44

　　一个女孩被谋杀了，有人在溪谷里发现她的尸体。那不是我们家附近的那个溪谷，而是南边的一个溪谷，和我们家附近的溪谷连着，经过一座砖厂。那里有一条小河，叫作唐河，沿岸长着柳树，垃圾遍地，龌龊不堪，河水蜿蜒曲折，流向湖泊。多伦多照说不会发生这样的事情，这里的人们夜里不锁后门，也不关窗，但是，这种事确实发生了。所有报纸都在头版刊登了这件事。

　　那个女孩和我们同龄。人们在附近发现了她的自行车。她是被勒死的，还遭到过性骚扰。我们知道"性骚扰"是什么意思。报纸还刊登了几张她生前的照片，她看上去满脸愁容，这种表情不是一时半会儿能养成的，那分明是在哀伤时光消逝，无法回头，无法救赎。报纸对她的衣着有大量的描述。她穿着一件安哥拉毛衫，有个小毛皮领，那时这种领子正流行，领子上起了球。我没有这种衣领，但我很想有。她那个是白色的，不过，深褐色的也可以。她在毛衣上别了一枚胸针，形状是两只小鸟，鸟眼睛是用红色玻璃宝石做的。任何人去上学都会别这种胸针。尽管我津津有味地读着这些报道，但所有这些关于衣着的细节描写还是让我觉得不公平。有一天，你穿着普通的衣服出门，莫名其妙突遭横祸，然后所有人都来围观，来调查你，这种事情肯定不对劲。对待谋杀，不应当这么随便。

我早就不惦记溪谷里是否有坏男人出没了。我一直以为那是妈妈们编出来吓唬人的故事。如今看来，不管我相信不相信，坏男人的确存在。

想到那个被谋杀的女孩，我就觉得心烦。起初的震惊过后，学校里不再怎么提起她，就连科迪莉亚也不想聊这件事。好像这个女孩是自己做了什么可耻的事情才惨遭杀害。她去了那个地方，发生了那些难以启齿的事情，然后披着一头金发，穿着那件安哥拉毛衫，平庸地死掉了。她的事情激起了一些东西，像一阵风吹起地上的枯叶。我想起我曾经有过一个玩偶，它的裙子边上缀有白色的毛皮。我记得我当时很怕这个玩偶。我已经很多年没有想起它了。

我和科迪莉亚在餐桌上写作业。我在帮科迪莉亚，跟她解释什么是原子，但她不认真听。原子示意图的中央有一个原子核，周围是电子，电子环绕原子核运动。原子核看起来像树莓，电子有光晕，看起来像土星。科迪莉亚把舌头顶到嘴边，对着原子核皱起眉头。"看起来像一颗树莓。"她说。

"科迪莉亚，"我说，"明天就考试了。"她对分子不感兴趣，似乎也无法理解元素周期表。她拒绝搞清楚什么是质量，拒绝弄明白原子弹爆炸的原因。物理书上有一张原子弹爆炸的照片，有蘑菇云，等等。对她而言，那就是一颗炸弹，如此而已。"质量和能量有内在的联系，"我告诉她，"所以，$E = mc^2$。"

"如果假正经的珀西不那么讨厌就好了。"她说。"假正经的珀西"是我们的物理老师。他长着红色的头发，竖立在头顶，像啄木鸟一样，他还口齿不清。

斯蒂芬走进房间，站在我们背后看了看。"他们还在教你们这帮小孩子物理啊，"他温和地说，"还是把原子画得像树莓。"

"听到了吧？"科迪莉亚说。

我觉得斯蒂芬是在故意捣乱。"原子要考的，你最好学一下。"我对科迪莉亚说。我又问斯蒂芬："那么，原子到底是什么样子的？"

"原子里面空荡荡的，"斯蒂芬说，"几乎不存在。只有一些很小的颗粒，像小斑点，被某些力量固定在那个空间里面。在亚原子层面，你甚至不能说有物质存在。你只能说有存在的倾向。"

"你把科迪莉亚弄糊涂了。"我说。科迪莉亚点了一支香烟，望着窗外，有几只松鼠在草坪上相互追逐。她心不在焉。

斯蒂芬看着科迪莉亚。"科迪莉亚就有存在的倾向。"他说。

科迪莉亚也和男生出去约会，但她的情况跟我不一样。每隔一阵子，我都让和我约会的男生安排我们四个人一起出去玩。科迪莉亚约会的对象总是差劲一些，她心知肚明，所以不会给对方好脸色，关系就维持不下去。

科迪莉亚好像不知道她到底看得上什么样的男生。她说，发型像我哥哥那样的都是胆小鬼和讨厌鬼，而留鸭尾头的虽然性感，但油腔滑调，不是什么好东西。她认为和我约会的男生基本都留平头，他们在她的眼里都太幼稚了。她已经放弃了超级红的口红和指甲油，也不再总是翻起衣领，而是逐渐喜欢上了温和的粉红色，并且开始节食，化妆也更加用心。杂志上就是这么说的："好马配好鞍。"她的头发剪得比以前更短，衣服也没那么扎眼了。

但是，她还是让男生感到不舒服。她对他们太过殷勤，太过客气，太过刻意，总之就是用力过了头。她要是觉得人家讲了个笑话，就会哈哈大笑，然后说："斯坦，太有意思了。"即使他们并没有开玩笑的意思，她也会这样说。这样一来，人家就不确定她是不是在嘲笑他们。有时候是，有时候不是。她说话经常不过脑子，有些话不合时宜，不顾场合。有时，我们吃完汉堡包和炸薯条，她就对男生们兴高采烈地说："你们肚子吃撑了吧？"问得大家目瞪口呆。那些男生都不会用餐巾环。

她会问他们一些诱导性的问题，像一个成年人跟他们聊天。她似乎不知道，对男生来说，让他们沉默着才是最好的，用余光观察他们就行了。科迪莉亚却总是直勾勾地看人家，把那些男生给看蒙了，就像兔子突然跑到车前，被车大灯给照傻了。她和他们一起坐在后面的时候，从她的喘息声，我就知道她还是老样子，甚至有过之而无不及。"你这个朋友有点奇怪。"男生们跟我这么说，但他们说不清那是为什么。我觉得那是因为她没有兄弟，只有姐妹。她认为和男生相处，他们说了什么话至关重要，但她根本不了解男人沉默的微妙。

但我知道，不管男生说了什么，科迪莉亚都不会感兴趣，这是她自己告诉我的。主要是她认为他们很傻。她之所以想跟他们攀谈，那只是一种表演、一种模仿。和他们在一起的时候，她的笑声优雅而低沉，就像收音机里女人的笑声，当然，她忘乎所以的时候另当别论。那时她就会放声大笑。她在刻意模仿，她脑子里有些东西，有个角色或者形象，只有她自己才看得到。

厄尔利·格雷剧团每年都会来我们高中。他们到各个高中巡演，所以很有名气。他们每年上演一部莎士比亚的戏剧，全省十三年级的统考都要考这些剧目，学生必须通过统考，才能上大学。多伦多的剧院不多，事实上只有两个，所以人们争相去看。孩子们去看是因为要考试，大人们去看是因为他们不常有机会看戏。

厄尔利·格雷剧团的演员有厄尔利·格雷先生，他是铁打的男主角；厄尔利·格雷夫人，她扮演女主角；另外两三个演员据说是厄尔利·格雷的堂兄弟，他们可能会同时扮演两个或多个角色。其余角色的扮演者是当周巡演所在高中的学生们。去年上演的剧目是《恺撒大帝》，科迪莉亚是群众演员之一。她用烧焦的软木把脸涂得黑不溜秋，拿家里的床单把自己裹起来。马克·安东尼高喊"朋友们、罗马人、同胞们！请听我说"的那场戏，她也在人群中喊"暴民！暴民！"

今年上演的是《麦克白》。科迪莉亚也参加演出，她演一名侍女，还在最后的战斗戏里演一名士兵。这次，她得从家里拿一条彩格呢毯子。幸好她也有一条苏格兰短裙，那是珀迪在女子私立学校上学时穿的。除了当群众演员，科迪莉亚还是道具助理。她负责在每次演出结束后整理道具，把它们摆放得井井有条，永远是同一个顺序，这样演员们就可以在后台不假思索地拿起道具就跑。

彩排三天，科迪莉亚一直非常兴奋。在回家的路上，她一根接着一根地抽烟。我看得出来，她是在表演，模仿百无聊赖、漠不关心的样子，然后每隔一会儿就提起那几个专业演员的名字。她说，那几个年轻演员都很有表现欲望，想表现得活泼有趣。他们把三个女巫称为"古怪三姐妹"，把科迪莉亚叫作"面色苍白的乡巴佬"，并威胁要把蝾螈的眼睛和青蛙的脚趾放进她的咖啡里。他们说，在麦克白夫人发疯的那场戏中，麦克白夫人说"出去，该死的脏东西"这句话的时候，她是在喊她的狗，那条狗叫作斯波特，在地毯上拉了屎。她说，真正的演员永远不会大声说出"麦克白"这个名字，因为这个名字不吉利。他们称他为"苏格兰人"。

"你刚刚说了。"我说。

"什么？"

"麦克白。"我说。

科迪莉亚突然停了下来，站在人行道中间。"哦，天哪，"她说，"我说了吗？"她假装一笑了之，实际上她一直忐忑不安。

剧终时，麦克白被砍头，麦克达夫得把麦克白的头颅拎上舞台。那头颅就是一棵卷心菜，包在白色的茶巾里；麦克达夫把它扔到舞台上，重重地掉在地上，"砰"的一声，和有血有肉的人头差不多。那是彩排时的情形。后来，那出戏按计划要上演三场，就在首场正式演出的前一天晚上，科迪莉亚发现卷心菜坏了，变得软塌塌的，闻起来像泡菜。于是，她拿了一棵新鲜的卷心菜替代原来的那棵。

戏在学校的礼堂上演，平日里，那里是学校集会和唱诗班排练的场所。首场演出座无虚席。演出还算顺利，只是有观众在不该笑的地方笑出了声。麦克白在邓肯的卧室门前犹豫不决的时候，不知是谁大声喊"进去啊，犹豫什么？"当麦克白夫人穿着睡衣出现时，礼堂后面传来了嘘声和口哨声。在最后的战斗戏里，我找到了科迪莉亚的身影，她穿着苏格兰短裙，手里拿着一把木剑，肩上披着格子呢毯子，从舞台中央跑过。最后麦克达夫进场，把裹着茶巾的卷心菜扔到舞台上，但卷心菜没有"砰"的一声落到地上然后一动不动，而是像皮球一样弹起来，蹦蹦跳跳穿过舞台，然后掉到舞台下面。这一幕削弱了悲剧效果，幕布在一片哄笑声中落下。

这都赖科迪莉亚，是她更换了卷心菜。她羞愧难当。"那卷心菜就应该是坏的。"我去后台祝贺她的时候，她哽咽着说，"他们刚刚告诉我的！"演员们对此不以为意，他们告诉她这个效果很有新意，出人意料。尽管科迪莉亚红着脸，笑嘻嘻的，轻描淡写，但我看得出她快哭出来了。

我本该同情她的，但我没有。相反，第二天在放学回家的路上，我喊着："砰……砰……砰……咚！"科迪莉亚说："啊呀，别这样。"她的声音很沉闷。这个玩笑不好笑。我想，我怎么能对最要好的朋友这么刻薄呢？她的确是我最要好的朋友。

时间流逝，我们长大了。如今，我们是全校年龄最大的，我们读十三年级。我们可以鄙视刚刚入学的新生，他们都是乳臭未干的小屁孩，虽然我们也曾经是乳臭未干的小屁孩。我们也可以对他们和蔼地微笑。我们年纪够大，可以上生物课了；生物课是在化学实验室里上的。到了生物课的时间，我们离开本班的教室，与其他班的同学一起上课。于是，上生物课的时候，科迪莉亚成了我的搭档，我们共用一张化学实验室桌子，这张桌子是黑色的，有一个水槽。科迪莉亚不喜欢生物。她也不喜欢物理，物理课只是勉强及格，但她还得选修一些理科课程，如果不选生物，就要选其他课程，对她来说，生物是最容易的。

老师发给我们一些解剖工具，那些刀就像手术刀，但可能比手术刀更锋利，还有底部封了蜡的盘子和一包大头针，缝纫课上也发过这种大头钉。首先，我们要解剖一条蚯蚓。每人一条。我们先看动物学教科书上的蚯蚓内部结构图，切开蚯蚓后，我们看到的应该也是这样。蚯蚓在盘子上蠕动着、缠绕着，有些沿着盘子的边缘往外拱，想要逃走。闻起来有地下洞穴的味道。

我拿大头针钉住我那条蚯蚓的头和尾，从头到尾划了一刀，动作娴熟；蚯蚓扭动着，跟挂在鱼钩上的时候一样。我把蚯蚓的皮向两边撕开，然后用大头钉钉上。我可以看到它的心脏，形状不像通常的心脏，但可以看到中央动脉正在泵送血液，还看到塞满污泥的消化系统。"天哪，"科迪莉亚说，"你怎么能……"我感觉科迪莉亚越来越软弱。她变成了一个软蛋。趁老师不注意，我帮她解剖了她的蚯蚓。然后，我画了一张蚯蚓解剖图，并漂亮地标出了它的各个器官。

然后是解剖青蛙。青蛙会蹬腿，比蚯蚓更难控制。蹬腿的时候很像人在游泳。我按照指示用氯仿把青蛙麻晕了，然后将它钉在盘子上，熟练地进行解剖。我画了一张青蛙的内脏结构图，各种弯弯绕绕和球状的东西，肺很小，这只冷血的两栖动物居然也有个心脏。

科迪莉亚同样不会解剖青蛙。她说，一想到要拿着解剖刀划破青蛙的皮肤，她就恶心。她看着我，面如土色，目瞪口呆。青蛙的味道已经让她开始反胃了。我替她解剖了青蛙。这种事情我干起来得心应手。

我记住了小龙虾的平衡囊、鳃和口器。我记住了猫的血液循环系统。我们的老师原本是个男子足球教练，他最近修了动物学的暑期课程，这样他就可以教我们生物课。他为我们专门买了一只死猫，猫的静脉和动脉里分别灌注了蓝色和粉色的乳胶。猫送到的时候他非常失望，因为猫已经腐臭了，即使放在福尔马林溶液里，那股臭味也闻得到。所以，我们不用再解剖猫，而是直接用书上的图解。

然而，只解剖蚯蚓、青蛙和猫，我还很不过瘾。我好像上瘾了。周六下午，我都会去动物学大楼，在空荡荡的实验室里使用显微镜进行观察。我看着载玻片，观察各种三角头、斗鸡眼的涡虫切片，观察染了各种鲜艳颜色的细菌：鲜明的粉红色，强烈的紫色，还有灿烂的蓝色。这些载玻片下面打着光，就像彩色玻璃窗，漂亮极了，令人叹为观止。我把观察到的都画了下来，用不同颜色的铅笔勾勒出轮廓，但我永远也无法画出显微镜下那绚丽多彩的颜色。

班纳杰先生现在已经是博士了，他发现了我在做的事情。他给我带来了他认为我想要看的载玻片，害羞而急切地把它们递给我。我们会心一笑，好像我们在分享一个令人愉快的秘密，或者一件神秘而神圣的事情。"这是天幕毛虫的寄生虫。"他一边说，一边虔诚地把切片放在我桌子上一张干净的纸上，"这是蛾幼虫的卵。"

"谢谢。"我说。他看着我画的东西，用啃过但灵巧的手指捏住一角拿起来。"非常好，非常好，小姐。"他说，"你很快就可以接替我了。"

他现在已经有了家室，妻子是印度人，还生了个小男孩。我偶尔会看到他们，我从实验室的门口往里看，他们就在里面，孩子温顺而满脸疑惑，班纳杰太太则焦虑不安。她戴着一对金耳环，围着一条有亮片的围巾。她穿着棕色的加拿大冬装外套，外套里面裹着红色的莎丽，莎丽比外套长，有一截露在外面，莎丽下面穿着套鞋。

科迪莉亚来到我家，我帮她做动物学作业，她还留下来吃晚饭。爸爸一边给我们盛炖牛肉，一边说每天都有一个物种正在灭绝。他说，我们每天都在往河里投毒，破坏地球的基因库。他说，在一个物种灭绝之际，同时会有其他物种诞生，会填补空白，因为大自然厌恶真空。他说，填补空白的物种通常是杂草，还有蟑螂和老鼠，很快，世界就会只剩下蒲公英一种花。他挥舞着叉子说，作为一个物种，如果我们继续过度繁殖，就会出现一种新的流行病，这样才能使大自然恢复平衡。这一切都是必然的，因为人们忽略了科学的基本教训，人们太热衷于政治、宗教和战争，喜欢互相残杀，还能找到激情澎湃的借口。科学是理性客观的，那才是宇宙唯一的通用语言。用数字说话。当我们濒临死亡，即将被垃圾掩埋的时候，我们必然要指望科学来替我们收拾烂摊子。

科迪莉亚听着，笑了笑。她认为我爸爸很古怪。我知道她此时一定在想，这事不应该拿到餐桌上来议论。

我也会去科迪莉亚家吃饭。科迪莉亚家的晚餐分两种，一种是她爸爸在的时候，另一种是他不在的时候。他不在的时候，晚饭就草草了事。科迪莉亚的妈妈连画画时穿的罩衫都不脱，心不在焉地来到餐桌前。珀迪、米瑞和科迪莉亚穿着蓝色的牛仔裤，上身穿着一件男式衬衫，卷发夹还在头发上。吃着吃着，她们会突然站起来，溜达到厨房去加黄油或者盐，刚才大家都忘拿了。三个姐妹慵懒地说着话，主要是俏皮话，轮到她们收拾桌子的时候，她们会呻吟撒娇，而她们的妈咪会说："好了，姑娘们，快收拾吧。"不过，她根本不指望她们。她甚至都懒得失望了。

但是，科迪莉亚的爸爸在家的时候情况截然不同。桌子上会摆放鲜花，点燃蜡烛。妈妈会戴上珍珠项链，餐巾会整整齐齐地套在餐巾环里，而不是皱巴巴地压在盘子下面。该拿的什么都不会忘记拿。没有人会把发夹留在头发上，也没有人会用手肘支在餐桌上，大家的腰板都挺得比平时更直。

今天就是一个点蜡烛的日子。科迪莉亚的爸爸坐在主位，皱着眉头，目光如狼似虎，居高临下瞪着我，有威严，有穿透力，向我展示着他吓人的魅力。他能让你觉得他对你的看法很重要，因为他看人很准。但是，你对他的看法无足轻重。

"我吃够女人的苦头了，"他装得很凄惨，"这一屋子女人，就我一个男人。早上，她们都不让我进洗手间刮胡子。"他居然想激发我的同情和支持，这是在取笑我吗？我想不出有什么可说的。

珀迪说："我们都让着他，他应该感到庆幸。"她像一匹小马，无拘无束，傲慢无礼，但没有人管她。她的发型看起来就不像个安分的人。米瑞被逼急了也会眼露凶光。科迪莉亚不像她两个姐姐那样。不过，她们三个姐妹都会迎合他。

"你最近在学什么？"他问我。这是他常问的问题。我不管说什么他都开心。

"原子。"我说。

"啊，原子，"他说，"我记得原子。最近，原子有什么新说法呢？"

"您是说哪一种原子？"我问他。他笑了。

"是啊，哪一种呢？"他说，"问得好。"这样一问一答，可能就是他所期待的。但是，科迪莉亚总是答不上来，她太怕他了。她害怕取悦不了他。结果他总是不高兴。我见过很多次，她想讨好他，却手足无措。话说回来，不管她做什么或者说什么，她都不足以讨好她爸爸，因为她不是那个对的人。

看到那个场面，我很生气。我想踢她。她怎么这么没出息？她什么时候能学会？

科迪莉亚没有通过年中的动物学考试。她似乎很无所谓。考试的时候，她有一半的时间在画学校里各个老师的漫画，回家的路上她拿出来给我看，还笑得花枝招展。

有时候我会梦到男生。都是无言的梦，我梦见男生的身体。醒来后，我还能记几分钟，我会尽情享受，但我很快就会忘却。

我也有别的梦。

我梦见我动弹不了。我不能说话，甚至不能呼吸。我被装在一个铁肺里。铁片紧紧锁住我的身体，像坚硬的圆柱形外皮。正是这圆柱形的铁皮在替我呼吸，一呼一吸。我又笨又重，除了沉重，我什么也感觉不到。我的头从铁肺的一头伸出来，露在外面。我抬头看着天花板，天花板上有一盏灯，像黄色的混浊的冰块。

我梦见我照着写字台上方的镜子，试穿一件有毛皮衣领的毛衫。有个人站在我的身后。如果我动一下，从不同角度看着镜子，我不用转身就能看到身后了。我就能知道是谁了。

我梦见我找到了一个红色的塑料钱包，钱包藏在抽屉里，也可能是在皮箱里。我知道钱包里面有宝藏，但我打不开。我试了又试，最后它像气球一样爆了。结果里面都是死青蛙。

我梦见有人给了我一颗头颅，用白色的茶巾包着。透过白布，我可以看到鼻子、下巴和嘴唇，轮廓很清晰。我可以打开白布看看是谁的头颅，但我不想打开，因为我知道，如果我打开了，那个头会活过来。

45

科迪莉亚告诉我，她小时候摔破了一个温度计，吃了里面的一些水银，故意让自己生病，这样她就不用去上学。她还会把手指伸进喉咙里去抠，让自己呕吐，或者把温度计放在灯泡旁边烤热，这样量体温就很高。她妈妈识破了她的把戏，因为她把体温计放在灯泡旁边太久了，温度升到了一百一十华氏度。之后，她的伎俩就很难得逞了。

"那时你多大了？"我问她。

"记不得了。上高中之前吧，"她告诉我，"你知道，那个年龄的人才会干这种事情。"

今天是五月中旬的一个星期二。我们坐在桑尼赛德酒吧的一个卡座上。酒吧里有一个汽水柜台，材质是红色的血滴石，铬合金包边，旁边有一排固定在地板上的圆形转椅。黑色的座椅可能不是真皮的，坐在上面，会发出轻轻的声响，像人在放屁。所以，我和科迪莉亚以及所有的女生都更喜欢坐在卡座里。卡座是深色的木头做的，两条长凳面对面，中间的桌面是红色的，和汽水柜台一样。这是伯纳姆的学生放学后常去的地方，他们在那里吸烟，喜欢点放马拉斯奇诺樱桃的可口可乐。如果在一杯可乐里面混进两片阿司匹林，喝了肯定会醉。科迪莉亚说她已经试过了，她说和喝醉酒感觉不一样。

我们喝的不是可乐，而是香草奶昔，每人两根吸管。我们把吸管上的纸包装撸下来，纸包装一下子卷成了"毛毛虫"。然后，我们把水杯里的水洒到上面，纸毛毛虫就舒张开，看起来像会爬的样子。桑尼赛德的桌子上散落着湿透的纸毛毛虫。

"如果母鸡产下一只橘子，小鸡们会说什么？"科迪莉亚问。最近，有关鸡的笑话在学校里很盛行。除了关于鸡的笑话，还有关于白痴的笑话。为什么那个白痴会把钟扔出窗外？他想看着时间飞走。

"你看那个橘子果酱。"我觉得很无聊，"如果白痴看到地上有三个洞，他会说什么？"

"什么？"科迪莉亚反问。她很难记住笑点，跟她说笑话，她听过就忘。

"算了，算了，算了。"我说。

"哈哈。"科迪莉亚说。对于别人的笑话不接茬，反而加以调侃，这是她的习惯程序。

科迪莉亚蘸着刚才洒出来的水在桌子上涂鸦。"还记得我以前挖的那些洞吗？"她问。

"什么洞？"我问。我不记得挖过什么洞。

"我们家后院的那些洞。嗬，我不是想要一个洞吗。我就开始挖，但那个地面太硬，到处都是石头。于是，我又找了另一个地方来挖。每天我放学后都挖洞。我的手被铲子磨起了水泡。"她笑了笑，若有所思，好像在回忆从前的事情。

"你为什么要挖洞？"我问。

"我想在洞里面放一把椅子，然后在那里坐着。就自己一个人。"

我笑了："你想干吗？"

"不知道。我猜想我是想要一个属于我自己的地方，不用被别人骚扰。我小的时候，常常在前厅的椅子上坐着。我曾经以为，如果我安分守己，不碍人家的事，什么也不说，我就安全了。"

"有什么不安全的？"我问。

"没什么，"她说，"我很小的时候，好像经常挨爸爸揍。他发脾气就揍我。你都不知道他什么时候会发脾气。'别傻笑'，他会这样训我。我总爱顶撞他。"她掐掉香烟，烟灰缸里有一堆冒着烟的香烟头，"你知道，我很讨厌搬进那栋房子。我讨厌玛丽女王学校的那些同学，还有学校里面干的那些事情，都那么无聊，比如说跳绳。除了你，我在学校里就没有什么好朋友。"

科迪莉亚的脸溶解了，变形了，随后，她九岁的脸呈现在我眼前。这是眨眼间的事情。就好像我一直站在屋子外面的黑暗中，突然，一扇亮着灯的窗户上出现了一个阴影，屋子里的活动一目了然。有那么一瞬间，我似乎什么都看见了。然后就看不见了。

一股热血涌上我的脑袋，我的肚子突然收缩，好像有个危险的东西差点击中了我。就好像我偷东西被逮住了，或者是说了谎被识破，或者是听到别人在背后议论我，说我的坏话。同样羞愧、内疚、恐惧，还有对自己冰冷的厌恶。但是，我不知道这些情感从何而来，我到底干了什么。

我不想知道。不管是什么情况，都不是我需要或者想要的。五月，星期二，我就想来到这里，坐在桑尼赛德的卡座里，看着科迪莉亚小心翼翼地用吸管喝完最后一口奶昔。她什么也没注意到。

"有了，"我说，"为什么一只没洗过的鸡要过马路两次？"

"为什么？"科迪莉亚问。

"因为它是一个肮脏的两面派。"我说。

科迪莉亚翻着白眼，像珀迪一样。"很好玩。"她说。

我闭上了眼睛。在我的脑海里有一块是黑暗的，还有一块开着紫色的花朵。

46

我开始躲着科迪莉亚。我也说不清是为了什么。

我不再和她安排两对男女的约会。我告诉她，和我约会的那个男生交不上什么朋友。我说放学后我不能马上回家，要留在学校。这是真话，我正在为筹办下一次舞会画装饰画，画棕榈树和穿草裙的女孩。

有时候科迪莉亚会等我，所以我还是得和她一起走回家。她不停地说，好像什么问题都没有了。我倒是不怎么说话，话说回来，我从来都不是喜欢说话的人呢。过了一会儿，她会突然亮着嗓子说："我一直在说我自己的事。你怎么样？"我就微笑着说："没什么。"有时她会开个玩笑："我的事情，已经说得够多了。你说吧，我怎么样？"我接着又说："算了，没什么好说的。"

科迪莉亚不及格的科目越来越多。她似乎没有受到多大的影响，至少她不想谈这件事。我不再帮她做作业，因为我知道即使我帮了，她也不会放在心上。她好像心不在焉，魂不守舍。在回家的路上，她说话的时候会随意转移话题，所以很难理解她在说什么。她也好像不会打扮了，又回到几年前邋遢的老样子。她那束漂染过的头发长长了，两截头发是两种颜色，很不自然。她的丝袜抽了丝，衬衫上的纽扣也掉了。她的口红似乎不适合她。

她的爸爸妈妈认为科迪莉亚最好再次转学，于是，她去了新学校。后来，她经常给我打电话，但再后来就不那么勤快了。她说我们应该尽快找个时间聚一聚。我从来不拒绝她，但我也从来不说什么时候可以聚。说了一会儿，我就说："我得挂了。"

科迪莉亚家搬到了更北边一个更豪华的街区，房子比以前更大。几个荷兰人搬进了她们家的老房子。他们种了很多郁金香。从此好像再也没有她的消息。

我在体育馆里参加十三年级的期末考试，也就是毕业考。考试一门接着一门，一天接着一天。此时，树木枝叶茂盛，鸢尾花盛开，热浪扑面而来；体育馆热得像个烤箱，我们都冒着热气，坐在那里不停地写着，整个体育馆散发着往日运动员的气息。老师们像警察一样，在过道上来回巡视。有几个女生晕倒了。还有一个男生也晕倒了，后来人们发现，他从冰箱里拿了一罐番茄汁喝了，但那其实是血腥玛丽鸡尾酒，是他妈妈的桥牌俱乐部存放在里面的。人家把晕倒的学生抬出去的时候，我几乎没有抬起头来。

我知道，我参加的两门生物学考试都会取得好成绩。我什么都会画，小龙虾耳朵的内部结构、人的眼睛、青蛙的生殖器、金鱼草花的剖面图等，我都会画。我知道总状花序和根茎的区别，会解释光合作用，会写"瘰疬"这么偏僻复杂的字。但是，在植物学考试的时候，我就像突发癫痫一样突然想到，我不想当一名生物学家，原来的想法作废了。我想成为一名画家。我看着试卷，蘑菇从孢子到子实体的生命周期正在形成，对此我有绝对的把握。我的生活悄然发生了重大的转折。不过，我继续解释什么是块茎、球茎和豆类，好像什么也没有发生过。

考试刚结束后的一天晚上，电话铃响了。是科迪莉亚打来的。我意识到我一直在等着这个电话。

"我想见你。"她说。我不想见她，但我知道我会见她的。我觉得她不是想见我，而是需要见我。

第二天下午，我坐地铁，然后换乘公共汽车，向北穿过炎热的城市，来到科迪莉亚现在的家。我从未去过那里。街道弯弯绕绕，房屋很大，古典庄重，是乔治国王时代的风格，周围是茂密的灌木丛。我走在人行道上的时候，似乎看到了科迪莉亚那张苍白模糊的脸，就躲在房子正面窗户的后面。我还没有按门铃，她就打开了门。

"嘿，你好啊，"她说，"好久不见。"她的热情是装出来的，我们都心知肚明。科迪莉亚现在状态很差，她的头发没有光泽，脸色真的很苍白。她胖了很多，不过不是长肉变结实了，而是虚胖、浮肿。她又开始涂刺眼的橙红色口红，这更显得她脸上没有血色。"我知道，"她说，"我这个样子就像哈吉斯·麦克巴吉斯。"

屋子里面很凉快。前厅地板是黑白方格的，楼梯很雅致，就在前厅的中央。楼梯的旁边有一张抛光的桌子，桌子上放着一瓶剑兰插花。屋子里静悄悄的，客厅里有一只钟在嘀嗒嘀嗒响。似乎没有别人在家。

我们没有走进客厅，而是绕过楼梯，穿过一扇门进入厨房，科迪莉亚给我冲了一杯速溶咖啡。厨房很漂亮，布置考究，色调素雅，十分安静。冰箱和炉子都是白色的。如今有人喜欢买彩色的冰箱，浅绿色或者粉色的，但我不喜欢这些颜色，我很高兴科迪莉亚的母亲也不喜欢。厨房的桌子上有一本横线笔记本，中间有两页被撕掉了。我认出来了，搬家之前，这张桌子是他们家的餐桌。这表明他们肯定添置了新的餐桌。我发现，我更想看的其实是那张新餐桌，科迪莉亚倒在其次，这个发现让我吃惊不已。

科迪莉亚在冰箱里翻着，找到了一包商店里买的甜甜圈，包装已经打开了。她说："我一直想找个借口吃掉剩下的这些。"但是，她刚咬了一口，就点了一支烟。

她说："说吧，这些天你在忙什么？"她的声音特别爽朗，以前她和男生说话就是这样。我很害怕。

"哦，还是老样子，"我说，"你知道，就是毕业考。"我们四目相对。她过得不好，这很明显。我不知道她是不是希望我视而不见。

"你呢？"我问。

"我找了一个家教，"她说，"我不学习不行了。暑期课程也要考试的。"我们都知道，尽管她换了学校，今年肯定还是过不了。她的分数肯定很难看。除非她下一轮考试或补考通过了所有的科目，否则她永远读不了大学。

"找的家教好吗？"这跟问一件新衣服好不好一样。

"还行吧，"科迪莉亚说，"她叫丁格尔小姐。居然有人叫这个名字。她一直在眨眼，双眼总是泪汪汪的。她住在脏乱不堪的公寓里。她有一件橙色的内衣，我看到它挂在浴室的浴帘杆上。浴室也是脏乱不堪。我总是抢先问她的健康状况，故意不让她谈功课。"

"什么功课？"我问。

"嗬，管他什么科目，"科迪莉亚说，"物理、拉丁语，什么科目我都不想听。"她的语气显得她好像有点不好意思，但也有骄傲和兴奋的味道。和以前从超市里顺手拿东西的时候一样。糊弄家教就是她这几天的成就。她说："我不知道他们为什么都觉得我整天都在学习。其实我都在睡觉。睡醒了就喝咖啡，抽烟，听唱片。有时候，我会偷喝爸爸的威士忌。然后给瓶子里灌水。他还没有发现！"

"但是，科迪莉亚，"我说，"你总得做点正经事。"

"为什么？"她问。和往日的腔调一样，她的话里面还是充满火药味。她不仅仅是在开玩笑。

我说不清道理。我不能说"因为每个人都这样"。我甚至不能说"你得赚钱过日子"，因为她显然用不着自己赚钱，她住着这么大的房子，根本没有赚过钱。她可以就这样混下去，就像旧时代的女人，像那种嫁不出去的姑妈，那种永远在娘家的老姑娘。她爸爸妈妈不可能把她赶出去。

于是，我就说："你会觉得闷的。"

科迪莉亚放声大笑。"那么，要是我认真学习呢？"她问，"我通过了考试，我上了大学，该学的都学了。然后变成丁格尔小姐那样的人。算了吧，拜托！"

"傻瓜，"我说，"谁说你一定会像丁格尔小姐？"

"也许，我就是一个傻瓜，"她说，"我不能专心学习，几乎一页书都看不完，我看着书，不一会儿，上面的字都变成了小黑点。"

"也许你可以去上秘书学校。"我说。我一说出口就觉得自己像叛徒。她知道我们对秘书学校的女生的态度，一个个的，眉毛都修得细长，上身都穿着粉色的尼龙衬衫。

"可真是多谢你了。"她沉默了一会儿，"我们别谈这些行吗？"她说。她那爽朗的声音又回来了："我们说点好玩的吧。还记得那棵卷心菜吗？蹦蹦跳跳的那个？"

"记得。"我说。我突然觉得她可能怀孕了，或者她之前可能怀孕过。对于辍学的女生，这是很正常的。不过，我又觉得这不太可能。

"我当时太丢人了，"她说，"还记得我们以前去市中心的联合火车站拍照吗？我们以为自己很聪明！"

"那时候地铁还没有建成。"我说。

"我们常常朝老太太扔雪球。我们还常常唱那些无聊的歌。"

"麻风病。"我说。

"你内心的一部分，"她说，"我们以为我们很跩。现在，我看到我们那个年龄的孩子，我就想，这一帮小屁孩！"

她回想起那个时代，仿佛那是她的黄金时代，对她来说应该是的，那时确实比现在好。但是，我不希望她记起来。我不想遭受她更深、更黑的记忆的伤害。在尴尬的事情发生之前，我得设法优雅地脱身。她故意装得喜气洋洋，维持某种平衡，但随时可能倾倒颠转，顷刻之间嬉笑会变成眼泪和绝望。我不想看到她那样崩溃，因为我没有什么办法去安慰她。

我不能对她心软。她这个样子就像一个傻瓜。她不能陷在悲伤、漫长、低级的痛苦里面。她有各种各样的选择和可能性，她之所以停滞不前，唯一的原因是她缺乏意志力。"振作一点，"我想告诉她，"振作起来吧。"

我说我该回去了，我等会儿还要出门。这不是真的，她也有所怀疑。虽然她现在很颓废，但她洞察社交谎言的直觉比从前更加敏锐。"当然，"她说，"完全可以理解。"她的语气冷冰冰的，很老成。

我急着离开，做出各种赶时间的样子，我突然意识到，我想逃跑的原因之一是我不想见到她妈妈，她妈妈不知道在什么地方，但随时都可能回家。她妈妈会用责备的目光看着我，好像科迪莉亚变成这个样子全是我的过错，好像让她失望的人不是科迪莉亚，而是我。我凭什么要承受那样的目光？这和我有什么关系？

"再见了，科迪莉亚。"我在前厅对她说。我捏了一下她的胳膊，然后马上往后退一步，让她亲不到我的脸。亲脸颊是她们家的惯例。我知道她对我有所期待，还忘不了过去的生活，或者说她没有完全迷失自我。我知道我让她失望了。我感到很沮丧，感觉自己太残忍和冷漠了，没有仁慈之心。但是，我也感到如释重负。

"回头给你打电话。"我说。我在撒谎，但她不愿相信我在说谎。

"那太好了。"她说，用礼貌来保护我们两人。

我朝街上走去，回头看她。她的脸又出现了，一轮模糊的月亮倒影，在前窗后面。

十

人体素描

LIFE DRAWING

47

人的记忆有几种毛病。例如，记不住名词或者数字。还有更复杂的失忆症。有了失忆症，你可能忘记过去所有的事情，你得重新开始，学习怎么系鞋带，学习怎么用叉子吃饭，学习阅读和唱歌。你要重新认识亲戚朋友，甚至是最老的老朋友，也好像从未见过一样。不过，这是重新认识的机会，比原谅他们的过错更好，因为可以从头开始。失忆的另一种形式，是记得遥远的过去，却忘记了眼前。你不记得五分钟前发生了什么。一个早就认识的人走出房间，然后回来，你跟他打招呼的时候，就好像你们已经分别了二十年，你会不停地抽泣，既是喜极而泣，又是突然感到解脱，仿佛与逝者重聚。

我有时会想，这两种失忆症，以后哪一种会折磨我，我知道总有一种会折磨我。

多年来，我一直想长大，如今我真的长大了，还变老了。

我坐在魁西酒吧里面，酒吧一片漆黑，我在黑暗中喝着红酒，凝视着窗外。科迪莉亚从窗外飘过，然后融化、重组，变成了另一个人。又一个错误的身份。

他们为什么给她起这个名字？她的脖子上挂着一个东西。那个东西叫作"月亮之心"，也叫作"海洋珠宝"，就看你是说哪种外语。她是三个姐妹中唯一诚实的那个，也是固执的那个，被排斥的那个，没人理睬的那个。如果她的名字换成简，情况会不会有所不同？

我妈妈用她最要好的朋友的名字给我命名，这是当时女人的习惯。她给我取名伊莱恩，我曾经很讨厌这个名字。我想要更干脆的名字，简短、响亮一点，比如说多特或帕特之类的，念起来铿锵有力，掷地有声。这样的名字不会念错，也不至于拖泥带水，绵软无力。但是，随着时间的流逝，我的名字已经和我融为一体了。虽然我还觉得这个名字很生硬，但已变得顺耳多了，就像一只用旧了的手套。

这里有很多亮黑色的成分，有些是皮革，有些是亮闪闪的塑料。这次我是有备而来的，我穿着黑色的高领针织衫，外面套着黑色的带兜帽风衣，但衣服的质感不适合我。我的年龄也不合适，在这里，所有人都是十二岁。这个地方是乔恩建议我来的。我知道，他会紧紧抓住冲浪板，一波浪花卷过来，人翻倒在泡沫里，他还是会紧紧抓住。

他喜欢迟到，借此表明他的生活很充实，他的事情都比我重要，今天也不例外。他比约定的时间晚了三十分钟，来的时候，他就像一阵清风，轻松愉快。不过，这一次他道歉了。他是不是懂事了？是不是他现在的老婆管得比较紧？我始终觉得他的老婆不是之前那个，这很有意思。

"没关系，我有心理准备，"我说，"你能出来玩我就很高兴了。"这句话影射了他老婆。"和你吃顿午饭算不上玩。"他咧着嘴笑嘻嘻地说。

他还是很当真。我们互相打量。四年了，他的皱纹比原来更深，鬓角和胡须也花白了。他说："别盯着那块秃的地方了。"

"什么秃的地方？"我的意思是说，如果他不挑剔我的身体退化，我也不会挑他的刺。他心领神会。

他说："你气色比以前好多了。还是当卖家更适合你。"

"嗯，没错，"我说，"总比在乱搞的电影里舔屁股和肢解女人的身体好得多。"放在从前，这句话必定引起一场血战，但他现在肯定已经认命了。他耸耸肩，不计较，他看起来好像很疲惫。

"活得久了，原来舔人家屁股的，就会变成被人家舔屁股的，"他说，"自从爆了眼球后，我就收手了。现在，我从头到脚都是人家的口水。"

这里面蕴含着粗鄙的性暗示，但我没有接茬。我认为他是对的，我们现在都在正道上。在别人的眼里一定是。曾几何时，我认识的一些朋友要么死于自杀，要么驾驶摩托车时被撞死，都死于非命。现在的人要死也都是生病死的，像心脏病和癌症，那是身体的背叛。如今的世界是我的同龄人掌管的，和我同龄的男人，他们都在掉头发，都有健康隐患，这让我感到很害怕。要是领导的年纪比我大，我可以相信他们的智慧，我可以相信他们已经超脱了，不会再随便生气，不再有恶意，不再有被爱的需求。如今，我看得多了，看得透了。我看着报纸杂志上的那些面孔，不禁想问：到底是什么样的贪婪、什么样的愤怒在驱使着他们？

"你正经的工作进展怎么样？"我心软了，我想让他知道，我还很在乎他。这反而让他很不舒服。"还好吧，"他说，"我最近没怎么做。"

接着，我们都陷入沉默。我们剩下的时间不多了，我们要变成我们曾经想要的样子，时间恐怕不够了。乔恩有潜力，但是，"潜力"这个词听起来不像从前那么舒服了。潜力是有保质期的。

然后，我们聊起莎拉，轻松愉快，没有争吵，就好像我们是她的叔叔和婶婶。我们聊到了我的画展。

"你在报纸上看到那篇恶意中伤的文章了吧。"我说。

"那是恶意中伤吗？"他问。

"怪我。我对采访我的那个记者太不客气了。"我假装后悔，"我就要变成一个脾气暴躁的老巫婆了。"

"你要是不那样，我才失望呢，"他说，"就是要让他们难受，他们不就是拿钱干这个活儿的吗？"我们都笑了。他了解我。他知道我会有多粗暴。

我用恋旧的眼光看着他，据说，恋旧是男人们对于战争、战友特有的情感。我想，我曾经往这个人的身上扔过东西。我扔过一个玻璃烟灰缸，那个烟灰缸相当便宜，摔不碎。我扔过一只鞋，他的鞋，也扔过一个手提包，那是我的手提包。我扔手提包的时候，甚至来不及先把手提包合上，结果钥匙和零钱都飞出来，像一阵雨落在他的头上。我最过分的是扔了一台小型便携式电视机，我抱着电视机站在床上，借着席梦思的弹力向他扔过去。不过电视机一出手，我就想，哎呀，上帝，他快躲开吧！我曾经认为我有能力干掉他。如今，我只有一个小小的遗憾，那就是我们当时没有好好相处。尽管如此，那些情绪大爆发，那些鲁莽的行为，那些五彩缤纷的碎片，都让我感到很惊奇。令人惊讶，也令人痛苦，几乎致命。

如今，他对我无害，我也对他无害。我可以愉快地回忆和他在一起的过去，有些细节很清晰。我跟另外几个男人在一起过，就想不起这样的细节。老情人就像老照片，会逐渐褪色，像泡过酸液一样，首先是痣和丘疹不见了，然后是阴影消失了，然后脸也模糊了，最后只剩下大致的轮廓。等我七十岁的时候，还会剩下什么？没有巴洛克式的狂喜，没有强烈到扭曲的欲望。只有一两句话，盘旋在空虚的内心里面。也许这里有一个脚趾，那里有几根鼻毛，或者是一束小胡子，像一小团海藻，跟其他漂浮物一起漂浮着。

他坐在漆黑的桌子的另一头，比从前消瘦了许多，但仍能活动和呼吸。我感到一丝痛苦，也有一丝期待：先别走！时间还没到！别走！但是，在他的面前暴露我的多愁善感和软弱，那是愚蠢的。

我们吃的是不大正宗的泰国菜，鸡肉辛辣多汁，沙拉是用一种外国的叶子做的，红色的叶子上有紫色的斑点，好看不好吃。现在的人们都吃这种东西，在这种地方吃饭的人就爱吃这种东西。多伦多不再流行鸡锅派、炖牛肉、烂炒青菜了。我想起我第一次吃鳄梨的情景，当时我二十二岁。那种感觉就像我父亲第一次听交响乐演出。有点反常的是，我怀念童年吃过的甜点，战争年代的甜点，简单、便宜、淡而无味：上面放凝胶鱼眼睛的木薯布丁，还有果冻焦糖布丁，也有凝乳甜食。凝乳甜食是用从管子里挤出来的白色乳脂做的，上面放一团葡萄果冻。可能现在已经没有了。

乔恩点了一瓶酒，他没有一杯一杯地点。这让我想起他从前的样子，从前，他老是夸夸其谈，翘着孔雀尾巴，让人觉得很厉害。

"你老婆怎么样？"我问他。

"哦，"他低下头说，"玛丽·琼和我决定暂时分开一段时间。"

这样，他的房间里有花草茶就说得通了，他的工作室里进来了一个更年轻的女人，那个女人更喜欢素食，影响到了他。"我想你是找了个小妞吧。"我说。

"实话实说，"他说，"是玛丽甩了我。"

"这样啊。"我说。我心里有一股怒火冒起了，她怎么能这样对他，这个冷酷无情的婊子。我站在他这一边，尽管多年前我自己也甩过他。

他说："我想，我也有责任。"他以前从未这样认过错，"她说她给我打电话都打不通。"

我敢肯定，她当时说的不只这些。他失去了一些东西，我曾经认为，幻想对他来说是必需的，可如今幻想已经丢失了。他开始认识到，他也是个人。或者，这只是一场表演，想演给我看，让我看看他的崭新面貌？也许不该让男人知道他们的本性。这只会让他们不舒服。这只会让他们变得更加狡猾，更加难以捉摸，更加难以读懂。

"要是你当初没有那么疯癫，"我说，"就不用走到这一步。我是说我们。"

这两句话刺激了他。"谁疯了？"他又咧着嘴笑了，"是谁把谁送到医院的？"

"如果不是因为你，"我说，"我就用不着去医院了。"

"这种话不公道，你自己心知肚明。"

"你说得对，"我说，"是不大公道。你能开车送我去医院，我很欣慰。"

原谅男人比原谅女人容易多了。

我们在人行道上走着的时候，他说："你想去哪儿？我陪你去。"我很开心。我们相处得很好，我们之间不存在矛盾了，不用争什么。我明白了当初为什么会爱上他。但是，我现在没有那个精力。

"好吧。"我说。其实，我并不知道我想要去哪里，但不能让他知道。"谢谢你把工作室借给我。你想我怎么报答，尽管说。"我知道我在的时候他不会来，但我们待在一起而且门锁着，还是太尴尬了，也很危险。

"我们喝一杯吧。晚点。"

"应该可以。"我说。

和乔恩分手后，我沿着女王大道向东走，路上有小贩在卖有伤风化的T恤，还有橱窗上挂着吊袜带和缎子内裤。我想到了多年前画过的一幅画，叫作《坠落的女人》。我的许多画，灵感都来自我对文字的困惑。

　　这幅画里没有男人，但主题是关于男人的，那种让女人堕落的男人。我没有把女人的堕落归咎于男人的意思。男人就像天气，他们没有头脑。他们像一阵雨，会把你淋成落汤鸡；他们也像闪电一样会袭击你，然后像暴风雪一样，若无其事地向前推进；他们还像岩石，又尖又滑，边缘像锯齿，你可以在岩石间行走，但必须小心翼翼，每一步都要计算好，否则滑倒了，你会摔得头破血流，但责怪岩石是没有用的。

　　坠落的女人就是这个意思。坠落的女人是爱上男人然后遭到男人伤害的女人。"坠落"这个词有向下跌倒的意思，那不是本人的意愿，但绝非他人强迫。坠落的女人不是被拉倒或者被推倒的女人，只是坠落而已。当然有夏娃的坠落，但是，这个故事没有跌倒的情节，只是吃了不该吃的东西，和许多童话一样。

　　《坠落的女人》展示了这种女人，其中有三个像是意外从桥上跌落，她们的裙子被风吹起来，成了喇叭形，她们的头发向上飘动。她们掉了下去，而下面很远的地方，有看不见的男人，这些男人像岩石，边缘也有锯齿，黑乎乎、冷冰冰，而那三个女人就摔在这些男人的身上。

48

　　我盯着一个裸体女人看。这样拍成照片就是裸照，但她没有拍照片。这是我首次见到真人的胴体，当然，镜子里的自己除外。在高中的更衣室里，女生总是穿着内衣内裤，跟这个女人不是一回事，杂志广告上穿着弹力莱卡连体泳衣的女人也不一样。

不过，这个女人也不是全裸的，因为她的左腿上搭着一条床单，床单还夹在两腿之间，阴毛没有露出来。她坐在凳子上，臀部向两侧挤压，结实的背部有弧线，右腿和左腿交叉，右腿放在左腿的膝盖上，右肘支在右腿的膝盖上，左臂放在身后，手掌撑在凳子上。她双眼呆滞，头低垂着，这是她按要求摆出来的姿势。她的身体有点紧，看上去有点不舒服，有点冷，我看到她手臂上有鸡皮疙瘩。她脖子很粗。她的头发卷曲，红色的短发，发根的颜色较深。我怀疑她在嚼口香糖，她的下巴偶尔会有一个缓慢的、不易觉察的侧向运动。她其实是不应该动的。

我在用木炭画这个女人的素描。我想让线条流畅一些。老师之所以让她摆成这种姿势，就是要让我们画出流畅的线条。我更喜欢用硬铅笔来画，木炭会沾到我的手指上，画头发也不方便。另外，这个女人也让我吓一跳。她身上有很多赘肉，尤其是腰部以下，小肚腩上有一圈圈的肥肉，乳房松弛下垂，乳头是黑色的，很大。刺眼的荧光灯直直地照在她身上，在灯光下，她的眼窝变成了两个窟窿，从鼻子到下巴的下降线条很明显，但她庞大的身躯让她的头看起来像是后来加上去的。她不漂亮，我怕我以后也变成那样。

这是夜校班，上的课是人体素描课，每周二在多伦多艺术学院举办，地点是一间空荡荡的大教室。教室的后面有朴实无华的楼梯，再后面是麦考尔街，然后是王后大街，街上可以看到酒鬼和电车轨道，再过去是四四方方的多伦多，所有建筑都像盒子。教室里有我们十几个人，都满怀希望，带着几乎全新的布里斯托尔画板，我们的手指都弄得黑乎乎的，除了我，还有两个年纪大一些的女人，八个年轻的男人，一个和我同龄的女孩。我不是这里的学生，但不是学生也可以报名参加这个班，只要满足条件就行。条件就是必须让老师相信你是诚心的。不过，我能坚持多久还不清楚。

老师是赫比克先生。他三十几岁，皮肤黝黑，一头浓密的卷发，留着小胡子，鹰钩鼻，眼睛是紫色的，看起来很像桑葚。他经常什么都不说就盯着你看，而且好像不眨眼。我去见他的时候，他的眼睛最先引起我的注意。他坐在学院里一间很小的办公室里，办公室的墙上贴满了纸张，他靠在椅子背上，叼着一根铅笔。看到了我，他放下了铅笔。

"你多大了？"他问。

"十七岁，"我说，"快十八岁了。"

"哦。"他说。然后，他叹了一口气，好像这是个坏消息。"你做过什么？"

这听起来好像有所指。随后，我就明白了他的意思。我本应带一些所谓的"近期作品"来，就是我画的画，这样他就可以评价我了。但我没什么可带的。我到了高中才接触艺术，在九年级的艺术欣赏课上，我们听了《月光奏鸣曲》，然后用蜡笔画了波浪线，还有就是画了花瓶里的一朵郁金香。我从未去过美术馆，尽管我在《生活》杂志上读过一篇关于毕加索的文章。

去年夏天，我在马斯科卡的一个度假胜地打工挣钱，帮人家铺床和打扫厕所，我用挣到的钱在一家旅游商店买了一小套油画工具。颜料软管上的名称就像密码：钴蓝、焦棕色、深红湖。在上班的间歇，我会沿着海岸走，找一个地方坐下来，背靠着一棵树，松针扎着屁股，四周都是苔藓，海上风平浪静，海平面就像金属板一样，有船只在海上航行，船舱用涂了清漆的红木，船尾挂着小旗。这些船上有时也有女服务员，她们去人家的房间里参加非法派对，用纸杯喝黑麦和姜汁汽水，据说她们会和人家上床。洗衣房里有时会发生冲突，搞得哭哭啼啼的，问题主要出在叠床单上。

我不知道怎么画，甚至不知道要画什么，但是我知道我必须开始动手。过了一会儿，我画了一只没有标签的啤酒瓶，一棵长得像坏了的搅拌器的树，还有块淤泥色的岩石，背景是一个深蓝色的湖。我还画了一张日落，夕阳好像会从画上照到我的身上。

我从随身携带的黑色文件夹中拿出这些习作。赫比克先生皱着眉头，摆弄着铅笔，什么也没说。我很沮丧，也很怕他，因为他掌控着我的命运，有权力把我拒之门外。我看得出他认为我画得不好。确实不好。

"还有吗？"他问，"有素描吗？"

慌乱中，我翻到了用硬铅笔画出的几张生物解剖图，图上画了彩色的阴影。我对素描比较有把握，我画素描很久了。我没有什么好损失的，所以，我把几张素描抽了出来。

"你这是什么？"他拿起最上面那张，但拿倒了。

"蚯蚓的内脏器官。"我说。

他没有大惊小怪。"这个呢？"

"涡虫。彩色剖面图。"

"这个呢？"

"青蛙的生殖系统。一只雄性青蛙。"

赫比克先生张大他那双闪闪发光的紫色眼睛盯着我。"你为什么要来上这门课？"他问。

"除了这个班，我没有别的选择。"我说。我马上就意识到这个回答有很大的问题。"这是我唯一的希望。我不知道还有谁能教我。"

"你为什么要学？"

"不知道。"我说。

赫比克先生拿起铅笔，铅笔头插进他的嘴角，叼着就像一根香烟。然后又拿出来了。他用手指拨弄着头发。他说："你是个业余爱好者。不过，有时候这样反而更好。我们可以从零开始。"他冲着我笑，这是他第一次对着我笑。他的牙齿参差不齐。"能把你教成什么样,还不好说。"他说。

赫比克先生在教室里走来走去。他对我们所有人都感到绝望,包括那个偷偷嚼口香糖让他抓狂的模特。"别动!"他扯着自己的头发对她说,"口香糖嚼够了没有?"那个模特恶狠狠地瞪了他一眼,然后收紧了下巴。他抓住模特的胳膊,扶了一下她的头,给她调整姿势,好像她是时装店的人体模型。"我们再来一次。"

他在我们中间走来走去,从背后看着我们画画,一直在喃喃自语,木炭在纸上发出刺耳的声音。"不,不,"他对一个年轻的男人说,"你画的是人体。""人"的发音听起来像"宁"。"不是在画汽车。你心里必须有触觉,像碰到她的肌肤,抚摸着她的身体。必须有质感。"我努力去领会他的意图,但半途退缩了。我不想去碰那个女人长满鸡皮疙瘩的皮肤。

他对一位年纪大的女人说:"不需要画得很漂亮。人体不像花那样漂亮。看到什么就画什么,照实画。"他在我身后站住,我战战兢兢,等待着他的训斥。"我们不是在制作医学教科书,"他对我说,"你画的是一具尸体,不是一个女人。""女人"两个字的发音都错了。

我看看我的习作,他说得没错。我小心翼翼,观察得很细致,却画了一个人形的瓶子,呆板,没有生机。把我带到这里来学习的勇气,就像水一样从我身上流掉了。我没有天赋。

可是,下课后,当模特挺着僵硬的身体站起来,用床单裹住身体,踮着脚走去穿衣服的时候,我正在收拾木炭,赫比克先生走到我的身边。我撕掉我画的画,正想把它们揉成一团,他飞快地伸手按在我的手上。他说:"留着吧。"

"为什么?"我问,"画得不好。"

"你以后回头再来看看，"他说，"你会发现你的进步有多大。你画物体画得很好，但你还画不出生命。上帝首先用泥土做了身体，然后往泥人的鼻孔里吹气，注入了灵魂。两方面都是必需的，泥土和灵魂。"他笑了一下，也捏了一下我的上臂，"一定要有激情。"

我看着他，心里十分忐忑。他有些过分了，人们不会随便谈论身体，除非是在讨论病情，也不会随便谈论灵魂，除非是在教堂。另外，说到激情，人们通常指的是性。但是，赫比克先生是个陌生人，不能指望他都了解。"你是一个还不完整的女人，"他低声说，"但在这里，你会变得完整的。"他恐怕不知道"完整"有别的意思。他这话的意思，是在鼓励我。

49

我在皇家安大略博物馆楼下昏暗的礼堂里，坐在覆盖着粗糙长毛绒的硬座上，靠着椅背，闻着灰尘的气息，呼吸着沉闷而腐朽的空气，周围还弥漫着其他学生甜丝丝的脂粉味。我觉得我的眼睛越睁越大，大得像猫头鹰一样。过去一个小时了，我一直在看幻灯片，大多幻灯片都泛着黄，有些图片的焦距没调好，包括几尊白色大理石的女人雕像，这些雕像的头部是平的。她们的头部支撑着看似很沉重的大理石横梁，难怪都是平的。这些大理石女人雕像有专门的名称，叫作"女像柱"，最初是指卡雅地区的阿尔忒弥斯女祭司。但是，如今她们再也不是女祭司，而是兼作支撑柱的装饰品。

还有许多柱子的幻灯片，各种各样，分别属于不同的时期，有多立克柱、爱奥尼亚柱、科林斯柱。多立克柱是最坚固也最简洁的柱子，科林斯柱最轻盈纤细，也最为华丽，柱头用莨苕作为装饰，像一排排花篮，形成优美的螺旋。一根长长的教鞭从屏幕旁边灯光没有照到的地方出现，落在螺旋上面，指明哪个是哪个。我以后用得着幻灯片上的这些词语，考试的时候要用这一套说辞，所以我努力把它们都记到笔记本上。我低着头，眼睛尽量靠近纸，希望能看得清。我一直在黑暗中书写晦涩的文字。

我希望下个月情况会好一些，我们下个月会结束古希腊和古罗马时期，进入中世纪和文艺复兴时期。对我来说，古典意味着"褪色"和"破碎"。古希腊和古罗马的东西大部分都缺胳膊少腿，有些缺了鼻子，我快受不了了，更不要说有些连阴茎也断掉了。还有，那些雕像都是灰色和白色的，令我惊讶的是，我听说所有大理石雕像都曾经涂了鲜艳的颜色，黄色的头发，蓝色的眼睛，身体肌肉也曾经栩栩如生，有时还像玩偶一样穿着衣服。

这是一门概论课，目的是为以后更专业的课程打好基础。这是多伦多大学艺术与考古学专业的课程，是通向艺术的唯一光明大道。这也是我唯一能干的事情。我获得了大学奖学金，这不算意外。"你应该利用好上帝给你的智慧。"爸爸经常这么说。但我们都知道，在他的心目中，我们的天赋实际上都是他给的。如果我不去上大学，放弃奖学金，他就不会存钱让我去干别的事情。

我第一次告诉爸爸妈妈，我不想读生物专业，而是要成为一名艺术家的时候，他们感到不可思议，震惊不已。妈妈说，既然那是我真实的愿望，学艺术也行，但他们担心我以后怎么谋生。艺术是靠不住的，当作兴趣爱好还行，比如做贝壳制品或木雕。但是，艺术和考古学放在同一个专业，他们倒是能放心，我可以转考古方向，挖挖古董，这比搞艺术更靠谱。

最起码，我毕业的时候能拿个学位回来，有了学位，什么时候想当老师都行。对此，我私下有所保留，我想到了艺术欣赏课的克赖顿小姐，她是伯纳姆高中的老师，身材矮胖，是学生捉弄的对象，经常被穿着皮衣、梳着鸭尾头的男生锁在储藏室里，跟纸和颜料待在一起。

妈妈的一个朋友告诉她，艺术可以在家里搞，那是业余时间的消遣。

艺术与考古专业的学生只有一个是男的，而教授只有一个不是男的。那个男学生和那个女教授都被认为是怪人，前者不幸患有皮肤病，后者有神经性的口吃。那些女生都不想成为艺术家，她们想到高中当艺术教师，有一个女生想成为画廊的策展员。有些都搞不清自己想干什么，她们想早点结婚成家，这样就不用费心干什么的问题了。

她们穿的是两件套羊绒衫，外面套着驼色大衣，配花呢裙子，戴着珍珠耳环。她们穿着整洁的中跟帆布鞋，衬衫剪裁合身，有些穿着套头衫，有些穿马夹搭配裙子，系纽扣。我也穿得差不多，我想做个合群的人。课间，我和她们一起到各种公共休息室、黄油店和咖啡店里，喝咖啡，吃甜甜圈。她们会谈论服装，或者谈论和她们约会的男生，一边舔着粘在手指上的牛轧糖。有两个已经确定了关系。在聊天的时候，她们的眼睛看起来水汪汪的，模模糊糊，似乎很脆弱，就像刚出生的小猫的眼睛，但也狡猾、贪婪、狡诈。

和她们在一起，我感到很不自在，好像一直需要伪装。赫比克先生所谓的身体触感与艺术和考古学相悖，我要是画裸女素描，会被看作浪费时间。这种艺术，别人早就玩腻了。现在没有新鲜的花样，都是残羹剩饭。如果执意去上人体素描班，人家会觉得我自以为是，也是荒唐可笑的。

可是，那是我的命根子，是我的真正生活所在。我开始摒弃不相称、不相关的事物，希望让自己静下心来。第一堂课，我犯了个错误，我穿了一件格子套头衫和一件白色的彼得潘领衬衫，我很快就明白了应该穿什么。我换成那些男生的打扮，还有一个女生也那么穿：黑色的高领毛衣配牛仔裤。这个打扮不是伪装，不像其他的穿着，穿这件衣服是对自己忠诚，最终我鼓足勇气，连白天也穿成这样去上艺术和考古课，但我没穿没有人穿的牛仔裤。我穿了黑色的裙子。我上高中的时候喜欢梳刘海，现在我把刘海留长，把头发往后梳，别在脑后，希望这样看起来朴素整洁一些。大学里的女生穿着羊绒衫，佩戴着珍珠，调侃着附庸风雅的披头士，但很少和我说话。

人体素描班两位年纪较大的女人也注意到了我的变化。"你们家谁过世了？"她们问我。她们一个叫芭布斯，一个叫玛乔丽，都是专业画师。她们都画肖像，芭布斯画孩子的肖像，玛乔丽专门画狗和狗的主人，她们说，她们来上素描班就是为了温故而知新。她们不穿黑色的高领毛衣，而是穿罩衫，样子和孕妇差不多。她们互相称对方为"孩子"，粗声粗气地评论着对方的作品，她们在盥洗室里抽烟，好像这样很好玩，像淘气的孩子。因为她们和我妈妈年纪差不多，和她们一起对着裸体模特，我觉得很尴尬。同时我也觉得她们很不体面。然而，比起我妈妈，她们更让我想起邻居费恩斯坦太太。

费恩斯坦太太最近喜欢穿合身的红色套装，戴着时髦花哨的帽子，帽子上还点缀着樱桃。她看见我的新打扮，很失望。"她看起来像一个意大利寡妇。"她跟我妈妈说，"她自暴自弃。真可惜。理个好的发型，再化一点妆，她会非常漂亮。"妈妈笑着向我转述费恩斯坦太太的意见，好像很轻松、很好玩，但我知道，她总是举重若轻，越是担心，就越装着轻松。这么看来，我是离邋遢不远了。听到"自暴自弃"，我吓了一跳。据说，上了年纪，女人不仅身材发胖，还会变得邋里邋遢，这就是自暴自弃的结果。大甩卖也是自暴自弃的一种表现。

这有一定的道理。我正在自暴自弃。

50

我在一家啤酒屋，和人体素描班的同学一起喝着一扎十分钱的生啤。那个服务员脾气暴躁，他一手托着一个圆形托盘，一手将杯子放下来，杯子像普通的水杯，只是装满了啤酒。泡沫溢了出来。我不太喜欢啤酒的味道，但现在我知道该怎么喝了。我甚至知道在上面撒盐可以减少泡沫。

这间啤酒屋铺着暗红色的地毯，桌子是黑色的，很俗气，椅子装着塑料垫，灯光昏暗，弥漫着汽车烟灰缸的气味。我们去过别的啤酒屋，情况也差不多。有叫蓝迪巷的，也有叫枫叶酒馆的，即使是在大白天，里面也是黑乎乎的，因为不能装窗户，否则人们从街上就可以看到里面的情形。这是为了避免毒害未成年人。我自己也是未成年人，法定可以饮酒的最低年龄是二十一岁，但没有一个服务员会问我要身份证。乔恩说我样子显得年轻，他们认为除非我真的到年龄了，否则我没有那个胆去犯险。

啤酒屋分隔成两个区域。一个是男士区，那里永远吵吵闹闹，是酒鬼和怪人出没的地方，地上布满了锯木屑，啤酒味和尿骚味弥漫，很刺鼻。有时候，你可以听到从里面传来叫喊声和玻璃撞碎的声音。我看见过一个人被两个块头和摔跤手有得比的服务员架了出去，那个人鼻子流着血，手臂挥舞着。

相比之下，女士和陪同区更加干净、更加安静、更加文明，气味更加香甜。如果你是男人，而且不是陪着女人，你就不能进入女士和陪同区。反过来，如果你是女人，你无论如何都不能进入男士区。这是为了防止妓女骚扰男性，也是为了防止酗酒的男性骚扰女性。科林来自英国，他跟我们介绍英国的酒吧，英国的酒吧里有壁炉，可以玩飞镖，可以闲逛，甚至可以唱歌。但是，在啤酒屋里面，上面这些活动都做不了。啤酒屋是用来喝啤酒的。如果你笑得太放肆，会被要求离开。

人体素描班的学生更喜欢去女士和陪同区，但是，他们需要"陪同"至少一位女性才进得去。因此，他们邀请了我，甚至给我买啤酒。我就是他们的通行证。有时候，我是下课后唯一有空的女生，原因在于与我同龄的苏茜经常找借口婉拒他们的邀请，而玛乔丽和芭布斯则要回家。她俩已经成家，大家也不重视她们。男生叫她们"太太画家"。

"她们是太太画家，那么我呢？"我问。

"少女画家。"乔恩开玩笑地说。

科林很有风度，他说："要是你表现不好，你也是太太画家。不然，你就只是个画家。"他们不说"艺术家"。在他们的眼中，自称艺术家的画家都是浑蛋。

我已经放弃了从前的约会方式，不再认为约会是一件严肃的事情。同样，自从出现黑色高领毛衣以来，很少有男生约我，穿夹克和白衬衫的男生知道什么样的女生适合他们。话说回来，他们还只是男孩而已，还不是男人。他们脸颊粉红，经常凑在一起偷笑，对好女孩和坏女孩分得很清楚，也都想拉开女生的吊带和胸罩，但是，这些人都已经吸引不了我。能吸引我注意的反倒是具有下列特质的男人：留了很长时间的小胡子，手指被尼古丁熏黄；满脸皱纹看似饱经沧桑，耷拉着眼皮，悲天悯人；还能在嘴里吐出烟雾后立即从鼻孔吸进去。我不知道为什么自己心中会出现这样的男人形象，这个形象似乎平白无故冒出而且已经完全成型。

人体素描班的同学不是这样的。不过，他们也不穿夹克。他们故意穿着劣质而且沾满颜料的衣服，他们的脸上刚长出胡子，正在从男孩向男人转变。尽管他们也交谈，却不信任交谈的言语。有个男生叫雷吉，他来自萨斯喀彻温省，不善言辞，简直像个哑巴，而沉默寡言给了他一种特殊的身份，好像视觉吞噬了他的一部分大脑，让他沦落为一个白痴圣徒。英国人科林也不受欢迎，他的话不是太多，但字正腔圆。真正的画家应该像马龙·白兰度那样，说话含糊不清。

但是，他们都有办法表达自己的感受。耸耸肩、叽里咕噜、话说一半、手势动作等，都是他们的表达方式。手势动作包括戳手指、挥拳、手指张开、打手势等。有时候，他们也可以用手势来评价别人的画。他们通常会说"太烂了"，偶尔也会说"太他妈的棒了"。反正，他们表达赞赏的情况不是很多。他们还认为多伦多是个垃圾场。他们常说"这里要什么没什么，无聊死了"，怎么逃离经常是他们聊天的主题。巴黎完蛋了，至于英国，连英国人科林都不想回去了。"他们都喜欢画黄绿色的，"他说，"黄绿色的，那不就是鹅粪吗？太消沉了。"只有纽约还行。纽约什么都有，要什么有什么，生机勃勃。

喝了几杯啤酒之后，他们可能会谈到女人。他们有女朋友，有些人已经与女友同居。他们提到女朋友时，都说"我的老婆"。他们也会拿人体素描课的模特开玩笑，每天晚上的人体素描课都会换模特。他们也会聊跟模特上床的事情，说得像真的，好像只要他们想要，他们就能和模特上床。听到这种事，人们通常有两种态度，一种是羡慕，另一种是恶心。他们说："贱货。""丑婆娘。""破鞋。"这时，他们会瞟我一眼，想看看我有什么反应。有时，他们对身体部位的描述会过于详细，比如说："那阴道就像大象的屁眼。""你怎么知道？难道你搞过大象？"他们一来一往，还会示意对方降低音量，就像双方的妈妈就在跟前。他们还没有看出我究竟是什么样的人。

对这种话我不反感。相反，我认为自己有一定的特权：在这一群人当中，我是个例外，但我自己也不明确在哪个方面可以例外。

我坐在阴湿的环境中，空气里弥漫着啤酒和香烟的气味，让我感到些许眩晕。我闭着嘴，眼睛睁着。我想这些人我都能看得清楚，因为我对他们没有任何期待。事实上，我的期待很多。我期待自己能得到认可。

他们所做的种种事情之中，只有一件是让我不开心的：他们在调侃赫比克先生。赫比克先生的名字叫约瑟夫，他们叫他约大叔，因为他留着小胡子，说话有东欧的口音，说什么都不容反驳，很专断。这样对他不公平，因为我知道，现在大家都知道，为了躲避战火，他曾经流亡了四个国家，后来，因为受困于"铁幕"政策，他只能从垃圾里刨食，差点饿死，最终在匈牙利革命期间冒着生命危险逃了出来。他从未提到具体的情况。事实上，在课堂上，他从没有提到过这些经历。然而，这些事情大家都知道。

尽管如此，男生与他的关系还是那么僵。画画很没劲，而且，赫比克先生还是个老土。他们给他取了个绰号，叫作DP，意思是"无家可归的人"，我记得，在高中时代，那是一个侮辱人的说法。当时，这个绰号是指从欧洲来的难民，也指那些愚蠢、粗鲁、不合群的人。他们模仿他的口音，模仿他谈论身体时的措辞和表情。他们之所以来上人体素描课，只是因为这门课是必修课。人体素描不时髦，"行动绘画"才时髦，所以，谁在乎人体素描该怎么画呢？尤其是光着身子的贱女人，怎么画有什么区别呢？尽管如此，他们还是坚持来上人体素描课，用炭笔胡乱画着乳房、臀部、大腿和脖子，有些时候和我一样，一个晚上只画出两只脚，而赫比克先生则大踏步地走来走去，拽着自己的头发，这些学生让他感到绝望。

男生们始终一脸冷漠。在我看来，他们的不屑表现得淋漓尽致，赫比克先生却没有发现。我为他感到难过，感激他让我进了这个班。我也很钦佩他。战争已经远去，成了传说，而他已经度过了最艰苦的岁月。我很好奇，他身上是否中过子弹，或者有其他的伤痕？

今晚，枫叶酒馆的女士和陪同区不仅有我和那些男生，苏茜也在。苏茜长着一头黄色的头发，我看得出来，她的头发卷过，做过定型，后来又故意弄乱，将末梢染成了银灰色。她也穿着牛仔裤和黑色高领毛衣，但她的牛仔裤是紧身牛仔裤，她的脖子上总是挂着一些东西，有时是银链子，有时是奖章。她化了跟埃及艳后差不多的烟熏妆，眼皮上方画了一条很粗的黑线，涂了黑色的睫毛膏和深蓝色的眼影，所以，她的眼睛周边是蓝色，像挨过揍似的，变得瘀青。她涂了白色的粉饼和浅粉色的口红，看起来好像还生着病，或者好几个星期一直都熬夜到很晚才睡。她的臀部很丰满，乳房也很丰满，相对于她的身高，她那对乳房实在太大了，就像橡胶玩具，从头顶一直往下挤，堆在了胸部。她说话的时候感觉上气不接下气，笑声很小，好像受到了惊吓，她的名字也很不响亮。我觉得她是一个笨蛋，是在艺术学校混日子的，根本上不了大学，不过，我不会这样评价男生。

"约大叔今天晚上疯了。"乔恩说。乔恩个头儿很高，留着连鬓胡子，双手很大。他穿着牛仔夹克，上面有很多按扣。除英国人科林外，就数他最能言善辩。他常说"纯粹"和"画面"之类的专业词语，但只限于跟两三个人说，面对全班，他就不说。

"哦。"苏茜说。她笑了一声，还是有点上气不接下气，像是有空气进入她体内，而不是流出。"这样不好！你不应该那样说他！"

听了她这两句话，我感觉很恼火，不仅是因为她说了我本该自己却没有胆子说的话，也因为她在替人家说话的时候，听起来感觉就像一只猫在蹭主人的腿，或者是一只手在爱抚别人的肱二头肌。

"那个自命不凡的老东西。"科林说。他是故意要吸引她的注意。

苏茜睁大画着烟熏妆的眼睛看着他。"他不老，"她严肃地说，"他才三十五岁。"大家哄堂大笑。

她是怎么知道的呢？我看着她，心里充满了好奇。我记得有一次我早早地去了教室。模特还没有到，教室里只有我一个人。过了一会儿，苏茜走了进来，她已经脱下了外套，后面紧跟着赫比克先生。

苏茜走到我的身边，对我说："你不讨厌大雪天吗？"她通常不主动和我说话。在那个时刻，我们的关系似乎颠倒过来，我像是那个刚从冰天雪地里进来的人，她反而浑身暖烘烘的。

<h1 style="text-align:center">51</h1>

白天就像二月份一样。灰色的博物馆礼堂里面水汽缭绕，大家的外套都是潮湿的，靴子都刚蹚过融化的雪水和烂泥。有很多人在咳嗽。

我们已经完成了中世纪时期的课程，看过中世纪时期的圣物箱和拉长的圣徒像，这时正在学习文艺复兴时期，这是艺术的高峰时期。圣母玛利亚简直无处不在。就好像一个巨大的圣母玛利亚，她有一大堆女儿，大多数女儿都长得像她，但也不是完全一样。她们褪去了光环，不像石头和木头雕刻作品那样修长，不再是平胸的样子，而是变得更加丰满。她们升天的频率也不像从前那么高。有些圣母板着面孔，像是戴着面具，坐在壁炉旁或那个时代的椅子上；有些坐在敞开着的窗户旁，背后有人正在修补屋顶；有些圣母的表情看起来很焦虑；有些肌肤白里透着红，头顶上有着铁丝一样细的光环，几缕纤细的金发从面纱旁边冒出来，远处则是意大利的晴空。她们俯身看着摇篮里的耶稣，有些则把耶稣抱在膝盖上。

耶稣看起来不像真的婴儿，因为他的手臂和腿又长又细。即使他看起来像婴儿，也不是刚出生的。我见过刚出生的婴儿，刚出生的婴儿都皱巴巴的，而这些耶稣都不皱。他们看起来都好像出生时就有一岁了，或者像是收缩了的成年男子。这些图片里有大量的红色和蓝色，还有很多喂奶的场景。

黑暗中传来枯燥乏味的声音，主要是在讨论构图，尤其是为了突出人体的浑圆衣服的褶皱、纹理的渲染、使用了透视法的拱门和脚下的瓷砖。我们跳过了喂奶的情景，光标从来都不会落在这些裸露的乳房上，有些乳房被涂成了粉绿色，有点怪诞，让人感到很不舒服，有时会有一只手按压着乳头，甚至能压出乳汁。座位上有一些骚动，没有人愿意提起喂奶的情节，不论是老师还是女生，都不愿意。喝咖啡的时候，这些女生还在颤抖，她们自己有洁癖，将来肯定要用奶瓶喂奶，这样更卫生。

"圣母喂奶的意义，"我说，"在于圣母愿意屈尊去喂。只要经济负担得起的话，大多数妇女会请奶妈给孩子喂奶。"我在一本从图书馆借的书里面读到过，图书馆里的书真多，一排排的。

"哦，伊莱恩，"她们说，"你真聪明。"

"还有，基督是作为哺乳动物来到这个世界上的，"我说，"我有点好奇，不知道玛丽用什么做尿布？如果能保存到今天，那些尿布会变成圣物，'圣尿布'。怎么没有基督蹲便的图画？我知道有一幅画叫《圣包皮》。那么，有没有叫作《圣屎》的画呢？"

"你真恶心！"

我咧着嘴笑，抬起一条腿，脚踝放在另一条腿的膝盖上，双肘支在桌子上。我喜欢用这种无关痛痒的"坏习惯"来恶心那些女生，表明我和她们不是同类人。

这是一种生活，我白天的生活。我还有一种生活，我真正的生活，是晚上的生活。

我一直密切关注着苏茜，注意着她的一举一动。实际上，苏茜和我不同岁，她快二十一岁了，比我大两岁多。她不和爸爸妈妈住在一起，而是住在圣克莱尔北面林荫大道上的单身公寓里，那里有不少新建的高层大楼。大家都认为房租是她的爸爸妈妈出的。她自己怎么负担得起呢？这些大楼有电梯，宽敞的大堂里摆着绿植，有些大楼叫类似"蒙特卡洛"之类的名字。住在里面的是大胆、有追求的人，不过画家对此嗤之以鼻，有许多护士三人一组住在那里。有些画家住在布鲁尔街或王后大街，他们的楼下是五金店和批发手提箱的店铺，还有些画家住在小街道里，跟移民住在一起。

苏茜下课后没有马上走，其实，上课前她就早早地来了，在教室里闲逛，上课的时候，她从侧面偷偷看着赫比克先生。有一次她从他的办公室里出来，刚好被我撞上，她吓了一跳，然后对我嫣然一笑，转过身去，假惺惺地大声喊："谢谢您，赫比克先生！下周见！"她轻轻地挥了挥手，然而，办公室的门半掩着，他不可能看到她，所以，她挥手是给我看的。显而易见，她和赫比克先生有暧昧的关系。而且，她认为他们的事情不会有人发现。

她错了。我无意中听到玛乔丽和芭布斯说起这件事。"听好了，小朋友，这是通过这门课的一条路。"她们是这样说的，"真希望我也能那样，躺在床上，动一动身体，一门课就过了。""别指望了！好日子早就过去了，对吧？"然后，她们开怀大笑，好像这种事根本不算什么，就是好玩而已。

我觉得这种暧昧的关系根本不好笑。我无法将"暧昧"与"爱"分开，只是究竟是谁爱上了谁不清楚罢了。我认定是赫比克先生爱上了苏茜。也许他不是真的爱她，他只是被她迷住而已。我喜欢"迷"这个字，因为可以联想到"六神无主"，就像苍蝇喝了糖浆之后的那种晕乎乎的状态。苏茜还不会"爱"人家，她太肤浅了。在我看来，她是清醒的一方，在两个人的关系中占据着主导地位。她是在玩弄赫比克先生的感情，她采取的方式十分生硬，是从四十年代的电影里学的。我甚至知道她的指甲是什么颜色的，她涂的是"火与冰"指甲油。她的样子感觉很软弱，很喜欢讨好人家，但本质上是个很难对付的人。即使有内疚感，她也会马上甩掉，就像身上散发着芳香那样简单，而赫比克先生则闻着她的芳香，稀里糊涂地上钩了。

苏茜知道了芭布斯和玛乔丽在散布她和赫比克的暧昧关系，如今弄得全班的同学都已经知道。之后，她反而变得更加大胆了。她开始直呼赫比克先生的名字，而且动不动就说"约瑟夫认为""约瑟夫说"。她总是知道赫比克的下落。他有时去蒙特利尔过周末，那里的餐馆好得多，葡萄酒很不错。尽管她从未去过蒙特利尔，但她说得斩钉截铁，不容反驳。她透露了赫比克先生的一些底细：他在匈牙利结过婚，但他的妻子没有和他一起来加拿大，现在他已经离婚了；他有两个女儿，他一直把她们的照片放在钱包里面，与两个女儿分离让他痛苦不堪。"这简直要了他的命。"她轻轻地说，似乎有泪水模糊了她的视线。

玛乔丽和芭布斯贪婪地听着。在她们看来，苏茜有"从良"的倾向。她们怂恿苏茜："听着，我没有怪你！我真的觉得他可爱极了！""我真想把他吃掉！但是，那样就是跟年龄比自己大很多的男人恋爱，对吧？"在洗手间里面，她们挨着坐在两个隔间里，一边小便，一边大声说话，而我就站在镜子前偷听。"我希望他明白这是什么行为。她是个多好的孩子啊。"她们的意思是他应该娶她；或者是说如果她怀孕了，他就应该娶她。这才是体面的做法。

相反，那些画家对她很凶："天哪，你能不能别再提约瑟夫了！好像他放屁都是香的一样！"但她就是闭不上嘴。她只能傻笑，好像有点胆怯，也有点不好意思，但这进一步激怒了那些画家，也激怒了我。这种眼泪汪汪的表情我是见过的。

我觉得赫比克先生需要保护，甚至需要拯救。我想不通，这样一个在很多方面都令人钦佩的男人，在其他方面居然是个笨蛋。此外，我也还没有认识到，男人的骑士精神放到女人身上就会变成蠢事，男人救了人之后往往能够轻易忘却，而女人就难得多。

52

我还住在家里，挺没面子的，但是，大学就在同一个城市里，我为什么要额外花钱住宿舍呢？这是我爸爸的观点，我觉得很有道理。然而，爸爸还有所不知，那根本不是我心目中的宿舍，而是在一幢没有电梯的公寓里的一个套间，楼下是面包店和香烟店，外面有电车咕噜噜地驶过，套间的天花板上覆盖着涂成黑色的鸡蛋托纸盒。

但我不再睡在我小时候睡的房间里，那个房间里装着香草色的灯和窗帘。我搬到了地下室，理由是为了好好学习。在紧挨着火炉的暗室里面，我构建了一个脏乱不堪的小天地。从满满一柜子旧露营装备当中，我找到了一张行军床和一个疙疙瘩瘩的卡其色睡袋。所以，妈妈想把我的床搬到地下室的计划就落空了，她本来还想给我找一个合适的床垫。我用胶带在墙上贴了本地剧院的节目海报（贝克特的《等待戈多》和萨特的《禁闭》），海报上故意留下指纹和墨水迹，像写了字，也不大像，海报的人物模糊，看起来好像在水中泡过一样。此外，我还贴了几张自己精心画的脚。妈妈觉得剧场海报太过阴暗，她也不理解为什么我只画了脚，她觉得应该画出人的身体。我知道最好还是不跟她解释，所以只是眯着眼睛看着她。

至于爸爸，他认为我绘画很有天赋，但是浪费掉了。我的绘画天赋本可以用来画海藻的细胞、植物茎部的截面。他觉得我本可以成为植物学家，但他的设想最终还是落空了。

自从班纳杰先生回到印度后，爸爸对生活的看法变得很悲观。家里人心知肚明，但没有怎么拿出来讨论过。妈妈说他得了思乡病，也就是说他精神上有问题，但实际上，问题不止于此。"他们不肯提拔他。"爸爸说。是"他们"，不是我们；是"不肯"，不是没有，这背后藏着很多意思。"他没有得到应有的赏识。"我想我明白这句话的意思。爸爸对人性的看法一向是悲观的，但是，之前他对科学家还抱有希望，现在，他对科学家的看法也开始消极起来。他觉得自己被他们出卖了。

我听到爸爸妈妈在来回踱步，家里的各种声响，搅拌机的声音、电话铃声、从远方来的消息，都传进了我的耳朵里，好像我是个病人似的。我眨着眼睛从地下室里出来吃饭，呆呆地坐着，默默地吃着鸡肉和土豆泥。妈妈在一边唠叨着，说我怎么食欲不振、脸色苍白。爸爸则依然把我当孩子一样，跟我说着一些有用和有趣的事情。我知道氮肥会促进藻类的过度生长，从而导致鱼类死亡吗？我听说过克汀症这种新疾病吗？造纸公司向河水里倾倒汞，我们迟早都会变成畸形的白痴，那就是克汀症。我不知道，也没有听说过。

"你睡得还好吗，亲爱的？"妈妈问。

"挺好的。"我撒了个谎。

爸爸在报纸上看到一则广告，有一部新电影即将上映，电影的主角是一只受核辐射影响的巨型昆虫。"你知道的，"他说，"那种巨型蚱蜢不可能真的存在。长到这么大，呼吸系统哪里受得了？"

我不知道。

四月，树木还没有吐芽，我还在为迎考而刻苦学习，而哥哥斯蒂芬却被捕入狱了。这可以说是意料之中的事。

斯蒂芬本该在吃饭的时候帮我解围的，但他一整年都没回家。他到处乱跑。他在美国加州的一所大学学习天体物理学，在两年内完成了本该用四年完成的学业，拿到了本科学位。现在，他在读研究生。

我没有去过加州，对那里没有清晰的概念，但我想那里应该是阳光灿烂，全年温暖。天空应该是湛蓝色的，树木应该都是翠绿的。在我的想象中，那里到处是皮肤晒成古铜色的英俊男人，他们戴着太阳眼镜，穿着印有棕榈树的运动衫，而棕榈树也确实比比皆是，此外，那里的女人都是金发长腿的，皮肤同样晒成了古铜色，开着白色的敞篷汽车。

在这些戴着太阳镜、衣着时髦的年轻人当中，我哥哥就是一个异类。从男子学校毕业后，他又回到了从前不修边幅的状态，成天穿着软皮平底的便鞋和肘部破了洞的毛衣。除非有人提醒，他是不会去理发的。但是，谁会提醒他呢？他穿梭在棕榈树之间，但对周围的一切视而不见，吹着口哨，脑子完全被看不见的数字所占据。加州人会怎么看他呢？他们可能把他当成了流浪汉。

那天，他带着双筒望远镜和蝴蝶标本簿，骑着二手自行车去城外野地里寻找加利福尼亚蝴蝶。他来到一个很有希望找到这种蝴蝶的地方，下车，锁好自行车，在某些方面，他还是很细心的。他走向田野，那里一定有长得高高的草，也有长得偏矮的灌木丛。他发现了两只罕见的加利福尼亚蝴蝶，就开始追，时不时停下来用双筒望远镜观察。但是，因为距离太远，他无法清楚辨认，只能往前凑，但每当他靠近，它们就飞了。

他跟着蝴蝶来到了田野的尽头，那里有一个铁丝网围栏。蝴蝶从网眼飞了进去，他也跟着爬了过去。围栏另一侧的那片土地更加平坦，草木也更少。

那块地上有一条泥路穿过，但他丝毫没有放在心上，只顾着跟随那些红色、白色和黑色的蝴蝶。那些蝴蝶身上的图案就像一个沙漏，他以前没有见到过。在这块地的另一边还有围栏，那个围栏比刚才的更高，但他也爬了过去。蝴蝶终于不再飞了，落在一片开着粉色花朵的低矮热带灌木上。他单膝跪下，正举着双筒望远镜对焦，这时有三名穿制服的男人开着一辆吉普车过来。

"你在这里干什么？"他们问。

"这里是哪里？"哥哥问。他说话很冲，因为他们惊动了蝴蝶，让蝴蝶又飞走了。

"你没看见标志牌吗？"他们问，"上面写着：'危险，禁止入内'。"

"没看到，"哥哥说，"我在跟踪两只蝴蝶。"

"蝴蝶？"对方有一个人说。还有一个人用手指在耳朵旁边画着圈，意思是说我哥哥疯了。"神经病。"他说。第三个人说："你觉得我们会相信吗？"

"信不信随你。"我哥哥说。可能措辞不完全如此，反正就是那个意思。

"聪明的家伙。"他们说。这是美国人漫画书里常说的一句话。在我的想象中，这三个人应该是嘴角叼着香烟，拿着手枪或者其他武器，还穿着靴子。

后来得知那三个人是军方人员，那个地方是一个军事试验区。他们把我哥哥带回他们的总部，关了起来。他们还没收了我哥哥的望远镜。他们不相信他是天体物理学的研究生，这个专业的研究生怎么会出来追蝴蝶呢？他们认为他是一个间谍，尽管他们不明白为什么他会这么明目张胆。在间谍小说中，许多间谍都伪装成普通的蝴蝶爱好者，我和军方都了解，我哥哥却不知道。

最后，他们允许他打电话，通知他的导师去保释他。他回去取自行车的时候，发现车已经被人偷掉了。

吃炖牛肉的时候，爸爸妈妈说起了这件事。他们不知道该觉得好笑还是惊吓。但是，我没有听哥哥提起过。我收到了一封信，信是用铅笔写的，纸是从活页本上撕下的。他写的信开头通常没有问候，结束时也没有签名，仿佛每封信都是一封长信的某个中间部分，时间长了，把他的信展开拼在一起，那像一张没有尽头的纸巾。

他说，那封信是在一棵树上写的，爬到树上，他可以越过体育场的围墙看橄榄球比赛。不仅不用买票，而且，他一边看比赛一边吃花生酱三明治，那也比在餐馆里吃更便宜。他不喜欢涉及金钱的交易。事实上，信纸上有好几处油渍。他说他能看到一群人挥舞着彩球，看上去像阉了的公鸡，在蹦蹦跳跳。那些人一定是啦啦队队员。他住在学生宿舍里，有些室友只会泡妞，整天喝美国啤酒，喝得醉醺醺的。在他看来，要醉成那样真不容易，因为美国啤酒那种玩意儿比洗发水还没劲，口感也淡得很。他早餐吃煎蛋，煎蛋是事先冻好的，要吃的时候才热，鸡蛋煎成方形，蛋黄中可以看到冰粒。他说，那是现代技术的功劳。

除此之外，他的日子过得很开心，他学习很努力，正在研读《物性论》。有一个让人头疼的问题：可以说宇宙更像一个不断扩大的巨型软飞船吗？有脉搏跳动吗？会不断膨胀收缩吗？我迫切希望知道答案，但是，指望他找到最终的答案，至少还要等好几年。他用粗体字写道："欲知后事如何，请听下回分解。"

然后，他用正常大小的字体接着写："我听说你在学画画。从前我也喜欢画画。希望你继续吃鳕鱼肝油丸，好好保重吧。"信写到这里就到头了。

我的脑子里浮现哥哥坐在加州的一棵树上的画面。他不知道他是在给谁写信，因为我肯定已经变了，不再是他熟悉的那个样子。我也不再知道是谁在给我写信。在我的印象中，他还是原来那个样子，但这是不可能的，毋庸置疑。他一定知道了很多以前不知道的事情，我也一样。

还有，如果他是一边吃着三明治一边写信，他是怎么抓住树枝的呢？他看样子很开心，就像一个狙击手埋伏在那里。但他应该更加小心一些。我一直认为他很勇敢，但是，他的勇敢可能出于对后果的无知。他以为他很安全，因为他说怎么样就是怎么样。但是，他如今出门在外，周围都是陌生人。

53

我和约瑟夫坐在一家法式餐厅里，喝着白葡萄酒，吃着蜗牛。这是我头一次吃蜗牛，也是我头一次在法式餐厅吃饭。约瑟夫说，这是多伦多唯一的法式餐厅。这家餐厅叫作夏米尔，法语是La Chaumière，约瑟夫说它的意思是"茅草屋"。但是，夏米尔餐厅不是什么茅草屋，而是一幢平淡乏味的建筑，和多伦多的其他建筑没什么不一样。作为一道菜肴，那蜗牛看起来像一大坨黑色的鼻涕，吃的时候要用双齿叉。我认为蜗牛的味道不错，不过嚼起来有点像橡胶。

约瑟夫说，这些不是新鲜的蜗牛，是从罐头里倒出来的。他说得好像有些伤感，好像就要到此结束了，实际上，他并不清楚要结束什么，他说话的时候常常是这个样子的。

他第一次喊我名字的时候就是这样。那是在五月最后一周的人体素描课上。我们每个人都要和赫比克先生单独会面，讨论我们这一年取得的进步。玛乔丽和芭布斯排在我前面，她们拿着咖啡，站在过道里。"嘿，小朋友。"她们说。玛乔丽正在讲一个故事，说她去联合火车站接从金斯敦坐火车来的女儿，碰上了一个暴露狂。她的女儿和我同龄，在女王大学读书。

"他穿着雨衣，信不信由你。"玛乔丽说。

"哦，天哪。"芭布斯说。

"所以，我就盯着他的眼睛，我说，'你就这一点出息吗？'我是说他那根小香肠。难怪那个可怜的笨蛋在火车站乱跑，想让人看一眼他那小玩意儿！"

"然后呢？"

"你别急，我会只讲一半吗？"

她们一边聊天，一边吐着烟雾，小滴的咖啡从口中溅出。和往常一样，我觉得她们有点不像样，她们拿不该开玩笑的事情开玩笑。

苏茜从赫比克先生的办公室里出来。"嗨，你们好。"她说。她好像很开心。她的眼影花了，眼睛里有点粉红色。我一直在读现代法国小说，也在读威廉·福克纳的作品。我知道爱情应该是什么样的，所谓意乱情迷，主要是迷恋，也有晕乎乎的感觉。苏茜就是追逐这种爱情的女孩。她会显得可怜兮兮，她会死缠烂打，甚至会卑躬屈膝。她会躺倒在地上，呻吟着，紧紧抱住赫比克先生的大腿，她的头发像金黄色的海草一样，散落在他黑色的皮鞋上（他可能穿着鞋子，正要往门外走）。从这个角度看不到赫比克先生的膝盖，也看不到苏茜的脸。她被感情冲昏了头脑，失去了理智。

但是，我并不替她难过。我反而有点嫉妒。

"可怜的小兔子。"芭布斯对着她远去的背影说。

"欧洲人啊，"玛乔丽说，"我不相信他离过婚。"

"要我说呢，也许他就没有结过婚！"

"那么，他的孩子是怎么回事？"

"很可能是他的侄女。"

我瞪着她们，怒火中烧。她们的声音太大了，赫比克先生肯定都听到了。

她们走了之后，就轮到我了。我走进去，站好，赫比克先生坐着，翻着我的作品，我的作品摊开放在他的桌子上。这让我很紧张。

他一声不吭，一页页地翻着，看着我画的手、头、屁股。同时，他一直嚼着铅笔。"这幅不错。"他终于说话了，"有进步。这边这条线更放松。"

"哪里？"我一只手撑在桌子上，身体前倾。他头转过来，对着我，我看到了他的眼睛。他的眼睛不是紫色的，而是深棕色的。

"伊莱恩，伊莱恩。"他有点伤感。他把手放在我的手上。我的胳膊顿时感到一阵寒意，接着肚子也发凉；我僵住了，不知所措。我一直想着要营救他，那么，这就是我一直在寻求的结果吗？

他摇摇头，好像他已经自暴自弃了，或者是别无选择，然后把我拉倒，靠在他的两个膝盖中间。他都没有站起来。就这样，我跪在地板上，头向后仰，他的手抚摸着我的后颈。我从未那样被吻过。那就像一个香水广告，陌生、危险，还有点有损人格。我可以站起来夺门而去，但是，如果我待在原地，哪怕再多一分钟，就不用在汽车座椅或电影院里被乱摸，也不会为解开胸罩手忙脚乱，还发生争执。不用废话，也不用乱来。

我们搭乘出租车去了约瑟夫的公寓。在出租车里面，约瑟夫离我很远，不过他一直把一只手放在我的膝盖上。当时我还不习惯打车，我觉得司机会通过后视镜看着我们。

约瑟夫的公寓在黑泽尔顿大街，这里虽然不是贫民窟，但已经很像了。房子都很旧，挨得很近。楼前有破旧的小花园，屋顶是尖的，门廊的柱子是用模子压出的木质柱子。人行道上的汽车一辆挨着一辆。大多数房子都两两连在一起。约瑟夫就住在这些破旧的房子里面。他住在二楼。

一个胖老头穿着衬衫和吊带裤，躺在约瑟夫隔壁房子的门廊上，晃荡着。约瑟夫付了出租车费，我们走上台阶，他一直盯着我们。"天气不错。"他说道。

"是不错。"我说。约瑟夫没有理他。我们走上狭窄的楼梯，他的手轻轻地搭在我的后颈上。不管他碰了我哪个地方，我都会觉得很重。

他的公寓有三个房间，前面有一个房间，中间的房间带一个小厨房，后面还有一个房间。房间都很小，家具也很少。看起来好像他是刚搬进来的，或者正准备要搬出去。卧室刷成了淡紫色。墙上挂着几幅印刷画，画着几个拉长的人物，颜色暗淡。卧室的地板上放一张床垫，上面盖着一条墨西哥毯子，除此之外空荡荡的。我看了看，心想，这就是成年人的生活吧。

约瑟夫吻了我，这次是站着的，但我感到很别扭。我害怕有人会透过窗户看到我们。我也害怕他会叫我脱下衣服，然后他会把我翻来覆去，远远地看着我。我不喜欢人家从背后看着我，这是一个我无法控制的视角。但是，如果他提出这样的要求，我也会服从，因为我的任何迟疑都会让他不再理我。

他倒在床垫上，躺着，眼睛向上看，好像是在等着我。过了一会儿，我在他身边躺下，他又吻了我，轻轻地解开了我的扣子。我穿着一件特大号的棉衬衫，扣子是这件衬衫的，因为天气暖和起来了，我不再穿高领毛衣，而是穿上了这件棉衬衫。我搂住他，心想，他是经过战火洗礼的人。

"苏茜怎么办？"我问。话一说出口，我就意识到这个问题很幼稚。

"苏茜？"约瑟夫好像努力在想谁是苏茜。他的嘴就凑在我的耳边，他说这个名字的时候，我仿佛听到了一声满是遗憾的叹息。

墨西哥毯子扎人，但我不是很在意，第一次性行为都不会很舒服的。我以为会闻到避孕套的味道，也会很疼痛，结果并不像大家说的那么痛，也没有出很多血。

约瑟夫不希望我会痛。"疼吗？"他在中间问我。"不疼。"我说，但身体还是紧；他没有停下来。他也没料到我会出血。这条毯子得洗了，但他没有提起。他十分体贴，轻抚着我的大腿。

约瑟夫整个夏天都是这么干的。有时他带我去餐馆，餐桌上铺着格子桌布，摆放着用基安帝葡萄酒瓶改造的蜡烛灯，有时他带我去人很少的小影院看讲瑞典人和日本人的故事的外国电影。但是，我们每次都会回到他的公寓，在墨西哥毯子的下面或上面做爱。他做爱的风格捉摸不透，有时急不可耐，有时像例行公事，有时心不在焉，胡乱一通。也许，正是他的捉摸不透让我欲罢不能。另外，他的需求，在我看来有时是无法抑制的，超出了他的控制。

"不要离开我。"他一边说着一边用双手抚摸我。这样的抚摸总是在做爱之前，之后就没有了。"你要是离开了，我会受不了。"这种话很迂腐，如果是别的男人说的，我会觉得滑稽可笑，但是，听到约瑟夫说这句话，我丝毫不觉得可笑。我爱上了他的需求。一想到他需要我，我就觉得浑身酥软。因此，我取消了回马斯科卡度假村的计划，我去年夏天就在那里工作，今年原本也想去。于是，我在布鲁尔街的瑞士小屋找了一份工作。瑞士小屋只卖鸡肉，牌子上写着"烤鸡"。不过，除了鸡肉配酱，还有凉拌卷心菜和白面包，以及勃艮第樱桃味冰激凌，冰激凌有部分是紫色的，很显眼。我穿着制服，口袋上缝了我的名字，就像在高中上体育课一样。

有时候，约瑟夫会在我下班后去那里接我。"你身上有炸鸡的味道。"在出租车里，他脸贴着我的脖子，这样跟我说。在出租车里，我放下了所有的矜持，靠在他的身上。他的手有时搂住我，有时放在我的胳膊下，有时放在我的胸脯上。有时候，我把头枕在他的腿上，在座位上躺下。

我也不在家里住了。晚上我要和约瑟夫约会，约瑟夫希望我整个晚上都跟他在一起。他希望醒来的时候我就在他身边睡着，然后他不叫醒我就和我做爱。我跟爸爸妈妈说我只是这个夏天住在外面，我想靠瑞士小屋更近一些。他们认为这样浪费钱。他们正在北方度假，我可以一个人住一整套房子；但是，我对自己的看法和爸爸妈妈对我的看法已经不在同一个频道上了。

要是我去了马斯科卡，今年夏天我也不会住在家里。但是，留在同一个城市里却不住在家里，感觉还是有些不一样。我和瑞士小屋的另外两个女孩一起住在哈伯德街的一幢公寓里，那幢公寓的形状像一条走廊，她们和我一样，都是出来打工的学生。浴室里挂着各种颜色的袜子和内裤，像挂了一串彩带，卷发筒放在橱柜上，就像毛毛虫一样，洗碗池里堆着各种餐具。

我和约瑟夫一周见两次，其他时候，我不会想到要给他打电话或者去见他。他要么不在家，要么就是和苏茜在一起，他根本没有和她分手。但是，我们不会把我的事告诉她，我们不能声张。"对她的伤害太大了。"他说。再怎么也不能让她知道，如果一定有人受伤，那个人必须是我。与此同时，我感觉我得到了他的信任，我们都想保护苏茜免受伤害。这是为她好。我从中获得了知道所有秘密的满足感，我知道，她却不知道。

但是，苏茜还是发现了我在瑞士小屋打工，可能是约瑟夫怕她发现而故意先说漏嘴的，也可能是他想让我们在一起，这样他会觉得很兴奋。她偶尔会在傍晚来喝一杯咖啡，那时候瑞士小屋里通常没有什么人。她稍微胖了一些，脸上肉嘟嘟的。我能预见到，她要是不好好保养，十五年后会变成什么样子。

我对她很热情，比以往任何时候都热情。同时，我也对她有一点防备。如果她发现了真相，她是否会歇斯底里，拿着切牛排的刀子来杀我呢？

她说想和我聊聊。她说想找个时间和我聚聚。她还是三句话不离约瑟夫。她看起来好像很失落。

跟我谈起苏茜的时候，约瑟夫就好像在讨论一个问题少年。他说："她想要结婚。"他的言外之意是苏茜在无理取闹，但是要拒绝她的要求，就好像拒绝给她买一个太贵而买不起的玩具，反过来会深深地伤害到他自己。我不希望我和苏茜一样任性、胡闹。我不想嫁给约瑟夫，或者其他任何人。在我的心目中，婚姻是不光彩的、愚蠢的交易，而不是无私的馈赠。更有甚者，一想到结婚，约瑟夫的形象就会变坏，约瑟夫不应该是谈婚论嫁的对象。他适合做一个情人，守着他自己的秘密和空荡荡的房间，守着他自己的不幸和噩梦。不管怎么说，我是不会考虑结婚的。那时的我天真无邪，像小孩子玩的玩偶，还系着彩带。与其结婚，我倒不如把精力投入绘画事业。我会喜欢上染头发，穿奇装异服，戴沉重而又怪异的银首饰。我会经常去旅行。我可能还会喝酒。

（当然，我也害怕怀孕。除非你已婚，否则你是搞不到子宫帽的，避孕套倒是可以私下买，但也只卖给男人。有些女生在汽车的后座上和男人做爱后怀孕，因此从高中辍学，还有些女生发生了稀奇古怪、始终得不到解释的情况。人们发明了一些诙谐的俚语来指代怀孕，比如说谁"泡汤了"或者"倒霉了"。但是，这种在厕所里说的玩笑话与约瑟夫完全搭不上边，他是淡紫色卧室里的高手。也跟我毫无关系，不过我还晕乎乎的，沉醉在里面。但是，我没有在袖珍日历上做什么标记。）

我有空的时候，如果不是和约瑟夫在一起，我会画画。有时我用彩色铅笔画。我画我住的公寓里的家具，比如从赛莉·安旧货店里买来的加厚沙发，有换下了的衣服随意扔在沙发上。我也画了室友的妈妈借给我们的球茎状台灯，以及厨房凳子等。更多的时候，我没有精力画画，就躺在浴缸里读犯罪小说。

约瑟夫不愿意跟我讲战争的历史，也不愿意说在匈牙利革命期间他是怎么逃离匈牙利的。他说这些事情太糟心，他想忘却。他说死亡的方式有很多种，有些方式比较愉快，有些方式就不那么愉快。他说我很幸运，我碰不上那种事情。"这个国家不存在英雄，"他说，"你把心放平，不用折腾。"他说我是纯洁、纯粹的。他说他就喜欢我这样。他一边说着，一边用双手摸着我的皮肤，好像在给我擦拭，想把我擦得光光滑滑。

但是，他跟我说了他做过的梦。他对这些梦很感兴趣，事实上，我没有听说过这样的梦。他的梦里出现过红色的天鹅绒窗帘、红色的天鹅绒沙发、红色的天鹅绒房间。都用白色的丝绳串着，两头都垂着流苏。他对质地很在意，记得特别清楚。另外，他还梦到了茶杯，杯子里的东西正在腐烂。

他梦到一个女人浑身裹着玻璃纸，甚至脸上也蒙着玻璃纸，还有一个女人裹着白色的裹尸布，在阳台上沿着栏杆走着，还有一个女人脸朝下躺在浴缸里。当他跟我讲这些梦的时候，他并没有看着我，严格地说，他是在看我大脑深处的一个点。我不知道该怎么应答，只是微微一笑。我有点嫉妒出现在他梦里的那些女人，里面没有我。约瑟夫叹了口气，然后拍拍我的手。"你真年轻！"他说。

我不知道该怎么回他，我觉得自己已不再年轻了。我反倒觉得自己像个老古董，劳累过度，太热了。由于一直闻着烧鸡的味道，我的食欲不强。现在是七月的下旬，多伦多的湿气很重，上空好像罩着一层水雾，今天瑞士小屋的空调又坏了。有人在抱怨。有人把放着小面包和蘸酱的大托盘打翻在厨房的地板上，导致厨房的地板很滑。厨师骂我是蠢货。

"我没有祖国。"约瑟夫有点伤感地说。他温柔地抚摸着我的脸颊，直直地看着我，我也看着他。"现在，你就是我的祖国。"

我又吃了一只不是很新鲜的罐装蜗牛。我突然觉得自己很可怜。

54

科迪莉亚离家出走了。她自己不是这么说的。她先找到我妈妈，然后找到了我。下午休息的时候，我和她一起喝咖啡，不过不是在瑞士小屋喝。我在瑞士小屋喝咖啡不用花钱，但是，现在我总想着离开那里，远离后厨的肉臭味，远离那一排排像死婴一样光溜溜的鸡，以及那些顾客留下的剩菜，这些剩菜弄成了烂泥，像热乎乎的狗粮。所以，我们来到了默里餐厅，在公园广场饭店的那条街上。这里还算干净，没有空调，但有吊扇。在这里，至少我不知道后厨有多恶心。

科迪莉亚瘦了，几乎骨瘦如柴了。她的长脸上颧骨很高，一双灰绿色的眼睛显得很大。两个眼眶都画了一圈绿线。她的皮肤晒黑了，嘴唇涂成橙红色，颜色比较淡。她的手臂瘦得像麻秆，脖子倒是线条优雅，头发往后梳，像芭蕾舞女演员那样。虽然现在是夏天，但她穿着黑色的长裤，同时穿着凉鞋，不过不是轻巧的女式夏季凉鞋，而是厚底的，有点艺术感，配原始的农民带扣。她上身穿着一件黑色的低胸圆领短袖针织衫，下身是蓝绿色的全棉布短裙，印着抽象的黑色旋涡和方块图案。此外，她还系着一条黑色的宽皮带。她戴着两只沉甸甸的戒指，一只上面有绿松石，耳朵上戴着挺大的方形耳环，一只手上戴着银手镯，那是墨西哥银手镯。她不算漂亮，但绝对会吸引目光，我就被她深深吸引了，她有生以来第一次看起来那么与众不同、出类拔萃。

刚见面，我们握手互致问候，轻轻拥抱了一下，发出惊讶和喜悦的声音，像很久没有见面的女人一样。然后，我在默里餐厅里熬着，喝着寡淡的咖啡，一边听着科迪莉亚说话，一边在想，我为什么要同意来这里呢？我比不上她，我穿着皱巴巴的瑞士小屋工作服，衣服上好几个地方沾了肉汁，腋下冒着汗，脚痛，头发凌乱，像烧焦的羊毛一样卷着。我有黑眼圈，因为我昨晚和约瑟夫在一起。

与此同时，科迪莉亚却一直在向我炫耀。她想让我看看她经历了邋里邋遢、暴饮暴食的失败人生之后，现在变成了什么样子。的确，她脱胎换骨。她镇定自若，口若悬河，好像消息很灵通。

目前，她在斯特拉特福德莎士比亚戏剧节做事情。她就是个跑龙套的角色。"都是很小的角色。"她一边说着，一边轻蔑地挥舞戴着手镯和戒指的手，她的意思是说那些事情可做可不做，"你知道，就是扛矛吆喝之类的。当然，我是不扛矛的。"她笑了起来，然后点了一支烟。我不知道科迪莉亚是否吃过蜗牛，我觉得她很可能经常吃，想到这里，我感到很沮丧。

如今，斯特拉特福德莎士比亚戏剧节已经相当有名了。几年前开始在斯特拉特福德镇举办，镇上有一条埃文河穿过，河里有两种颜色的天鹅。这些我都在杂志上看过。人们搭乘火车、公共汽车前往，或者驾车去，车里带着野餐食品，有时，他们整个周末都待在那儿，看三到四部莎士比亚戏剧。起初，节日是在一个大帐篷里举行的，就像马戏团一样。如今，举办节日的场地鸟枪换炮，变成了一座新奇而又现代化的圆形建筑。"所以，表演的时候，都要面对三个方向的观众。嗓子吃不消。"科迪莉亚微笑着说，举重若轻，好像只有她一个人面对着观众，只有她需要大声念台词。她像是那种可以一边走一边想台词的人。她会即兴表演。

"你爸爸妈妈有什么想法吗？"我问。我最近也一直在思考着这个问题：爸爸妈妈有什么想法？

科迪莉亚的笑容顿时消失了。"他们很高兴，我现在终于有事情做了。"她说。

"珀迪和米瑞呢？"

"你了解珀迪的，"她的脸绷得紧紧的，"她总是那么尖酸刻薄。不过，我不再让着她了。你呢？你觉得怎么样？"这是她一贯的笑话，我笑了。"说真的呢。你最近在忙什么？"这是我记忆犹新的声调，彬彬有礼，但没有多大的热情，"上次见面已经过去很久了。"

说到上一次见面，我心里还有一点愧疚。"哦，没什么，"我说，"上学。你知道的。"现在回头想想，我确实没有在忙什么。这一年来，我到底干了什么？学到了一点艺术史知识，那只能算是一点皮毛，也用木炭笔乱涂乱画。还没有拿得出手的作品。当然，我和约瑟夫好上了，但他不能算是我的成就，我决定不要提起他。

"上学！"科迪莉亚说，"我倒是庆幸不用再上学了。天哪，上学多无聊啊。"不过，斯特拉特福德戏剧节只在夏天举办。到了冬天，她还得想想该干什么。她可以跟着厄尔利·格雷剧团到各个高中巡回演出。也许她已经准备好了。

她能参加斯特拉特福德戏剧节的工作，就是厄尔利·格雷的一个堂兄弟帮忙的，他记得她在伯纳姆高中曾经披着床单上场演出。"人脉很重要。"她说。她曾经在《暴风雨》中扮演普洛斯彼罗的一个精灵随从，在剧中，她必须穿着连裤紧身衣，上面再套一件薄纱似的戏服，戏服上面挂着干树叶和闪光的金属片。"恶心！"她说。第一幕，她扮演了一个水手，因为她个子高，可以扮演这个角色。她还在《理查三世》中扮演一个宫女，在《一报还一报》中扮演一个修女。在《一报还一报》里面，她还用甜蜜蜜的英国腔念了一些台词：

而且讲话的时候，不准露脸，

露脸的时候不准讲话。

"排练的时候，我一直搞不清楚这是什么意思，"她掰着手指说，"讲话，不准露脸；露脸，不准讲话。"她双手合十，头低下，身体前倾，作祈祷状。然后，她站起来，行了一个从《理查三世》里学来的宫廷屈膝礼，在默里餐厅喝茶的女性购物者都直直地看着她。"明年，我希望能在《麦克白》里面扮演第一女巫。'何时姊妹再相逢，雷电轰轰雨蒙蒙？'老头子说我可以演这个角色。他认为让年轻人扮演第一女巫，效果会非常好。"

她嘴里的这个老头子就是泰龙·格斯里，这位来自英国的导演声名显赫，我不能假装没听说过。"那太好了。"我说。

"还记得《麦克白》在伯纳姆上演的时候吗？还记得那棵卷心菜吗？"她说，"我太丢人了。"我不想去回忆这些往事。过去已经变得断断续续，就像石头在水上打水漂，也像一张张的明信片：我依稀看见了过去的自己，随后是漆黑的空白，接着又是一个自己，紧跟着又是一片空白。我穿过蝙蝠袖的套头衫和平绒拖鞋吗？我穿过像棉花糖一样的衣服去参加正式的舞会吗？我是否搂过某个陌生人，他的腹股沟顶着我的腹股沟？男生送我的干胸花早就扔掉了，毕业证书、班级徽章和照片也都放到了妈妈的地下室里，和失去光泽的银器一起放在皮箱里。我好像看到了那些照片，一排排涂着口红、卷发贴着脸颊的学生。拍这种照片，我永远笑不出来。我会面无表情地凝视着远方，在青春期，我对这种小插曲是不屑一顾的。

我记得我曾经很尖酸刻薄，我记得我当时是多么自以为是。但是，我当时并不聪明。我现在变聪明了。

"还记得我们曾经顺手偷东西吗？"科迪莉亚问，"在那段时间，那是我唯一真正喜欢的事情。"

"为什么？"我问。我并不是很喜欢。我总是担心被人家抓住。
"那是我能做主的事情。"她说。我不清楚她是什么意思。

科迪莉亚从挎包里拿出一副太阳眼镜戴上。我从镜面上看到了自己的影子，两边都一样，都是单色的，比真人要小得多。

科迪莉亚给了我一张斯特拉特福德戏剧节的免费门票，让我去看她的演出。我上了公共汽车。票是午后场的，我看完表演可以再乘公共汽车回来，赶得上到瑞士小屋上夜班。那场戏是《暴风雨》。我是冲着科迪莉亚去的，普洛斯彼罗的精灵侍从伴随着音乐和闪烁不定的灯光出现时，我很仔细看，想在被戏服伪装起来的人物当中找到她。但我没有找到。

55

约瑟夫要重新设计我的打扮。"你应该把头发散开。"他说。同时，他把发夹从蓬松的发髻上解下来，双手插进去，把我的头发抖开。"你这个样子就像一个吉卜赛人，很好看。"他的嘴唇贴在我的锁骨上，又把他披在我身上的床单掀开。

我站着不动，让他随便弄，没有丝毫抗拒。现在是八月，天气太热，人懒得动。潮湿的雾霾笼罩着城市，让我的身上形成了一层油膜，还渗入了我的肌肤。我浑浑噩噩地过了一天又一天。我不再画公寓里的家具了，我把浴缸装满冷水，然后钻进去，但我不再躺在里面看书了。不久就要回学校了。我没有想过返校的事情。

"你应该穿紫色的连衣裙，"约瑟夫说，"那样会更好看。"他让我站在窗前，对着黄昏暮色，然后让我转过身，往后退一步，伸手在我的腰上摸来摸去。我不再担心是否会被人家从窗户外面看到。我感到自己的双膝开始发软，嘴巴微微张开。我们在一起的时候，他不再来回踱步，也不再拽自己的头发，他的动作缓慢、温柔、淡定、从容。

约瑟夫带我去公园广场饭店的屋顶花园，我穿着新买的紫色连衣裙。裙子的上身紧贴在身上，领子开得很低，下摆很宽，走路时，裙子的下摆不断摩擦着我没有穿袜子的双腿。我的头发松散、潮湿，感觉就像拖把一般。坐电梯上去的时候，我无意间从烟灰色的电梯墙上看见了自己的模样，那正是我在约瑟夫眼中的形象：一个苗条的女人，头发像一朵云，瘦削白皙的脸上有一双忧郁的眼睛。我发现那是十九世纪晚期的风格，拉斐尔前派的风格。我要是手里拿着一枝罂粟花会更好。

我们坐在露台上，喝着曼哈顿鸡尾酒，一边越过石头栏杆往外面看。约瑟夫最近对曼哈顿鸡尾酒很感兴趣。这家饭店是这个片区最高的建筑之一。在我们下方，多伦多在傍晚的热气中溃烂，绿化就像被踩薄了的苔藓，远处的湖泊仿佛镀了一层锌。

约瑟夫告诉我，他曾经开枪打中一个人的头，让他不安的是，当时拿枪打人非常容易。他说他讨厌人体素描课，他不会一直教下去，他不想被困在这个偏僻且死气沉沉的地方，给一群白痴教入门知识。"我来自一个不复存在的国家，而你来自一个尚不存在的国家。"他说。以前，我会觉得这种话很深刻。现在，我却不明白他是什么意思。

他说，多伦多没有欢乐，也没有灵魂。无论如何，绘画的源头在欧洲。"已经无所谓了。"他说着挥了挥手，算是跟绘画告别。他想进入电影行业，去美国当电影导演。一旦计划有了眉目，他就去。他人脉很广。他认识很多匈牙利人，还有波兰人和捷克斯洛伐克人。至少，在美国拍电影机会更多，因为只有在美国才会先拍一些短片，比如树叶打着转儿落入池塘，或者用延时摄影技术拍摄开放的花朵，再配上笛乐，然后将这些短片作为素材放进大电影。他认识的那些人在美国都混得风生水起，他们会带他入行的。

我握住约瑟夫的手。这几天，他做爱的时候都心不在焉，好像心事重重。我发现我醉了，而且还有点恐高。我没到过这么高的地方。我脑子里闪过靠着石栏杆然后慢慢倒下去的念头。从这里可以看到美国，那边就像地平线上的一层绒毛。约瑟夫没有问我是否想要和他一起去美国，我也没有问他。

他反过来问我："你怎么都不说话？"他摸了摸我的脸颊，"神秘兮兮的。"我不觉得我有什么神秘的。我很茫然。

他盯着我说："你什么都愿意为我做吗？"我将身体从栏杆上收回来，反过来倾向他，不再看着地面。回答"是"很容易。

"不。"我说，这让我自己吃了一惊。我不知道这个斩钉截铁的答案从何而来，出人意料，却是我的真实想法。听起来有点鲁莽。

他伤心地说："我不这么认为。"

一天下午，乔恩来到瑞士小屋。一开始我没有认出来，我没有太仔细地看他。当时，我正拿着一块抹布费劲地擦着桌子。因为困意，我的手臂非常沉重。昨晚我和约瑟夫在一起，但今天晚上我不会去找他，他今天晚上会和苏茜在一起。

这几天，约瑟夫很少提到苏茜。谈到苏茜时，他的话里总是带着怀旧的情绪，仿佛她是值得怀念的故人，也仿佛是个诗歌中赞美的死人。不过，这可能只是他的说话习惯。也许，他们一起度过了几个枯燥乏味的夜晚，像一对老夫老妻那样过日子，丈夫看看报纸，妻子烧菜做饭。虽然约瑟夫说不会暴露我的存在，但是，也许他们会像我和约瑟夫讨论苏茜那样讨论我。想到这里，我就很不舒服。

　　我宁愿把苏茜想象成一个住在林荫大道上的蒙特卡洛单身公寓的女人，眼巴巴地望向窗外，目光越过粉刷过的钢板阳台，默默流着泪，苦苦等待约瑟夫现身。我想不出除此之外她会怎么样。我不能想象她会像我一样洗内裤，然后用毛巾包着拧干，挂在浴室的毛巾架上。我也想象不出她吃饭的样子。她和我一样软弱，没有个人意志，被爱情冲昏了头脑。

　　乔恩说："好久不见。"他倏然进入我的视线，隔着我擦桌子的手臂，冲我咧嘴笑着，他的脸晒得比我印象中的还要黑，在这张黑脸的衬托下，牙齿白花花的。他靠在我正在擦的桌子上，穿着一件灰色的T恤和一条旧的牛仔短裤，牛仔裤是他自己剪的，剪到膝盖上方，脚上穿着跑鞋，没有穿袜子。看样子，乔恩身体比冬天时更好。以前我没在白天见过他。

　　我意识到我穿着脏兮兮的制服。他会闻到我腋下的汗酸味吗？会闻到鸡油味吗？"你怎么来的？"我问。"走进来的，"他说，"来一杯咖啡？"

　　他暑假在一个工程部打工，负责填补路上的坑，往热胀冷缩造成的裂缝里灌沥青。他身上有淡淡的沥青味。他的衣服也不算干净。"等会儿去喝啤酒吧，怎么样？"他问。这是他以前常说的一句话。跟往常一样，他想要一张进入女士和陪同区的"通行证"。我下班后没事，就说："好啊！我得先回去换衣服。"

　　下班后，我洗了个澡，穿上那件紫色的连衣裙。我和他在枫叶酒馆碰头，然后一起走进女士和陪同区。我们坐下来喝生啤，那里灯光昏暗，很凉快。单独和乔恩在一起有点别扭，因为以前都是一大群人。乔恩问我最近在干什么，我说没干什么。他问我有没有见过约大叔，我说没有。

"他可能钻进苏茜的裤裆里了，"他说，"这浑蛋，艳福不浅啊！"他仍然把我当成一个假小子，跟我说一些下流的粗话。"钻进裤裆里"这个说法让我很惊讶，他肯定是从英国人科林那里学来的。我很好奇他是否也了解我的事情，是否也在背后谈论我的裤裆。不过，他怎么会呢？

他说工程部的工资很高，但他没让人家知道他是学画画的，尤其是没让那些正式工人知道。他说："我要是说了，他们准会把我当成傻瓜。"

我比平常喝了更多的生啤，灯光忽明忽暗，打烊的时间到了。夏天的晚上很热，我们在街上走着，我不想一个人回家。

乔恩问："你一个人回去行吗？"我没有作声。"好吧，我送你回去。"他说。他搂住我的肩膀，我闻到了他身上的沥青、尘土气息，甚至可以闻到被太阳晒黑的皮肤的气息，我哭了起来。醉汉摇摇晃晃地从男士区走出来，我站在街上，双手捂着嘴不停地哭，我觉得自己很傻。

乔恩吓坏了。"嘿，老兄！"他不自然地拍拍我，"你没事吧？"

"没事。"我说。听到他叫我"老兄"，我哭得更厉害了。我觉得自己真没用，我觉得自己很丑。我希望他以为我喝多了。

他一只手抱住我，抱得很紧。"别哭了，"他说，"我们去喝杯咖啡。"

我不哭了，和他一起走着。我们走到了一家箱包批发店，旁边有个门。他拿出一把钥匙，我们在黑暗中走上楼梯。在楼梯上，他吻了我，他的嘴里有沥青和啤酒的味道。楼梯里没有亮灯。我双手抱住他的腰，紧紧地抱着他，好像我就要陷入泥潭，而他是我的救星。他抱着我进入漆黑一片的房间。我们撞上了墙壁和家具，然后一起倒在地板上。

十一

坠落的女人

FALLING WOMEN

56

我继续沿着女王大街向东走，午餐时喝了一点酒，头还有点晕。也就是有点醉意。酒精是一种镇静剂，过一会儿我会很低迷，但现在很兴奋。我微微张着嘴，哼着歌。

这里有一组铜绿色的雕像，上面有黑色的污渍，像金属的血液一样流下来：一个女人坐着，手里拿着权杖，她的周围有三个年轻的士兵。他们在向前行进，腿上缠着护腿。他们保卫着帝国，表情都很严肃，脸色都阴沉着。时间凝固了。在他们上面的一块石板上，站着另一个女人，而这个女人长着天使的翅膀。她象征着胜利还是死亡？还是两者兼有？这组雕像是一座纪念碑，纪念九十年前的南非战争。我在想，还有没有人记得那场战争？在这些疾驰而过的汽车中，有没有人会抬头看一眼这座纪念碑？

我沿着圣诞老人游行的路线，从大学路向北走，走过了几家散发着消毒水气味的医院。动物学大楼几年前就拆了。我曾经坐在窗台上看着游行队伍从下面走过去，有的人像湿漉漉的小精灵，有的像雪花，我同时还闻到蛇、防腐剂和老鼠的气味，如今，这里已经空无一物。还有谁记得大楼的位置?

现在，这条路上有好几处喷泉，有许多方形的花坛，还刚立了不少造型奇特的雕像。我沿着议会大厦的周围走着，深粉色的议会大厦就像一个维多利亚时代的老太太蹲在地上，裙子被风吹起来，她的表情古板、冷漠。那面我永远画不好的旗帜降格成为省旗，此时正在大楼前飘扬，旗面鲜红，左上角有一面英国国旗，下面是我画不出来的海狸和树叶图案。新国旗也在那里飘扬着，两边各有一条红色，中间白色的底色上有一片鲜红的枫叶，就好像某种廉价人造奶油的商标，或者是一只雪地猫头鹰。其实，这面国旗早就换上了，但我仍然觉得是新的。

我穿过街道，绕到一个小教堂的后面。这个地方在重新开发，只剩下小教堂孤零零的。周日布道的消息写在告示牌上，好像是超市的特价促销广告："眼见为实"。小教堂的门口竖着一面平板玻璃。在这亮晶晶的门面背后，是一束束起绒布、软皮革和精巧的银器。意大利面让人垂涎三尺。这几年来，神学已经发生了变化。过去，每个人都相信罪有应得[1]，如今，这里变成了专卖蛋糕的餐馆。只是加了个"s"，大家就放下了罪恶感。

我拐弯进入一条小街，两侧都是精品店，出售手工织物、法式孕妇装、系着缎带的肥皂、进口烟草等。这里也有豪华餐馆，里面的葡萄酒杯都是细脚的，价格高昂，主要是卖地段，设最低消费。这里还有名牌牛仔裤的专卖店、卖威尼斯折纸摆件的商店、闪烁着踢腿霓虹灯的精品长筒袜店。

以前，这些房子破破烂烂，约瑟夫曾经住在这个"贫民窟"里。那

---

1 原文为"just deserts"，多加一个"s"，即"just desserts"，就变成了"甜品专卖店"。

时候，正好是炎热的八月，一个肚子里灌满了啤酒的胖老头儿坐在门廊上，汗流浃背，周围邻居的孩子大吵大叫，狗趴在地上喘着气，拴在栅栏上的狗绳磨损严重，油漆从木头上剥落，路边的金盏花打着蔫儿。如果当时把几千美元投到恰当的地方，现在就成百万富翁了，但是，谁有先见之明呢？反正我不是那种人。我走上狭窄的楼梯来到二楼，那里曾经是约瑟夫的家。我的呼吸变得急促起来。夏日的傍晚，夜幕降临，他的手搭在我的后背上，我觉得很重，他不着急，有点压抑，有点忧伤，也有点渴望。

对于约瑟夫，我比那时更了解他了。因为我长大了。他的忧郁，他的野心，他的绝望，他空虚的内心，我都知道了。我知道危险所在。

比如说，他干吗要和两个比他小十五岁的女人搞在一起？如果我的女儿爱上了这样的男人，我会发疯的。就好像莎拉和她最要好的朋友放学回家，跟我说她们在公园里看到了暴露狂，她们第一次看到了暴露狂："妈妈，妈妈，有一个男人脱了裤子！"

我会感到害怕，也会怒不可遏。你敢碰她们，我就杀了你。但是，对于孩子们来说，这就是好玩而已。

也好像我生了莎拉后第一次进厨房。我带着莎拉从医院回家，进入厨房，我心里会想：所有这些刀具，这些尖锐的物品和会烫人的东西。眼前的这一切，都有可能会伤害到她。

也许，我的女儿会偷偷摸摸地和约瑟夫或乔恩那样的男人谈恋爱。她们找那种邋遢的或者年长的男人，到底是为了满足自己的需要，还是为了恶心我？谁知道呢？她们一直很体谅我，尽量避免吓到我。

我在报纸的头版上看到了诸如性交、流产、乱伦之类的词语——过去，这种词语都是不敢公开说出口的，更不用说公然印到报纸上了——我就想去捂住她们的眼睛，即使她们已经长大了，或者说差不多算长大了。因为我是一个妈妈，我会感到害怕，不像还没当妈妈的时候。

我应该给她们都买一份小礼物，她们还小的时候，我每次出门都会带礼物回来。我曾经知道她们喜欢什么，那是一种直觉。现在我已经失去了这种直觉，我不知道了。我现在都记不住她们准确的年龄。以前，我妈妈忘记我已经是大人的时候，我会很不高兴，但是，我自己现在也变得絮絮叨叨，常常翻出泛黄的婴儿照，看着上面的一绺绺头发发呆。

我眯着眼睛看着橱窗里面的意大利丝巾，丝巾很漂亮，说不清楚是什么颜色的，有点灰蓝，也有点海绿。突然有人碰了一下我的胳膊，我吓了一跳。

"科迪莉亚。"我说着，转过身去。

但那人不是科迪莉亚。是一个我不认识的人。是一个女人，准确地说，是一个女孩，有点像中东那边的人，穿着印花棉的及踝长裙，但脚下穿着加拿大胶底靴，很不相称，上身穿着短夹克，纽扣扣到了最上面，头上包着一条头巾，在两边各打了一个褶，看起来像修女的方巾。碰到我的那只手戴着北方的连指手套，很笨重，手套和夹克袖口之间露出一截浅棕色的皮肤，就像加了高脂浓奶油的咖啡。她的眼睛很大，像人家画的面黄肌瘦的流浪儿。

"求求你……"她说，"他们在杀人，杀了很多人。"她没有说在哪里。可能很多地方都有，也有可能在边境，现在"无家可归"已经成了一种国籍。也许战争根本没有结束过，只是分裂成碎片，分散了，世界各地随时都可能爆发战争，你摆脱不了。杀戮是停不下来的，这是一个有利可图的行业，难分利弊。

"嗯。"我说。这就是杀死斯蒂芬的战争。

"这里也有。他们没有……什么也没有。他们会死的……"

"哦，"我说，"我知道了。"走在路上才能听到这样的话。坐在车里，你就和外界隔绝了。我怎么知道她是不是在骗我？她可能是个瘾君子。对于容易上当的人来说，骗局比比皆是。

"我家里四口人。有两个孩子。孩子和我住在一起，我要对他们……负责。"她稍微停顿了一下，但"负责"两个字还是说出了口。她很腼腆，像这样在街上随便跟人家搭讪，肯定不是她乐意的。

"怎么了？"

"我要负责。"我们四目相对。她在负责。"二十五加元，就可以让一家四口撑过一个月。"

他们能吃什么？不新鲜的面包，还是丢掉的甜甜圈？她是说一个星期吗？如果她说的是真话，我可以给她钱。我脱下手套，打开钱包，里面是沙沙作响的钞票，有粉色的、蓝色的、紫色的。有能力帮助人，却有深深的无力感，这种感觉让人恶心。也许她是恨我的。

"给。"我说。

她点点头。她没有感谢我，仅仅确认了对我或者对她自己的判断。她脱下笨重的连指手套，把钱接过去。我看了看我们的手，她的手很光滑，指甲上有白色的月牙。相比之下，我自己的双手皮肤开裂，像新生蛤蟆的表皮一样。她把钞票从夹克扣子中间的缝隙塞了进去。里面一定有个钱包，藏在里面才不会被扒手扒掉。然后，她戴上手套。她的手套是深红色的，上面用粉色的羊毛绣了一片叶子。

"上帝保佑你。"她说。她没有说真主。我也许会相信真主。

我自己也戴上手套，走了。一天天的，这样的事情越来越多，我听到了越来越多无声的哭泣。有越来越多的人因为饥饿伸出了乞讨的手，发出了呼救的声音。没完没了。

57

　　九月，我离开了瑞士小屋，回到学校。我还回到了爸爸妈妈家的地下室，因为我只能住在那里，别的地方住不起。两个地方都有危险。我现在过着多重的生活，被生活撕裂成了碎片。但我不再犯困了。相反，我很警醒，我的肾上腺激素爆满，尽管夏末的天气还很炎热。我之所以很兴奋，是因为我在背叛和欺骗，我必须向爸爸妈妈隐瞒约瑟夫的存在，也不能告诉他们乔恩的存在。我整天偷偷摸摸的，心吊到嗓子眼儿，害怕被识破。我晚上尽量早回家，也尽量躲着他们，连走路都踮着脚。说来奇怪，我的安全感并没有因此而降低，我反而更安心了。

　　两个男人比一个好，至少他们让我感觉好一点。我告诉自己，我两个都喜欢，爱上两个男人就不用对其中一个下决心了。

　　约瑟夫一如既往地给予我他想给的东西，同时也给了我恐惧。他告诉我，除了在这个国家，在大多数国家里，女人都是归男人所有的，说起这个事的时候，他就像以前跟我说他曾经开枪把人家的头打爆一样漫不经心。他还说，如果一个男人发现他的女人和另一个男人偷情，他会把那两个人杀掉，大家都会原谅他的。对于丈夫出轨，他的原配妻子可以怎么样，约瑟夫只字未提。跟我说话的时候，他的手沿着我的手臂向上，摸过肩膀，最后轻轻搭在我的脖子上，我想他是不是在怀疑什么。最近，他经常逼着我说话，要不然就捂住我的嘴，不让我说话。我闭上眼睛，感觉他像一股力量，不可捉摸。如果我能客观地看他，我会发现他这个人有点傻。但我做不到。

　　至于乔恩，我知道他给了我什么。他给了我逃避的机会，让我逃离成年人的世界。他给了我乐趣，给了我混乱，还有恶作剧。

我想过跟他说约瑟夫的事，看看他会怎么样。

但是，这么做会有危险，性质不一样的危险。他会嘲笑我怎么会和约瑟夫上床，他认为约瑟夫年纪那么大，性情又古怪。他想不通我为什么会把约瑟夫当回事，他不会明白约瑟夫让我产生的冲动。他会瞧不起我。

乔恩的公寓在箱包批发店的上面，又长又窄，弥漫着丙烯酸和旧袜子的味道。他家只有两个房间和一间浴室。浴室是紫色的，墙上画着红色的脚印，脚印向上穿过天花板，然后从对面的墙上下来。小客厅漆成了纯白色，另一个房间，也就是卧室，则是亮黑色的。乔恩说这是对房东的报复，房东是个浑蛋。他说："我搬出去以后，房东要刷十五层漆才能盖掉。"

乔恩一个人住着这套公寓，隔三岔五会有一两个人来，他们就在地板上放睡袋，晚上睡在睡袋里面。他们都是画家，有些是和房东闹翻逃出来的，有些是在打零工但暂时没活儿干。在楼下按门铃的时候，我不知道来开门的会是谁，也不知道里面正在发生什么事。可能是通宵派对留下的烂摊子，可能是七嘴八舌的争吵，也可能有人正在厕所里吐。乔恩说那是在"吐衷肠"，他觉得很好笑。

有不同的女人从我身边上下楼梯，也有些在白色的小客厅里面晃荡着，小客厅弄成了临时餐厅，摆放着电炉和电水壶。我始终不知道她们的对象是谁，有时，这些女人是路过的艺术生，正好进来聊聊天。她们互相不怎么说话，要么就和男人说话，要么保持沉默。

乔恩的画作挂在白色的小客厅里，有些靠墙边堆着。那些画每个星期都不一样。乔恩很有创作能力。他画得很快，喜欢用一些刺眼的丙烯酸颜料，红色的、粉色的、紫色的，画狂野的圆圈和旋涡。我觉得我应该欣赏这些画，因为我自己画不出这样的画来。而且，我确实很欣赏，真的。但是，我隐隐约约地不太喜欢这些画。我在高速公路上见过类似的画面，东西被车碾过以后就是这样的。

但是，这些画不应该是能认出来的事物。这些画都代表着一个瞬间，凝固在画布上的一瞬间。它们是纯粹的绘画。

乔恩对纯粹很执着，但仅限于艺术。他做家务就不行，他总是弄得乱七八糟，这是在跟所有的妈妈对抗，尤其是在跟他自己的妈妈对抗。乔恩在浴缸里洗碗，弄得面包碎片和玉米罐头的玉米粒都堵在排水管里。周末过后，小客厅的地板就变得像沙滩一样。他的床单也是瞬间的凝固，只是那"一瞬间"有点长。我比较喜欢他睡袋的上面，那个地方比较整洁。他的浴室就像北方偏僻公路的服务站的浴室一样，马桶周围的一圈是棕色的，里面可能漂着烟头。如果有毛巾，毛巾上面肯定全是手印。地上都是纸，东一片西一片，不知道那些纸是干什么用的。

此时，我不想帮他打扫房间。这么做就越界了，是资产阶级不冷静的行为。"你是谁啊？想当我妈妈，是吗？"有个闲着没事的女人把一些发霉的杂物收拾起来，他就是这么对她说的。我不想当他的妈妈，我倒是想当他的同谋。

乔恩和我做爱的时候不像约瑟夫那样漫不经心、例行公事。乔恩做爱很粗暴，就像一只在泥地里面打滚儿的小狗。很脏，像在巷战，像在开玩笑。完事后，我们就躺在他的睡袋上，吃着袋子里的薯片，傻笑着。乔恩不像约瑟夫那样认为女人是任人摆布和欣赏的花朵或者形状。他认为，女人要么是聪明的，要么是愚蠢的。这就是他的分类方式。"听着，朋友，"他对我说，"你比大多数人都聪明。"这让我很高兴，也让我很失落。我可以照顾好自己。

约瑟夫开始追问我去了哪里，干了什么。我随口说了一些瞎话。对我来说，乔恩是对抗约瑟夫的一张王牌，不能随便暴露。约瑟夫可以骗人，我也可以。但是，他不再谈论苏茜了。

我最后一次见到她，是在八月底我离开瑞士小屋之前。她一个人进来吃晚饭，点了半只鸡和一些勃艮第樱桃冰激凌。她很久没有打理头发了，头发变黑了、变直了。她的身材本来就矮，现在变得更粗壮了，脸蛋圆圆的。她吃东西的样子很机械，仿佛那是一件差事，但她把东西吃得精光。也许，吃东西是为了安慰自己，因为约瑟夫无论如何都不会娶她，她一定知道了。我猜她想要和我谈约瑟夫的事，我躲着她，始终带着客套的微笑，和她保持着距离。她那一桌不归我管。

　　但是，在离开之前，她朝我走来。"你见过约瑟夫吗？"她问。她的声音听起来有点哀伤，我听了很难受。

　　我撒了个谎，但不是很自然。"约瑟夫吗？"我脸颊发烫，"没有。我怎么会见他呢？"

　　"我就是在想，你可能知道他在哪里。"她说。她没有怪我的意思，而是有点绝望。她走了出去，像个中年妇女。怪不得约瑟夫躲着她。他不喜欢骨瘦如柴的女人，但也不喜欢太胖的。苏茜在自暴自弃。

　　这段时间，她常打电话给我。傍晚时分，我在地下室里学习，妈妈叫我去接电话。

　　电话的那头，苏茜一直在哭，很伤心，很绝望。"伊莱恩，"她说，"你能不能来我这里一趟？"

　　"怎么回事？"我问。

　　"我不能告诉你。你来吧。"

　　我猜她吃了安眠药。她会干这种事。为什么打给我呢？为什么不给约瑟夫打？我想扇她一巴掌。

　　"你没事吧？"我问。

　　"不好。"她的声音越来越大，"我很不好，我出问题了。"

　　我没想到要叫出租车。约瑟夫才会坐出租车。我习惯搭公共汽车、电车和地铁。我花了将近一个小时才到蒙特卡洛。苏茜没有跟我说她的门牌号，我也没想到要问，所以我必须找到管理员。我敲了门，没人开门，我再次求助管理员。

"我知道她在里面。"我对不情愿来开门的管理员说，"她打电话给我了。情况很紧急。"

我终于进去了，公寓里面一片漆黑。窗户关着，窗帘拉上了，可以闻到一股怪味。衣服散落在地上，有牛仔裤、冬靴，还有苏茜用过的黑色围巾。家具看起来像是她爸爸妈妈挑的。一张灰绿色的方形扶手沙发，一张小麦色的地毯，一张茶几，两盏灯罩还包着玻璃纸的台灯。这和我想象中的苏茜不相符。

地毯上有一个深色的脚印。

苏茜在隔出卧室的帘子后面。她躺在床上，穿着粉色的尼龙短睡衣，脸色惨白得像一只被扒光了的生鸡。她闭着眼睛。床罩和粉色的植绒被子掉在地上。在她的身下，床单上有一大块新鲜血迹，在她身体的两侧摊开，像一对艳红的翅膀。

我感到一阵悲凉。我觉得我被无故抛弃了。

然后，我感到有点恶心。我跑进浴室里去吐。更糟糕的是，马桶里的水是暗红色的，有血。黑白瓷砖地板上到处都是带血的脚印，水槽边上也有带血的指纹。废纸篓里塞满了湿漉漉的卫生巾。

我用苏茜的浅蓝色毛巾擦了嘴，在血迹斑斑的水槽里洗了手。我手足无措，不想被卷进去，不管这里面有什么事。我的脑海里突然闪过一个荒唐的念头：如果她死了，我会被指控谋杀。我想偷偷溜出公寓，悄悄关上门，掩盖掉我的踪迹。

但我没有这么做。我回到了床边，摸了摸苏茜的脉搏。我知道这是我应该做的。毕竟苏茜还活着。

我找到管理员，让他叫了救护车。我打电话给约瑟夫，他没有接。

我和苏茜一起坐在救护车的后车厢，陪着她去医院。我握着她的手，她的手冰冷、瘦小。她现在意识模糊。"别告诉约瑟夫。"她小声对我说。她的粉色睡衣让我意识到，她不是我想象的那样，从来都不是。她是个好女孩，就是爱打扮。

但她的言行举止有点异类。她说的那些话，就像是被水淹没的风景，水下的小山头。和我同龄的人都了解，但没有人会提起来。水下是各种谣言、秘密的金钱交易、邪恶的老巫婆、非法医生、耻辱、屠杀。在更深处是恐怖。

两个随车医生漫不经心，语气之中充满鄙夷。这种事情他们见得多了。

"她用了什么？毛衣针吗？"一个医生问。他像在斥责我，他可能以为是我帮助苏茜自残。

"我不知道，"我说，"我和她不熟。"我不想被牵连进去。

他说："这种事情常有，就是傻蛋。搞不懂他们是怎么想的！"

我同意他的看法，苏茜一直都是个傻蛋。我也知道，如果我陷入苏茜那样的处境，我会像她一样愚蠢。我会一步一步走上她这条路，变成她这个样子。我会和她一样惊慌失措，和她一样不告诉约瑟夫，和她一样不知道该去哪里。她遭遇的一切，我也都可能碰到。

但是，我脑海深处还响起另一种声音，一种微弱、刻薄、古老、自以为是的声音：她活该。

后来终于找到了约瑟夫，他崩溃了。"可怜的孩子，可怜的孩子啊！"他说，"她为什么不告诉我？"

"她以为你会对她发脾气，"我冷冷地说，"像她的爸爸妈妈一样。她以为，她怀孕了，你就会把她踹开的。"

我们都知道有这个可能性。"不，不会的。"约瑟夫犹豫不决地说，"我会照顾她的。"这句话有几种意思。

他往医院打了电话，但苏茜拒绝见他。她变了，变得更坚强了。苏茜告诉约瑟夫，她可能再也不会怀孩子了。她不爱他。她再也不想见到他。

这下轮到约瑟夫痛苦了。"我对不起她！"他拽着头发哀怨地说。

从此，他变得更加忧郁，不想出去吃饭，也不想做爱。他一直待在公寓里，公寓里一片狼藉，到处是他生活的痕迹，比如中餐外卖的盒子和脏兮兮的床单。

他说他永远愧对苏茜。他是这么想的，他对慵懒、天真的苏茜干了很不好的事情。同时，他也受到了她的伤害，她怎么会这样对他？怎么会想要和他一刀两断呢？

他希望我去安慰他，去消解他的负罪感，去抚平他心灵的创伤。但是，这种事情我做不好。我开始讨厌他了。

他说："那是我的孩子啊！"

"你会娶她吗？"我问。他的痛苦没有引起我的同情，反而让我更冷漠。

"你对我太狠心了。"约瑟夫说。以前，在做爱的时候，他常用这句话来挑逗我。现在他是认真的。他说得没错。

没有了苏茜，我们的关系就失去了平衡。约瑟夫的全部重量都压在了我的身上，对我来说，他太沉重了。我无法让他开心，我很自责。我无能，我配不上他。我发现他很懦弱，只会缠着我，他现在就像一条被掏空内脏的鱼。一个男人居然会因为女人而土崩瓦解，我瞧不起他。我轻蔑地看着他那双饱含悲伤的眼睛。

接电话的时候，我经常找借口，说我很忙。还有一天晚上，我放了他鸽子。这样让我很开心，而且屡试不爽。他到大学里来找我，他满脸沧桑，胡子拉碴，感觉突然苍老了很多。他在课间的时候拉着我，恳求我。我们的这种交集让我受不了，我很愤怒。

"他是谁？"穿着两件式山羊绒针织衫的女生问我。

"旧相识。"我淡淡地说。

约瑟夫在博物馆外拦住我，他说我让他绝望了。因为我对他太狠心，他要离开多伦多。他没有骗我，他本来就打算离开。我说话一如既往地刻薄。

"挺好的。"我说。

他盯着我，眼神里满是受伤和责备。然后，他站直身子，就像一个骄傲又被戳了屁股的斗牛士。

我转身就走了。潇洒地离开他，我非常高兴，好像我能随心所欲让人出现，也可以让人消失。

我没有梦见约瑟夫，反而梦见了苏茜。她穿着黑色的高领毛衣和牛仔裤，但个头儿比现实中的更矮，剪了一个童花头。她站在一条我认识但叫不出名字的街道上，身边有一堆堆闷烧着的秋叶，手上拿着一根盘起来的跳绳，嘴里吮着半根橘子味的冰棍。她不像上次那样软弱。相反，她的眼神里透着狡猾和算计。"你不知道什么是两件套吗？"她恶狠狠地问。

她继续吮着冰棍。我意识到我错了。

58

时光不断流逝，我渐渐淡忘了苏茜。约瑟夫也没有再出现。

这就只剩下我和乔恩了。我有一种感觉，他像一对书挡中的一个，单他一个是不完整的。但我觉得自己是善良的人，因为我没有什么要隐瞒的。这对他来说没什么区别，因为他根本不知道我隐瞒了什么。他不知道为什么我不关心他其他时候干了什么。

我确定我爱上他了。我没有说出口，他可能会抵触"爱"这个字，或者认为这个字会拴住他。

我还是经常去他有黑色卧室和白色小客厅的公寓，躺在他的睡袋上，不过都是临时起意去的。乔恩不喜欢提前做计划，也不喜欢记什么事情。有时，我来到他的楼下，却没有人开门。有时，他因为电话欠费而关机。我们可以算是情侣，尽管我们不曾说清楚。他和我在一起的时候，我们就是一对，这就是他对我们之间的关系的定义。其实，我们还没有确定关系。

我们会搞一些派对，灯光熄灭，烟雾缭绕，只有瓶子里的蜡烛摇曳着火光。其他画家也去，也有穿着高领毛衣、留着长直发中分的女人。他们三三两两地坐在地板上，在昏暗中一边听着关于女人被匕首刺伤的民谣歌曲，一边抽着大麻烟。这在纽约那边倒是平常事。他们声称这种东西可以刺激艺术灵感。

我抽一般的香烟都会呛，所以我不抽大麻。有时候，晚上我会和另外一两个画家一起待在卧室里，因为我不想看到乔恩和那些直发女孩在干什么。不管他干什么，我希望他不要那么张扬。但他并不觉得有必要隐藏什么。性占有欲是资产阶级的，是私有财产神圣不可侵犯观念的延伸。谁也没有权利拥有他人。

这些话他都没有说过。他只说过："嘿，我不归你所有。"

有些时候，其他画家都喝醉了，或者是既抽烟又喝酒，弄得晕乎乎的。但有些时候，他们想向我倾诉他们的问题。他们支支吾吾，欲言又止。他们的问题基本上都跟他们的女朋友有关。后来，他们把袜子带来让我补，也叫我帮他们缝纽扣。他们让我觉得我就像一个阿姨。这些活儿我都干，我没有嫉妒，因为嫉妒没有意义。至少我是这么想的。

乔恩已经不再画像旋涡和内脏一样的画。他说那种画太情绪化、太伤感、太潦草了。现在，他喜欢画笔直的线条，要么就是完美的圆圈。他用胶带纸画直线。他用单色块，不用厚涂。

他把这种画取名叫作"谜：蓝和红"，或者"变奏：黑和白"，或者"36号作品"。看着这些画的时候，你的眼睛会刺痛。乔恩说这正是关键所在。

白天我去上学。

艺术与考古课介绍的作品比去年更加晦涩难懂，很多都运用了厚涂和明暗法。还是有圣母玛利亚的画像，但圣母不像原来那么明亮通透，更像在夜里看到的人物。也有圣人的肖像，但他们不再像以前那样坐在安静的房间里或者沙漠里，脚边摆着象征死亡的头骨，或者趴着像狗似的狮子。现在，这些圣人都痛苦地蜷缩着，浑身插满了箭，或者是被绑在木桩上。《圣经》题材的绘画出现了暴力倾向。现在很流行画朱迪思砍掉荷罗孚尼的头。还有其他古典的神，男神和女神都有。有战争、打斗和屠杀的场面，这和以前一样，但现在画的场景更混乱，胳膊和腿都缠在一起。也有富人的肖像，富人都穿着更深色的衣服。

我们一个世纪一个世纪地往后面学，新鲜的题材层出不穷，比如说船只和狗、马之类的动物，还有农民。还有风景画，有的有房子，有的没有房子。还有鲜花、装在盘子里的水果、切成片的肉，有的还有龙虾。因为颜色鲜艳，龙虾最受欢迎。

然后有裸女的画。

上面的题材大多是单独纯粹的，也有许多交叉重叠的，例如一个裸体女神被鲜花环绕，旁边站着几条狗；《圣经》中的人物，有些穿着衣服，有些裸体，画面上可能还有动物、树木和船只。还有假扮成神的有钱人。水果和屠杀通常不会同时出现，上帝和农民也不会。画裸体女人跟画盘子里的肉和死龙虾的方法一样，注重烛光照在皮肤上的效果，质感诱人，细节丰富，表明画家对质感有共同的追求。（我写了这样一句评论："渲染丰富，展现了画家注重质感的呈现。"）看上去像端给客人的菜。

我不喜欢这种阴影很重的画。我更喜欢早期的作品，那些画很明亮，很淡定，姿态很从容。我放弃了油画。我不喜欢油画，因为油画太厚重，看不出明显的线条，像舔过的嘴唇，让人们过于关注画家的笔法。我画不出这种画。我想画更自然的画。我想画光明通透的物体，让画面散发光彩。

我用彩色铅笔画画，我喜欢画蛋彩画，那是僧侣惯用的绘画技巧。现在没有人教蛋彩画了，所以我找遍了图书馆，好不容易找到了教材。蛋彩画很难，又复杂，又费力，我一开始花了很多心思。为了调配蛋彩底料，我把妈妈厨房的地板和锅碗瓢盆弄得一塌糊涂，然后在画板上试了一次又一次，才终于弄出了平整光滑的底子。有时候，我忘了收拾装蛋黄和水的瓶子，蛋黄变馊了，在地下室散发着硫黄的味道。我用掉了很多蛋黄。我小心翼翼地将蛋清和蛋黄分开，把蛋清拿到上面去给妈妈做蛋白酥脆饼。

家里没人的时候，我就在上面客厅的落地窗旁边画画，有时也在地下室里凑着阳光画。晚上，我用两盏鹅颈灯照明，每一盏都有三个灯泡。这样还不够亮，但也只能这样将就了。后来，我想我得弄一间大画室，上面有天窗，虽然我还不知道以后要画什么。不论我画什么，都会出现在彩色印刷品和书上，我要画莱昂纳多·达·芬奇那样的，我最近在研究他画的手、脚、头发，以及死人的画法。

我迷上了玻璃和其他反光平面的反光效果。我研究了画中珍珠、水晶、镜子、黄铜的反光细节。我花了很长时间看凡·爱克的《阿诺芬尼的婚礼》，利用放大镜研究印在课本上的那幅画，特别研究那些不够鲜明的色彩。吸引我的不是那两个画得很细腻的、面无血色的、仿佛没有肩膀的、手搭着手的夫妇，而是他们身后墙上的凸面镜。镜子里不仅映射出两人的背部，还有两个没有出现在主画面中的人物。镜子里的这些人物有点倾斜，仿佛镜子里存在着一种不同于真实世界的重力定律和空间排列，这些人物被封在玻璃里面，像是被一个镇纸压住了。这面圆镜子就像一只眼睛，这只眼睛看得比人家的两只眼睛都多。镜子上方写着"扬·凡·爱克，1434年"。字写得很潦草，像厕所里的涂鸦，也像用喷漆喷在墙上的字。

我们家没有这种镜子供我临摹。于是，我就画了汽水瓶、酒杯、冰箱里的冰块、釉面茶壶和妈妈的假珍珠耳环。我还画了抛光的木头和金属，比如说铜底煎锅和双层铝锅。我很注意细节，经常弯着腰，趴在画的上方，用很细的画笔描高光的部分。

我知道我的兴趣不够时尚，所以，这种画我都是私下画的。乔恩说我的画是"插画"。在他眼里，任何可以看出原型的画都是"插画"。他说这种作品没有"自发的能量"，没有过程。我这样就和摄影师差不多，诺尔曼·罗克韦尔是我的发展方向。有几天我还同意他的看法。瞧瞧我最近都干了什么？我画出来的东西和《伊顿购物目录》"家用器皿"部分的样品都很像。不过，我坚持了下来。

周三晚上，我去上另一门夜课。不是人体素描课，今年的人体素描课由一个容易激动的南斯拉夫人执教，我上的是广告艺术课。这个班上的同学和人体素描班的那些人完全不同。他们大多是艺术学院商业系的学生，不是美术系的，而且大多是男生。其中有些人对艺术很有追求，但他们不会喝那么多啤酒。他们更干净、更认真，毕业后都希望找到挣钱的工作。我也是。

任课教师是个上了年纪的男人，身材瘦削，看起来有点颓废。他认为他是现实世界的失败者，尽管他曾经创作了一幅著名的猪肉大豆罐头广告画，我小时候看过那幅画，一直都记得。在战争期间，我们吃过很多猪肉大豆罐头。这个老师擅长画人物的笑容，画笑容的关键在于牙齿，要能够画出一口整齐洁白的牙齿，不能留缝隙，露齿而笑，看起来很像狗在笑，那牙齿也像是假牙（他自己就装了假牙）。他对我说，我有画好笑容的潜力，可以朝这个方向发展。

乔恩知道我去上这门夜课，嘲笑了我，但没有我料想的那么过分。他把那个老师叫作不举先生，别的没有多说什么。

<h1 style="text-align:center">59</h1>

我大学毕业了，发现我拿到的学位对找工作没什么帮助。也可以说，我什么活儿都不想干。我不想去读研究生，不想去当高中老师，也不想去博物院当馆长的马屁精。

我在艺术学院一共上了五门夜课，四门属于商业领域的，我带着这些课的成绩和作品去不同的广告公司求职。我画了各种各样的笑脸，以及焦糖布丁和切了一半的罐头桃子。为了求职，我专门买了打折的米色羊毛套装、中跟的便鞋、珍珠耳环，还在辛普森百货买了一条很雅致的丝巾。这些都是我最后一门夜课"布局与设计"的老师建议的。她还向我推荐了一个发型，但我最多只能接受做法式卷，用大卷发筒、发胶和扁发夹就可以做出来。我最终找到了一份打样的粗活儿，租了一套配家具的两居室公寓。我租的公寓位于布鲁尔街以北的阿耐克斯，在一幢摇摇欲坠的房子里面，有一间小厨房，有单独的入口。两个房间一间用作卧室，另一间用来画画，画画的时候我都关上门。

公寓里有真正意义上的床，厨房里有水槽。乔恩常来吃晚饭，我买的打折毛巾、耐热餐具和浴帘都成了他取笑的对象。"这是美好家园，对吧？"他说。他取笑我的床，但他很喜欢在上面睡觉。现在，他来找我的次数比我找他的次数更多。

我的爸爸妈妈卖掉了房子，去了北方。爸爸离开大学，回去搞研究了，他现在是苏圣玛丽森林昆虫实验室的负责人。他说多伦多人口越来越密集，污染越来越严重。他说，那几个大湖是世界上最大的下水道。要是知道饮用水里有什么东西，我们可能要整天喝酒了。空气中充斥着化学物质，我们快得戴上防毒面具了。在北方，你可以畅快呼吸。

我妈妈不太乐意抛下她的花园，但也找到了一些安慰。"至少这是把地下室里的垃圾通通扔掉的好机会。"她说。尽管苏圣玛丽的植物生长季较短，他们还是在那里又开辟了一个花园。夏天，他们大部分时间都在路上，开着车从一个虫害区赶到另一个虫害区。虫害是少不了的。

我不想念爸爸妈妈。现在还不怎么想。也可以说，我不想和他们住在一起。我很高兴能过一个人自由自在的生活。我可以想吃什么就吃什么，我可以放心吃垃圾食品和外卖，不用操心均衡膳食，我想睡觉就睡觉，我可以让脏衣服慢慢发臭，我也不用着急洗碗。

我升职了。过了一段时间，我调到一家出版公司的艺术部做封面设计。晚上乔恩不在的时候，我就画画。有时我会忘了睡觉，一直画到天亮，然后换上工作服去上班。那些日子我昏昏沉沉，别人跟我说什么我都听不大清，不过似乎没什么人注意到。

我收到了妈妈寄来的明信片，偶尔也会收到简短的信，是从德卢斯和卡普斯开辛那种地方寄来的。她说路上的人变多了。"房车太多了。"她说。我向她汇报我的工作、居住和天气情况。我没有提起乔恩，因为实在没有什么可以提的。要报告的话，那也应该是明确而体面的事情，比如订婚。

我哥哥斯蒂芬到处漂泊。他比以前更加沉默寡言了，现在也用明信片跟我"交流"。有一张明信片来自德国，印有一个穿着短皮裤的男人，他在上面写了几个字：巨型粒子加速器。另一张来自美国内华达，图案是仙人掌，他也写了几个字：有趣的生命形式。他去了玻利维亚，大概是去度假，他从玻利维亚寄来一张明信片，画着一个头戴高帽子、抽着雪茄的女人，他写的几个字是：漂亮的蝴蝶。祝好。然后他突然跟我说他结婚了，他是在从旧金山寄来的明信片上说的，明信片上印着金门大桥和一轮落日，写着：我结婚了，安妮特向你问好。此后就一直没有他的消息，几年后，我收到了一张从纽约寄来的印着自由女神像的明信片，上面写着：我们离婚了。我猜想，他对结婚和离婚都是稀里糊涂的，好像不是刻意要做的事情，两件事都是偶然发生的，就像脚指头踢到东西一样。我觉得他结婚就像是在夜里走进一个森林公园或一个陌生的国家，他不知道婚姻所存在的危险。突然，他又到多伦多来参加一个会议，还要在会议上做演讲，他事先从波士顿寄来了一张印有保罗·里维尔雕像的明信片，他写道："十二号星期天到。我星期一宣读论文。回见。"

我去参加那个会议听他宣读论文，那不是因为我对那篇论文感兴趣，而是因为他是我哥哥。他的论文标题是："最初的几皮秒和统一场论的探索：几点小小的思考"。大学礼堂里坐得满满当当，几乎都是男的，我坐在那里啃手指。他们大多数人都像我上高中的时候不会答应约会的人。

然后，我哥哥进来了，跟着一个等会儿要介绍我哥哥的会议主持。我很久没有见到哥哥了。他瘦了很多，发际线开始后退了。他的眼镜放在胸前的口袋里，露出来一个头儿，他需要戴眼镜才能看清文字。有人给他买了新衣服，他穿着西装打着领带。这些变化并没有让他看起来更加正常，他反而像一个穿着人类服装的外星人。他看样子像有非凡的智慧，灵感会随时迸发，脑壳发亮甚至变得透明，里面颜色鲜艳的硕大大脑一览无遗。与此同时，他一脸迷惘，仿佛刚做了一场好梦，醒来之后发现自己被一群小矮人包围了。

介绍我哥哥的那个人说他不需要介绍，然后列举了他的论文、奖项和贡献。台下掌声响起，哥哥走上讲台。他站在白色的投影屏幕前，清了清嗓子，重心从一只脚换到另一只脚，然后戴上眼镜。此时的他看起来像一个以后会出现在邮票上的人。他有些不自在，我为他捏了一把汗。我想他只会喃喃自语，可是，他讲得非常清楚。

他说："当我们凝视夜空，我们看到的是过去的碎片。我们所看到的恒星，它们所反映的是时空中极其遥远的事件，和我们相隔好几个光年。那里和这里的一切，实际上都是化石，是最初几皮秒宇宙由原始夸克胶子等离子体结晶的产物。最初一皮秒的条件难以想象。如果我们能用时光机回到大爆炸的那个时刻，我们会发现自己所处的宇宙充斥着我们不熟悉的能，以及我们无法理解的作用力。我们的探索越深入，条件就变得越极端。目前的实验设施只能带领我们走很短的一段路。剩下的路，我们只能依靠理论的指引。"之后，他用一种听起来像英语但又不是英语的语言继续说着，我一个字也听不懂。

幸好有一些图片可以看。礼堂关上了灯，然后屏幕亮了起来，屏幕上出现了宇宙，或者宇宙的一部分。宇宙是被星系和恒星点缀的黑色空间，星星有白色的、蓝色的、红色的。屏幕上有一个箭头在移动，像是在寻找什么。接着，屏幕上出现了几张图表和一串串数字，还有一些文字，在场的人都知道它们的意思，除了我。显然，宇宙的维度远不止四个。

人们热烈地交头接耳，声音像涟漪一样在场内散开，耳语声和翻纸的沙沙声此起彼伏。然后，灯亮了，哥哥又开始讲话。"那么，最初时刻以前是什么样子的呢？"他说，"'以前'这个概念存在吗？没有空间，时间就不能存在，没有事件，时空就不能存在，没有物质能量，事件又不能存在。但是，'以前'肯定存在过某种'东西'。这些东西就是理论框架，是一系列参数，能量法则必须在这些参数的框架内才能起作用。从我们现在获得的少量但不断增加的证据来看，假如说宇宙是因为上帝说了'要有光'才被创造出来的，那么，那句话不是用拉丁文说的，而是用数学写的，数学是最普遍的语言。"这个说法我根本无法了解，但那些男观众好像都见怪不怪。掌声在此响起。

我参加了讲座之后的招待会，招待会提供的是大学里常见的东西：劣质雪莉酒、浓茶和袋装饼干等。人们三五成群，交头接耳，互相握手。在人群中间，我显得很突兀。

我找到了哥哥。"讲得太棒了。"我对他说。

"你听懂了吗？"他略带嘲讽地问我。

"有一点，但数学从来都不是我的强项。"我说。他和蔼地微笑着。

我们交流了爸爸妈妈的近况，我最后一次得到他们的消息时，他们在肯诺拉，正要向西走。"我猜想，他们还在数那些虫子吧！"哥哥说。

我记得他以前常常在路边呕吐，他身上常有铅笔柏的味道。我记得我们在帐篷和伐木营里的生活，我记得刚砍伐的木材、汽油、碎草和变质奶酪的气味，我还记得我们曾在黑暗中偷偷跑出去。我记得他涂着橙色血迹的木剑和他收藏的漫画书。我似乎又看见他蹲在沼泽地上，喊着："你死了！躺下！"我似乎又看见他用叉子猛砸盘子。我对他的印象都是清晰、鲜明、彩色的：他宽松的短裤，他的条纹T恤，他被太阳晒得发白的蓬乱的头发，还有他冬天穿的马裤和戴的防风皮帽，等等。然而，我的记忆存在一个缺口，他莫名其妙地大了两岁，这两年的记忆是空白的。

"还记得你以前常常唱的那首歌吗？"我问，"在战争期间。有时候，你吹口哨也吹那个调子。'孤翼与祈祷，托起雄鹰'，还记得吗？"

他皱着眉，好像很茫然。他说："不记得了。"

"你以前画过各种爆炸场面。你借了我的红色铅笔，因为你自己的铅笔用完了。"

他看着我，一脸困惑，不可思议的样子，不是因为他自己不记得这些事情，而是我居然还记得。他说："那时候你还很小吧。"

我在想他有一个妹妹像小尾巴一样跟着到底是什么感觉。对我来说，他是一个已知数，一直是存在的。但对他来说，我却是一个未知数。曾几何时，他孤身一人，然而我闯入了他的生活。不知道我出生的时候他有没有抱怨。也许，他曾经觉得我是个讨厌鬼。他肯定有过这样的想法。不过，经过思想斗争，他还是勉强接受了我。

"还记得你埋在桥下的那罐弹珠吗？"我说，"你永远不会告诉我那是怎么回事。"里面有最珍贵的弹珠，有红色和蓝色的纯种、水宝和猫眼，都埋在了地里，谁也找不到了。他埋好罐子，把盖着罐子的泥土踩实，然后在上面撒了树叶。

"我记得。"他说。他好像不太乐意回想小时候的往事。令我不安的是，他自己的事情有些记得住，有些却记不住，而他忘却的记忆都和我有关。如果他忘却了这么多，我又忘却了什么呢？

"也许它们还埋在那里，"我说，"我不知道建造那座新桥的时候有没有人发现那些弹珠。你还埋了藏宝图。"

"没错。"他说。他的微笑熟悉而又神秘，真受不了。不过，既然他不想说，我也不追问了。他外表变了，头发变得稀疏，穿着平时不穿的西装，但本性还是没有变。

他回去后，无论他接下来会去哪里，我都想给他弄一颗以他的名字命名的星星，作为生日礼物送给他。我看到过一则广告，说"交了钱就可以获得一张证书，并附有一张星图，上面标注了属于你自己的那颗星星"。他可能会觉得很有意思。可是，我不确定"生日"这个词对他来说是否还有意义。

60

乔恩不画那种伤眼睛的几何图案了，他画的看起来都像商业广告的插图，比如巨型冰棍、巨型盐瓶和胡椒瓶、糖水蜜桃、装满炸薯条的纸盘子。他不再主张艺术的纯洁性，反而说我们有必要使用共通的文化符号体系，来反映我们这个时代的平庸。我想凭着我自己的专业经验，我可以给他提一些建议，比如切开的桃瓣可以画得更有光泽一些，但我没有说出来。

乔恩越来越常来我的客厅里画画。他的东西也一点点搬了进来，首先是颜料和画布。他说他自己的地方画不了画，那里人太多了，这是真的，他的小客厅里挤满了逃避兵役的美国人，这些人四处游荡、居无定所，大家彼此都不是很熟，都是朋友的朋友。他们躺在睡袋里，吸着大麻，表情都很失落茫然，不知道下一步该怎么办，而乔恩要跨过他们的身体才能走到墙边。他们之所以很失落，是因为多伦多并非他们心目中的没有战争的美国，他们来到多伦多，算是误闯误撞来到地狱的边缘，而且想走也走不了。多伦多无聊透顶。

乔恩一周在我这里待三到四个晚上。至于另外几个晚上他干什么，我并不过问。

他认为自己已经做了很大的让步，他认为现在这个样子就算是满足我的愿望了。也许是吧。我一个人的时候，碗碟都堆积在水槽里，一罐罐剩菜都长了色彩斑斓的毛，直到没有内裤可穿了才会去洗。乔恩改变了我，他的到来让我变成了一个爱干净、勤快的人。我早上起床后会给他煮咖啡，新买的斑点灰白陶制器皿整整齐齐地摆放在桌子的中间。去自助洗衣店洗衣服的时候，我甚至把他的衣服也一并带去洗了。

乔恩不习惯穿那么干净的衣服。有一天，我拿着叠好的衬衫和牛仔裤给他，他却说："你该嫁人了。"我觉得他像是在侮辱我，但也吃不准他到底想表达什么意思。

"那你自己去洗衣服吧。"我说。

"嘿，"他说，"别闹脾气啊。"

星期天，我们睡懒觉、做爱，也去散步，一路上牵着手。

有一天，那天好像没有什么不一样，一如往常，但我发现我怀孕了。我的第一反应是不相信。我数着日子，过了一天又一天，仔细听着身体里面的动静，仿佛在等待脚步声。最后，我拿着瓶子装了一点尿，偷偷去了药店，感觉像个逃犯。遇到这种情况，已婚妇女会去看医生，未婚女性会跟我一样。

药店的人告诉我结果是阳性的。"恭喜啦！"他的言语之中嘲讽意味十足。在他面前我没有秘密可言。

我不敢告诉乔恩。他可能会叫我把孩子打掉，就像拔牙一样。他可能会用"它"指代孩子。他可能会叫我坐到浴缸里，然后往里面倒开水。他可能会叫我喝杜松子酒。他也可能会自行消失。他经常说，艺术家不能像平常人那样生活，不能被家庭拴住，也不能迷恋物质财富。

我听说过可以喝大量的杜松子酒，或者用钩针和挂衣钩等，但是这些东西怎么用呢？我想起了苏茜和她身体两侧像蝴蝶似的鲜血。不管她干了什么，我都做不到。我太害怕了。我不想像她那样惨。

我回到我的公寓，躺在地板上。我的身体动也不动，麻木了，没有知觉。我几乎不能动弹，我几乎不能呼吸。我感觉我正处在虚无的中心，处在一个空荡荡的漆黑的正方体的中心，我正在慢慢地爆炸，我的身体即将喷进那个冰冷的却又燃烧着的虚无空间。

我醒来的时候，已经是半夜了。我不知道我在哪里。我以为我又回到了爸爸妈妈家，在原来的房间里，天花板上挂着吊灯，我躺在地板上，因为我从床上掉了下来，从前我睡行军床的时候也经常掉下来。但我知道爸爸妈妈的房子已经卖了，他们早就不住在那里了。他们抛下了我，我好像是可有可无的。

然而，这只是一场梦，梦已经醒了。我起身，打开灯，热了些牛奶，坐在厨房的桌子旁边，瑟瑟发抖。

以前，我总是画那些眼前真实存在的事物。从现在开始，我要画不存在的。

我画了一台银色的烤面包机，老式的，有把手，双开门。有一扇门没关紧，露出里面烧红的烤架。我画了一个玻璃咖啡渗滤壶，清水中冒着很多泡泡，有一滴黑咖啡滴了下来，在清水中散开。

我画了一台带绞干机的洗衣机。洗衣机是圆筒形的，矮矮的，外壳是白色的搪瓷。绞干机是肉粉色的，让人感到很不舒服。

我知道这些东西肯定都来自记忆，但又不像是记忆。这些东西的边界都不模糊，反而非常清晰。它们的出现非常突兀，孤零零的，毫无来由，就像我在大街上不经意间瞥见的。

我想不起来我和它们有什么联系。这些东西都充满了焦虑，但那不是我本人的焦虑。焦虑是这些事物自带的。

我画了三张沙发。有一张包着暗玫瑰色的印花棉布；一张是栗色的天鹅绒材质的，沙发前铺着小地毯；中间的那张是苹果绿的。中间那张沙发的中间座位上有一个鸡蛋杯，大小是实物的五倍，里面有一个蛋壳。

我又画了一只玻璃罐，有一束颠茄从罐子里冒出来，像从精灵魔瓶中冒出来的黑烟。颠茄茎缠绕在一起，枝上结满了红色的浆果，紫色的花朵还在。光滑的树叶紧紧缠在一起，背后隐隐约约可以看到猫的眼睛。

我白天上班，然后下班回家，聊天，吃饭。乔恩会过来，吃饭，睡觉，然后离开。我看他的目光有点游离，但他浑然不觉。我的每一个举动似乎都很不真实。周围没人的时候，我会咬手指。我需要感受身体的疼痛，才能让自己融入日常生活。我的身体已经分离了，是独立的存在。它像时钟一样嘀嗒作响，时间就在里面。它背叛了我，我厌恶它。

我画了史密斯太太。她的形象毫无预兆地浮现，像一条死鱼，然后慢慢丰满，她的身下是我画的沙发。一开始是她白花花的双腿，毛发稀稀拉拉，没有脚踝，然后出现粗壮的腰和土豆似的脸，她的眼睛箍在金属眼镜框里面。她的大腿上搭着一条阿富汗毛毯，一棵橡胶树像张开的扇子一样，立在她的身后。她头上戴着毡帽，像用一块毛毡布胡乱扎起来的那样，周日去教堂的时候她都戴这样的"帽子"。

她的目光穿过画布，看着我，她的形象渐渐立体起来，半笑不笑，沾沾自喜，像是在指责我。我所遭遇的一切都是我自己的错，是我自身有毛病。

史密斯太太知道那是什么毛病。她没有明说而已。

后来，我又画了史密斯太太，一幅又一幅。她就像细菌一样，在墙上不断繁殖，有站着的，有坐着的，有飞在空中的，有穿着衣服的，有没穿衣服的。我被她包围了，她的那么多双眼睛始终跟着我，就像三维立体明信片上耶稣的眼睛一样，在街边的小商店里就有这种感觉。有时，我把画反过来挂，这样她的脸就对着墙壁。

61

我推着莎拉的婴儿车在街上走，绕过一坑又一坑雪水。她已经两岁多了，但她穿红色小胶靴走路还不是很快，逛街的时候她跟不上。推着婴儿车，我就可以把购物袋挂在把手上，或者塞在她的身边。我知道了很多以前不需要知道的小技巧，包括一些小物件和小玩意儿的用法，以及空间的重新排列。

我们现在住的地方比以前更大，我们三个人住在一幢半独立式红砖房子最上面的两层里，在布鲁尔街以西的一条小街上，木头门廊撑着几根木柱子，眼看就要塌陷了。附近有很多意大利人。一些上了年纪的妇女，已婚的和丧偶的，都穿黑色的衣服，不化妆，和我以前一样。在我怀孕的最后几个月，她们会对我微笑，算是跟我打招呼，好像我和她们是一伙儿的。现在，她们会先对莎拉笑。

我自己穿着基本色的超短裙，下面穿连裤袜和靴子，上身套一件及踝的大衣。对于这身打扮，我自己也不太满意。要坐下来不大方便。而且，自从有了莎拉，我的体重也增长了。这种暴露的裙子和背心，是专为比我瘦得多的女孩设计的，这种女孩很多，她们长着瘦长脸，长发垂到臀部，胸部扁平得像胶合板，相比之下，我的胸部就像两个大球。

她们也创造了新的词语，比如说"离谱""绝了""晕了""郁闷""放飞自我"。我觉得自己老了，不适合说这样的话，那是属于年轻人的，我已经不年轻了。我发现我的左边耳朵后面有了一根白发。再过一两年，我就三十岁了，人老珠黄了。

我推着莎拉上了人行道，解开她身上的扣子，把她放在门廊台阶下面，解开购物袋，拿出来，然后把婴儿车折叠起来。我牵着莎拉走上台阶，来到前门。台阶可能会很滑。然后，我折回去拿购物袋和婴儿车，把东西都搬上台阶，从钱包里摸到钥匙开门，先把莎拉抱进去，然后回头去拿购物袋和婴儿车，最后关上门锁好。我牵着莎拉走上里面的楼梯，打开里面的门，把她放在里面，关上婴儿门，回去拿袋子，拿上了楼，打开门，进去，关上门，走进厨房，把袋子放在桌子上，拆开包装，把鸡蛋、卫生纸、奶酪、苹果、香蕉、胡萝卜、热狗、小面包拿出来。我担心热狗吃得太多，在我年轻的时候，热狗是狂欢节的时候吃的，据说对身体不好，吃多了有可能会得小儿麻痹症。

莎拉饿了，所以我先放下购物袋，给她弄了一杯牛奶。我非常爱她，整天围着她转，只要她有点动静，我就很紧张。

第一年，我一直很累，被荷尔蒙冲得头昏眼花。但我已经走出来了。我在东张西望。

乔恩走了进来，抱起莎拉，亲了她一口，用胡子挠她的脸，她尖叫着，被他抱进客厅。"我们跟妈妈躲猫猫吧。"他说。他总是把他们两个归在同一个阵营，而我变成了他们的对立面，这让我很恼火。我也不喜欢他喊我妈妈。我不是他的妈妈，而是她的妈妈。但他也很爱她。这是一个惊喜，我一直心怀感激。我还没有把莎拉看作我送给他的礼物，而是他送给我的礼物。正是因为她的出生，我们才得以结婚，我们在市政厅结婚。奉子成婚是最古老的结婚理由，这个理由已经过时了，但我们不知道。

乔恩曾经是尼亚加拉瀑布地区的路德派教徒，他建议我们去那里度蜜月。他说到"蜜月"就捧腹大笑。对他而言，这就是一个玩笑，特别庸俗，就像画了一幅巨型可乐瓶。"风景不错。"他说。他说要带我去蜡像馆，去看著名的花钟，乘坐雾中少女号游船到瀑布下面去。他说要给我们买缎子衬衫，口袋上绣我们的名字，背面绣"尼亚加拉大瀑布"。但是，他这样安排我们的婚后生活，让我闷闷不乐。一周又一周地过去，我的身体渐渐膨胀，像一个气球给人家吹了起来，而这不是一个笑话。所以，我们最终还是没有去度蜜月。

我们结婚后，我就变得好吃懒做。我的身体就像一张羽绒床，温暖、绵软、舒适，我被裹在了里面。可能是怀孕吸干了我的肾上腺素。这也可能是一种解脱。对我而言，乔恩像一颗李子在阳光下闪闪发光，色彩鲜艳，形态完美。我很喜欢躺在床上，躺在他的旁边，或者坐在厨房的餐桌旁边，眼睛一刻都离不开他，一直看着他，像在用手抚摸他。我对他的崇拜是实实在在的，无声胜有声。我会在心里感叹："啊！"像呼出一口气。我也会像个孩子一样，在心里说："他是我的。"我知道那不是真的。我也会期盼着他一直保持这个样子，但他做不到。

我和乔恩已经开始吵架了。我们吵架都是悄悄的，等晚上莎拉睡着了之后才小声地吵。我们不想让她受到影响，我们自己都感到害怕，对她来说，我们吵架会有多可怕呢？

我们以为我们躲开了大人，然而，如今我们自己都变成了大人，这才是问题的关键。我们都不想面对这个事实，不想承担责任。例如，我们会比谁的身体状态更糟糕。要是我头痛，他就偏头痛。要是他背疼，我就脖子疼极了。我们都不想管创可贴。我们都争着当自己是小孩。

起初，我争不过他，那是因为爱。至少我是这样跟自己说的。如果我赢了，世界秩序可能就变了，而我还没有做好心理准备。所以，我经常输，但与此同时我掌握了不同的艺术。我会耸耸肩，紧紧闭上嘴，在床上背过身去，不理会他的问题。我也会说，"你爱怎样就怎样"，但这样说会激怒乔恩，他会跟我生闷气。他不仅仅想要我投降，还要我对他和他的想法表达钦佩，热情响应，如果还是不能如愿，他就觉得被欺骗了。

乔恩现在有了一份工作，在一个平面设计工作室当兼职指导，那个工作室是个学生实习单位。我也干兼职的活儿。我们的收入加起来，勉强付得起租金。

乔恩不再在画布上画画了，也不在其他任何平面上画。可以说，他不再画画了。在平面上画画，按他的说法，都是"墙上的艺术"。没有理由将艺术挂在墙上，也没有理由将艺术品框起来。相反，他从垃圾堆里找来东西，也用随手捡来的东西，做各种造型。他做了几个木箱，木箱里隔成格子，每个格子里放了不同的物品，包括三条荧光色的特大号女士内裤，一只石膏手，粘着长长的假指甲，一只灌肠袋，以及一副假发。他做了一只电动毛绒卧室拖鞋，这只拖鞋可以在地板上跑来跑去，还弄了一组子宫帽，装上怪物电影里的那种眼睛和嘴巴，下面装了腿，可以在桌子上跳来跳去，就像因辐射而变异的牡蛎一样。他给我们的浴室装饰了红色和橙色的东西，弄了紫色的美人鱼在墙上游动，还给马桶圈连上线，抬起马桶圈的时候，《铃儿响叮当》的音乐就会响起来。这些都是给莎拉弄的。他也给她做玩具，在他干活儿的时候，她就玩木头边角料和剩余的布料，以及一些不太危险的工具。

那是他在家的时候。但他不是总在家。

莎拉出生后的头一年，我根本不画画。我就接一点活儿在家里做，能完成几个图书封面设计，就已经很费劲了。我觉得浑身沉重，难以动弹，好像穿着衣服在游泳。现在，我一天可以工作半天，好一点了。

尽管有些犹豫，我也做了一些我自己的"工作"，毕竟长时间没有练习，我的手和眼睛都生疏了。我主要是画素描，对我而言，准备表面、打底和调蛋彩太费力了。我失去了信心，也许，我以后也就这样了。

我坐在舞台上，坐在一只木头折叠椅上。幕布拉开，我可以看到整个礼堂，礼堂很小，很旧，空无一人。舞台上的布景还没有拆，有一出戏刚刚演完。布景接下来还用得着，会做调整，不会这么密集，但会装许多黑色的圆柱子，还有几段朴素的楼梯。

有十七个女人，有的围着柱子坐在木椅上，有的坐在楼梯上。她们每个人都是艺术家，差不多可以这么说。有几个女演员，两个舞者，除了我还有三个画家。有一个杂志作家和一个编辑，她们都来自我所在的出版公司。有一个是电台播音员（主持白天古典音乐栏目），有一个是给孩子们表演木偶戏的，有一个是专业小丑演员。有一个是布景设计师，她给我们提供了聚会的场所和契机。我之所以知道她们都是什么人，是因为我们必须依次报出自己的名字，我们也都要说自己是干什么的。不是为了谋生，谋生是另一回事，尤其是对女演员来说。对我而言也是如此。

这是一次聚会。这不是我第一次参加这种聚会，但我觉得这次聚会很特别。首先，参与者都是女人。这是不寻常的，而且有一定的神秘色彩，甚至有一种随意而诱人的污秽感。我上次参加纯女性"聚会"，是在高中上生理卫生课，女生与男生分开上，这样方便跟女生解释月经。"月经"这个词不怎么用。公认的官方说法是"例假"。老师说，不建议年轻姑娘使用止血棉条，所谓年轻姑娘就是处女，但是，棉条是不会进入体内的，更不会进入肺部。整个班级哄堂大笑，而老师在黑板上写"血"这个字的时候，有一个女生居然晕倒了。

今天没有人笑，也没有人晕倒。这次聚会的主题是"愤怒"。

大家说的一些事情，都是我以前没有想过的。有些言论是颠覆性的。例如，为什么我们要刮腿毛？为什么要涂口红？为什么要穿紧身的衣服？我们为什么要改变体形？我们原来的体形有什么问题吗？

这些是乔迪提的问题，她也是画家。她不打扮，也不塑形。她穿着工作靴和条纹工作服，她抬起一条腿给我们看，腿上毛茸茸的，这代表着她对抗世俗的态度。我想到了我两条光溜溜的腿，我感觉我被洗脑了，我知道我做不到她那样。我最多是不刮腋窝的毛。

我们的问题根源在男人的身上。大家对男人提出了控诉。

在场的女人中有两个曾经遭到强奸，还有一个被男人打过。其他人在工作中遭受过歧视或者忽视，有些人的作品遭到嘲笑，说是太阴柔了。其他人将她们的工资与男性对比，发现她们的工资比男性低。

我毫不怀疑这些都是真的。强奸犯是存在的，猥亵儿童和勒死女孩的坏人也是存在的。他们就像幽灵一样，就像潜伏在溪谷里的"坏人"，虽然我一个也没有见到过。他们都很暴力，会发动战争，会杀人。他们活儿干得少，钱赚得多。他们把家务活儿都推给女人。

他们麻木不仁，拒绝面对情感。他们很容易受骗，也乐于受骗，比如说，女人只要喘几口粗气，他们就以为自己是性超人。听到这里，大家都笑起来，表示认同。我开始怀疑自己是不是一直在伪装高潮而自己没有意识到。

但是，对于控诉男人，我不是很坚决，因为我和一个男人生活在一起。像我这样的女人，有一个丈夫，有一个孩子，被人们戏称是"核心家庭分子"。突然间，多生小孩变成了不好的事情。这些女人里面还有几个核心家庭分子，但她们不占多数，也没有怎么为自己辩护。有孩子但没跟男人一起生活的女人似乎更有面子。这样更能体现价值。如果和男人在一起，不管出现什么问题，那都是自己的错。

大家都没有明说这样的话。

这种聚会的本意是想让我感到更坚强，事实上也有一定的效果。怒火的力量是强大的。而且，听到这些女人的控诉，我感到震惊，也感到兴奋。我开始意识到，我曾经觉得很愚蠢或者很懦弱的女人，可能只是刻意在隐瞒什么，就像我一样。不过，这种聚会也让我很紧张，我不明白是为什么。我话不多，我很尴尬，忐忑不安，不管我说什么都可能是错的。我受的罪还不够多，我还没有体现价值，我没有发言权。我感觉好像就站在一扇紧闭的门外，而在那扇门里面，人们正在评判着我，结论可能对我不利。与此同时，我也想讨好她们。

我告诉自己，对我来说，所谓姐妹情谊是一个很难理解的概念，因为我没有姐姐，也没有妹妹。兄弟情倒是容易理解的。

我在晚上莎拉睡着的时候工作，要么在清晨工作。我在画圣母玛利亚。我把她画成蓝色，披着常见的白色面纱，但她长着一个母狮的头。耶稣躺在她的大腿上，样子像一头幼狮。在古代图像学中，狮子是基督的标志物，既然耶稣是狮子，那么圣母玛利亚为什么不能是一头母狮？在我看来，用母狮作为母亲身份的象征，比艺术史中索然无味的处女形象更准确。我画的圣母玛利亚很凶猛，很警觉，野性十足。她用她那狮子般的黄眼睛凝视着看她的人。她的脚边放着一根啃过的骨头。

我画了圣母降临人间，地上覆盖着雪，有些雪融化成雪水。在蓝色长袍的外面，她还披着一件冬天的外套，肩上挎着一个钱包。她手上提着两只棕色的纸袋，纸袋里装满了食品和杂货。有几样东西从袋子里掉了出来，一个鸡蛋、一个洋葱、一个苹果。她神色疲惫。

我称她为"永久保佑我们的圣母玛利亚"。

乔恩不喜欢我在黑夜里画画。"我还能在什么时候画呢？"我问，"你告诉我。"他只有一个答案，一个不会浪费他自己时间的答案：干脆别画了。但他没有这么说。

他没有明说他对我的画有什么意见，但我心知肚明。他认为那种画可有可无。在他的心目中，我画那种东西，跟画花的女人就是一路子货色。社会在向前发展，概念换了一茬又一茬，而我一直待在边缘，折腾着蛋彩画和平面，仿佛二十世纪从未来过。

这样也自由，因为我干什么都没关系，我可以喜欢干什么就干什么。

我们开始摔门，扔东西。我扔了我的钱包，扔了一个烟灰缸，扔了一包巧克力豆，巧克力豆一碰就碎。我们这几天一直在捡巧克力豆。乔恩泼了一杯牛奶，只是泼牛奶，没有扔杯子，他知道自己的力量有多大，而我不知道。他扔了一盒脆谷乐麦片，摔在地上，盒子都没有开。我朝他扔东西都扔不中，虽然我都扔更没价值的东西。他一扔就中，但不疼。渐渐地，界限被不断跨越，从表演一步步向谋杀跃进。

乔恩摔碎了东西，然后把碎片粘起来，复原后可以看到裂痕。我发现这样很有意思。

乔恩坐在客厅里，和一个画家喝着啤酒。我在厨房里，不停地敲打着锅。

"她怎么了？"画家说。

"她在发脾气，因为她就是一个女人。"乔恩说。从上高中起，过了这么多年，我都没有听到人家这样说我。曾经，让一个男人这样说很丢脸，令人崩溃。这意味着我是个怪物，性无能。

我走到客厅的门口。"我发脾气，和我是不是女人无关，"我说，"我发脾气，是因为你是个浑蛋。"

62

参加聚会的一些人，包括我，想搞集体艺术展，想搞一次纯女性艺术展。这样做有风险，我们都知道。乔迪说我们可能会被男性主导的艺术圈子排斥。他们的主流观点是，伟大的艺术超越性别。乔迪说，艺术的圈子一直很小，就是男人相互吹捧。对于这个圈子，女画家只能扮作异类，这样才能得到男画家的欣赏，但无论如何进不了主流。乔迪说："比如，没有乳房的怪物。"

我们也可能遭到其他女人的排斥，因为我们太超前、太突出。我们可能被称为"精英主义者"。到处都是坑。

我们有四个人参加了这次艺术展。卡罗琳有一张天使般的圆脸，深色的头发，留着荷兰式的前刘海，她自称"布料艺术家"。她的作品包括很有创意的拼布被子。她有一件作品是用月经止血棉条塞在避孕套里面，粘成字母，拼出一句话：爱是什么？另一件是个花卉图案，用贴花表达了一个简单的信息：

发出

你的

宣言！

　　她的作品还包括一些壁挂，她把厕纸搓捻成绳子，和半裸体的女影星海报编织在一起，她们演的那种电影过去被称为"艺术电影"。"色情用品，"她兴高采烈地说，"为什么不能再利用呢？"

　　乔迪做的是服装店里的假人模特，先用锯子肢解，然后再粘起来，摆成很吓人的姿势。她用油漆和拼贴画进行黏合，也在适当的位置粘了钢丝绒。一个挂在肉钩上，钩子从心口穿过，另一个脸上画满了树和花，像精细的文身，乔迪能画出这样精细的花纹，我是不会怀疑的。还有一个肚子上连接着六七个旧娃娃的头。有些娃娃我认识：斯巴克尔·普兰提，贝茜·韦茜，芭芭拉·安·斯科特。

　　茜拉金发碧眼，身材苗条，就像几年前弱不禁风的卖花女一样。她给她的作品取名为"绒毛风景"，绒毛是堆积在干燥机过滤器上的，像毛毡一样，可以像纸张一样撕下来。我把绒毛塞进废纸篓的时候，我自己好好看了一阵子，仔细研究了它们的质地，它们的颜色很柔和。茜拉买了许多不同色调的毛巾，放到烘干机里去，一遍遍地烘干，得到了粉色、灰绿色、灰白色以及标准床下灰的绒毛。她将这些材料切割成型，然后小心地粘到背衬上，形成类似云景的多层图案。我被它们迷住了，我真懊悔我没有先想到这一招。"这就像做蛋奶酥，"茜拉说，"吹一口冷气就完蛋了。"

　　乔迪比别人都负责任，她仔细看了我的画，挑了可以展出的作品。她挑了几件静物画，《绞干机》《吐司炉》《致命的颠茄》《三个女巫》。《三个女巫》是那三张沙发中的一张。

　　除了静物画，我参展的其余作品大都很抽象，虽然也有几个由吸管和生通心粉做的构造，还有一幅画叫作《锡纸》。这些作品我本不想展出，但乔迪很喜欢。她说："都是日常家用材料。"

《圣母玛利亚》的系列画，以及史密斯太太的所有肖像也选上了。我觉得太多了，但是乔迪想让这些肖像画都上去。"这个女人一点儿也谈不上性感，"她说，"但是，为什么总是要画年轻漂亮的呢？非常高兴看到年老色衰的女性身体画得这么富有情感，这是个很大的改变。"这是她写在画展目录里的话，在目录里，她还用了许多更夸张的言辞。

展览在布鲁尔街西侧一个已经停业的小超市里举办。不久之后，这里将被改造成一个小饭馆，但目前是空的，有一个女画家认识开发商的妻子的一个表亲，想办法说服了他，他让我们使用两个星期。她跟他说，在文艺复兴时期，最著名的公爵都很有审美情趣，对艺术的赞助都非常慷慨，这个说法打动了他。他不知道这是个纯女性艺术家的展览，她只告诉他说有些艺术家是女的。他说只要我们不把这个地方搞得一塌糊涂，他就没什么意见。

"有什么好搞的呢？"卡罗琳说。我们环顾四周。她说得没错，这里已经一塌糊涂了。农产品柜台和货架都拆掉了，地板上的油毡片翘起来了好几块，露出了下面的木板，灯在铁丝笼里晃来晃去，但只有部分灯会亮。不过，收银台还在，墙上还挂着几块破破烂烂的牌子：特价，95分钱3件！从加利福尼亚新鲜抵达！喜欢肉，肉喜欢！

"这个地方弄一弄，是可以用的。"乔迪说。她双手插在工作服的口袋里，大步走来走去。

"怎么弄？"茜拉问。

"我的柔道不是白学的。"乔迪说，"我们要因势利导，借力打力。"

后来，她借鉴了"喜欢肉，肉喜欢"这句广告语，将它融入她的一件作品里面，做了一个肢解的假人模特，特别血腥，人体上只"穿"着绳子和皮带，更有甚者，假人模特的头夹在胳膊下面。

卡罗琳对她说："如果你是个男人，你这样搞会被骂死的。"

乔迪笑得很甜："但我不是男人。"

我们干了三天，不停地布置、重新布置。展品布置好了之后，我们接着组装租来的栈桥桌子，放在酒吧里面，然后去买一些酒水小吃，准备招待客人。"酒水小吃"是乔迪的原话。我们买了加仑罐装的加拿大葡萄酒、泡沫塑料杯子、椒盐卷饼和薯片、包着塑料膜的大块切达奶酪、里兹饼干。我们也就承担得起这些东西，不过我们也遵循一个默认的规则，即食品必须是普通的食品。

我们的画展目录其实就是几张油印纸，在右上角用订书机订起来。编制目录本该是集体的工作，但事实上朱迪已经写了大部分，能者多劳吧。卡罗琳用床单做了一个横幅，挂在门口，床单的颜色看起来像是有人在上面流过血。横幅是这么写的：

四人展，全民展。[1]

"那是什么意思？"乔恩问。他说是来接我的，其实就是来看看我们搞得怎么样。他怀疑我跟这几个女人能搞出什么名堂，但他没有明说，说出来就掉价了。不过，他称她们为"姑娘"。

"全民免费，向公众开放。"我这样告诉他，不过我知道他自己是看得懂的，"这个口号也代表我们的团结。""团结"也是乔迪的原话。

1　原文为"F（OUR）FOR ALL"，f（our）可指four（四人），也音似free（免费），还藏着our（我们的），故有下文的说法。

他不予置评。

这个横幅吸引了报纸的注意，这种事情很新鲜，是一起事件，肯定会引起骚动。有一份报纸在画展开幕前派了一个摄影师过来，在给我们拍照的时候，他开玩笑地说："来吧，姑娘们，亮亮胸罩，来撩我呀。"

"猪。"卡罗琳低声说。

"冷静点，"乔迪说，"这种人就喜欢你抓狂的样子。"

开幕那天，我早早地来到了展厅。我在展厅里面沿着原来的通道走来走去，在结账柜台的周围，乔迪的雕塑像模特在跑道上摆好了姿势，卡罗琳的被子挂在墙上，无声地叫喊着抗议。这是很厉害的作品，我觉得。比我的更厉害。在我看来，就连茜拉的绒毛风景都有一种精致，彰显着自信，而其中的自信和从容正是我的画所缺失的，相比之下，我的画过于花哨，仅仅是漂亮而已。

我偏离了方向，我没有发出声音。我成了边缘人。

我喝了几口劣质的葡萄酒，然后又喝了几口，这样就感觉好多了，虽然我知道过后我会感觉更糟。那种酒像是调料酒，炖肉的时候倒进去一些，可以让肉更嫩一点儿。

我靠着墙站在门边，手里一直拿着泡沫塑料杯子。我站在这里，因为这里是出口，也是入口。有人到了，然后人越来越多。

这些人大多是女性。各种各样的。她们留着长发，有的穿着长裙，也有些穿着牛仔裤和工装裤，有的戴着耳环，有的戴着像建筑工人一样的帽子，有的围着淡紫色的披肩。有些是参加上次聚会的画家，有些长得像画家。卡罗琳、乔迪和茜拉都到了，她们跟来宾互致问候，相互拥抱，亲吻脸颊，不时发出快乐的喊叫声。她们的朋友似乎都比我多，亲密的女性朋友也比我多。我以前没有怎么想过这个问题，我以为别的女人也和我一样。曾经是一样的，现在不一样了。

当然，我有科迪莉亚。但我已经有好几年没见过她了。

乔恩还没有到，尽管他说他会来。我们找了一个临时保姆，这样他就可以来。我想找个人调调情，找一个不靠谱的，我想看看那样会怎么样，但没找到可以下手的，因为来宾里面没多少男人。我拿着另一杯红色的"调料酒"，在人群中穿梭着，这样就不至于觉得被冷落了。

就在我的身后，有一个女人说："嗯，的确不一样。"多伦多中产阶级家庭的主妇说话都这么刻薄，一般情况下，这句话就表示这东西进不了她们的法眼。提到贫民窟的时候，她们也是这么说的。她是说在沙发上不好看。我转过身来看着她，她穿着一套剪裁得体的银灰色西装，戴着珍珠项链，围着一条优雅的围巾，脚下穿着昂贵的绒面皮鞋。她非常自信，觉得她说什么都对，而我和我的朋友在这里办展览，是多亏人家宽宏大量。

"伊莱恩，这是我妈妈。"乔迪说。这个女人居然是乔迪的妈妈！我大吃一惊。"妈妈，那幅花是伊莱恩画的，你喜欢吧？"

她说的是《致命的颠茄》。"哦，喜欢。"乔迪的妈妈很热情地笑着说，"你们这些姑娘都很有天赋。我确实喜欢那幅画，颜色很可爱。但是，那些眼睛是什么意思？"我自己的妈妈也会这么问，突然间，我的内心充满了渴望。我渴望我的妈妈能来。如果她来，这里的大部分东西她都不会喜欢，尤其是假人模特。她根本理解不了。但她会微笑着，说一些好听的话。不久前，碰到有这种本事的人，我会嘲讽他们。但现在，我需要他们。

我又给自己倒了一杯葡萄酒，拿了一片涂了奶酪的里兹饼干，在人群中寻找着乔恩，看着一张张脸。我看到了史密斯太太，她在我的头顶上。

史密斯太太在看着我。她躺在沙发上，戴着周日去教堂戴的帽子，围着头巾，盖着阿富汗毛毯。我把这幅画命名为《多伦多浴女：向安格尔致敬》，主要是因为这个姿势，也因为她身后像扇子一样的橡胶树。她坐在镜子前，半边脸脱了皮，我读过的恐怖漫画书里的坏人也有这样的，这幅画叫作《麻风病》。她还站在水槽前，一只手拿着一把邪恶的削皮刀，另一只手拿着一只削了一半皮的土豆。这幅画叫作《以眼还眼》。

旁边一幅是《白色的礼物》，是四联画。第一联，史密斯太太包裹着一层白色的薄棉纸，像一罐午餐肉，也像一具木乃伊，她的头露在外面，脸上半笑不笑。另外三联，她依次解开了包裹，一联穿着印花连衣裙和带围兜的围裙，一联穿着《伊顿购物目录》封底的肉色外套，尽管我不认为她有这样的外套，最后一联穿着宽松的棉质内裤，一只大乳房被切开，露出了她的心脏。她的心脏像一只垂死的乌龟的心脏，爬行动物的那种心脏，深红色的，生了病。四联画的底部写着"上帝的王国在你心中"。

我为什么这么讨厌她？对我来说，这是个谜。

我把目光从史密斯太太的身上移开，看到了另一个史密斯太太，不过，这个史密斯太太在动。她刚好进了门，正朝我走来。她还是老样子，不显老。她就像从墙上走下来一样，脸还是圆的，像土豆，骨架很大、很笨重，眼镜闪闪发光，发髻用发夹别着。我吓了一跳，感觉肚子都收缩了，然后内心涌起了一股仇恨。

不过，那个人当然不可能是史密斯太太，她现在一定老了很多。确实不是。别着发夹的发髻是一个错觉，那只是头发，有点花白，剪得挺短的。那是格蕾丝·史密斯，没什么气质，倒是一副卫道士的样子，穿着不分年龄的深色衣服，没有戴戒指，也没有戴其他首饰。另外，她走路的时候昂首挺胸，但浑身僵硬，好像在颤抖，嘴唇紧闭，灰白色的皮肤上雀斑很突出，像被虫子咬了一样。我知道，今天不会因为我羼弱的微笑而变成一次轻松的社交场合。

不过我努力了。"是格蕾丝吗？"我问。附近有几个人本来正在攀谈，听到我的声音就停了下来。不是那种经常参加画展开幕式的女人，估计什么开幕式都没参加过。

格蕾丝继续迈着沉重的脚步向前走。她的脸比以前更胖了。我想到了矫形鞋、莱尔长筒袜、洗得又薄又掉色的内衣，还有煤窑。我害怕她。我不怕她对我怎么样，我是怕她的评价。该来的还是来了。

"你真恶心，"她说，"你这是亵渎神灵。为什么要中伤人？"

我有什么好说的？我可以说那些"史密斯太太"并不是格蕾丝的妈妈，那是一幅画而已。我可以强调形态的价值，说颜色是精心调配的。但是，《白色的礼物》不是创作的作品，它简直是史密斯太太的照片，粗俗不雅的照片。差不多就是洗手间涂鸦的水平。

格蕾丝盯着我身后的墙上，令人震惊的龌龊"照片"不止一两张，而是有很多。史密斯太太在变形，一幅接着一幅，赤裸着身体，很暴露，很污秽，还有栗色的天鹅绒切斯特菲尔德沙发，神圣的橡胶树，上帝的天使。我太过分了。

格蕾丝握着拳头，她胖胖的下巴在颤抖，她的眼睛像实验室里的兔子一样，粉红色的，水汪汪的。那是眼泪吗？我惊呆了，我心满意足。她终于出洋相了，而我控制着局面。

但是，我再仔细看了看，发现这个女人不是格蕾丝。她甚至样子都不像格蕾丝。格蕾丝和我同龄，不会这么老。有点相似，仅此而已。这个女人是个陌生人。

"你应该感到羞耻。"那个不是格蕾丝的女人说。她戴着眼镜，镜片后面的眼睛眯了起来。她举起拳头，我放下酒杯。红色的葡萄酒溅到墙壁上和地板上。

她的拳头里面握着一瓶墨水。她晃了晃拳头，然后拧开盖子，我屏住呼吸，既害怕又好奇，她是想扔向我吗？显然，这就是她的意图。我们周围有很多人，大家都目瞪口呆，事情发生得太突然，卡罗琳和乔迪正在赶过来。

那个不是格蕾丝的女人把墨水、瓶子和所有东西都扔向《白色的礼物》。瓶子里的墨水都倒了出来，然后掉在地毯上，墨水泼到了墙上的画上，史密斯太太变成了蓝色的。那个女人朝我笑了笑，像一个胜利者，然后转身，匆匆忙忙地向门口走去，不像刚才那样昂首挺胸，而是偷偷摸摸的。

我用手捂住嘴，好像想尖叫又怕真的叫出来。卡罗琳抱着我。她的身上有妈妈的气息。"我会报警的。"她说。

"不要，"我说，"颜色会褪掉的。"可能会吧，因为《白色的礼物》是画在木头上的，还涂了油光。可能连凹痕都没有。

一群女人围着我，像一群鸽子，羽毛沙沙作响，咕咕叫着。我得到了安慰，仿佛我刚才受到惊吓，人家在拍我的背，安抚我。也许她们是真心的，也许她们是真的喜欢我。可是，女人很难说。

"那个人是谁？"她们问。

"一个宗教狂人，"乔迪说，"保守分子。"

然后，大家看我的眼神里就有了尊重的成分，那些画既然遭人家泼墨水，遭到如此暴力对待，就一定具有奇怪的革命力量。在她们的眼中，我的形象变得大胆、勇敢。我的身上增添了某种英雄气概。

报纸刊登了一篇报道，标题是"女人打架，鸡飞狗跳"。那篇文章配了一张照片，我畏缩着，双手捂着嘴，背景是史密斯太太，她赤裸着身体，滴着墨水。我从此知道女人打架就是新闻。报道里写了一些煽情的东西，颠覆黑白，很滑稽，就像男人穿着晚礼服和高跟鞋。报道说这就叫"母鸡互啄"。

报道里还用了一些恶毒的形容词，比如说"粗暴""好斗""刺激"，大多是指乔迪的雕像和卡罗琳的被子。茜拉的"绒毛风景"被贴上了"主观""内向""脆弱"的标签。相比之下，我得到的评价还算客气："有点儿女权主义味道的天真的超现实主义"。

卡罗琳弄了一条亮黄色的横幅挂在门外，上面写了红色的字："粗暴""好斗""刺激"。随后，人们蜂拥而至。

63

我在等候室等着。等候室里有几把毫无特色的金黄色木椅，铺着橄榄绿的坐垫，还有三张茶几。这些家具是对斯堪的纳维亚半岛十到十五年前流行的家具的拙劣模仿，现在已经完全过时了。一张茶几上放着几本人家翻过的《读者文摘》和《麦克利恩》杂志，另一张茶几上放着一个烟灰缸，白色的，印着玫瑰花蕾图案。地毯是橙绿色的，墙壁是淡黄色的。墙上有一幅画，是一张石版画，画的是两个扭捏而令人厌恶的孩子穿着农民的服装，有点像奥地利人，他们把蘑菇举着当雨伞。

房间里有陈年的烟味，像旧橡胶的气味，贴身衣服穿太久也有这个气味。除此之外，地板清洁剂的气味从外面走廊渗了进来。里面没有窗户。我在里面坐立不安。这里就像牙医的候诊室，或者是找工作面试的等候室，但那份工作是你不想要的。

这是一家私人开设的精神病院，很隐蔽，也叫疗养院，全名叫"多萝西·林德威克疗养院"。有钱人会把不适合出现在公共场合的家人藏在这里，以免他们被送到王后大街999号，那里既不隐蔽也不私密。

王后大街999号既是一个真实的地方，也是高中生用来指疯人院的代名词。我们读高中的时候，疯人院都是存在于想象中的，我们从未见过真的疯人院。"王后大街999号！"我们会一边喊，一边把舌头伸出来，或者顶起一个嘴角，做斗鸡眼，伸食指在耳朵周围画圈。大家都觉得疯癫很有意思，和现实中其他让人觉得恐惧和可耻的事物一样。

我在等科迪莉亚。也许那人并不是科迪莉亚，是我多想了，电话里的声音听起来不像是科迪莉亚，而且说话的速度更慢，感觉嗓子有点坏了。"我看见你了。"她说。好像那是五分钟前的事。可是，事实上，我们已经有七八年甚至九年没说过话了。我们最后一次聊天，是她在斯特拉特福德莎士比亚戏剧节工作的那个夏天，我和约瑟夫在一起的那个夏天。"在报纸上。"她补充说。然后她就停下来，好像这是一个问题，等着我回答。

"没错。"我说。我知道我接下来应该说什么："我们见个面吧？"

"我出不去，"科迪莉亚说话的节奏很慢，"你得来我这里。"

所以我就来了这里。

科迪莉亚从房间远端的一扇门进来，走路小心翼翼的，好像在保持平衡，看起来是瘸了。但她不瘸。她身后还有一个女人，脸上带着乐观、虚假、露齿的微笑，一眼就能看出是雇来的陪护。

我好不容易才认出科迪莉亚，她看起来像是变了一个人。她和我上次见到她的时候完全不一样，那时她穿着宽大的棉裙，戴着粗重的手镯，优雅而自信。她正处于突变的早期或晚期，柔软的绿色粗花呢和剪裁考究的上衣，以前穿在她身上显得她优雅、有品位，现在穿着看上去像个雍容华贵的主妇，因为她胖了。她胖了吗？肉是多了，但已经下垂，堆积在身体的中间部位，像从山上滑下来的泥。这样，颧骨反而露出来了，她脸上的皮肤好像被不可抗拒的重力往下拽。我能想象她老了以后会是什么样子。

有人给她做了发型。不是她做的。她做不了那么紧凑的小波浪。

科迪莉亚站着，好像很忐忑，眯着眼，头向前探着，很难觉察地左右摇摆着，就像一头大象，或者某种行动缓慢、不知所措的动物。"科迪莉亚。"我说着站了起来。

"那是你的朋友。"那个女人笑着说。她的笑容没有丝毫的感情。她抓住科迪莉亚的胳膊，轻轻一拽，让她朝正确的方向走去。"我来了。"我说。我跟她说话的口吻，明显就是把她当成了一个小孩。我走上前，吻了她一下，有点别扭。我发现见到了她我居然很高兴，这让我很惊讶。

"晚来总比不来好。"科迪莉亚说。她的声音和我在电话里听到的一样，有点沉重，有点犹豫。那个女人把她拉到我对面的椅子边，轻轻推了她一下，让她坐了下来，好像她是一个老太太，还很固执。

我突然感觉怒火中烧。没有人可以这样对待科迪莉亚。我怒视着那个女人。她说："你能来看她，真好。科迪莉亚很期待这次见面，对吧，科迪莉亚？"

"你可以带我出去。"科迪莉亚说。她抬头看着那个女人，期待得到许可。

"是的，没错，"女人说，"去喝茶什么的。只要你答应送她回来，那就没问题！"她笑得很灿烂，好像这是一个笑话。

于是我带科迪莉亚出去。多萝西·林德威克疗养院位于高地公园，那是一个郊区，我以前没有去过，也不知道怎么去。出门走几个街区有一家咖啡馆。科迪莉亚知道那个地方，也知道怎么走。我不知道该不该挽着她的胳膊，最终我没有挽着她的胳膊，我跟在她的身边，到了十字路口，我都很小心，好像我带着一个盲人过马路，我要放慢脚步，看着她。

"我没有钱，"科迪莉亚说，"他们不给我钱。我想抽烟，他们会替我去买。"

"没关系。"我说。

我们走进一个卡座坐下，点了咖啡和两份丹麦烤酥饼。我很快点了单，我不想让服务员盯着我们看。科迪莉亚从身上摸出来一支香烟。她点火的手在不停颤抖。"伟大的耶稣的蓝色睾丸在燃烧。"她一字一顿，好像很费力。"出来真好。"她笑了，这很不容易，我陪她一起笑。我感觉很内疚，愧对她。

我应该问她一些事情：这么多年没见，她都在干什么？她的演艺生涯怎么样了？她结婚了吗？有孩子吗？到底怎么回事？她怎么去了那个地方？但这些都不是关键。都是后来加上去的。关键是科迪莉亚本人，她现在的情况。

"他们到底把你怎么了？"我问。

"他们叫我吃镇定药，"她说，"我讨厌那种药。害我一直流口水。"

"为什么？"我问，"你怎么跑到那个精神病院里去？你没有疯啊。"

科迪莉亚看着我，吐了一口烟雾。过了一会儿，她说："情况不太好。"

"怎么说？"我问。

"怎么说？我吃了安眠药。"

"哦，科迪莉亚。"我的心像被刀片切了一样，我仿佛看到一个孩子摔倒，头朝下，嘴巴磕到石头上，"为什么？"

"不知道。那个想法来得很突然。我感觉很累。"她说。

告诉她不该做这种事情是没有意义的。我就像在高中的时候一样，追问细节："你昏睡过去了吗？"

"是的，"她说，"我住在一家酒店里面。被他们发现了，可能是经理或其他人发现了。他们让我去洗胃。真难受。就是要让我吐。"

她像是在笑，但又不像，她的脸太僵硬了。我想哭，我怕哭出来。与此同时，我对她很生气，虽然我不知道为什么。好像科迪莉亚把自己放在了我够不着的地方，我够不着她。她自暴自弃了。她迷失了。

"伊莱恩，"她说，"把我弄出去。"

"什么？"我走神了。

"把我弄出去。你不能体会在里面的感觉。一点儿隐私也没有。"她像是在恳求我，对她而言，这已经非常难得了。我想起了一句话，那是以前周六下午男孩看漫画书时说的话，那句话是：对手要挑实力相当的。

"那我该怎么弄呢？"我问。

"明天再来看我，然后我们坐出租车走。"她看到我犹豫不决，"要不你借给我一点钱。你只需要这样就够了。我早上把药藏起来，不吃。那样我就行了。我知道，就是因为吃了那些药片，我才变成了这个样子。二十五元就够了。"

"我身上没带那么多钱。"我说。这是真的，但也是托词。"你逃不掉的。他们会知道你停药了。他们看得出来。"

"总有一天能瞒过他们。"科迪莉亚说，她的脸上闪过一丝往日的狡黠。当然了，我想，她是个演员。曾经当过演员。她善于伪装。"再说，那些医生都那么笨。他们就会问问题，我说什么他们都相信，我说什么他们就记什么。"

这么说来，这里有医生。还不止一个。"科迪莉亚，我承担不起这个责任。我都没有和谁谈过。"

"他们都是浑蛋，"她说，"我没有毛病。你也这么说。"在那张忧愁而下垂的脸蛋的背后，藏着一个疯狂的孩子。

我仿佛看到了把科迪莉亚带走、把她救出去的情景。救她出去我还行，但是，她之后怎么办呢？躲在我们的公寓里，像那些逃避兵役者、难民、流离失所者一样，睡在临时床上，和乔恩一起在厨房里抽着烟，连她自己是谁、为什么会在那里都不知道。我们之间本来就不平衡，我不知道我是否养得起科迪莉亚。她将是我的又一个罪过，乔恩一笔笔地记着呢。而且，我自己都顾不过来。

我还要考虑莎拉。她会喜欢这个科迪莉亚阿姨吗？科迪莉亚会带小孩吗？她的脑子里有多少坏东西？会不会有一天我回家就发现她躺在浴室的地板上，身体冰冷，甚至更糟糕？可能倒在血泊中。乔恩的工作台是一个武器库，放着小锯子和小凿子等各种家伙。也许只是虚张声势，皮肉伤而已，那是她的老把戏。也许，演戏的人危险不会更小，而是更大。他们可能会太入戏。

"我不行，科迪莉亚。"我温和地说。但是，我对她的感觉并不温和。我怒火中烧，无名火，说不清，道不明。你怎么敢叫我干这种事？我想把她的胳膊扭到背后，按倒在雪地里，用雪擦她的脸。

服务员送来账单。"你吃饱了吗？"我问科迪莉亚。我想换个轻松的主题。但是，科迪莉亚从来都不傻。

"也就是说，你不愿意。"她说。然后，她可怜兮兮地说："我猜想，你一直在恨我。"

"没有。"我说，"我为什么要恨你？没有！"我很吃惊。她为什么会说出这样的话？我不记得自己是否曾经恨过科迪莉亚。

"我总会出去的。"她说。现在，她的声音不沉重了，也不那么犹豫。她的表情和我多年前熟悉的一样，还是那么倔强。那又怎样？

我陪着她走回去，把她交给人家管起来。"我会来看你的。"我说。

我真的想去，但我也知道机会渺茫。她会没事的，我对自己说。高中快读完的时候，她就是这样的，后来好了。现在也一样，一样会好起来。

在回去的地铁上，我看着车上的广告。广告上有一瓶啤酒，一块巧克力，一个胸罩变成了一只鸟。我体会着轻松的感觉。我感到很轻松，都要飘起来了。

但是，我终究不轻松，我摆脱不了科迪莉亚。

我梦到科迪莉亚从悬崖或桥上坠落，在暮色下，她的双臂张开，裙子张开，形状像一口钟，在空中形成了一个雪地天使。她一直都不落地，而是一次又一次地坠落。醒来的时候，我的心怦怦直跳，我的身体下方似乎都空了，我就像在一部失控而快速下坠的电梯里面。

我梦见她站在原玛丽女王学校的院子里。学校消失了，那里只剩下一片平地，后面的小山上长着瘦巴巴的常青树。她穿着防雪服，但她已经不是一个孩子，而是和现在的年龄一样大。她知道我抛弃了她，她很生气。

一个月后，也可能是两三个月后，我给科迪莉亚写了一封信，写在印花的信纸上，那种信纸上没有多大的空间写字。我特意买了这种信纸。我的信写得热情澎湃，但那都是虚情假意，我自己都受不了。我说我想再去看她一次。

但我的信被退了回来，上面潦草地写着：地址不详。我很仔细地看了字迹，想看看是不是科迪莉亚的字。她善于伪装，会改变自己的笔迹。如果不是她的笔迹，如果说她已经不在疗养院，那么，她去哪里了呢？她可能随时来按门铃，她会给我打电话。她去哪儿都有可能。

我梦见了一个假人模特，就像乔迪拿来参加展览的那些一样，先肢解，然后再粘起来。这个模特只穿着一件薄纱外套，外套上装饰着亮片。这个模特只到脖子，没有头。科迪莉亚的头包在一块白布里，夹在模特的胳膊下面。

十二

孤　翼

ONE WING

64

　　停车场的一个角落里重建了一家四十年代风格的餐厅，和一批奢华的精品店为伍。这家餐厅取名为"4D餐厅"。不是翻新的，是新建的。

　　这种玩意儿他们曾经拆都来不及拆。餐厅里面挺有年代感的，只是太干净了。

　　另外，与其说是四十年代，倒更像是五十年代初的风格。有一个汽水柜台，沿着柜台摆放着柠檬绿色的凳子，垫着人造皮革软垫的卡座泛着紫色的光，看起来像早期敞篷车鲨鱼鳍的表面。还有一台点唱机，几个镀铬的树状衣架，墙上贴着有颗粒感的黑白相片，这些都是真正四十年代餐厅的特色。女服务员穿着有黑色搭襻的白色制服，涂着红色的口红，不过涂得不太对，她们应该把口红涂得更饱满些。男服务员戴着汽水柜台售货员专属的帽子，帽子朝一边歪着，头发理得很整齐，脖子后面剃得相当短。他们的生意很好。顾客大多是二十几岁的年轻人。

　　说真的，这家餐厅很像桑尼赛德酒吧，装修得像博物馆一样。他们可以把我和科迪莉亚做成蜡像放在这儿，穿上蝙蝠衫，束着腰带，喝着奶昔，一副百无聊赖的样子。

我看科迪莉亚的最后一眼，是她走进疗养院大门的背影。那一次也是我最后一次和她说话。但是，那不是她最后一次和我说话。

没有鳄梨豆芽三明治，咖啡也不是现煮的咖啡，馅饼夹的是椰子奶油，丝毫不比以前差。我坐在一个紫色的卡座里，喝着咖啡，吃着馅饼，看着那些年轻人在大惊小怪，他们都觉得过去的东西离奇古怪，但很有意思。

置身过去，你就不会觉得有多少离奇古怪的东西。斗转星移，有了距离感之后，你可以把过去当作谈资，生活不会再受到那时条件的左右，那时，你才会觉得过去是离奇古怪的。

他们种出了猫王头形的西葫芦，西葫芦瓜还很小的时候，把猫王头形的模子套在西葫芦的周围，西葫芦慢慢长大，就长成了猫王的头形。这就是他唱歌的理由吗？他想变成一个西葫芦吗？如今，素食主义和转世投胎的说法非常流行，但这也变得太多了。我自己宁愿转世变成一只潮虫，或者一只虾，让人煸炒。不过，总的来说，我觉得转世投胎比下地狱好多了。

"你们弄得不错，"我对女服务员说，"当然也还有不对劲的地方。价格不太对。那时，一杯咖啡是十分钱。"

她回答说："是啊。"她对着我笑，但那是职业性的假笑，她心里肯定在骂我：无聊的老古董！她的年龄只有我的一半，她的生活方式已经超出了我的想象。我们对愧疚、仇恨和恐惧的认知完全不同了。这些女孩是怎么面对艾滋病的？她不会像我们曾经那样做爱。现在的求爱仪式里是否会交换各自医生的电话号码？对我们来说，怀孕才是吓人的事情，是性爱的一个陷阱，一怀孕就完蛋了。现在不一样了。

我付了账，多给了一点小费，拿起几个袋子，走了。我给每个女儿都买了一条意大利围巾，给本买了一支自来水笔，都放在袋子里。自来水笔又流行起来。似乎所有旧设备、用具和服装都排着队，等待重生。

我走到街道的拐角。再过一条街，就是约瑟夫以前住过的地方。我一间一间地数着房子：这一幢肯定是他的。原来的门面已经拆掉了，换成了玻璃，草皮也换成了石头地面。透过玻璃窗户，我看见一匹古董儿童木马，一床旧被子，一个面目全非的木头脑袋玩偶。这些东西曾经都要卖给收废品换钱的。废物的标价低得离谱。

不知道约瑟夫后来怎么样了。如果他还活着，他一定已经有六十五岁了。当时他就是个醒龊的老家伙，现在他会有多醒龊呢？

他果真拍了一部电影。我想应该是他，导演的名字和他一模一样。我是在一个电影节上看到的，纯属偶然。那是很久以后的事了，那时我已经去了温哥华。

电影围绕两个头发像云朵一样蓬松而性格捉摸不透的女人展开。她们在田野里漫步，风吹着薄薄的裙子贴在大腿上，她们注视着远方。其中一个女人砸了一台收音机，把碎片扔进河里，她还吃了一只蝴蝶，割断了一只猫的喉咙，因为她疯了。如果她长得丑，而不是金发碧眼、妩媚动人，那么，她干的这些事根本不会引起人家的注意。另一个拿了她爷爷的老式剃刀，在她的大腿上划了几道口子。到了电影的结尾，她从铁路桥上跳了下去，跳进了河里，裙子翩翩起舞，像窗帘被风吹起来一样。要不是头发的颜色不同，人们很难将她们两人区分开来。

电影中的男主角同时爱上了她们，犹豫不决，做不出决断。结果两个女人都疯了。由此，我确信这部电影一定是约瑟夫拍的，因为他永远也不会想到，女人之所以疯狂，除了那个男人，也可能还有她们自己的原因。

电影里的血都是假的。对于约瑟夫来说，女人都是不真实的，同样，他对我来说也是不真实的。正因如此，我才会对他的痛苦如此冷眼相看，因为他不是真实存在的。我从来没有梦到过他，因为他已经是梦境的一部分：断断续续，难以名状，难以释怀。

我确实对他不公平，但是，如果我对他公平，我会落到什么地步呢？受奴役，被束缚。年轻女人就该有对人不公平的特权，这是她们为数不多的自卫手段之一。她们的冷酷，她们的无知，都是理所应当的。她们在黑暗中，沿着高高的悬崖边缘行走，哼着歌，以为自己有不死之身。

我不能责怪约瑟夫拍了那部电影。像我一样，他有权从自己的角度去解读，他有权发挥他自己的想象。他也许利用了我，但我也利用了他。

比如说，现在画廊的墙上挂着一幅《人体素描》，画中的约瑟夫像一块肉冻，味道好像很不错。他在左边，一丝不挂，但他扭过身子，背对着观者，只能看到屁股和躯干的侧面。右边是乔恩，姿势一模一样。他们的身体都经过理想化处理，没有那么多体毛，肌肉线条清晰，皮肤闪闪发光。我原本打算让他们都穿上紧身短裤，尊重多伦多的习惯，但最后还是作罢。他们的屁股都浑圆饱满。

两人都在画画，一人一个画架。约瑟夫在画一个身材丰满但不算胖的女人，她坐在凳子上，两腿之间搭着一张床单，乳房裸露着，她的脸是前拉斐尔派风格，作沉思状，有点神秘。乔恩画了一圈圈的旋涡，像肠子似的，他用了艳粉色、树莓红色、勃艮第樱桃紫色。

模特坐在约瑟夫和乔恩之间的椅子上，正脸朝前，光脚踩在地板上。她身上白色的床单裹住乳房下面的身子。她双手合拢，放在膝盖上。她的头圆圆的，像顶着一颗蓝色的玻璃球。

我和乔恩坐在丽亭酒店的屋顶酒吧，喝着白葡萄酒。这是我提议的，因为我想再去看看那个地方。往外面看，天际线已经变了。丽亭酒店不再是这一带最高的建筑，而是一座低矮的老式楼房，与周围高耸的玻璃幕墙高楼相比，简直小巫见大巫。正南方是加拿大国家电视塔，像一根巨大的倒挂冰柱拔地而起。过去，这种建筑只能在科幻漫画书里看到，竖在单调的湖面和天空之间，我觉得我的时间不是在往前走，而是在向两侧延展，仿佛一个二维的宇宙。

不过，酒吧里倒是变化不大。看起来还像摄政时代的高级妓院。那些服务生也和从前一样，头发打理得一丝不苟，匆忙而又谨小慎微，说不定他们还是以前的那帮人。以前，酒店经理常在衣帽寄存处预备一些领带，忘了系领带的男士可以借用。他们说是"忘了"，因为肯定没有哪一位男士会故意不系领带。在那个女士穿长裤套装可以进出酒店的年头，系领带是一件大事。那是一个时髦的黑人模特开的头，他们不能拒绝让她进去，否则她可以控告他们种族歧视。我还记得这种事，甚至记得我当时感到了胜利的喜悦，这说明我已经老了，落伍了，现在还有哪个女人把穿长裤套装当作解放的标志？

我没有跟乔恩一起来过这里。对于那种带软垫的仿古椅和打褶的窗帘，还有从光面威士忌广告上剪下来的男男女女的形象，他会嗤之以鼻。我以前是和约瑟夫一起来的，我会伸手去碰他放在茶几上的手。现在我碰的是乔恩的手。

只是轻轻地碰了他的指尖。这一次我们没有怎么说话，不像从前吃午餐的时候那样吵吵闹闹。我们心照不宣，说话也就进一两个字，不然就保持沉默。我们清楚我们为什么来到这里。乘电梯下楼的时候，我看着电梯灰色的墙壁，在反光的墙壁上，我看到了我的脸，那就像一块周围杂草丛生的石头。我看不出自己有多大年纪。

我们叫出租车回到仓库那边，在车上，我们的手并排放在座位上。我们爬楼梯去工作室，爬得很慢，免得气喘吁吁，我们都不想让对方发觉自己已经是中年人了。乔恩的手搂在我的腰上。那是很熟悉的地方，就像回一幢曾经住过但已经多年没有回去过的房子，进了门，你就知道电灯开关在哪里。我们走到工作室的门口，进去前，乔恩轻轻拍了拍我的肩膀，这是在鼓励我，也在表明他有欲望，但他很克制。

"别开灯。"我说。

乔恩双手抱住我，脸贴着我的脖子。与其说他是在表达欲望，不如说他已经累了。

工作室里是紫灰色的，像秋天的黄昏。石膏腿脚模型泛着白光，就像废墟里破碎的雕像。角落里扔了一堆我的衣服，工作台和床边零星放着几个空杯子，标记着我每天的轨迹，各自也占着相应的空间。现在，这个房间俨然已经变成我的了，好像我一直都住在这里，不管我之前去了什么地方干了什么事情。其实，乔恩才是暂时离开的那个人，他回来了。

我们脱下彼此的衣服，和当初一样，只是我们现在反而更羞怯了。我也想表现得自然一些。幸亏现在已是黄昏。我很紧张，怕他看到我大腿的后面，我的膝盖上方已经出现皱纹，腹部上的赘肉一圈又一圈，从严格意义上说，那不算肥胖，只是下垂的褶皱而已。他胸膛上的毛发已经花白，我很吃惊。我尽量不去看他的啤酒肚，虽然我意识到他的肚子变大了；我意识到了他的身体的变化，他也一定意识到了我的变化。

我们郑重其事地亲吻着，我们以前亲嘴从未这么严肃过。以前总是急不可耐，是自私的。

我们做爱是为了享受。我认得他，在黑暗中，我也认得他。每个男人都有自己的节奏，这种节奏是不会变的。这种熟悉的节奏感让人很放松，像老朋友见面。

我不觉得我不忠于本，我只是忠于别的东西，那个东西比本先到，也跟他无关。我是在还旧账。

我也知道，这是最后一次。就像是故地重温，那里曾经留下很多记忆，而这次离开后就再也不会回来了，所以要在离开前转过身来看最后一眼。尼亚加拉瀑布的夜景。

我们抱在一起，躺在羽绒被的下面。记不起来我们以前究竟是为了什么而争吵。从前的怒气早就消失了，我们对于彼此的欲望也消失了，针锋相对的嫉妒心自然也消失了。我们只剩下对彼此的柔情，也似乎都愧对彼此。慢慢消退的感情。

"你来参加开幕式吗？"我问，"希望你能来。"

"不来，"他答，"我不想来。"

"为什么？"

"我会难受，"他回答说，"我不想看到你那样。"

"哪样？"我问。

"那一帮人都围着你。"

他的意思是说，他不想当一个旁观者，到时根本没有他的位置。他说得没错。他不想以我前夫的身份出席。那样，他既失去了我，也失去了他自己。我发现其实我也不希望他去，我不是真的想让他去。我需要他去，但我不想。

我翻过身，支着胳膊肘，又吻了他，这次吻了他的脸颊。他耳朵后面的头发已经花白。我想，我们最后的这次缠绵恰得其时。再晚就太晚了。

65

和乔恩在一起，就好像是从楼梯上摔下去。以前，在起初的跌跌撞撞之后，我们会双手抓住扶手，恢复平衡。但这次彻底失去了平衡，我们一头栽了下去，弄出了很多动静，非常狼狈，摔得身上青一块紫一块，伤痕累累。

我带着满肚子怒火入睡，很害怕醒来。有时醒来，我发现乔恩躺在我的旁边，睡得正香。我听着他节奏稳定的呼吸，他居然能控制得这么好，仿佛什么也没有发生过一样，我难免心生怨恨。

好几个星期，他越发沉默寡言，越来越不着家。不着家，就是说我在家的时候他不回家。我出去工作的时候，他反而待在家里，莎拉上幼儿园的时候也一样。我在家里发现了一些不好的迹象，一些不易觉察的线索，就像故意掉在路上指示方向的面包屑一样。一根香烟上有粉红色的口红唇印，水槽里有两个用过的玻璃杯，枕头下有一个发夹，但那不是我的。我一声不吭地把那些东西收拾好，藏起来，说不定以后有大用处。

"有个叫莫妮卡的人给你打过电话。"我告诉他。

那时还是早上，一天才刚刚开始。在这一整天，我都尽量躲着他，压抑着怒火，装得很平静。我们已经不再互相扔东西了。

他在看报纸。"是吗？"他回答说，"她想干什么？"

"她让我告诉你，说莫妮卡来过电话。"我说。

他经常半夜才回来，我在床上假寐，思绪万千。我想到了一些手段，比如说检查他的衬衫有没有香水味，在街上跟踪他，藏在衣柜里，发现情况就跳出来，届时会因激动而满脸通红。我还想到了其他我力所能及的事情。我可以离开，带着莎拉离家出走。或者要求乔恩把事情交代清楚。或者假装什么也没发生，平平静静地过日子。十年前的妇女杂志可能会刊登这样的建议：等等吧，等他想明白，等他回归家庭。

这些情景在我的脑海中不停地翻转，一幕接着一幕，有时几个情景会一同出现。所有的情景都互不排斥。

在现实生活中，日子还是要一天天地过，但会一天比一天沉重，像冬天到来了一样，天黑得越来越早。

"你和约大叔有一腿，对不对？"乔恩好像若无其事地问。那是一个星期六，我们带着莎拉去格兰齐公园玩雪，假装一切正常。

"谁？"我问。

"明知故问，约瑟夫那什么，那个老浑蛋。"

"哦，是他啊？"我说。莎拉在那边和别的孩子一起荡秋千。我和乔恩坐在长凳上，长凳上原来有积雪，我们把雪抹掉了。我觉得我应该堆个雪人，或者做点好妈妈该干的事。但我太累了。

"你真的和他有一腿吧？"乔恩紧追不舍地问，"和我在一起的时候，你也和他乱搞。"

"你怎么知道的？"我问。我知道该摊牌了。我早就备好了"弹药"：发夹，口红印，女人打来的电话，水槽里的杯子。

"我不是傻瓜，你了解。我早就发现了。"

这说明当时他的心是受过伤的，他也是个醋坛子。他的痛苦都是我造成的。我应该撒谎，矢口否认。但我不想这么做。此时此刻，约瑟夫让我有了一点骄傲的资本。

"那是多少年前的事了，"我说，"过去几百年了。没什么大不了的。"

"他就是一坨屎！"他喷了句粗话。我曾经以为，如果他发现了我和约瑟夫的事，他会嘲笑我。我没想到他会那么把约瑟夫当回事。

那天晚上我们做了爱，如果那种事情还叫做爱的话。哪有什么做爱的样子？那么生硬，像金属碰撞，像是在打仗。有些事情得到了证实，有些则被否定掉。

早上，他突然问："还有谁？"这个问题来得那么突然，没头没脑。"我怎么知道你有没有和其他老浑蛋上过床？"

我叹了口气。"乔恩，"我说，"别那么幼稚。"

"那个不举先生怎么样？"他没完没了。

"哎呀，别胡说了，"我说，"你也不是什么好东西。你不也是把那些皮包骨的姑娘都弄回家？你不想被束缚的，还记得吗？"

莎拉还在婴儿床里睡着。我们是安全的，我们可以把事情好好掰扯清楚，难听的话都可以说出来，虽然有些并不一定就是真相。吵架一旦开始，就很难停下来，甚至觉得很好玩。

"至少我很坦诚，"他说，"我没有偷偷摸摸。我也没有像你那样，还他妈的装纯洁，像个圣女。"

"也许，那时我爱着你。"我说。我发现我加了时间限定。他也发现了。"你没有坠入过爱河，你就不懂什么是爱。"他说。

"莫妮卡懂吗？"我问，"你现在并不是很坦诚。我发现了其他女人的发夹，在我自己的床上。那种事情，你至少应该另找个地方做吧。"

"你呢？"他问，"你总是出去厮混。"

"我？"我问，"我哪有那个闲工夫？我都没空思考，没空画画，连拉屎都没空，我忙着挣钱付他妈的房租！"

我爆了粗话，我突破底线了。"你看看，"乔恩说，"都是你，做贡献的是你，忍辱负重的也是你。我就是个浑蛋。"他拿了外套，朝门口走去。"去找莫妮卡吗？"我问。我变得很刻薄。我讨厌这样的争吵，像学校里学生在吵架似的。我更希望双方拥抱一下，痛哭流涕，然后相互原谅。我希望这种事情能自然而然地发生，就像彩虹，不需要我特别努力去争取。

"圣女，"他说，"莫妮卡只是一般的朋友。"

冬天来了。暖气时有时无，说不准什么时候有。莎拉感冒了。她晚上咳嗽，我就起来照顾她，给她喂止咳糖浆，端水给她喝。等到白天，莎拉和我都筋疲力尽。

今年冬天，我自己也三天两头生病。莎拉的感冒常常传染给我。周末的早上，我经常躺在床上，看着天花板，脑子里一片混沌，像是塞满了棉花。我想喝几杯姜汁汽水或者榨橙汁，想听听收音机。可是，没人会端着这些东西送到我的床边来。我想喝姜汁汽水，就得自己去店里买，去厨房里自己倒。莎拉在客厅里看动画片。

我不再画画了。我不敢奢望画画了。虽然政府艺术基金给了我一小笔赞助，但我根本忙不过来。我整天忙忙碌碌，得去上班，去银行取钱，去超市买吃的。有时候，我也会看看电视，看看日播肥皂剧，相比现实生活，电视剧里的人物危机更多，但衣服穿得也更漂亮。我要照顾莎拉。

我没办法做其他的事情。我不再去参加女人的聚会，她们会让我感觉更糟糕。乔迪打电话来说我们聚一聚吧，但我拒绝了。去参加她的聚会，她就会劝我，给我打气，提一些让我振奋精神的积极建议，我知道这些建议我都做不到，我只会越发觉得自己像个失败者。

我不想见任何人。我躺在卧室里，窗帘关着，虚无像海浪一样，缓缓地冲刷着我。我不管怎么样，都是自作自受。我错了，我都不知道我错得有多么离谱，反正我现在感觉要被淹没了。我很笨，很傻，一文不值。还不如死了。

有一天晚上，乔恩没有回来。这很不寻常，这打破了我们的默契。以前，他再晚也会在午夜前回来。那天我们没有吵架，甚至都没有说过话。他没有打电话来告诉我他在哪里。他的意图很明确，他就是要把我甩了，不理我了。

黑暗中，我蜷缩在卧室里，裹着乔恩的旧睡袋，听着莎拉呼吸的声音，听着外面雨夹雪轻轻地敲打窗户。爱情会蒙上人的眼睛，但是，在爱的潮水退却之后，往往会看得比以往更清楚，就好比真的海水退潮之后，所有的垃圾全都一览无遗，破瓶子、旧手套、生锈的易拉罐、死鱼、骨头等。如果你对未来一无所知，在黑暗里坐着，张大着眼睛，你就会看到那些东西。你亲手造成的破坏。

　　我身体懒洋洋的，毫无意志力。我想我应该动动，让血液流动起来，就像遭遇暴风雪，要保持运动才不至于冻死。我强迫自己站起来。我要去厨房泡点茶。

　　房子外面，有一辆汽车发着低沉的轰鸣声，轧着湿漉漉、软绵绵的雪地驶过。厅里很暗，只有路灯从窗户透进来的微微亮光。在这昏暗的光线下，乔恩工作台上的东西闪着微光，凿子的锋刃、锤子的头。我能感受到大地对我的牵引力，大地引力顺着黑色的曲线牵扯着我，我也能感受到原子之间的间隙，我可以毫不费力地穿过去。

　　就在这时，我听到了一个声音，不是脑海里的声音，而是从房间里传出来的，很清晰：动手吧。快点。动手吧。它没有给我选择的余地，而是强制性地发号施令。那是跳下悬崖和被推下悬崖的差别。

　　我拿起一把雕刻刀，划了一道口子。我没感觉到疼，因为我随即听到一个轻轻的声音，我眼前一黑，倒在了地板上。乔恩发现我的时候，我就躺在地板上。在黑暗中，血是黑色的，不反光，他开了灯才看到血。

　　我跟急诊室的人说这是个意外。我是个画家，我说。我当时正在剪画布，不小心手滑了。刀口在我的左手腕上，这个解释还说得通。我很害怕，我想隐瞒真相，我不想被塞进王后大街999号，无论是现在，还是将来。

　　"半夜里剪画布？"医生问。

"我经常在夜里工作。"我回答说。

乔恩帮我圆了谎。他和我一样害怕。他用茶巾把我的手腕缠住，然后开车送我去医院。我的血渗透了毛巾，滴在前排座位上。

"莎拉呢？"我突然想起她。

"她在楼下。"乔恩说。我们楼下住着女房东，她是一个中年寡妇，意大利人。

"你是怎么跟她说的？"我问。

"我说你是急性阑尾炎。"乔恩说。我笑了一下。"你到底想干什么？"

"我不知道，"我说，"你得把车上的血迹处理掉。"我感觉自己是白色的，血流光了，净化了，还得到了照顾。我感到很平静。

"你确定不想找个人聊聊吗？"急诊室的医生问我。

"我没事。"我说。我没什么好聊的。我知道他说的"人"是指精神科医生。这个人会跟我说我疯了。我明白什么样的人会听到那种声音，酒鬼、瘾君子，还有疯子。我感觉我的情绪非常稳定，甚至不再焦虑了。我已经拿定了主意，知道接下来要怎么办，明天要怎么办。我会用绷带把手臂吊起来，然后告诉别人说我把手腕弄折了。这样，我就不必告诉那个急诊室医生，或者乔恩，或者其他任何人，说我听到了那个声音。

我知道那个声音是不存在的。但我也知道我确实听到了。

那个声音本身并不可怕。它并没有胁迫的意思，而是很兴奋，就像是在怂恿我，在跟我开玩笑、玩游戏。这是一个珍贵的记忆，一个秘密。那是一个九岁孩子的声音。

66

雪融化了，地上脏兮兮的沟壑纵横，风吹起从冬天埋藏到现在的沙砾，在受到摧残的草坪上，番红花正破土而出。如果我继续待在这里，我会死掉的。

我必须离开这座城市，我也必须离开乔恩。这座城市不让我活。

它会突然要了我的命。我可能走在街道上，没有什么特别的想法，却突然扭头冲出路沿，跑到车道上，被一辆飞驰而过的汽车撞死。我也可能毫无征兆地躺倒在地铁列车前面，或者情不自禁地从桥上跳下去。我会听到那个微弱的声音，极具诱惑力，很欢快地催促我赶快行动。我知道我干得出那种事。

（更糟糕的是，虽然我对这个想法又害怕又觉得害臊，白天的时候还觉得又矫情又荒谬，觉得难以置信，但我还是很珍惜，很在意。就好像酒鬼把一瓶酒偷偷藏起来一样，我现在也许没有这种冲动，但我知道它的存在，这样我会感到更加安心。这是一条退路，也是一种恶习。它是一种武器。）

夜里，我坐在莎拉的婴儿床边，看着她。她在做梦，所以眼皮在轻微跳动，我听着她的呼吸声。她会孤苦伶仃的。也许不会，她还有乔恩。只是没有妈妈。我想不下去。

我打开客厅的灯。我知道我必须去收拾行李，但我不知道该带什么。衣服，莎拉的玩具，她那只毛绒兔子。收拾行李太麻烦了，于是，我上床去睡觉。乔恩已经躺在床上，脸朝着墙壁。经过了假惺惺的休战和改正之后，我们如今走进了一个死胡同。我没有把他叫醒。

早上，等到他出门以后，我把莎拉包好放到婴儿车里，去银行取了艺术基金给我的那笔钱。我不知道要去哪里。我只想着要离开。我买了两张去温哥华的票，温哥华很暖和，至少我猜是这样的。我把我和莎拉的东西塞进几只行李袋里，这些袋子是我在军队剩余物资商店里买的。

我真希望乔恩这时刚好回来，然后说不让我走。因为当我要付诸行动的时候，我自己都不敢相信我真的要走了。但他没有回来。

我留了一张便条，做了一份花生酱三明治，然后切成两半，一半给莎拉，又给她热了一杯牛奶。我打电话叫了一辆出租车。我和莎拉穿好外套，坐在餐桌边，吃着三明治，喝着牛奶，等着出租车来。

就在这时乔恩回来了。我继续吃三明治。"你这是想去哪里？"他质问我。"温哥华。"我说。

他在餐桌边坐下，盯着我。他看起来像是好几个星期都没睡觉了，虽然他最近睡的时间很长，甚至经常睡过了头。"我拦不住你。"他说。他说的是实话，不是要激将法。他不会跟我吵架，他会让我们走。他也已经筋疲力尽了。

"出租车到了，"我说，"我会给你写信。"

离家出走，我是擅长的。诀窍就是把自己封闭起来。不听，不看。不回头。

我没买卧铺票，钱得省着花。我一整宿都没睡，莎拉趴在我大腿上抽着鼻子。她哭过几回，但她还太小，还不能明白我是在干什么。火车上，其他乘客张开手脚，脚都伸到了过道上，行李塞得满满当当，污浊的空气中弥漫着香烟的烟雾，洗手间里被各种食物包装袋堵得死死的。车厢前面有人在一边打牌，一边喝着啤酒。

火车朝着西北方向行驶，穿过几百上千英里稀疏的树林，树木中间可以看到花岗岩石头。一路上有几百个无名蓝色小湖，湖边长着芦苇，躺着枯死倒下的云杉，背阴处还有残雪。车窗玻璃上淌着雨水，也蒙着灰尘，我透过车窗向外望去，看到了我童年看到的风景，模糊、无味、触不可及，这些风景正飞快地向后方离去。

要隔很长的时间，火车才会偶尔穿过一条公路，有些是砾石路，有些路铺着薄薄的沥青，路中间画了白线。外面的景色好像很空虚，很寂静，但我觉得它既不空虚，也不寂静，而是充满了回声。

那是家的声音，我想。但是，我现在是有家不能回了。

离家出走比我想象的更糟，但也更好。

有些时候，我觉得我是疯了才选择离开；有些时候，我又觉得这是我这么多年来最明智的举动。

温哥华的生活费用比较低。我们在一家假日酒店住了一小段时间，然后找到了一幢我租得起的房子，在基茨兰诺海滩后面的山坡上，那里有很多看起来像玩具的房子，不过里面的空间很宽敞，比从外面看起来更大。从房子的位置可以看到海湾和对面的山，夏天还有无尽的阳光。我给莎拉找了个合作幼儿园。有一段时间，我全靠那笔赞助过日子。我接了一些活儿在家做，然后找了一份兼职，给古董店做家具补漆翻新。我喜欢这个工作，做这个不需要动脑子，家具也不会说话。我渴望安静。

我躺在地板上，虚无感冲刷着我。我就这样熬着。我晚上会哭。我害怕听到什么声音，害怕又听到那个声音。我已经走到了大地的边缘。人家一推，我就会跌进深渊。

我想，也许我应该去看精神科医生，因为这种事情现在已经司空见惯，大家都见怪不怪了。内心失去平衡的人都可以去看精神科医生，我现在就不平衡。终于，我去找了一个精神科医生。是个男医生，人很好。他让我谈谈六岁之前的经历，之后的事情他都没有问起。他的意思大概是说，到了六岁，你就已经定型了。之后发生什么都无关紧要。

我记性很好。我跟他提到了战争。

我也提到了用雕刻刀割腕的事情，但我没有提到那个声音。我不想让他认定我是个疯子。我希望给他留个好印象。

我还和他讲了我经历的虚无感。

他问我做爱的时候有没有高潮。我说这不是问题所在。他觉得我有所隐瞒。

过了一段时间，我就不再去找他了。

渐渐地，我的生活恢复了正常。我开始习惯早起，趁莎拉还在熟睡的时候画画。我发现，因为之前多伦多的那次画展，我在这边小有名气，人们会邀请我去参加各种派对。起初，人们对我有些成见，因为我是从"东部"来的，也就是说我占了一点儿便宜。不过，久而久之，人们也不再拿我当外地人了，甚至我也会对东部来的人有看法，大家都不觉得有什么问题。

我还受邀参加了几场集体展览，大多是女人邀请的。她们听说过有人朝我的画泼墨水的事，也看过那些自以为是的评论文章，因此，即便我是东部人，我的存在也就变得合情合理了。这里有形形色色的女性艺术家，有各种各样的女人，她们被压抑的内心沸腾着，她们的身上蕴藏着爆炸性的力量，跟早期正统主义阶段的所有宗教运动一样。仅仅嘴上说点好听的，或者赞成男女同工同酬，那都是不够的，必须在内心深处实现转变。这些话不一定明说，但都是她们的意思。

大家都在"忏悔"，倒不是要承认自己有哪些缺点，更重要的是倾诉自己曾经被男人怎么欺负过。诉苦是应当的，但不是所有的"苦"都值得倾诉。女人的苦才是苦，男人的苦不值一提。她们管诉苦叫作"分享"。我不想去跟人家分享什么，我也没有多少伤疤可以揭。一直以来，我算是比较幸运的，我没有被人殴打过，没有被人强奸过，也没有挨过饿。当然，钱是一个问题，但那时候乔恩和我一样缺钱。

乔恩倒是一个问题。但我并不觉得他压着我。不管他对我怎么样，我都给予回敬了，可能还连本带利。他现在很痛苦，他很想念莎拉。他常打长途电话过来，电话里的声音忽远忽近，就好像战争时期的广播一样，他听起来很失落，还越来越像一般的男人那样，说话酸溜溜的。

这一帮女人会对我说，不要怜悯他。我不怜悯他，但我有些愧疚。

这一帮女人里面有许多是同性恋，有些是最近出柜的，有些是从异性恋转向同性恋的。这样做很勇敢，也是形势所迫。按某些人的说法，女人要想获得平等，只有同性恋一条路可以走。否则，你就是有口无心。

我不情愿变成同性恋，也没有欲望，我感到很羞愧。但事实上，我是害怕和女人上床。女人心眼小，牢骚满腹，体形说变就变。女人不仅心眼小，而且眼光也毒，她们的看法尖锐却又合情合理，男人则相反，他们基本靠猜，像雾里看花，有点浪漫，有点无知，有点偏见，也有点憧憬。所以，女人既欺骗不得，也不能随便相信。我能理解为什么男人会害怕女人，诚然，男人常常被人家骂说怕女人。

派对的时候，她们开始会问我一些诱导性的问题，审问我似的。她们很想知道我的立场是什么，我的信条是什么。我并没有什么立场或者什么信条，我感到很惭愧。我知道我并不够正统，我只喜欢男人，我有孩子，我是"内奸"，我太懦弱。我的心不明不白，不纯洁，甚至有危险。我还在刮腿毛。

我开始找托词不去参加这些女人的派对，我害怕被"净化"，或者被绑在柱子上活活烧死。我觉得她们在背后议论我。她们让我感到前所未有的紧张，因为她们对我有很高的期望，但我做不到，差得很远。她们想改造我。有时候，我会产生逆反心理：她们有什么权利对我指手画脚？我不是她们想象中的"女人"，如果我被强行改造成了那个样子，那我也就完蛋了。贱人，我默默地想。别对我指手画脚。

但是，我也羡慕她们有这么坚定的信念，有这么乐观的心态，这么无所顾忌，她们对男人无所畏惧，我也羡慕她们之间的姐妹情谊。我就像是个旁观者，看着她们唱着勇敢的歌曲，雄赳赳气昂昂地奔赴前线，而我只能懦弱地挥舞着手绢，送别她们。

我和几个女人成为朋友，但并不是很亲密的朋友。她们也是单身妈妈，像我一样。我们是在幼儿园认识的。晚上不能回家的时候，我们会互相帮忙照顾孩子。我们也会聚在一起，发一些无关痛痒的牢骚。但是，我们会避免揭开对方的伤疤。我们就像从前人体素描课上的芭布斯和玛乔丽一样，心中都悲喜交集。对女人来说，这算是老传统了，而如今我们也比以前老了。

乔恩来看我和莎拉，他提出跟我和解，我想我也需要和解。但我们最终没能达成和解，他回去了，我们就彻底分开了。

我的爸爸妈妈也来看过我们。我想，他们与其说是想念我，倒不如说是想念莎拉。我找了很多借口，没有回东部过圣诞节。在山峦环抱之中，爸爸妈妈显得格格不入，他们有点佝偻了。在写给我的信里，他们更加自如，更像我熟悉的爸爸妈妈。他们为我感到难过，在他们的眼中，我的家庭大概已经破碎了。他们不知道该说些什么。"好吧，亲爱的。"妈妈谈到乔恩，"我一直都觉得，他是会走极端的人。""极端"就意味着麻烦。

我带他们去史丹利公园，那里有许多大树。我带他们去看大海，海水里漂着海藻。我带他们去看了一只巨型蛞蝓。

我哥哥斯蒂芬给我寄来了明信片。他给莎拉寄过一个恐龙毛绒玩具、一支水枪以及一本以蚂蚁和蜜蜂为例数数的书。他还寄了可拆卸的塑料模型，以及可以贴在天花板上、晚上会发光的星星。

　　过了一段时间，我发现，在小小的艺术世界里（说它小，有谁真的懂艺术呢？艺术也不上电视），旋涡、方块、巨型汉堡等已经过时了，其他的元素则开始流行起来，突然间，我站在了一波小小浪潮的前沿。各种浪潮此起彼伏。我的画卖得越来越好，价格也越来越高。现在有两家画廊长期展出我的画，一家在东部，一家在西部。我把莎拉交给一个单身母亲朋友照顾，去纽约参加了一个加拿大政府组织的集体展览，有很多贸易委员会的工作人员出席了这次展览。我穿了一身黑色的衣服。走在纽约的街上，我看到街上的行人好像都在自言自语，相比之下，我感觉自己很正常。我很快就回到温哥华。

　　我和几个男人交往过，前一个断了之后过很久才会找另一个，迫切需要才找的。和这些人的交往都很仓促，不尽如人意，因为我没时间去精挑细选。尽管都很短暂，间隔也很长，但和这些男人交往，我都感到很费劲。

　　这些男人没有一个嫌弃过我。我不给他们嫌弃我的机会。我知道什么东西对我有危险，我会避开危险。我尽量不去碰明晃晃、太尖锐的东西。我也会避免失眠。我感到头晕目眩、站不稳的时候，我就躺下来，等待虚无感的到来。虚无感会如约而至，像一波黑色的虚空巨浪冲刷着我的身体。我知道，巨浪会自行退去。

　　又过了一段时间，我在超市遇到了本，他用最常规的方式和我搭讪。他问我要不要让他帮我提购物袋，我的购物袋看样子挺重的。这些购物袋真的很重，我就让他帮我提着。我感觉挺傻的，这种做法很老套，所以先向四周张望，确保附近没有认识我的女人在看着我们。

早些年，我会觉得他的动机太明显，非常无趣，可以说是头脑简单。过了些年，我会觉得他是个比较可爱的大男子主义者。他这些情况都有，但他也像一个清甜的苹果，长期暴饮暴食之后吃到这个苹果，我感觉很爽口。

他来到我家，拿了锯子和锤子帮我修理后门廊，很久以前的妇女杂志描绘过这样的男人。修完之后他就坐在草坪上喝啤酒，这和广告里的男人也一模一样。他会给我讲笑话，自从高中毕业之后，我再也没有听过那样的笑话了。我居然很享受这些平淡的事情，还心存感激，这让我感到惊讶不已。但我不那么需要他，他不是来给我输血。他是要讨我开心。这么简单就会开心是一种幸福。

他带我去墨西哥旅行，就像在杂货店听到的浪漫故事那样。他刚刚买了一家小型旅行社，做旅游生意纯粹是出于爱好，他早就在房地产行业赚到了钱。他喜欢摄影，喜欢坐着晒太阳。既能做自己喜欢的事情又能赚钱，这一直是他追求的目标。

他在床上很腼腆，期望不高，很容易满足。

我们找了一幢更大的房子，两家人合并成一家，我们住到了一起。过了一段时间，我们结婚了。我们结婚没有什么动静。对他来说，这是很正常的，而我觉得有点异样，我觉得这是对传统的蔑视，但他并没有听说过那个传统。他不会懂得我觉得自己的所作所为有多么古怪。

他比我大十岁。他也离过一次婚，有一个已经成年的儿子。我的女儿莎拉成了他的掌上明珠，很快，我们又有了安妮。我把安妮当作我的第二次机会。她不像莎拉那样忧郁，她的性格更拗。莎拉已经懂点事了，她知道不可能总是事事顺心。本觉得我很好，我也不去动摇他的这个信念，他不需要了解那些让人不快的真相。他也觉得我有点脆弱，因为我是搞艺术的。我需要有人照顾，就像盆栽植物一样，修修剪剪，浇浇水，除除杂草，拉拉直，让我健康成长，让我能展示最好的一面。他帮我的绘画生意出谋划策，编了一套册子，指出哪些画卖得好，价钱是多少。他告诉我申报所得税有哪些项目可以扣除。他还帮我填申报表。他把调味品按字母顺序排列，整整齐齐地摆放在厨房里的一个架子上。那个架子是他亲手做的。

没有他帮我做这些事，我也能活下去。我以前就是这样过来的。不过，对他做的这些事情，我还是很喜欢。

看我那些画的时候，他都觉得很神奇，也有点畏惧，就像一个小孩子看着燃烧的蜡烛一样。他最关心的是我居然能把手画得那么好。他知道手很难画。他说，他自己也曾经想学画画，但因为要赚钱谋生，他一直没空去学。画廊开幕的时候，很多人跟我说过这样的话，但他说了，我也不跟他计较。

他每隔一段时间会去出一趟差，这就给了我想念他的空当。

我坐在壁炉前，他用一只手臂搂着我，他的手臂就像椅背一样结实，靠得住。温哥华下着蒙蒙细雨，我沿着防波堤散步，看着海滩上光影变幻，听海浪轻轻拍打岸边。我的面前是太平洋，日复一日，夕阳都照在海面上，美不胜收，我的背后是巍峨的群山，群山的后面是辽阔的大地。

我和多伦多就隔着那片辽阔的大地，距离在千里之外，但在我的想象之中，多伦多就像罪恶之城蛾摩拉一样燃烧着。我不敢回头去看。

十三

皮　秒*

PICOSECONDS

67

　　早上，我起得很晚。我吃了一个橘子，几片吐司，一个装在鸡蛋杯里的鸡蛋。在蛋壳的底部戳一个洞，并不是像科迪莉亚说的那样要阻止女巫出海，而是为了打破蛋壳和蛋杯之间的真空。这样，吃完鸡蛋之后才能从杯子里取出蛋壳。为什么我花了四十年才想明白？

　　我穿上另一套跑步服，鲜红色的那套，慵懒地在乔恩的地板上做伸展运动。是乔恩的地板，不是我的。我觉得我已经都还给他了，连同他的过往，也可以说是我们的过往。我一直保留到现在，而如今都还给他了。我记得那些中世纪的画，手高高地举着，掌心摊开，表示手里没有武器，"平平安安地去吧。"带着我的祝福去吧。我这样做，和圣人的做法不完全相同，但效果好像差不多。祝人平安，自己也会得平安。

　　我下楼去取早报。我浏览了一下，没有细读。我知道我是在消磨时间。我已经忘了我来到这里的初衷，我已经迫不及待地想要离开了，我想回到西海岸，回到我如今生活所在的那个时区。但我还不能走。我还要待着，就好像在机场或者牙科诊所一样，我要等着一个平淡、无趣的过场，就像等着医生给我发止痛药，或者等着登机。我等的是今天晚上的画展开幕式，只要不搞砸，平平安安就行。

我应该去画廊，去看看是否已经都安排妥当。这是最起码的礼貌。但我没有去。我搭了地铁，在墓地正门的附近下了车，往东南方向漫无目的地走着，踩着地上的落叶，沙沙作响。我看了一眼两边的排水沟，低头看着人行道，想找锡纸、镍币、被风吹落的果实。我仍然相信这些东西肯定是有的，我肯定找得到。

只要被人轻轻一推，或者在路沿上踩空，我一跌倒在地上，马上就会变成一个在大街上捡破烂的女人。我有跟捡破烂的女人一样的本能，在垃圾堆里和废品堆里翻东西、找东西。把别人家扔掉的废品找回来，变成我的宝贝。捡破烂的女人要捡的是空间的碎片，我要捡的则是时间的碎片。

这是我从前放学回家走的那条路。在这条人行道上，我要么是跟在人家的后面，要么就是走在他们的前头。走在人行道上的路灯下面，我在雪地上的影子首先在我的前方延伸，很长，然后不断缩小，最后消失，路灯的周围都有光晕，就好像透过雾气看月亮。这里曾经是科迪莉亚后仰倒下画了个雪地天使的草坪，这里是她曾经跑过的地方。

房子还是原来的那些房子，只是不再像战后那样破旧，在冬天看起来灰蒙蒙的白色墙面漆不再剥落。喷砂工来过了，修天窗的人也来过了。屋里，以前厨房窗台上经常摆着脏兮兮的非洲紫罗兰，现在已经不在了，取而代之的是本杰明树和热带攀缘植物。我往房子里面看，能看到过去的样子；我能看到墙壁原来的颜色，暗玫瑰色、泥巴绿、蘑菇色，还有以前的印花棉布窗帘。这些东西究竟是属于什么时间的？它们自己的时间？还是我的时间？

我沿着街道走着，街道有点坡度，周围是零零星星走着回家吃午饭的孩子。那些女孩都穿着象征自由的牛仔裤，但她们并不像过去的女孩那样吵闹，没有人唱歌，没有人发出嘘声。她们沿着街道向前走，感觉很疲惫，但很坚定，至少我有这种感觉。或许是因为我和她们不处于同一高度，我的位置更高，她们的声音到达我耳边的时候已经被过滤了。又或许是因为我的存在，在她们的眼中，我是一个大人，大人掌控着权力。

有几个孩子盯着我看，但大多只顾自己走。有什么好看的？就一个穿着跑步服的中年妇女，双手插在上衣口袋里，裤腿在靴子上边箍着，和大多数人一样普通，很容易被遗忘。

有些房子的前门廊上摆着南瓜，雕刻着各种脸型，有些快乐，有些悲伤，有些恐怖，等待今晚来临。今天是万灵节，逝者的灵魂会化成芭蕾舞演员、可乐瓶、太空人、米老鼠的样子，回到生者的身边，生者会拿糖果给他们，让他们不要变成厉鬼。我仍然能尝到万灵节的滋味：酸涩的空气，含在嘴里的焦糖，站在门口的那种期待，所有的孩子都想当然地觉得能要到东西。不过，如今孩子们去敲人家的门，再也要不到家里自制的爆米花球，也要不到苹果了，现在谣言满天飞，都说孩子们要到的东西里会下了毒或者藏着刀片。即使在从前，我自己刚有孩子的时候，我们也担心苹果里下了毒或者藏着刀片。人心变坏了。

墨西哥人过万灵节的方式才是对的，他们不会变装。他们用颜色鲜艳的糖果摆出骷髅头，一家人去墓地野餐，给每个被唤醒的"客人"准备一套碗碟，再点上一支蜡烛。离开的时候，大家都很开心，包括亡灵。我们拒绝了阴阳两界的这种简单沟通，很少提及逝者，不给他们起名，不给他们食物。结果，我们这里的亡灵比那边的更瘦、更灰暗，我们听不到他们的声音，他们一直处于饥饿状态。

68

我哥哥斯蒂芬五年前死了。我不应该说"死"了,他是被人杀害的。这是一场谋杀,但我还是尽量往别处想,把它当成是一场意外事故,像火车爆炸,或者是自然灾害,比如说泥石流。在保险行业,那种意外都叫不可抗力。

哥哥死于以眼还眼的报复,人家可能就是这么想的。他死于为人太正直。

当时,他坐在飞机上,靠窗的座位。这是事实,毋庸置疑。

前排座位背后的尼龙兜里有一本杂志,有一篇讲骆驼的文章,他已经看过了,另一篇介绍商务着装升级的文章,他还没有看。兜里还有一副耳机和一个晕机呕吐袋。

哥哥把鞋子和袜子都脱了,光脚踩在前排的座位底下,旁边放着他的公文包,里面装着一篇他写的论文,研究宇宙可能的组成成分。他曾经以为宇宙很可能是由三十二种不同颜色的无穷细弦组成的。这些弦非常细,所以"颜色"只是一种说法。不过,现在他对这个理论有了一些疑问,因为关于宇宙的组成,还有许多其他理论上的可能性,他的论文大致介绍了两种可能。宇宙十分难以捉摸,你在观察的时候,它就在发生着变化,好像不希望被人掌握了规律。

按原计划,他前天要在法兰克福宣读那篇论文。同时,他可以听听其他人的论文。他可以学到很多东西的。

他的西装外套也塞在前排座位的底下,和公文包放在一起,他现在总共有三套西装。空调出了故障,飞机里闷热难耐,他把衬衫袖子卷了起来,但没什么用。飞机里的气味也很难闻,至少有一个卫生间坏了,而且人到了飞机上往往更容易放屁。哥哥坐过很多次飞机，观察到人在飞机上爱放屁这个现象。而且，大家都处于恐慌之中，肠胃消化不畅，问题就更大了。隔着两个座位坐着一个胖乎乎的秃顶男人，他鼾声不断，嘴巴张开着，喷出的口臭弥漫到四周。

舷窗的遮光板拉了下来。哥哥知道，把座位边的遮光板打开，他就会看到跑道上热浪翻涌，跑道外的风景是灰褐色的，像月亮那样遥远而陌生，远处是一望无际的大海。地面上有几幢棕色的长方形平顶建筑，也许那里面会有人出来救援，也许没有。这都是他在遮光板拉下来之前看到的。他不知道那些棕色的建筑是在哪个国家。

从今天早上起，他就没有吃过东西了。此前，有人从机舱外送了三明治进来，那些三明治表面粗糙，形态诡异，上面的黄油已经化了，米色的肉酱看起来好像尸碱。还有一块灰溜溜、湿答答的奶酪，裹在保鲜膜里面。他吃了奶酪和三明治，现在他手上有一股气味，就像战争时期我们在路边吃的午餐一样。

最后一次发水是四小时以前的事了。他有一管"救命"牌的薄荷糖，他出差的时候总是带着薄荷糖，以防路途颠簸会恶心。刚才，他给了坐在他旁边的那个中年女人一颗，那个女人戴着一副超大的眼镜，穿着格子长裤套装。她已经下飞机了，他多少松了一口气。她一直在啜泣，哭又哭不出来，让他感到越来越烦躁。妇女、儿童都获准下了飞机，但他既不是妇女，也不是儿童。留在飞机上的都是男人。

他们被两两分开，每排坐两个人，中间隔一个空座位。所有人的护照都被收走了。刚才来收护照的几个人都站在机舱过道里，相互保持着一定的距离，一共有六个人，三个拿着小型机枪，另外三个拿着手雷，手雷很显眼。他们头上都套着飞机上的枕套，眼睛和嘴巴从枕套上剪的三个洞中露出来，在昏暗的灯光下，分别闪着白色和粉红色的光。在红色的枕套下面，他们的衣服都很普通、很休闲，下身穿着灰色的法兰绒休闲裤，上身白衬衫塞进裤腰里面，外套是老式的海军蓝。

他们自然是以乘客的身份登机的，但没有人知道他们带着武器究竟是怎么通过安检的。他们在机场肯定有内应，才得以顺利登上飞机，然后在飞机飞到英吉利海峡上空的时候跳出来，挥舞着武器大声发号施令。要么就是那些武器事先藏在了飞机上，否则，如今科技那么发达，金属的东西一定会被X光照出来的。

飞机驾驶舱里可能还有两三个人，在用无线电和塔台那边谈判。他们没有和飞机上的乘客表明身份，也没有说他们想要什么。他们只用英语说大家要么一起活，要么一块儿死。他们的口音很重，但大家都听得懂。除此之外，他们只用手比画着，时不时地喊一两个字：你……过来。他们都套着一模一样的枕套，所以很难说他们一共有多少人。他们就好像以前漫画书里那些具有双重身份的角色，可是他们在转换身份的时候被人家发现了。他们的身体和常人无异，脑袋却超乎寻常，要么会变成大英雄，要么会变成大坏人。

我不知道哥哥当时是不是这么想的。这些都是我替他想的。

旁边那个人睡得正香，张着嘴巴鼾声如雷，而我哥哥却睡不着。因此，他在推演着各种理论设想：如果他是套着枕套的那些人，他会怎么做？此时，乘客大多身体松软，疲惫不堪，一副听天由命的样子，但劫机的那伙人却那么紧张，他们的兴奋都是装出来的。

如果他是其中的一员，他当然会做好牺牲的准备，有赴死的决心。如果他们没有这种决心，那么，这次行动就毫无意义，不可想象。不过，他们要为了什么而牺牲呢？背后也许有宗教动机，不过可能还有更迫切的诉求，比如要钱，比如要解救关在监狱里的同伙。他们同伙干的事情也大同小异，要不就是搞了爆炸，或者威胁要搞爆炸，要不就是枪杀无辜人员。

这一切都那么熟悉。俨然很久以前他也经历过同样的事情。虽然他感到不舒服，有些烦躁、无聊、害怕，但他有一种惺惺相惜的感觉。他希望这些人能保住脑袋，不管他们要干什么，都能顺利完成。他希望乘客们不要哭哭啼啼，不要吓得尿裤子，不要发疯似的尖叫，否则就会触发那帮劫机分子的神经，开始大屠杀。他希望乘客们能够放松、冷静。一个男人从机舱前头走过来，和两个同伙说上了话。他们好像有争执，双手比画，有一个词说得特别大声。其他人站着，都很紧张，他们来回扫视着乘客，包裹在红色枕套里的方形脑袋就像怪异的雷达。我哥哥清楚他应该一直低着头，避免跟他们有目光接触。他看着面前的尼龙兜，悄悄剥了一片"救命"牌薄荷糖。

那个刚从机舱前头过来的男人沿着过道往前走，有三个洞的方形脑袋左右摇摆。他后面还跟着一个人。奇怪的是，对讲机里开始放录制的音乐，甜腻腻的，令人昏昏欲睡。那个男人停下脚步，硕大的脑袋笨重地转向左边，像一只近视眼、低智商的怪兽。他伸出一只胳膊，做了个手势：起来。他指向我哥哥。

我的想象到此为止，以下回归事实。我已经和幸存者谈过了，了解后来的事情。我哥哥站了起来，慢慢地从旁边那个男人身边走过去，还说了声"借过"。他的表情既困惑又好奇，这帮劫机分子真让人费解，不过大多数人也是如此。也许他们认错人了，也许他们想让他帮忙去谈判，因为他们带着他走向机舱的前头，有个枕头套站在那里等着。

那个枕套就像一个彬彬有礼的酒店门童帮我哥哥打开门，刺眼的阳光一下子射了进来。我哥哥刚从昏暗的机舱里走出来，面对这刺眼的阳光，呆呆地站着，眨着眼睛，眼前的景象慢慢清晰起来，有沙滩和大海，就像明信片上印的度假胜地。然后他就掉下去了，比光速还快。

我哥哥就这样成了过去。

我在机场和飞机上待了十五个小时，才抵达那个地方。我看到了那些建筑、大海、跑道。那架飞机已经不在了。那帮劫机分子最终安全出了境。

我不想去认尸，看都不想看。没有见到尸体，那么不相信人已去世的行为会更合情合理。但我真的很想知道，他们是先开枪再把他推下去，还是先把他推下去再开枪。我希望是在把他推下去之后开枪的，这样他就有片刻的逃脱感，能多享受片刻的阳光和片刻的飞翔。

这次旅行的途中，我没有熬夜。我也不想看到那些星星。

身体有自身的防御能力，会自行调节。政府的人说我很棒，他们的意思是说我没有给他们找麻烦。我没有崩溃，也没有闹。我接受了记者的采访，签署了一些表格，也做了一些决定。有很多东西过了很久才会注意到或者开始思考。

我当时想到的是那对"太空双胞胎"，其中一个进行了星际旅行，一周后返回地球，却发现他的兄弟比他老了整整十岁。

我想，我会变老，而哥哥他永远年轻。

69

对于斯蒂芬的死，爸爸妈妈永远无法理解，他们想不出有什么原因，什么原因都跟他沾不上边。他们也无法摆脱哥哥去世的阴影。出事之前，他们生活积极，思维活跃，身体强健，之后就像花儿一样凋谢了。

"不管年纪多大。"我妈妈说，"孩子终归是孩子。"她跟我说的这句话，是我以后也必须明白的一个道理。

爸爸越来越矮，越来越瘦，整个人都枯萎了，而且经常呆呆地坐着，什么也不干。他像是变了一个人。这是妈妈在长途电话里告诉我的。

白发人送黑发人，这种事情不应当发生，这不符合自然规律。否则，血脉由谁来延续呢?

爸爸妈妈的去世算是正常死亡，死于老年人常见的死因，我想以后我也会有那一天，也许那一天会来得比我预想的更早。我爸爸走得很快，我妈妈在一年之后去世，死于一种发展更慢、更痛苦的疾病。"你爸爸就那样走了，倒也是好事。"妈妈说，"像我这样受罪，他一定很不高兴。"她没有说她受了什么罪。

妈妈去世前，两个女儿来住了一个星期。时值夏末，我妈妈还住在苏圣玛丽的家里，我们大家都心照不宣，说这只是一次常规的探望罢了。女儿走后，我留了下来，给园子里除草，帮妈妈洗碗，因为她从来没有买过洗碗机，我用楼下的自动洗衣机帮她洗衣服，不过还得把衣服晾到外面的绳子上，因为她觉得烘干机太费电了。我也烤松饼，会给烤模子涂油。在她面前，我当了一回好孩子。

妈妈已经精力不济了，但她歇不下来。她不午睡，每天都走着去街角的那家商店买东西。她说："我还行。"她不想让我给她做饭。她说："在我这个厨房里，你什么也找不到。"她的意思是说我会把厨房弄得一塌糊涂，害她自己也找不到东西。我偷偷买一些冷冻的便餐放在冰箱里面，哄她说如果她不吃，这些食物就浪费掉了。对她来说，浪费仍然是个过不去的坎。我带她去看电影，但每次都要先看看是否有涉及暴力、性爱和死亡的内容，我也带她去中国餐馆吃饭。从前，在北方，只有中国餐馆还算不错。其他的餐馆都卖白面包、肉汁三明治、半冷不热的烤豆和粘在硬纸板上的馅饼。

她要吃止痛药，然后止痛药的药力越来越强。她卧床的时间越来越长。"还好不用去医院做手术。"她说，"我只在生你们两个小孩的时候住过院。生斯蒂芬的时候，他们把我麻醉了。我就像一盏灯突然熄灭了，我醒来的时候，斯蒂芬就已经生下来了。"

　　她说话三句不离斯蒂芬。"你还记得吗？他用化学装置弄出来那种怪味。那天，家里正好有几个人在打桥牌！我们只好把门打开，那时正是隆冬时节。"然后，她又接着说，"还记得他藏在床下的那些漫画书吗？他收藏了那么多漫画书。他走后，我就把它们都扔了。我觉得没什么用。后来，我在报纸上看到有人在收集漫画书，要是放到现在，这些漫画说不定能值一大笔钱呢。我们一直把它们当作垃圾。"她仿佛是在抖自己的糗事。

　　在她的嘴里，斯蒂芬永远不会超过十二岁。十二岁以后，她就管不着他了。我渐渐意识到，过去的她，乃至此时的她，都对斯蒂芬心存敬畏，好像有点怕他。她没想到会生下这样的一个人。

　　"你被那些女孩欺负得够呛。"有一天她这样跟我说。我沏了两杯茶，一杯给她，她欣然接受，然后我们坐在餐桌旁，喝着茶。她看到我喝茶，依旧显得很惊讶，还好几次问我要不要喝牛奶。

　　"什么女孩？"我问。我的手指伤痕累累，我经常把手藏在桌子下面，趁她看不见，偷偷撕扯手指上的皮。我紧张的时候都会这么干，这似乎是一个我戒不掉的陈年恶习。

　　"就是那几个女孩。科迪莉亚和格蕾丝，还有另一个叫作……卡罗尔·坎贝尔。"她看着我，目光中有点狡黠，好像在试探我。

　　"卡罗尔？"我问。我眼前仿佛浮现一个身材矮矮胖胖的女孩在甩跳绳。

　　"当然，读高中的时候，科迪莉亚是你最要好的朋友。"她说，

"我一直都不觉得她是幕后的主谋。我觉得是那个格蕾丝，不是科迪莉亚。格蕾丝把她推出来替罪，我一直都是这么想的。科迪莉亚后来怎么样了？"

"我不知道。"我说。我不想聊科迪莉亚的事。当初我抛下她，没有施以援手，我还觉得很愧疚。

"当时，我不知道该怎么办，"她说，"那天她们来找我，说你因为得罪了老师被留在学校。是卡罗尔说的。我觉得她们没有说实话。"她尽量避免用"撒谎"这个词。

"哪天？"我小心翼翼地问。我不知道她说的是哪一天。

因为吃了药，她开始犯糊涂了："就是你差点被冻死的那天。要是我相信了她们的话，我就不会去找你。我一路找过去，经过墓地，都没有找到你。"她看着我，眼里流露出急切的心情，好像在等着我说些什么。

"哦，对。"我假装知道她在说什么。我不想把她搞得更糊涂。我自己却越来越糊涂了。

我的记忆在荡漾，就像水面被风吹起了涟漪。我仿佛看到科迪莉亚、格蕾丝和卡罗尔穿过白雪向我走来，雪白得吓人，而她们的脸却笼罩着阴影，很暗。

"我担心坏了。"她说。她希望得到我的谅解，但我要谅解她什么呢？

有时候，她显得很硬朗，让我误以为她在康复。今天，她叫我帮她整理地下室里的东西。"以后，你就不用再操心那些旧东西了。"妈妈措辞巧妙，始终避免说到"死亡"两个字，她不想让我伤感。

我不喜欢地下室。这边的这个地下室只是毛坯，水泥墙壁没有粉刷，头顶上的椽子还露着。我确保地下室通往地面的门一直开着。"楼梯应该装上栏杆。"我说。楼梯很窄，有隐患。

"没有栏杆，我也能行。"妈妈说。对她来说，"能行"两个字就足够了。

地下室里有许多旧杂志，大大小小的各式纸箱，一个个架子堆满了干净的罐子，我们都整理了。当时搬家的时候，他们没有扔掉多少东西，或许还积攒了更多的杂物。我把东西搬出地下室，堆在车库里。杂物堆在那里，就等同于处理掉了。

爸爸的鞋子和靴子一双双排列整齐，塞满了整整一个架子，有城市鞋、套鞋、橡胶靴，还有捕鱼时穿的涉水靴和在森林里行走时穿的厚底靴，这双森林厚底靴的光泽和熏肉的油脂很像，鞋带也是皮的。有一些鞋子起码有五十年的历史。我知道，妈妈不会把它们扔掉，可是她也没有提起。我能感觉到她对我的期望，尤其是在情绪控制方面。在父亲的葬礼上，我哀痛欲绝。她不需要去应付一个恸哭流涕的孩子，现在还不需要。

我还记得那幢动物学大楼，以前，每到周六，我们都会去那里。走廊里非常热，地板踩上去嘎吱作响，两侧的架子上有装着牛眼球的瓶子，还可以闻到福尔马林和老鼠的气息。我记得，那时我和科迪莉亚一起坐在餐桌旁，爸爸滔滔不绝地给我们说一些危言耸听的话，说水污染严重，树木中毒，物种会一个接着一个消失，像蚂蚁被人踩死一样。我们没有把他的话当成预言，反而觉得很无聊，只不过是大人们的唠叨，与我们无关。如今，这些所谓的危言警示都变成了现实，甚至有过之而无不及。我生活在他描绘的噩梦之中，而生活比梦境更真实。目前，你还能呼吸到干净的空气，但还能呼吸多久呢？

与爸爸的悲观不同，我妈妈很乐观。回想起来，她的乐观源自她强大的意志。

我们开始收拾皮箱。我记得，我们还住在多伦多的时候就有这只皮箱了，我现在还觉得它很神秘，里面可能藏着宝贝。妈妈也把整理这只箱子当作一次探险，她说这么多年来她都没有打开过这只箱子，不知道里面放着什么。她并没有因为大限将至而缺少激情。

我打开箱子，樟脑丸的气味扑鼻而来。映入眼帘的是用薄棉纸包裹着的婴儿衣服，有些是银白色印花的，有些是黑色的，泛着黄。"这些留给你的女儿，"她说，"这个你留着。"里面还有婚纱、婚纱照，以及已经变成深褐色的亲戚的照片，还有一包羽毛，几个缀有流苏的桥牌积分表，两双白色的小手套。"你爸爸跳舞跳得很好。"她说，"那还是在我们结婚之前的事。"我从来都不知道有这回事。

我们一层一层往下翻，又发现了一些东西：我高中时的照片，照片上的我涂着口红却没有笑容，一个装着别人头发的信封，一只针织婴儿袜，几副旧手套，几条旧领带，还有一条围裙。有些东西要留着，其余的要么扔掉，要么送人。有些东西我会带回去。我们分了好几堆。

妈妈很兴奋，也感染到了我：打开这只皮箱，就像打开了一只圣诞袜，虽然这个过程中不全是喜悦。

斯蒂芬有好几捆飞机集换卡，用橡皮筋捆了起来。还有他的剪贴簿、他画的爆炸场面、他以前的成绩单。妈妈都把这些另外收起来。

还找到了我自己的画和剪贴簿。有几张女孩子的图画，她们穿着泡泡袖和粉红色的裙子，头上戴着蝴蝶结，这几张画我都还记得。剪贴簿里还有几张从杂志上剪下来的图片，分明是女人的身体，身上穿着四十年代的衣服，却粘着别人的脑袋，这几张画我都不太熟悉。这只守望鸟一直盯着你。

"以前，你很喜欢看那些杂志。"妈妈说，"你生病躺在床上的时候，一看就是好几个小时。"

剪贴簿的下面是我以前的相册，黑色的内页用一根像鞋带似的带子串了起来。我想起来了，那是我在上高中之前放进皮箱里的。

"这是我们给你的圣诞节礼物，"妈妈说，"你刚好有一台相机。"相册里有哥哥的照片，他拿着一个雪球，还有格蕾丝·史密斯的照片，她头上戴着花环。我还拍了几块很大的鹅卵石，还在石头下面用白色铅笔写了我给石头取的名字。还有我自己的照片，我穿着一件袖子很短的夹克，靠在汽车旅馆客房的门框上。门上贴着一个数字：9。

"忘了那架照相机后来怎么了。"妈妈说，"我一定是把它送人了。玩了一段时间，你就对它失去了兴趣。"

我意识到我们之间存在隔阂，而这个隔阂已经存在很久。我恨透了这个隔阂。我想伸手去搂住她，但我伸不出去。

"那是什么？"她问。

"我的旧钱包。"我说，"从前，我去教堂常常带着它。"这是事实。我还记得教堂的样子，屋顶放着一个洋葱头，里面有一排排长凳，还有彩色玻璃花窗。天国在你的心中。

"嗯，你知道吗？我自己都不知道为什么还留着它。"妈妈笑着说，"把它放到要扔掉的那堆吧。"那个红色的塑料钱包已经被压扁了，两边的针脚已经开裂。我拿起钱包，挤了挤，想让它恢复原形。里面有东西咔嗒咔嗒作响。我打开钱包，拿出我那颗蓝色的猫眼。

"弹珠！"妈妈很兴奋，像个小孩子一样，"你还记得斯蒂芬以前收集的那些弹珠吗？

"记得。"我说。但这个是我的。

透过这颗猫眼弹珠，我看到了我的整个人生。

70

　　沿着这条街道走下去，就是以前那家小店所在的地方。我们买了红色的甘草糖、口香糖、橘子味的冰棍，以及最后会融化成一颗种子大小的黑色无糖酸味果糖。这些东西只需一分钱就能买到，一分钱的硬币上刻着国王的头像，写着"乔治六世承蒙天恩"的字样。

　　我一直看不惯长大成人之后的女王。每当我在硬币或者纸币上看到她的头像，就会想起十四岁的她，穿着女童子军的制服，挺直着背，兰姆莉小姐将她发黄的剪报图片贴在四年级教室后面的黑板上，她就在墙上俯视着我。在伦敦大轰炸期间，她站在难看的菱形麦克风后面，眉头紧锁，神情坚定，很好地掩饰了恐惧，向全体人民发表演讲，振奋人民的士气。兰姆莉小姐挥着那根吓死人的教鞭指挥我们唱《英格兰永在》，不过那已经是差不多八年以后的事了。

　　之后，女王儿孙满堂，扔掉过千万顶帽子，胸脯变大，甚至我可以大逆不道地说，她长双下巴了。这些改变都糊弄不了我，我的心中还另有一个女王，原来的女王一直存在。

　　我再走过几个街区，拐过街角，希望看到我熟悉的那所长方形学校，当时，学校大楼用红砖砌成，经过风吹日晒，已经变成了干猪肝的颜色。还有那条煤渣跑道，窗户上贴着为万圣节前夜准备的橙色南瓜剪纸和黑猫剪纸，门上刻的字"男生"和"女生"，就像是十九世纪后期的陵墓碑文一样。

　　但是，那所学校已经不见了。取而代之的是一所新学校，新学校如海市蜃楼一样突然出现，颜色淡淡的，方块造型，亮光闪闪，很现代化。

　　我觉得好像肚子上被打了一下，酸痛不已。旧学校已经被彻底抹掉了，好像从来没有存在过一样。我茫然地靠在一根电话线杆上，仿佛我的大脑被切走了一块。突然，我感觉累到了骨子里。我想睡觉。

我又走了一会儿，到了这所新学校，穿过大门，然后绕着校园慢慢走着。显然，分"男生"和"女生"进入校园的传统已经被废除了，但学校里还是有一道链条栅栏。校园里零星分布着秋千、爬梯和滑梯等设施，都是明亮的基本色。有几个孩子吃过午饭后早早回到学校，正在爬上爬下。

校园里非常整洁，非常宽敞。毫无疑问，在那些明亮的玻璃门窗的背后，再也没有长长的木头教鞭，没有黑色的橡胶鞭子，没有一排排硬邦邦的木头课桌，没有穿戴整齐的国王和王后，没有"墨水池"，没有猜老师内裤的嬉笑声，没有长着胡子的刻薄老女人。没有令人难堪的秘密。这一切都烟消云散了。

我来到学校的后面，那儿有一座风化得厉害的小山丘，山上稀稀拉拉长着几棵树。这里倒是变化不大。

山上没人。

我踩着木头台阶向上走，站在我曾经站过的地方。我感觉好像从未离开过，一直都站在那里。下面操场上传来孩子们的声音，分不清是哪个孩子的声音，也分不清来自哪一个时代。树下的光线开始虚化，仿佛出现了某种恶意。恶意笼罩着我。我呼吸困难。我感觉我好像在推着什么东西，有一股力反作用在我身上，像是顶着外面的暴风雪开门。

把我弄出去吧，科迪莉亚。我被困住了。

我不想永远活在九岁。

秋高气爽，日软风柔。我站着一动不动。最终，我还是低下头，走了，走进静止的风中。

十四

统一场论[*]

UNIFIED FIELD THEORY

71

我穿上了新衣服，用乔恩的钢丝钳剪掉了吊牌。到头来，我还是穿了一件黑衣服。然后我走进浴室，浴室里的镜子不大，油腻腻的。我侧身看着镜子里的自己，发现穿这件衣服和穿之前的黑衣服没什么差别。我摸摸衣服，看有没有线头，然后涂上粉红色的口红。我觉得挺漂亮的。是挺漂亮的，但还不够引人注目。

我得想办法把自己打扮得更靓丽一些。我应该戴上晃晃荡荡的耳坠，戴上叮叮当当的手镯，用一根链子挂一个银白色的蝴蝶结，像伊莎多拉·邓肯那样围一条足以把自己勒死的超大号围巾，再别上一枚三十年代的水钻胸针，凸显我糟糕的品位。然而，这些东西我都没有，现在出去买也来不及，但是必须去买。这次不是以前常举办的那种"随你便"的派对，今天我必须严肃出席。

我提前一小时到了画廊。查娜不在那里，其他人也都不在。他们可能出去吃饭了，也可能是去换衣服了，更可能是后者。不过，一切该准备的都准备就绪了，他们租了粗脚酒杯，买了不少普通的烈酒，也为不喝酒的客人准备了矿泉水（谁会从水龙头接用氯消毒的自来水给客人喝呢？），还有边缘开始变硬的奶酪和熏过硫黄的葡萄，这些葡萄赏心悦目，看起来美味可口，每一粒都饱含着加利福尼亚农场工人的鲜血。这种事情知道太多没什么好处，毕竟，所有放进嘴里的东西都有死亡的味道。

酒吧的招待员是一个年轻的女人，她目光冷峻，头上抹了发胶，穿着随意搭配的黑色衣服。此刻，她正在那张充当吧台的长桌后面擦着酒杯。我向她要了一杯酒。她很冷淡，她纯粹是为了挣钱才来的，她真正的雄心在别处。把酒递给我时，她紧闭双唇：她并不喜欢我。也许她也想成为一名画家，但认为我为名利丧失了原则。我过去也跟她一样愤世嫉俗、尖酸刻薄。

我在画廊里逛着，悠悠然，小口喝着杯中的酒，就像一个来观展的客人，这是我第一次真正观看自己的展览。我要看看有哪些画在展出，哪些画没有。查娜整理了一个目录，是用计算机和激光打印机制作的，看起来很专业的样子。我记得第一次展览的目录是用油印机印的，字迹模糊，满是油污，虽然穷酸，倒也显得真诚。我记得油印机滚筒转动的声音，油墨的刺鼻气味，手臂上的阵阵酸疼。

展览最终还是以作品的时间顺序布置，早期的作品安排在东边的墙上，查娜所谓的中期作品挂在最里面的墙上，西面的墙上挂着我从未展出过的五幅近期作品。这五幅画是我过去一年的全部成果。近来，我画得比以前慢了。

这边的几幅都是静物画。"里斯利涉足女性象征主义的早期作品，展现了家居用品的魅力。"查娜在画展目录中写道。她指的是我画的吐司炉、咖啡滤壶、我妈妈的绞干机、三张沙发、锡纸。

再往前是我画的乔恩和约瑟夫。我满怀爱恋之情看着这幅人体素描，看着这两个男人，品味着他们的肉体，品味着他们对于女人的模糊概念。他们都很年轻，活力四射。当年我怎么会落到这两个愣头青手里呢？

他们的旁边挂着史密斯太太的画像。史密斯太太的画像有好几幅。史密斯太太或坐着，或站着，有一幅是她躺在一棵神圣的橡胶树前；有一幅是史密斯太太赤裸着身体在空中飞翔，史密斯先生紧贴着她的后背，好像一对甲虫在交配；有一幅是史密斯太太穿着兰姆莉小姐常穿的深蓝色灯笼裤，兰姆莉小姐似乎和史密斯太太结成了可怕的共生关系；还有一幅是史密斯太太包裹着白色的薄绵纸，薄绵纸一层层打开，露出她的面目。史密斯太太的画像比她真人更大，比以往任何时候都更大，简直要把上帝遮蔽了。

我曾经花了很多功夫来画这个想象中的肉体，白白胖胖，像牛蒡草的根，也像冻结的猪油，还毛茸茸的，和耳洞里面的景色一样。我现在明白了，在画史密斯太太的时候，我是怀着相当大的恶意的。但这些画不仅仅是嘲弄，不仅仅是亵渎，我也赋予了它们光明。每一条苍白的腿，每一只戴着金丝框眼镜的眼睛，都画得那么仔细明了。作画时，我说过："瞧。"我也说过："我明白了。"

我现在正看着那双眼睛。我曾经认为这双眼睛很自以为是，像猪的眼睛一样，但流出得意扬扬的神情，如今看来还是那样。但是，这双眼睛也反映了挫败的内心，充满了犹豫和伤感，也很沉重，可能是她背负着不讨人喜欢的责任。这双眼睛的主人可能将上帝看作一个残酷成性的老人，也可能是小镇里一个死爱面子活受罪的人。史密斯太太是从一个很小的地方搬到多伦多的，是一个流离失所者，像我一样。

通过画中史密斯太太的那双眼睛，我终于看清了自己：一个脑子不管用的小叫花子，不知道从何而来，就像是一个吉卜赛人，爸爸不信教，而妈妈没有担当，整天穿着休闲裤四处闲逛，养成了各种坏习惯。

我没有受过洗礼，是培养恶魔的温床。她怎么知道我体内滋生了亵渎和不忠诚的细菌呢？然而，她接纳了我。

肯定有一部分是真的。我错怪史密斯太太了，对她不够宽容。我太刻薄了。

以眼还眼，只会导致更加盲目。

我走向西边的墙，那里挂着我的新作。这几幅比我平常画的尺寸更大，在墙上布置得很好看，间隔恰到好处。

第一幅题为《皮秒》。"这是一种'玩笑'。"查娜说，"这幅作品针对'七人小组'，借用当代实验派和后现代主义模仿画的风格，重塑他们的风景理念。"

这其实是一幅风景油画，采用二三十年代的厚涂法，紫色打底，蓝色的水，嶙峋的岩石，还有被风吹得扭曲的树木。风景占据了这幅画的大部分空间。右下角是我爸爸妈妈做午饭的场景，差不多就是勃鲁盖尔的画中伊卡洛斯的双腿即将沉没的位置。他们生了一堆火，火上悬着一只铁罐。妈妈穿着格子夹克，弯着腰炒菜，爸爸往火里添了一根木头。远处停着我们家的斯蒂庞克汽车。

他们是用另一种风格画的：平滑、细腻、逼真。仿佛有一束不一样的光照在他们的身上，又仿佛是我们透过一扇窗看着他们。而透过这扇窗户，我们还可以窥见风景的奥秘。

在他们的下面有一排象征性的符号，这些符号采用埃及墓壁画的平涂风格。这一排符号像地下平台一样托住他们，而每一个符号都放在一个白色的球体之中，包括一朵红玫瑰、一片橙色的枫叶、一个贝壳。这些实际上是四十年代老式煤气泵的标志。由于有明显的人工痕迹，这些符号让人对风景和人物的真实性存疑。

第二幅画题为《三个缪斯》。查娜评论这幅画的时候遇到了一些困难。"里斯利继续解构被感知的性别及其与被感知的权力之间的关系，她的解构让人不安，尤其对于超自然的意象。"她说。如果我屏住呼吸，眯着眼看这幅画，就能明白她怎么会产生那样的想法：所有缪斯都应该是女性，但画中有一个不是。也许，我应该把这幅画命名为《舞者》，这样一来，查娜在作评论的时候就不会那么痛苦了。但这些缪斯不是舞者。

右边是一个矮个子女人，穿着一件印花居家服和真皮拖鞋。她头上戴着一顶红色的圆形礼帽，帽子上点缀着樱桃。她长着一头黑发，戴着硕大的金色耳环，拿着一个沙滩球大小的圆形物体，细看就是一只橘子。

左边是一个蓝灰色头发的老女人，穿着一件丝滑的淡紫色连衣裙。她的袖子里塞着一块蕾丝手帕，脸上戴着一个护士用的纱布口罩，遮住了嘴巴和鼻子。口罩的上方有一双明亮的蓝眼睛，眼角有很明显的皱纹，双手捧着一个地球仪。

中间是一个瘦瘦的男人，浅咖色的皮肤，洁白的牙齿，似有似无的微笑。他身着一套金红色的东方传统服装，做工精细，让人联想到约翰·戈塞特的《三王来拜》中巴尔萨泽的着装，只是少了王冠和围巾。他也捧着一个圆形的物体，不过扁扁的，像一个圆盘，材料似乎是紫色的彩色玻璃。盘面上画着几个亮粉色的东西，排列看似很随意，与抽象画里的物体相似。其实，那些东西是云杉蚜虫卵的剖面图。我估计，除了生物学家，谁也认不出来。

那三个人物的排列让人想起古典主义的《美惠三女神》。我小时候去主日学校的时候，读物的封面有几个不同肤色的孩子围着耶稣，那三个人也和这些孩子有相似之处。但是，那些孩子的脸是朝里面的，而在我的这幅里，三张脸都是朝外面的。他们手捧着礼物向前，像是要送给看画的人。

事实上，这三个人分别是费恩斯坦太太、学校老师斯图尔特小姐以及班纳杰先生。画中的他们不完全是他们本人的形象，不像他们本人认识的自己，不过，天晓得他们在日常生活中到底看到了什么或是想到了什么？在战后的那几年，谁知道费恩斯坦太太每天都在怀念哪些在集中营遇害的同胞。也许，班纳杰先生走在街上的时候都心生畏惧，怕别人对他推推搡搡、窃窃私语或者大喊大叫。斯图尔特小姐从三千英里外的苏格兰逃亡至此，而苏格兰在历史上曾遭掠夺，如今仍在持续衰落。对他们来说，我的出现纯属偶然，他们对我的善意只是举手之劳、无关紧要，我相信他们肯定没对自己的付出多做思量，没有考虑过其中的意义。所以，为什么不能感谢他们呢？我要把他们刻画成神，赐予他们无上的荣耀，通过画作让他们得以永生。这件事他们永远不会知道。或许，他们现在已经死了，不然也年纪很大了，在别的地方。

第三幅画叫《孤翼》，是我在哥哥死后为他创作的。

这是一幅三联画。两侧的尺寸比中间小。一边画的是一架二战时期的飞机，采用了香烟卡的那种风格；另一边是一只巨大的淡绿色月形天蚕蛾。

中间较大的那一幅画着一个人从天而降。他的身体姿态清楚地表明他是在降落，而不是在飞行，他头朝下斜插白云，尽管如此，他的表情很平静。他穿着二战时期的加拿大皇家空军制服，没有降落伞，手里握着一把儿童木剑。

画这幅画，是为了减轻痛苦。

查娜则认为这幅作品是在表达对于男人的态度，也体现了战争的幼稚本质。

第四幅叫《猫眼》。这算是一幅自画像吧。我的头作为前景，但其实只有鼻子中部以上的半张脸，除了鼻子的上半部分，还有一双眼睛、额头以及头发。我画了皱纹，眼角鸡爪似的皱纹，还有几根白发。这些白发不真实，因为在现实生活里，我把白头发都拔了。

在我那半个脑袋的后面，在画面的正中央，有一面镜子挂在广阔的空中，那是一面凸面镜，周围镶嵌着华丽的边框。镜子里面可以看到我后脑勺的一部分，但头发不一样，显得更年轻。

远远望去，在镜子上的弯曲空间里，有三个小小的身影，穿着四十年前的女童冬装。她们在雪地上向前走，阴暗的脸与白花花的雪地形成了反差。

最后一幅画叫《统一场论》。这是一幅竖长方形画作，比其他几幅都更大。在自下而上三分之一略高的位置有一座木桥，桥将整幅画分成上下两个部分。桥的两边是光秃秃的树顶，树枝上覆盖着一层雪，像是刚下过一场湿润的大雪。桥的栏杆也积着雪。

在栏杆的上方站着一个身着黑衣服的女人，她戴着黑色的兜帽，也可能是面纱，盖住了她的头发，她的双脚好像是悬空的，没有碰到栏杆。她的黑衣服或者斗篷上散发着点点亮光。她身后的天空是日落后的天空，最上面高高挂着半个月亮。她的脸阴阳各半。

她是引导迷途之人的圣母玛利亚。她的双手放在与心脏齐高的位置，手上捧着一个玻璃物体，一颗超大号的猫眼弹珠，弹珠的中心是蓝色的。

桥下面是一片夜空，像用望远镜看到的那样。夜空中繁星点点，有红色的、蓝色的、黄色的、白色的，星云翻转成旋涡，星系交相掩映：这就是宇宙，一张明暗交织的大网。也许这就是你心目中的宇宙。桥下也有石头、甲虫和小树根，这是地下的景象。

在这幅画的下缘，黑暗褪去，色调明亮了一些，像是蓝色的清水。因为那里有一条小溪，溪水潺潺流动，水从墓地流出，从桥下流过，那里是死人出没的地方。

我去吧台再要了一杯酒。这酒的质量比我们过去搞这种活动时买的劣质酒好一些。

我在画廊里走来走去，被我自己绘制的时间所包围；这些时间不是某个地方，只是一种模糊的状态，是我们所处的位置不断移动的边界。时间是流动的，像波浪一样，自行翻卷着。我可能会觉得，我是想在时间里保存一些东西，从时间里抢救一些东西，像好几世纪前的画家一样。他们以为他们把天堂、上帝的启示、永恒的星星带到了人间，可是，他们的画作和雕塑有的被偷，有的遗失，有的被烧，有的被撕毁，有的被真菌和霉菌腐蚀殆尽。

天花板漏水，或者一根火柴加上一些煤油，就可能让所有作品化为乌有。为什么我的脑海里会出现这样的想法？这不是恐惧，而是诱惑。

因为我再也控制不了这些画，再也不能赋予它们任何意义。它们所拥有的能量全都来自我，而我自己是能量消耗殆尽之后的一副空壳。

72

此时，查娜正向我走来。她穿着淡紫色的皮衣，金属饰品叮当作响。她赶紧把我带到后面的办公室，她不想让我在空荡荡的画廊里晃来晃去，寻欢作乐的人正陆续抵达，她不希望我在人家面前显得那么急不可耐，那样会显得我很没出息。等到外面够热闹了，她会和我一起亮相。"你先在这里歇歇，放松放松。"她说。怎么放松得下来呢？在她的办公室里，我喝了第二杯酒，在空荡荡的办公室里走来走去。这就像在办生日派对，彩带和气球准备好了，厨房里也备好了热狗，但是，要是没有人来呢？来和不来，哪个会更惨？门就要打开了，会迎来一群尖酸刻薄的小女孩，她们会对我指指点点，窃窃私语，而我还得客客气气，装出一副心存感激的样子。

我的手心开始出汗。我想，我再喝一杯就能平静下来，这不是一个好兆头。我要出去，去逗逗那些人，不为别的，就想看看我是否还能激起别人的兴趣。但是，有可能连一个可以逗的人也没有。那样的话，我就喝醉了事。也许不管我喝没喝多，我都会去厕所里呕吐。

在别的地方我可不是这样的，至少没这么差劲，我不应该回来，回到这个跟我过不去的城市。我原以为我已经可以从容面对它，甚至傲视它。可是，它还是那么厉害。它就像一面镜子，只展示你被毁掉的那半边脸。

我想到要逃跑，从后门逃走。我可以晚点发电报解释，说我生病了。那样将谣言四起，说我得了一种无影无形、难以捉摸的顽疾。如此一来，我就要彻底退出这个圈子了。

还好，查娜及时出现在门口，她激动得满脸通红。她说："已经来了很多人，他们都非常迫切地想见你。我们都为你感到骄傲。"这很像在家里听到的话，像是妈妈或者阿姨说的话，让我猝不及防。家？哪个家？谁的家？我就像是一个倔强的孩子，在钢琴独奏开始前突然说不想演奏了，更像是一个久经沙场、伤痕累累的老兵，所经历过的战役已经被人们渐渐忘却，而此时却要获赠一块金表，众人争着和我握手，纷纷向我表达由衷的感谢。我被一个淡淡的蓝色墨水光环围绕着。

突然，查娜向我伸出双手，给了我一个结结实实的拥抱。也许这种温暖是真诚的，也许我应该为自己产生那种阴暗、愤世嫉俗的念头感到羞愧。也许她是真的喜欢我，真的关心我，为我好。我没什么可怀疑的。

我站在画廊里面，从头到脚一身黑色，端着我的第三杯酒。此时，查娜不在我身边，她在人群中寻找非常迫切地想见我的人。我听她的安排。我伸长脖子，那些客人挡住了我的画，我只能看见几个人的头顶，看到外面的一小片天空和空中的几片云彩。我一直很期待又很害怕看到应当认识的人和已经认识的人，很多人我已经不大认得了。这些人会大踏步走向前，向我伸出双手。高中女同学的身体要么臃肿了，要么萎缩了，长了皱纹，眉头因常常紧锁而打不开了。而那些三十年前的男朋友曾经皮肤光滑紧实，此时也早已秃了头，或者留了胡子，身体也可能干瘪了。"伊莱恩！天哪！很高兴见到你！"他们更容易认出我，因为海报上印着我的脸。我会微笑着表示欢迎，内心却无比慌张，抓狂地搜索记忆：他们到底叫什么名字？

说实话，我最期待的是科迪莉亚，我想见到她。我有一些事情要问她。我不是想问她在我迷失的那段时间里发生了什么，因为我已经知道了答案。我是要问她：她们为什么要那么做？

或许她还记得；或许她已经忘记了那些坏事，忘记了她们对我说过的坏话、做过的坏事；或许她都还记得，不过她不会太把它们当回事，仿佛只是一场游戏、一个小恶作剧而已，或是女生之间说完就忘的小秘密。

她会讲她自己版本的故事。我肯定不是那个故事的中心，故事的中心是她自己。但是，我可以给她自己得不到且只能通过别人来获得的东西——自己在别人眼中的形象，可以让她看看自己的样子，我可以让她认识一下自己。

我们就像古老寓言中的双胞胎，每个人都握有半把钥匙。

科迪莉亚将穿过人群向我走来，她的年纪难以辨别，穿着淡绿色的爱尔兰粗花呢，戴着镶金的珍珠母贝耳环，鞋子很漂亮，穿得很讲究，可谓光彩照人。像我一样，她很注意保养。她可能鬓角微霜，满脸笑容，但笑容中含有戏谑的成分。我可能会认不出她来。

画廊里有很多女人，有一些也是画家，还有一些是有钱人。查娜争取的主要对象是有钱人。我和他们握手，看着他们的嘴唇上下动。在别的地方，对于这种自我暴露的情形，我是比较有忍耐力的，我可以厚着脸皮挺过去。但在这里，我感觉被剥得一丝不挂。

一个年轻的姑娘从那些有钱人中间挤了进来。她也是个画家，这不用多说，但她还是说了。她穿着迷你裙和丝袜，穿着一双笨重的系带黑色平跟鞋，脖子后面的头发剃得很短，像我哥哥以前那样，四十年代后期的男孩都剃那种方块头。她开口闭口都是"后"什么，在介绍自己身份的时候，她也要加一个"后"字作为前缀。开个玩笑说，她这样就算是我的"后"人了。

"我喜欢你早期的作品。"她说，"《坠落的女人》，我很喜欢。它代表着一个时代的终结，对不对？"她不是故意要伤我的心，她也不知道，她刚刚说的那句话足以把我归为垃圾，和手摇电话机和紧身胸衣一起扔到垃圾桶里。换作以前，我会对她说一些极具杀伤性的话，让她痛不欲生、刻骨铭心，但此时此刻，我一句那样的话也想不出来。我生疏了，心里发虚。况且，说那种话有什么用呢？她对过去的赞赏还算真诚。我应该大度一些。我站着，虽然还在露齿而笑，但笑容慢慢变得僵硬，冷冰冰的。名声像坏疽一样，在我的腿上慢慢向上蔓延。

"我很高兴。"我好不容易憋出了这几个字。迟疑不决的时候，我就会说谎。

我很幸运，我还有牙齿，说话不会漏风。

我背对墙站着，手中端着满满一杯刚倒的酒。我伸长着脖子，看着一个个排列整齐的头顶：科迪莉亚该出现了，但她还没有出现。失望在我心中滋长，我开始感到烦躁，然后感到焦虑。她肯定出发了，正朝这个方向而来。她肯定在路上出了什么事。

我一边等着她，一边和新来的人握手、攀谈，直到画廊里的人开始渐渐散去。

"活动很成功。"查娜感叹道。我想她是如释重负。"你的表现好极了。"她很高兴，因为我没有"咬"任何人，没有把酒泼到别人的腿上，也没有装出艺术家的派头。"吃个晚饭吧，和我们所有人一起。"

"不用，"我说，"谢谢你。我累到骨子里了。我这就回去了。"我再次环顾四周，科迪莉亚没有出现。

"累到骨子里"是我妈妈以前常说的一句口头禅。然而，骨头是不会累的，骨头很强壮，很有耐力，即使身体的其他部分都烂掉了，骨头还能再存在好多年。

我正走向未来，而未来的我会瘫坐在轮椅上，头发掉得稀疏，淌着口水，一个年轻的陌生人舀了糊状的食物塞进我的嘴里。我似乎站在桥下的雪地里，一直站着，永远站在那里，而科迪莉亚消失了，永远地消失了。

我走出画廊，走到人行道上，融入暮色之中。我想叫一辆出租车，但我连手都抬不起来。

我一直在等着科迪莉亚现身，设想了无数种情景，却没预料到她的缺席、她的沉默。

73

我坐出租车回到工作室，爬了四层楼梯。楼道里灯光昏暗，每爬完一段，我就在转台上停下来歇息一会儿。我听着自己的心跳声，在层层衣物的包裹下，我的心脏快速跳动着，听久了很无聊。那是一颗有缺陷的心，正在渐渐衰老。我不应该喝那么多酒。楼道里很冷，这里的人舍不得供暖。我听到了我的喘息声，虚无缥缈，让我有一种灵魂出窍的错觉，仿佛那是别人在呼吸。

科迪莉亚可能还在。

我摸索着把钥匙插进钥匙孔，然后探到了电灯开关。要不是有那么多石膏做的残肢断腿，我不开灯也行。我步履蹒跚地走向厨房，因为冷，我没有脱掉外套。

我想喝咖啡，冲了一点儿，双手捧着热乎乎的咖啡，走到工作台。工作台上满是电线和锋利的刀具，我清理出一块地方，好让我把手肘支在上面。明天我就要离开这座城市了，明天走不算太早。在这里，我有太多的过去。

所以，科迪莉亚，逮到你了。

永远不要祈祷上帝惩罚谁，因为你最终也要遭到惩罚。

我要喝咖啡，但双手不断颤抖，热咖啡溅到我的下巴上，流了下来。幸好我不是在外面的餐厅。女人喝醉不是什么好事。但是，为什么男人喝醉了酒更容易被原谅？更容易被放过？大家都会认为他们酗酒肯定是有原因的。

我用外套袖子擦了擦脸，脸上是湿的，因为我正在哭。我还是要小心点儿：无缘无故地哭，丢人现眼。虽然周围没有人看着，我还是觉得很丢人。

你死了，科迪莉亚。

不，我没死。

死了，你死了。你已经死了。

躺下。

十五

桥

BRIDGE

74

我头昏眼花，像是刚刚生了一场重病。我蜷缩着裹在羽绒被里面，身上还穿着那件黑色的连衣裙，我连脱衣服的劲儿都没了。我在中午醒来，脑袋涨涨的，稀里糊涂，像是里面塞了一大团棉花，心跳很快，酒还没有完全醒。我突然意识到我睡过头了，已经误了航班。我已经很久没喝这么多了，还是不够明智。

此时已经接近黄昏。天空柔和而灰暗，低沉、潮湿，像吸墨纸吸了水一样，一片模糊。这一天感觉空落落的，似乎所有人都已经不存在，也似乎不再有什么事会发生。

我沿着人行道走着，渐渐远离那所不复存在的学校。这是我以前上学走的路，我蒙着眼也能走。跟以往一样，走在这些街道上，我有一种遭人嫌的感觉。

再往下走就是那座桥。从这里看，这座桥没有什么异样。我站在山顶，深吸一口气。然后，我开始往下走。

我很惊讶，这里几乎没什么变化。两边的房子还是老样子，只是那条泥泞的小路不见了，取而代之的是一条水泥路，还装了漂亮的扶手。落叶的气息还在，那是树叶慢慢腐化的气味，有点刺鼻，但是，那些颠茄已经连同它们紫色的花朵、红色的"含血"浆果一起被清理掉了，杂草和乱丢的垃圾也被清理得干干净净。一切都井井有条，和城里没什么两样。

然而，在这虚假的整洁背后，仍可以听到小猫的声音，窸窣作响，好像在追赶老鼠。再往前走，有一个更加狂野、更加芜杂的土坡隆起。

我们能够通过气味唤起记忆，就像狗一样。

路两边的垂柳也和从前一样。它们长成了大树，但我也长大了。因此，我和这些柳树之间的距离始终没有变。当然，桥就不一样了，现在是混凝土的，不再是以前那座木桥，不会散架，也没有腐朽的气息，晚上还会亮灯。然而，桥还是那座桥。

斯蒂芬的那一罐子弹珠就埋在下面。

在这个季节，天黑得很早。此时，周围一片寂静，没有孩子玩闹的声音，唯有一只乌鸦在嘎嘎地叫着，沙哑而单调，远处可以隐约听到车辆来往的声音，像海水的潮汐一样。我双肘撑在水泥栏杆上，穿过光秃秃的树枝往下看，这些树枝很像干珊瑚。我以前常想，如果我从桥上跳下去，我的姿态应该更像是跳水，而不是不小心跌落，如果我摔死了，死相应该不会太难看，更像是溺水死的。但是，在下面很远的地上有一个南瓜，它是被人从桥上扔下去的，摔得裂成好几片，像一个开了花的脑袋，样子很吓人。

溪谷里的树丛比以前更稠密。小溪从树丛之间流过，溪水清澈，但不能喝。周围的垃圾、生锈的汽车部件以及废弃的轮胎都已经被清理掉了，这里不再是一个私人垃圾场，而是成了跑步者的必经之路。我脚下的这条慢跑步道用碎石铺成，往山上走，一直通到远处的公路和墓地；在墓地里，死人等待着真正意义上的遗忘，他们像冰锥融化一样，一点一滴地消融，向下流淌，汇入溪水之中。

那里是我落水的地方，我是从那个岸边爬上来的。那时，我就站在那个地方，身上积着雪花，不能动弹。那里是我听到那个声音的地方。

然而，当时其实没有什么声音，也没有人从桥上飘然而下，更没有一个身穿黑色斗篷的女士弯下腰向我伸出双手。然而，她的样子至今仍无比清晰地映在我的眼前，每一个细节都非常鲜明，桥上的灯光照出了她斗篷的轮廓，斗篷之下是她那颗鲜红的心脏，但我知道这一切都未曾发生过。当时只有无尽的黑暗与寂静。没有人出现，也没有动静。

我听到了一个声音，一只鞋踩在松动的石头上的声音。

是时候回去了。我把自己从栏杆上推开，此时，天空像是向两边动了一下。

我知道，如果我现在马上转身，沿着慢跑步道向前看，就会看到有人站在那里。一开始，我以为我看到的那个人是我自己，那人穿着旧外套，戴着蓝色的针织帽子。但我接着发现，我看见的是科迪莉亚。她站在半山腰，背对着我，转过头来，好像在看着什么。她穿着灰色的防雪外套，兜帽挂在后面，头上什么也没有戴。她还穿着那双绿色的齐膝羊毛袜，袜子松松垮垮，堆在脚踝的周围。她也穿着棕色的学校里穿的靴子，这双布洛克靴的靴头磨破了，一根鞋带断过，打了结，她长着一头黄棕色的头发，刘海垂落，盖着她那双灰绿色的眼睛。

天变冷了，越来越冷。我能听到雨夹雪落下的沙沙声，听到溪水在冰下潺潺流淌的声音。

我知道她是在看着我，她歪着嘴，微笑着，却板着脸，好像在挑衅。她让我又尝到了当年的羞耻感，我又感到一阵恶心，感受到了当时的委屈、尴尬、软弱，感受到了同样对爱的渴望，同样的孤独，同样的恐惧。但是，这些已经不再是我自己的感受，而是科迪莉亚的感受，一直都是。

如今，我才是年长者，是强者。如果她留在这里，她会被冻死的。这不是抛弃她的好时机，再不救她就来不及了。

我向她伸出双手，弯下腰，摊开手掌，表明我没有带武器。"没事的，"我对她说，"你可以回家了。"

我眼中的雪开始像烟雾一样消散。

最终，当我转过身去，科迪莉亚已经不在那儿了。只有一个中年妇女从山上向我走来，脸色粉红，头上没有戴帽子，穿着牛仔裤和一件厚重的白色套头衫，手里握着绿色的皮带，牵着一条狗，一条小猎犬。她微笑着从我身边走过，那是礼节性的微笑。

这里没有什么可看的了。那座桥只是一座桥，那条小溪也不过是一条小溪，天也还是那个天。此时此刻，这片土地显得空荡荡的，成了人们周日跑步经过的地方。也许并不空，这里很充实，只不过是我没看见罢了。

75

我坐在飞机上，正在飞向，或者说，是被飞机载着前往西海岸，朝风景如画的山峦前进。透过舷窗，我眺望远方，此时夕阳正要西沉，天空中红紫橙三色混杂，显得血腥、粗野，难以言喻却又辉煌灿烂。在我身后的天空中，夜色正翻滚而来。身下的大地是一片平坦广袤的草原，亦真亦幻，已经撒了薄薄的白雪，地上蜿蜒着几条河流。

我的座位靠着窗。我旁边的两个座位上坐着两个老太太。她们都穿着针织开衫，一头金发都已经花白，都戴着镜片很厚的眼镜，眼镜链子挂在她们的脖子上，两人干枯的嘴唇上都大胆地涂着亮红色的口红。她们放下托盘，喝着茶，打着"对儿"扑克牌游戏，扑克牌很滑，她们摸得很费劲，要是谁出了千或是出错了牌，她们就笑作一团，那笑声就像汽车从碎石路上碾压过去。她们时不时地起身，费劲地解开安全带，步履蹒跚地走到机舱的后面，先去抽烟，然后排队上厕所。回来后，她们会讲一些关于厕所的段子和玩笑，什么尿裤子呀，厕所里没纸呀，一边说着，一边用狡黠的眼神看着我。我在想，掀开她们的伪装，她们究竟认为自己有多大年纪，她们觉得我有多大年纪。或许，在她们的眼里，我差不多可以当她们的妈妈了。

我倒是很羡慕她们的无忧无虑。她们攒了钱来旅行，自然要玩得痛快，尽管有一个人患有关节炎，另一个人双腿肿胀。她们吵吵嚷嚷，像十三岁的少女一样精力充沛，天真、放肆、无忧无虑。责任、义务、宿怨、委屈都被她们抛在脑后。此时，她们享受着顽童的快乐，却无须承受相应的痛苦。

这正是我所怀念的，科迪莉亚——不是逝去的，而是永远不会来的。两个老太太喝着茶，咯咯大笑。

现在，天已经完全黑了，夜空清澈，没有明月，却繁星点点。星星，不像我们以前认为的那样永恒，也不在我们看见的那个地方。如果星星是声音，那么，我们所看到的星星就是回声，激荡着几百万年前的某种声音，一个由数字组成的词。光的回声，在虚无之中闪耀。

这是原始的光芒，如今已所剩无几，但足以照耀大地，赋予我们光明。

致　谢

　　首先要声明，小说中提到的绘画和其他现代艺术作品都是虚构的。不过，在虚构这些作品的时候，我得到了诸多视觉艺术家的启发，包括乔伊斯·维兰德（Joyce Wieland）、杰克·钱伯斯（Jack Chambers）、查尔斯·帕切特（Charles Pachter）、埃里卡·赫伦（Erica Heron）、吉尔·盖尔特纳（Gail Geltner）、丹尼斯·伯顿（Dennis Burton）、路易斯·德·尼维尔（Louis de Niverville）、希瑟·库珀（Heather Cooper）、威廉·库雷克（William Kurelek）、格雷格·库诺埃（Greg Curnoe），以及流行超现实主义陶艺艺术家丽诺尔·M. 阿特伍德（Lenore M. Atwood）等。此外，我也从艾萨克斯画廊（Isaacs Gallery）获取了灵感。

　　书中涉及一些物理学和宇宙学知识，对此，我要感谢保罗·戴维斯（Paul Davies）、卡尔·萨根（Carl Sagan）、约翰·格里宾（John Gribbin）和斯蒂芬·威廉·霍金（Stephen William Hawking），他们在这些领域发表的惊世杰作让我受益匪浅，还要感谢我的侄子大卫·阿特伍德（David Atwood），他对于宇宙细弦的言论给我很大启发。

440

　　我非常感谢格雷姆·吉布森（Graeme Gibson），他耐心通读了这部小说。我要感谢我的经纪人菲比·拉莫尔（Phoebe Larmore），感谢我的英国经纪人薇薇恩·舒斯特（Vivienne Schuster）和凡妮莎·霍尔特（Vanessa Holt），感谢编辑和出版商，包括南·塔莱斯（Nan Talese）、南希·伊文斯（Nancy Evans）、埃伦·塞利格曼（Ellen Seligman）、阿德里安娜·克拉克森（Adrienne Clarkson）、阿维·贝内特（Avi Bennett）、利兹·卡尔德（Liz Calder）和安娜·波特（Anna Porter）。我还要感谢不知疲倦的助手梅勒妮·杜根（Melanie Dugan），以及唐娅·佩罗夫（Donya Peroff）、迈克尔·布拉德利（Michael Bradley）、艾莉森·帕克（Alison Parker）、加里·福斯特（Gary Foster）、凯茜·吉尔（Cathy Gill）、凯西·米尼阿洛夫（Kathy Minialoff）、范妮·西尔伯曼（Fanny Silberman）、科琳·奎因（Coleen Quinn）、罗西·阿贝拉（Rosie Abella）、C. M. 桑德斯（C. M. Sanders）、吉恩·戈德堡（Gene Goldberg）、约翰·加拉格尔（John Gallagher）和多萝西·古尔伯恩（Dorothy Goulbourne）等，他们都是可爱的"精灵"。

马上扫二维码，关注 **"熊猫君"**

和千万读者一起成长吧！

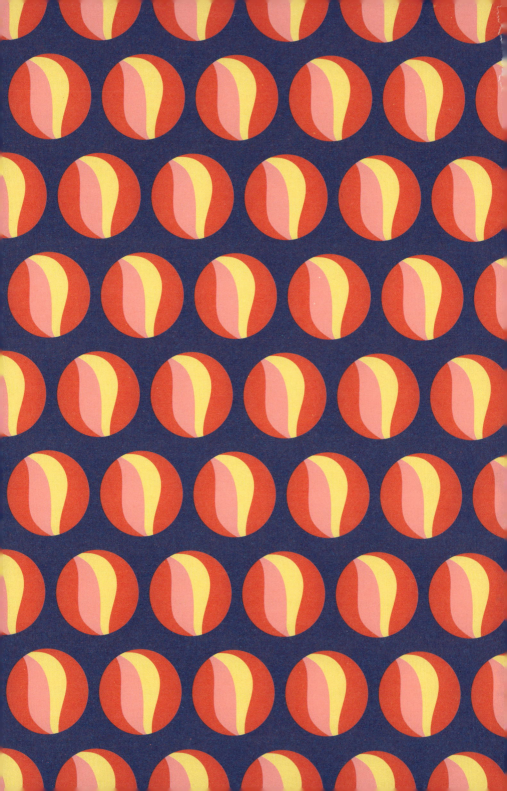